BESTSELLER

Laura Portas (Cambados, 1992) es graduada en Periodismo por la Universidad Complutense de Madrid. También tiene un máster en Periodismo en Televisión por la Universidad Nebrija, y otro en Comunicación Corporativa por la Escuela de Negocios Europea de Barcelona. Su trayectoria profesional ha estado vinculada sobre todo a los medios de comunicación. Ha colaborado como reportera en Informativos Telecinco y en otros programas de la cadena, además de en Antena 3 Noticias. Actualmente trabaja en el ámbito institucional, en un gabinete de comunicación. *El baile de las mareas* es su primera novela.

Puedes seguir a la autora en su cuenta de Instagram:
@laura.portas

LAURA PORTAS

El baile de las mareas

DEBOLS!LLO

Papel certificado por el Forest Stewardship Council®

Penguin
Random House
Grupo Editorial

Primera edición en Debolsillo: enero de 2026

© 2024, Laura Portas
© 2024, 2026, Penguin Random House Grupo Editorial, S. A. U.
Travessera de Gràcia, 47-49. 08021 Barcelona
Diseño de la cubierta: Penguin Random House Grupo Editorial /Yolanda Artola
Imagen de la cubierta: José Luis Paniagua a partir de fotografías de Arcangel y Shutterstock

Printed in Spain – Impreso en España

ISBN: 978-84-663-8137-6
Depósito legal: B-19.548-2025

Compuesto en Mirakel Studio, S. L. U.
Impreso en Black Print CPI Ibérica
Sant Andreu de la Barca (Barcelona)

P 3 8 1 3 7 6

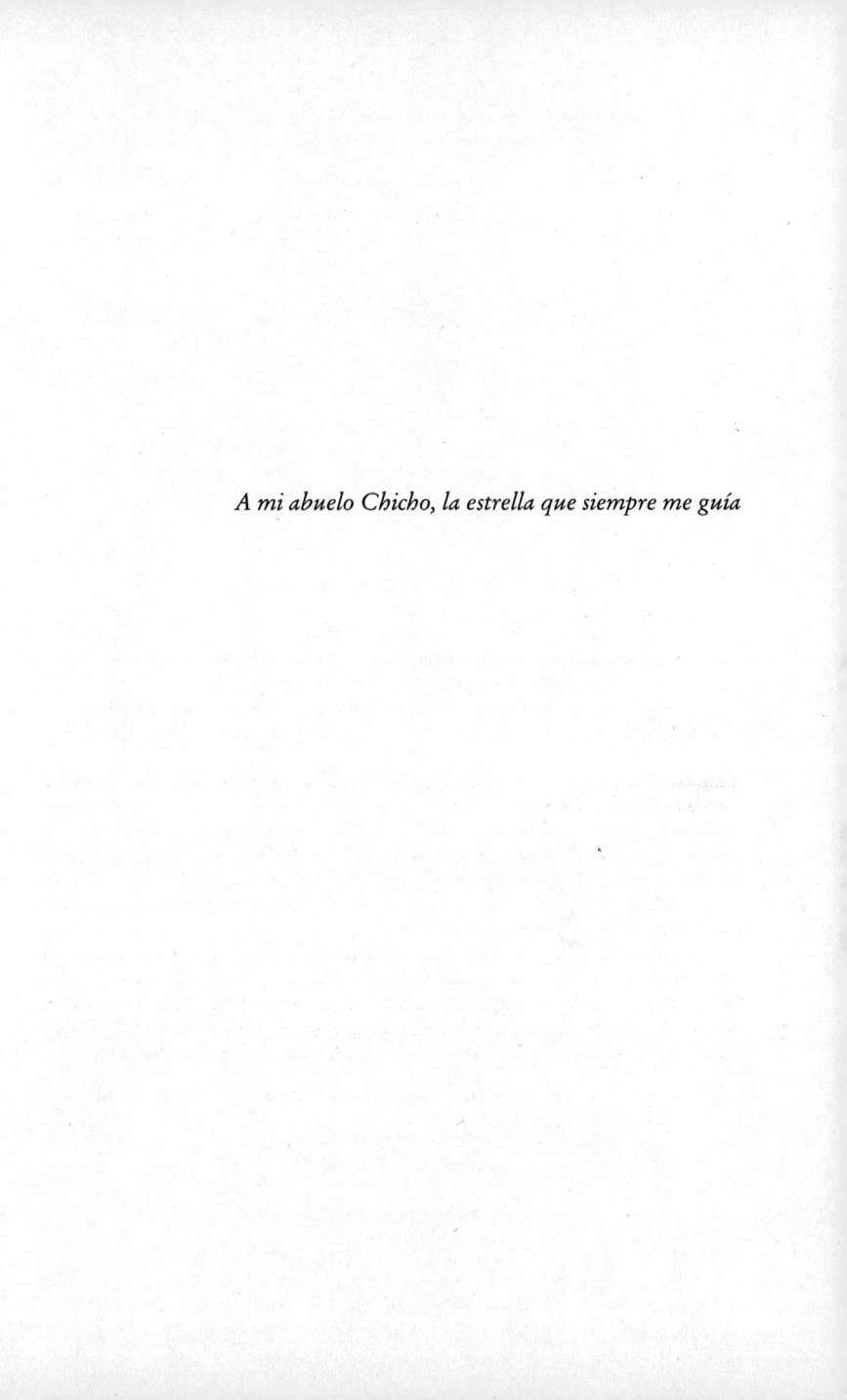

A mi abuelo Chicho, la estrella que siempre me guía

Prólogo

Vila do Mar, 5 de noviembre de 1902

Pasaban las tres de la tarde, y mi nerviosismo se empezaba a manifestar en forma de sudores fríos. La comida estaba preparada desde hacía más de una hora, el tiempo exacto que le tomaba a Luis regresar a casa. El olor a mar inundaba la diminuta cocina. Cada segundo que pasaba sin que él apareciese por la puerta me aceleraba el corazón, totalmente desacompasado con la lentitud del tiempo. Como sucede siempre cuando algo no marcha bien: todo se estira hasta el infinito, los minutos se convierten en horas eternas que devienen una espera agónica e interminable.

Luis no estaba en casa. Era tarde. Las manillas mentales que movían mis pensamientos se paralizaron. No podía más; el tiempo se había acabado, el contador estaba a cero y la bomba iba a explotar.

El viento agitaba la puerta y yo aproveché su impulso para salir a buscarlo. De repente, a lo lejos, distinguí una sombra que se movía entre la bruma. El día, oscuro y gris, desdibujaba los contornos de su figura. Apuré el paso y avancé a un ritmo decidido y rápido, esta vez sí, acompasado con mis pulsaciones. Cuando unos escasos metros me separaban de la sombra, frené en seco. Tanto que caí hacia delante y, de pronto, el abismo se abrió ante mí.

Una mano ágil evitó la caída.

Me agarró el brazo con firmeza, pero también con cariño y compasión, trasmitiéndome sin quererlo un mensaje que viajó directo a mi pecho. Clavé la mirada en su rostro, buscando que su boca formulase las palabras de alivio que mis oídos necesitaban escuchar. Sin embargo, me topé con unos ojos caídos e irritados. Anegados, y no del agua de la lluvia.

—¿Qué haces aquí? ¿Dónde está Luis? —pregunté, temiendo la respuesta.

—A… Aurora. Yo… —dijo con voz entrecortada.

Mi corazón se detuvo en ese instante.

PRIMERA PARTE

1

Vila do Mar, 16 de agosto de 1902

No pegué ojo en toda la noche. Me desperté, pidiendo perdón de forma anticipada por mi aspecto, que intuía descuidado. Una sombra oscura, provocada por el insomnio, se había acomodado bajo mis párpados.

Era un día importante. Me había pasado la vida imaginando cómo sería mi boda. Soñaba con un vestido nuevo, unos zapatos relucientes y un velo de seda que coronara mi cabeza. Me veía cogida de la mano de mi marido, luciendo una sonrisa contagiosa, ante la orgullosa mirada de mis padres.

Por la pequeña ventana empezaban a entrar los primeros rayos de sol, que iluminaban el traje que colgaba de la puerta del armario. Las paredes claras y agrietadas resaltaban todavía más su sobriedad.

Era negro. De ese color nos casábamos las mujeres humildes para que el traje nos sirviera también para el luto. No podía quejarme. Madre había estado cosiendo durante meses con la ayuda de Rosiña en su pequeño taller. Día y noche, trabajaron sin descanso. Cada puntada, cada pespunte... cosidos con hilos de ilusión. Por no hablar de la tela. Un damasco negro, con brocados de flores, negras también, que le daban un toque elegante y sofisticado, a pesar de su seriedad. Desconozco su precio en oro, que intuyo elevado, pero sí sé del esfuerzo que madre empleó en conseguirla. No exagero si digo que, durante varias semanas, recorrió las aldeas cercanas con su patela de pescado fresco sobre la cabeza para venderlo de casa en casa, y que aprovechó aquellas jornadas para buscar el mejor tejido. Cuando lo encontró, se esmeró en lograr el mejor trato comercial, pagándolo en especies y a plazos.

Ese día empezaba una nueva etapa en mi vida. Estaba muy nerviosa, por eso, antes de nada, me regalé unos segundos de calma para despedirme de aquella Aurora que ya no volvería a ser.

Me incorporé lentamente y alcé la cabeza para ver a través de la ventana qué tal tiempo hacía. Un rayo de sol me cegó en cuanto descorrí la cortina, por lo que rápido aparté la mirada y volví a correrla. Sentada en la cama, levanté los brazos y estiré los dedos como si quisiera alcanzar el techo. La espalda me crujió y sentí cómo se me destensaban las cervicales, las piernas y hasta los dedos de los pies. Cogí impulso y salté de la cama, retiré la cortina del todo y la luz llenó la habitación.

El silencio inundaba la estancia. Tenía lo imprescindible. Una pequeña cama al fondo del cuarto, encajada haciendo esquina con la ventana. Al lado, una mesilla de noche de madera, algo raída y desgastada. El armario, colocado en el lateral, hacía juego con la mesa. Junto a ella, una pequeña silla, donde reposaba la toquilla, que casi pegaba con la puerta. La habitación estaba tan vacía que devolvía un eco sordo que me retumbaba en la cabeza, así que decidí abrir la ventana y, de inmediato, el cántico de las gaviotas resonó por las cuatro paredes. A pesar de la soledad, me sentí acompañada.

Estaba hecha de mis recuerdos, que ahora ardían dentro de mí. Parecía como si mi esencia se evaporara a través de mi piel para transformarme en una nueva persona. Pero… ¿qué hay más fuerte que el paso del tiempo? Es un gigante invencible que te frena y paraliza. Y yo no podía hacer nada para luchar contra él e impedir que avanzara en su curso.

Sonreí resignada y me aferré a mis recuerdos. Con nostalgia regresé hasta mi infancia, mis vivencias… Mi esencia expuesta al máximo grado impregnaba cada esquina de mi cuarto y lo llenaba de recuerdos que estaban a punto de caer en el olvido. Me vi más frágil que nunca porque, cuando regresara, ya nada volvería a ser como antes.

Me senté de lado en la silla, cogí un mechón de pelo y me lo enrollé en el dedo índice de la mano derecha para ondularlo.

Mientras me peinaba imaginaba cómo transcurriría el día que arrancaba: a ratos me dejaría llevar por la emoción e idealizaría todo antes de tiempo, pero sabía bien que los nervios me devorarían.

Mi madre y Carmen vendrían a ayudarme con los arreglos y los invitados llegarían poco a poco. Luis, acompañado por sus padres, me recogería en casa, y todos juntos, en comitiva, caminaríamos hasta la iglesia parroquial.

Habíamos acordado que, después de la ceremonia religiosa, celebraríamos un modesto banquete en casa de Carmen y Jesús. Era la mejor opción. Mi casa no tenía espacio suficiente, malamente lográbamos entrar cuatro personas, y la de Luis no era mucho más grande.

Hablando de Luis…, me preguntaba cómo estaría. Me lo figuraba elegante, luciendo su amplia sonrisa y recibiéndome con esos ojos azules que te sumían en la profundidad del mar, a punto de desbordar salitre de la emoción.

Me puse en pie. Tenía que empezar a asearme. Madre no tardaría en volver. Pero un portazo interrumpió de golpe mis pensamientos. Parecía que me acababa de despertar de un sueño.

—¡Pero, *filliña*! ¿Qué haces así? ¿Sabes qué hora es?

Mi madre y Carmen habían llegado para recordarme nuevamente que el tiempo nunca se detiene. Suspiré resignada.

La puerta de la calle marcaba el centro de la casa y el pasillo la dividía en dos. A la derecha, la pequeña cocina y la alcoba de madre. A la izquierda, una diminuta sala, que también utilizábamos como almacén donde guardar los bártulos de trabajo, y mi cuarto.

Carmen se quedó en la cocina, sentada en el taburete retocando la diadema de flores blancas que adornaba el velo nupcial que ella misma hizo con sus manos. El olor a jazmín se mezclaba con la brisa salada que entraba por la ventana.

Madre vino a mi cuarto. Su mano, llena de sabiduría, me acarició la nuca, y su gesto templó mis nervios y me guio el camino. Sus ojos caídos, testigos de una vida complicada, me contemplaron con orgullo y ternura. Solo ella sabía mirarme de esa manera.

—¡Qué contento estaría tu padre si pudiera verte así!

No pude evitar emocionarme. ¡Cuánto lo echaba de menos! Detuve una lágrima que había rebosado mis ojos vidriosos y había emprendido un camino acelerado por mi mejilla. Bajé los párpados, conté hasta tres, cogí aire y me puse el traje. Atravesé el pasillo, que, vestida de negro, se me antojó todavía más sombrío, para encontrarme con Carmen.

—¡Aurora, estás preciosa! Qué manos tienes, Juana, todo lo que tocas lo conviertes en oro. Qué bien rematadito, qué puntadas, qué arreglos… —dijo mientras rozaba con delicadeza el tejido a la altura de la cintura.

—Gracias, Carmiña —contestó madre satisfecha.

Carmen tenía razón: madre tenía un don para la costura. Aunque no era casualidad. Tal vez estaría mejor decir que entrenó su destreza por necesidad. Fue la mediana de tres hermanos y, además de mariscar, tuvo que aprender a arreglar las redes de pesca. Eso le dio mucha agilidad con las agujas, y se convirtió en una de las mejores costureras de la zona. Ahora bien, solo cosía para las ocasiones importantes, no pudo permitirse el lujo de dedicarse a la costura.

—Anda, siéntate y deja que mis manos ahora hagan arte en tu cabello —se ofreció Carmen.

—Menos mal que tú eres mañosa —contesté al tiempo que dejaba caer mi peso sobre el taburete.

Se humedeció las manos y empezó a peinar mi media melena. Entretanto, mis pensamientos volaron por la ventana para perderse entre las tonalidades azules del mar. Era un mar salvaje que incluso los días de calma mostraba su belleza más atroz. Mi mente se entretenía a la deriva, imaginaba en silencio qué había más allá.

Me relajé tanto que dejé de escuchar a Carmen y, cuando quise darme cuenta, un velo blanco ya adornaba mi cabeza.

—Casi estás lista. A ver, ponte de pie, que te vea bien —sugirió con su voz pausada.

Me tendió la mano. Al ponerme en pie, me dio una vuelta. Su mano me ayudó a girar sobre mí misma. No dejaba de mirarme, orgullosa de su maña.

—Ya solo queda el toque final.

Y sin previo aviso me pellizcó las mejillas, avivándolas.

—Ahora sí que estás lista —concluyó.

—Pero ¿cómo va a estar lista? ¿Dónde viste tú a una novia así? —La voz de mi madre resonó en la distancia.

Me había calmado tanto durante la improvisada sesión de peluquería que la había perdido de vista. De repente, apareció con un ramo de gardenias blancas y una pulsera de oro.

—Esta pulsera es todo lo que te puedo dar. Era de tu bisabuela y ha pasado de generación en generación. Ahora es tuya.

Accedí emocionada. Alargué el brazo derecho y mi muñeca quedó vestida con un fino hilo amarillo que aportaba luz a tanta oscuridad. Giré la mano con cuidado, con miedo de que la pulsera se abriera.

Adecentarme se me estaba haciendo eterno, el tiempo era más lento de lo habitual, y todavía me quedaban los zapatos. Me agaché para cerrar la hebilla, y cuando me erguí, reparé en lo elegantes que se habían puesto madre y Carmen para la ocasión. Ellas también vestían un traje oscuro. Me impresionó verlas así, sobre todo a madre, que nunca se quitaba la falda larga, oscura, raída y llena de remiendos, una que constataba el paso y el peso del tiempo. Estaba especialmente guapa con esa expresividad poderosa.

De repente, los graznidos de las gaviotas se mezclaron con un murmullo improvisado. Los invitados comenzaban a reunirse alrededor de la puerta de casa. Escondida tras el marco de la ventana de la cocina, pude identificar a Jesús, el marido de Carmen, acompañado por Iago e Iria. Unos metros por detrás correteaban Lúa y Roi, que jugaban a alcanzarlos alargando sus pasos, bajo la atenta mirada de Encarna y Silverio. Por el otro lado de la calle se aproximaban Antón y Celsa, con el pequeño Martiño de la mano de su madre, tímido como de costumbre. La melodía de la gaita, acompasada por el ritmo de la pandereta, irrumpió de lleno en el ambiente. Manolo, Juan y Victoria escoltaban a Luis, que caminaba con paso firme entre sus padres. Ahora sí, el momento había llegado.

Madre estaba en la puerta, aún al abrigo de nuestro hogar, pero a expensas ya del viento suave que susurraba el mar. La brisa marina jugaba a alborotar su cabello grisáceo, que había recogido en un moño sin demasiada sujeción.

Yo permanecí en silencio durante unos segundos, a salvo en un rincón de la cocina, postergando el momento. Estaba impaciente, muerta de ganas de pasar mi vida con Luis, pero al mismo tiempo temerosa ante la perspectiva de abandonar el nido, de enfrentarme a un futuro tan anhelado como incierto.

—¡Aurora! ¿Dónde diablos está esta niña?

Su voz sonó inquisidora. Me dirigí a la puerta, arqueé las cejas y esbocé una sonrisa pícara mientras pestañeaba rápidamente y dejaba que la dulzura de mi rostro pidiera disculpas por el retraso.

En cuanto aparecí en el umbral, el murmullo se desvaneció de inmediato. Las gaviotas seguían haciéndole los coros a la gaita. Los invitados, al compás de la música, formaron una media luna con una rapidez asombrosa. Los ojos de Rosa se dilataron como platos y abrió la boca hasta el punto de que habría podido absorber todo el aire de la atmósfera. A pesar de que había visto el traje mil veces, supe, por su gesto de asombro, que la emocionaba verme así. La miré y le correspondí con una mueca de complicidad.

En el centro del corrillo, justo enfrente de mí, estaba Luis. Estiró el brazo izquierdo y comenzó a caminar hacia mí. Sus pasos prudentes pero firmes y decididos iban al unísono y en armonía con los latidos de mi corazón. Mis ojos castaños se clavaron en su mirada azul, más clara de lo habitual. Era una mirada pura, la de un mar en calma, que junto a la mía formaba un paisaje equilibrado. Le tomé la mano con fuerza, la apreté dos veces, y mis miedos desaparecieron. Los invitados observaban la escena con ternura, pero en mi mente la atmósfera se llenó de calma y todos ellos se disiparon en el aire. Ahora solo estábamos él y yo.

Sin más dilación, pusimos rumbo a la iglesia de San Benito.

Una bruma salada nos acompañó en los primeros minutos. La brisa marina rozaba mis mejillas y rebajaba su rubor, haciéndome sentir libre, en calma. Dejamos atrás el camino recto para adentrarnos en un estrecho callejón que serpenteaba entre casas que se adaptaban al terreno rocoso siguiendo las líneas de la naturaleza. Llegamos a la calle principal, que desembocaba en el mar, que entonces parecía mucho más calmado. A la izquierda se abría paso el muelle pequeño. Al otro lado se amontonaban las casas más altas y aportaladas. El blanco de las paredes se mezclaba con el color verde y el marrón de la carpintería.

Luis sonreía y yo agarraba su brazo con fuerza mientras me evadía contemplando los barcos pintorescos atracados en el muelle. Pero una voz insoportablemente aguda interrumpió nuestro paso, devolviéndome de nuevo a la realidad. Conocía ese timbre, y también el punto exacto donde nos habíamos detenido. No había lugar para la duda. Dejé a un lado el mar y mis ojos se giraron en dirección contraria para confirmar lo que mi cabeza sospechaba. El pazo de Baleiro. Una sombra brincaba con gracia. Según nos aproximábamos, comprobé que Manuela agitaba con ímpetu su brazo a modo de saludo mientras hacía equilibrios sobre las puntas de los dedos de los pies, en un intento desesperado por llamar nuestra atención. Con la ingenuidad y el salero que la caracterizaban, sus labios se soltaron y empezó a gritar.

—Pero qué *bonitiños* estáis. Cuando termine vamos para allá —dijo con un tono de voz más suave—. Guárdame un trozo de empanada, ¿eh? Llevo días soñando con ella. Ahora me tengo que ir, que llego tarde, y a la marquesa…, ya sabes…, no le gustan las faltas de puntualidad.

—Descuida, te esperamos —la tranquilicé.

A la marquesa no le gustaban ni las faltas de puntualidad ni la vida misma, pensé. A Manuela, en cambio, eso era lo que más le gustaba, hablar y comer. No sé muy bien en qué orden.

Con un gesto más discreto que el saludo inicial, se despidió y se adentró en el pazo, donde ya estaba su hermana Sabela, mucho más ágil y responsable que ella.

Seguí inspeccionando el entorno. Lo conocía de sobra, pero me causaba tanto rechazo que, cada vez que pasaba por delante, trataba de no girar la cabeza para mirar. La puerta ovalada y de madera oscura ocupaba la parte central del edificio y contrastaba con la piedra clara que daba forma a la estructura rectangular. Alcé la vista. En el piso de arriba había cinco ventanales grandes, cada uno con su balconada. Los tres balcones centrales estaban unidos por una pequeña terraza forjada de hierro. Un movimiento suave de cortinas descubrió una presencia anónima tras ellas. La silueta delató a Catalina, aunque bien podía ser la marquesa, porque eran exactamente iguales.

Quien fuera me miraba fijamente, y yo mantuve el pulso desafiándola en un duelo visual. Me analizaba con minuciosidad, haciendo talante, como siempre, de su superioridad. Unos instantes tensos que duraron una eternidad. He de reconocer que no me importaba llegar tarde a la iglesia, pero no tenía pensado apartar mis ojos de su afilada mirada. Enseguida captó mi mensaje y decidió retirarse. Su existencia alteraba todos mis sentidos.

Después de la irritante pausa, retomé el camino de mala gana, no sin antes cerciorarme de que las miradas habían cesado. Ahora fue Luis quien me apretó dos veces la mano. Era nuestro lenguaje secreto, el de comunicarnos y entendernos sin la necesidad de decirnos nada. Entendí su mensaje y camuflé mi impaciencia con un suave resoplido. Volví los ojos de nuevo al mar para calmar mi escozor, y continuamos la procesión.

Al dejar atrás el pazo de Baleiro, me despedía de Vila do Mar para adentrarnos en Vila de Pazos. No nos movíamos del pueblo, pues este estaba dividido en tres zonas claramente diferenciadas, cada una marcada por su espectacular belleza: una marinera, una administrativa y comercial, y una última más señorial. La distancia que las separaba era escasa.

Apenas nos movíamos de Vila do mar salvo en ocasiones especiales como aquella. La vida era muy diferente al atravesar el cruce que marcaba el camino hacia la zona comercial, por no hablar de lo que esperaba más allá. La gran plaza de Albor acaparaba todo el protagonismo. Yo jamás entendí por qué ese pazo se ubicaba en la zona marinera, si lo único que conseguían era irrumpir en nuestra forma de vida, simple y humilde.

El paisaje fue cambiando poco a poco. Los carros de burros nos acompañaron mientras atravesábamos el cruce de cuatro caminos, que daba paso a una sinuosa callejuela salpicada de cruceiros y con un lavadero, donde muchas mujeres lavaban la ropa de la gente rica para sacar unas míseras monedas.

El final del camino de tierra que manchaba mis zapatos me indicó que llegábamos a la zona administrativa. La casa de don Francisco, el médico, era el kilómetro cero. El punto álgido del peregrinaje de la villa. Una de las casas más transitadas. Donde moría la esperanza y nacía la decepción.

Unos pasos más adelante, los sombreros de fedora se agolpaban a las puertas del hotel Calixto. El trasiego de huéspedes era constante desde que se inauguró el balneario termal en una villa cercana. El edificio tenía dos plantas. En la parte baja, el café Cervantes reunía cada día a la élite intelectual gallega. Escritores, políticos, juristas, abogados, escultores… se daban cita alrededor de una mesa para intercambiar ideas, soflamas y cartas al ritmo de las notas afinadas que procedían del piano de don Ramón, un profesor ciego que había equilibrado sus sentidos con un excelente oído musical.

En la plaza, decorada con árboles, entonces todavía de poca altura porque los habían plantado hacía poco, se levantaba el ayuntamiento. Se trataba de un edificio de dos plantas que también albergaba el juzgado y en la planta baja la cárcel, con lo que exprimía al máximo su funcionalidad.

Cruzamos el paseo de Cervantes, en el que recientemente habían dispuesto bancos orientados al mar, donde gamelas y dornas descansaban con cierta tranquilidad. Y llegamos a la calle Real, también conocida como la puerta del Sol, por su orientación. El último tramo se distinguía por una elegancia abrumadora. El azul del mar mutó en un gris oscuro. Las calles estrechas, de casas desordenadas, se transformaron en avenidas adoquinadas donde los pequeños comercios llenaban de vida la zona. La vida era más sencilla alejada del mar.

Atravesé con garbo los últimos metros de la calle engalanada que desembocaba en el gran pazo de Albor, y cuando llegué a la plaza que lo presidía me quedé estupefacta. Su belleza imponía y me hacía sentir todavía más pequeña. Estaba ubicado en la parte sur de la plaza. Tenía planta en L, y en el brazo más corto una torre almenada coronaba la edificación. Un poco más abajo, en la esquina, un balcón circular moría en forma de copa. Entre los dos pisos sumaban más de treinta ventanas.

Anclé el cuerpo en el centro de la plaza, como si mis pies hubiesen echado raíces. Giré sobre mí misma dando una vuelta completa mientras mis retinas se dilataban sorprendidas con tanta belleza.

—Aurora…, ¿estás bien? —musitó Luis mientras otra vez me apretaba la mano con una mezcla de pequeños toques suaves y otros algo más fuertes, como de preocupación.

—Sí, sí —respondí embobada, sin despegar la vista de aquel hipnótico lugar.

Pero lo cierto es que nuestro destino estaba enfrente: la iglesia de san Benito. Por eso, me apresuré a dar la espalda al gran pazo y me acerqué a pocos metros de la iglesia. Solté la mano de Luis para remangarme la falda y subir con agilidad las escaleras empedradas que llevaban al templo. Sentía que me guiaban a un lugar seguro.

Entramos a la nave por el ala derecha, que nos permitía atajar hasta el ábside. El olor a incienso me calmó. En el interior, dos pequeñas capillas flanqueaban el camino al presbiterio. El altar, en la parte central, se ubicaba bajo una gran bóveda estrellada de estilo gótico. Un par de velas adornaban la mesa de piedra engalanada con un mantel blanco que presidía don Benito, el cura. Tres ramos modestos de flores rosas, colocados de forma irregular, aportaban un toque de color que contrastaba con el retablo de madera coronado por tres imágenes. A la derecha, la Virgen María, a la izquierda el corazón de Jesús, y en la parte central, un poco más elevado, san Benito.

Los invitados ya ocupaban los bancos. Y yo estaba tan ensimismada en mis pensamientos que ignoraba lo que sucedía a mi alrededor.

Antes de empezar la misa, me giré para agradecer con un gesto la compañía de los allí presentes y aproveché para cerciorarme de que todo estaba bien. Iago, Iria, Lúa, Martiño y Roi se sentaban en la primera fila, y, si no hubiera sido porque conocía su hiperactividad y su inocente imaginación, podría haber dicho que los mismísimos ángeles habían bajado del cielo para oficiar el enlace. Detrás estaban sus madres, Carmen, Encarna y Celsa, que velaban por su buen comportamiento. En la bancada de al lado, separada por un estrecho pasillo, sus respectivos maridos habían tomado asiento. Sonreí sintiéndome afortunada. Mi familia y mis amistades eran mi gran patrimonio.

Antes de centrarme en don Benito miré a Luis. Mis ojos acariciaron los suyos mientras sus delgados dedos me sorprendieron al entrelazarse con los míos escenificando nuestra inminente unión. La armonía de su sonrisa tonta se rompió para decirme por lo bajito:

—Qué suerte tengo. Estás guapísima.

A lo que le contesté con un doble apretón suave de manos.

Durante la ceremonia, toda mi atención se centró en las dos velas que estaban ubicadas sobre el altar. La llama de una de ellas lucía intermitente, y solo pensaba que mi mente supersticiosa me atormentaría si se apagaba.

Mantuve la calma hasta el último momento, pero, poco antes del sacramento, se apagó. En ese instante, mis pulsaciones se aceleraron y un sentimiento frío me recorrió el cuerpo. Intenté ignorarlo mientras decía el sí quiero. En un abrir y cerrar de ojos, ya estábamos casados.

Después, la misa transcurrió con bastante rapidez: perdonamos nuestros pecados, nos juramos amor eterno ante los ojos de Dios y recibimos la bendición entre vítores y aplausos.

La felicidad adoptaba formas variopintas entre besos y abrazos. Entre todas las palabras que me dedicaron, nunca se me olvidarán las de mi madre:

—Te quiero mucho, *filliña*, siempre he querido lo mejor para ti y ahora sé que lo tienes. Cuídalo mucho.

Acompañó sus palabras con las manos, que me acariciaban las mejillas con suavidad. Una sonrisa se dibujó en su rostro, una curva que hacía mucho tiempo que mi madre no sabía esbozar, y que hizo que una lágrima de emoción se me deslizara por la mejilla.

Me miré la mano absorta, la alianza coronaba y vestía mis delgados dedos, dándoles una elegancia hasta entonces desconocida. Una sencilla belleza que camuflaba la rugosidad de unas manos ásperas y agrietadas provocada por un trabajo duro que no solo había calado en mi piel. También había hecho mella en los lumbares, los riñones y en mi carácter.

Lancé un último vistazo a la plaza y emprendimos el camino de vuelta, mucho más ágil que el de la ida, para comenzar con el banquete.

La curiosidad aceleró mi paso, y rápidamente regresamos a Vila do Mar. La humedad me erizó el cabello, mis fosas nasales se abrieron y mis pulmones se llenaron de un aire terapéutico para mis sentidos, que volvían a impregnarse del olor a mar.

Carmen y Jesús se habían adelantado para recibirnos como buenos anfitriones. Su hogar estaba a escasos metros del mío. Su casa era mucho más grande, acogedora y colorida que la mía. La habían pintado con la misma gama cromática de la pequeña embarcación que patroneaba Jesús, Nuestra Señora del Carmen. Cuando la pintaron, aprovecharon la pintura que les había sobrado para darle un toque de color a la puerta y a las ventanas. Se convirtió en su seña de identidad, su casa destacaba entre todas las demás.

La entrada estaba engalanada con adornos florales que creaban un pasillo coloreado, de una armonía perfecta, en tonos pasteles que alegraban el ambiente, hasta la huerta donde celebraríamos el banquete. Cuando estábamos a punto de atravesar la puerta, Luis se giró, y su rostro era la viva expresión de sus pensamientos. La misma felicidad que se escapaba de sus ojos inundaba los míos, cambiando la expresión de mi cara. Le sonreí con ternura mientras le acariciaba la nuca con la delicadeza que se merecía. Su sonrisa tan sincera y agradecida me reconfortaba. Verlo así de feliz fue mi mejor regalo. Aunque mi gran recompensa era tenerlo a mi lado todos los días de mi vida.

Entramos cogidos de la mano, pero la estrechez del pasillo nos obligó a enfilarlo de uno en uno. Aun así, Luis no soltó mi mano. Él iba por delante, capitaneando la breve travesía. Antes incluso de rozar la hierba con la suela de los zapatos, la música empezó a sonar. El silencio inicial se transformó en una melodía improvisada con tintes tradicionales. Las mejillas de Manolo se dilataban para llenar de aire el fol de la gaita. Era un esfuerzo ingente al que, con una agilidad pasmosa, le daba forma con los dedos: el aire entraba por el pontón y salía por el roncón, y se transformaba en un sonido que deleitaba mis sentidos. Las manos de Juan se movían al unísono para mover con ímpetu la caja del acordeón. Su cuerpo seguía el compás de sus manos. Mientras tanto, Victoria golpeaba con fuerza la pandereta, despertando el ruido metálico de las sonajas. Encarna y Silverio arrastraban con brío las conchas de las vieiras por la cara rugosa, logrando un acompañamiento de percusión, a tono con la melodía principal. He de reconocer que me sorprendió mucho que Encarna no comenzase a cantar, pero imaginé que guardaba sus fuerzas para sorprendernos con una de sus actuaciones estelares. Los niños también se unieron a la fiesta. Bailaban con gracia, saltando con las manos en alto.

Ver esa estampa, justo enfrente de mí, me provocó una carcajada. Una risa nerviosa de pura felicidad. No me gustaba mucho bailar, pero mis pies se empezaron a soltar, contagiados por el ritmo que flotaba en el ambiente. Las manos de Luis me sorprendieron por la cintura, y me invitó a bailar. Ambos nos unimos al folclore, dejando que nuestra felicidad se evaporase llenando el aire de un clima festivo.

Sus facciones eran dulces, aunque sus marcadas cejas le daban un toque serio a su expresión facial. Mi mano áspera y rugosa recorrió su cara a modo de caricia. Comencé el recorrido a la altura de sus ojos y la deslicé con suavidad por sus mejillas hasta llegar a sus finos labios, que ardían rojos como las amapolas. Hubiese deseado vivir toda mi vida aferrada a ese instante. Como sabía que era imposible, me resigné y cerré los ojos, y, aprovechando que Luis me abrazaba, me acurruqué en su hombro y conté hasta tres para inmortalizar para siempre ese abrazo en mi galería interior de recuerdos. Qué poco duran los momentos de felicidad, mas se quedan anclados en la memoria como clavos ardiendo.

Si a algo había aprendido pese a mi juventud era a saber valorar y apreciar la fugacidad de los instantes de felicidad. Era mi mejor medicina, la que me daba fuerzas para seguir peleando día a día.

El golpe seco de la pandereta anunció el fin de la música. Madre salió del pasillo moviendo las manos como si estuviese espantando a las gallinas.

—Venga, venga, ¡venga! A sentarse todo el mundo, oh. Dejaos de tanto baile y tanta gaita que se va a enfriar la comida.

Yo la miré con ternura porque estaba feliz, aunque sé que se sentía mal por ello. O tal vez incómoda, por albergar y darle cabida a un sentimiento tan desconocido para ella.

Luis me besó en la mejilla y no desperdició la ocasión para susurrarme al oído lo mucho que me quería. Me acerqué para buscar su oído y contestarle:

—Yo más.

A lo que él añadió:

—Pero yo te quiero bien.

En ese momento, tomé distancia para dedicarle una mueca burlona. «¿Cómo es posible querer mal?», me pregunté.

Detrás del espacio improvisado como pista de baile, la armonía del verde se veía alterada por unas mesas desiguales colocadas en forma de U y decoradas con una cenefa de hojas de camelios y hortensias. Los padres de Luis, él, mi madre y yo presidíamos la mesa nupcial. En los brazos laterales los invitados tomaron asiento de forma ordenada. Las mujeres en el brazo derecho, los hombres, justo enfrente. En una esquina habían colocado la mesa de los pequeños, en un lugar estratégico teniendo en cuenta la inquietud que dominaba sus movimientos.

Luis y yo caminamos lentamente hacia la mesa, y poco a poco, dejé caer el peso de mis emociones sobre la banqueta. Los manteles blancos, de una gama cromática poco homogénea, formaban un mosaico desigual por las mesas, tratando de cubrir todos los espacios. La vajilla de tonos claros daba un toque de elegancia, y los cubiertos y las servilletas casaban con la armonía del lugar.

Carmen encabezó el desfile de los platos del menú que salían de la cocina. Los berberechos fueron los primeros en ocupar la mesa a modo de entrante. A continuación, Maruja presentó las empanadas que había elaborado con la ayuda de Mariña. Solo sus manos conocían la fórmula mágica para lograr un resultado tan equilibrado que parecía deshacerse en la boca con solo mirarlo. Cada bocado era un pasaporte directo al cielo. Normal que su nieta llevase días salivando solo con imaginarlo. La comida escaseaba en el día a día, esa era nuestra realidad. Pero, a pesar de todo, éramos felices porque no conocíamos otro modo de vida.

Los niños estaban sospechosamente calmados. Inés, la hija mayor de Mariña, era la más responsable y ejercía de madre de forma anticipada. Me enternecía ver cómo comían con ímpetu, calladitos, tan concentrados en masticar y saborear. Para ellos, además de la comida, habían preparado pan de fiesta, hecho de manteca y harina de trigo, con un huevo cocido en el interior.

Mis pensamientos fueron testigos y protagonistas de la celebración. Un olor fuerte de especias me trajo de vuelta al banquete. Madre paseaba orgullosa la bandeja de cordero. Desde que anunciamos la boda, las dos familias estuvimos ahorrando para comprarlo en la feria. Había sido un gran sacrificio, pero mereció la pena solo por ver las caras de felicidad de todos los invitados.

Mi estómago no podía asimilar nada más, no estaba acostumbrada a comidas tan pesadas. Me empachaba solo de pensar que todavía faltaban los postres: bizcocho y tarta nupcial con fruta escarchada.

Para favorecer la digestión y, de paso, darnos un pequeño respiro entre plato y plato, Manolo se levantó, dio un paso al frente y arrancó de nuevo con la gaita. Pero esta vez fue Luis quien hizo los coros formando un dúo con Manolo, más cómico que musical, al que también se unió Encarna. La música sonaba a ilusión.

A Luis le gustaba mucho cantar, pero lo cierto es que no se le daba precisamente bien. Cruzamos una mirada cómplice, y se percató de su falta de talento. Pero daba igual, porque verlo así me hacía tremendamente feliz.

De repente, se calló y estiró los brazos con un gesto suave, como si fuese a dirigir una orquesta, y pidió silencio. No se escuchaban ni los gritos de los niños, cosa que, he de admitir, activó todas mis alertas.

—Amigos, amigas… Quiero decir unas palabras. Os quiero dar las gracias por acompañarnos en este día tan importante para nosotros. Para mí, el mejor de mi vida, y eso que es difícil superar el día en el que te conocí, Aurora —dijo mirándome fijamente—. Desde ese día, hace ya cinco años, mi vida cambió para siempre. Aprendí a verla con tus ojos. Eres mi faro. Me iluminas cada día, las noches más tenebrosas en el mar. Me guían y me deslumbran como un destello dorado. Por eso siempre te digo que eres mi tesoro. Ojalá todos pudieran hacerlo, porque descubrirían lo bonita que puede llegar a ser la vida. Vivo enamorado de la mía desde que formas parte de ella. Porque ahora todo tiene un motivo, y ese motivo eres tú. —Continuó con la voz entrecortada—: Lo siento por todos los demás, pero el más afortunado soy yo, por poder pasar el resto de mi vida a tu lado, Aurora. Te quiero con todo mi corazón.

En ese momento, mi corazón se aceleró y se me hizo un nudo en la garganta.

—Ahora, amigos, quiero pediros que cojáis vuestros vasos y los levantéis en alto, y brindemos por Aurora, por todos nosotros. Por la salud y, sobre todo, por la felicidad.

—¡Viva! ¡Viva!

—¡Vivan los novios!

Sin querer retrasarlo ni un segundo más, corrí veloz hasta Luis para agradecerle sus palabras con un beso. Cuando me estaba acercando, vi que un río de color granate estaba a punto de ensuciar mis zapatos. Rápidamente un camino se abría paso serpenteando por el suelo. Al mismo tiempo unas sombras salían pitando como cohetes del pequeño cobertizo situado al lado de la puerta de la huerta.

Enseguida llegó a los pies de los invitados, y Carmen salió escopeteada.

—¡Demonio de crío! Iago, ¿me estás escuchando? Como te encuentre te vas a enterar.

El pequeño había abierto el depósito donde guardaban el vino casero, con lo que había echado a perder una pequeña parte de la cosecha.

La verdad es que Iago era como la representación en diminuto del mismísimo hijo de Satanás. No sé por qué era tan atravesado. Su madre era pura bondad, y su padre, la calma personificada. No me extrañó, ya estábamos acostumbrados a sus trastadas.

—Dios me dé paciencia con este niño, cuando no es una cosa, es otra, pero no puedo estar nunca tranquila. Aurora, por favor, te suplico que, cuando te vuelva a mencionar la palabra «hijos», me recuerdes el nombre del mío para que se me quiten todas las ganas —exclamó Carmen todavía acalorada—. Bueno, ¿qué me dices? ¿Te gusta lo que preparamos? Yo creo que quedó todo muy *xeitoso* —preguntó mientras su cara esperaba ansiosa una respuesta sincera.

—Cómo no me va a gustar, Carmen, eres la mejor amiga que cualquiera pueda tener. Jamás me imaginé una boda así, con tantas flores, con tanto mimo, con tanto… —dije mientras para mí valoraba todo su esfuerzo—. No hay nada más valioso que el tiempo, y tú lo inviertes casi siempre en mí.

Sus manos me sorprendieron por detrás de los hombros, agarrándome con dulzura para acercarme a ella.

—Si no lo hago por ti…, ¿por quién lo voy a hacer? Me hace muy feliz verte así, te lo mereces. Mereces ser feliz —respondió mientras me apretaba con fuerza—. Por cierto, ¿has visto qué flores? Seguro que no te has fijado bien —sugirió.

—Sí, Carmen, son muy bonitas. Pero… ¿de dónde las has sacado? —le respondí mostrando mi curiosidad con una mueca reflexiva.

—Pues del jardín del pazo de Baleiro, con la ayuda de Sabela y Manuela. Verás como se entere la marquesa…

Inmediatamente abrí los ojos como platos. «La marquesa», bisbisé por lo bajo.

—¿Cómo se te ocurre, Carmen? —Un escalofrío me había recorrido el cuerpo cuando vi cómo sus labios articulaban la palabra «marquesa». Catalina era mala, pero, con todo, era la versión mejorada de su madre. Me santigüé mentalmente pidiendo compasión—. Por cierto, hablando del pazo de Baleiro. Manuela y Sabela todavía no han aparecido…

El azul claro del cielo mutó en un color anaranjado que dio paso a un atardecer de espectáculo. El tiempo pasa demasiado rápido cuando se disfruta.

Madre, Maruja y algunos invitados más se fueron retirando. Ese día mi corazón alcanzó la plenitud y mi único deseo era que esa felicidad solo fuese el punto de partida de lo que estaba por venir.

Luis y yo seguimos bailando hasta que mis pies dijeron basta. No me gustaba hacerlo, pero, si era con Luis, cualquier pretexto me servía para echarme en sus brazos. La luz cálida del atardecer cambió rápidamente en un blanco nacarado que transformó la pequeña huerta en un escenario íntimo repleto de estrellas y promesas.

Mis pies se deslizaban acariciando el suelo de tal manera que sentí que levitaba. La mano de Luis rodeaba mi cintura. Con la otra, me guiaba en la dirección del próximo paso de baile en un vaivén de emociones aceleradas. De repente, me soltó la mano para colocarme detrás de la oreja un mechón inquieto que también había decidido bailar a su ritmo. Con las yemas de los dedos empezó a acariciarme la oreja, colocó en su sitio el mechón y siguió bajando por el cuello hasta coronar en la nuca. Entonces, me acercó todavía más a él para besarme con suavidad. Y así fue como comenzó mi luna de miel sin siquiera salir de mi pueblo.

Aquella noche, las estrellas atesoraron los recuerdos más bonitos de mi vida, que poco después dolerían como clavos incrustados en las profundidades de mi corazón.

2

Vila do Mar, 17 de agosto de 1902

Las gaviotas me despertaron. Todavía tumbada, me giré y vi que Luis dormía plácidamente. Me pareció un regalo tenerlo por primera vez durmiendo a mi lado. Me incorporé a medias, apoyando un codo sobre la cama, mientras que con la mano derecha empecé a descubrir los secretos de su espalda. Mis dedos caminaban con instinto explorador, tanto que el cosquilleo lo despertó. Con cautela se giró para dar la espalda a la pared y nos reencontramos frente a frente. Nunca me acostumbré al impacto de sus ojos azules.

Él me respondió con un ataque camuflado. Primero estiró los brazos intentando desperezarse y después los bajó para retenerme en un abrazo infinito. Me sentí como una rehén, aprisionada en sus brazos mientras me daba besos en la mejilla.

En medio de la dulce batalla, me concedió una pequeña tregua. Un paréntesis que utilizó para coger aire y susurrarme con su voz, todavía dormida.

—Buenos días, *miña rula*.

Cuando lo escuché, mi piel se erizó al sentir su aliento en mi oído.

—Buenos días, *meu amor* —respondí con un tono suave de voz.

—No puedo creer que a partir de ahora todos mis despertares vayan a ser así, a tu lado… La felicidad es así de simple, no necesito nada más que tenerte cerca.

Mis mejillas se sonrojaron. Como respuesta le dediqué una sonrisa amplia y luminosa, la de quien siente que tiene toda la vida por delante.

Eran las once de la mañana, nunca nos levantábamos tarde, pero ese día la resaca emocional nos ató un rato más a la cama. Comentamos brevemente el día anterior, intercambiamos nuestras impresiones y nos reímos recordando la hazaña de Iago.

—Tenías que haber visto la cara de Carmen, Aurora, su rostro parecía endemoniado. Se le puso cara de marquesa —dijo Luis mientras reía divertido.

Todo eran risas hasta que, otra vez, un nombre rompió la armonía. Luis se percató de que me había molestado, así que me apretó la mano con dos toques suaves para disculparse.

—Vamos, Aurora, olvídalo. Han pasado años.

—Sí, tienes razón. —Me limité a sentenciar mientras me escapaba de sus brazos para vestirme.

En su cara se reflejó cierta preocupación, con un gesto tan serio que me obligó a retroceder para darle un beso en la mejilla y suavizar mi temperamento.

—Voy a arreglarme. Si quieres, quédate cinco minutos más y te pones en marcha. No olvides que debemos ser puntuales —sugerí con una sonrisa descafeinada.

Habíamos acordado volver a reunirnos en casa de Carmen y Jesús para continuar con la celebración porque había sobrado demasiada comida.

Liviana dancé por el pasillo, dejé atrás la alcoba y llegué a la cocina. Curioseé por la salita y, tras un registro más detallado, confirmé que Juana no estaba en casa. De la oscuridad del pasillo emergió Luis. Su agilidad me asustó.

—Qué rápido —dije con cara de sorpresa.

—Hombre, tengo demasiadas ganas de pasear contigo, por fin, con mi mujer cogida de mi brazo —contestó con una sonrisa.

«Mi mujer», pensé sorprendida. Todavía no me había parado a considerar el impacto de estas palabras.

—Pues no más que las mías de presumir de marido —dije mientras me apresuraba a engancharme de su brazo.

Mi mujer…, mi marido… Estábamos casados.

Las nubes irregulares decoraban un cielo pacífico. La musicalidad de las olas se mezcló con nuestra risa y creó una melodía que sonaba a felicidad. Una banda sonora que nos acompañó durante nuestro paseo.

Luis caminaba con orgullo, con la espalda erguida y la barbilla levantaba. Yo iba agarrada a su brazo, me sentía fuerte, totalmente embriagada por la ilusión.

Paseamos tranquilos, disfrutando de la brisa del mar, hasta que una jauría de niños se dirigió hacia nosotros a gran velocidad. No reían, ni tampoco jugaban, solo gritaban «¡Pan, pan!» mientras mantenían su trofeo con las manos en alto para resguardarlo de bocas ajenas, más grandes, pero igual de hambrientas. Corrían desordenados, buscando un lugar de intimidad para disfrutar tranquilamente de aquel preciado y escaso manjar. Poco a poco se fueron dejando caer sin fuerzas sobre las escaleras irregulares que daban acceso a las casas. Comían en silencio, concentrados, sin perder ni un átomo de energía en nada que no fuese digerir y saborear ese tesoro que escondían en sus manos.

—Cómo olvidarlo, es domingo —dije susurrando mientras ponía los ojos en blanco.

Eso significaba que doña María Leonarda, la excelente e ilustrísima marquesa del pazo de Baleiro, acudía puntual a su cita con Dios. No era más que un paripé, pues a estas alturas yo podía confirmar con rotundidad que esa mujer tenía pasaporte directo al infierno. Pero ella se engañaba creyendo que así limpiaba su alma. Necesitaba confesar sus pecados, tal vez para sentirse mejor persona, un adjetivo que a ella le quedaba demasiado grande.

Su salida al mundo real era una auténtica pantomima. La escena se repetía ajena al paso de los años. Decenas de niños la esperaban cada semana a las puertas del pazo para desearle, con tono dócil, los buenos días. Acompañaban su mensaje de una sonrisa, tan falsa como ella. Lo hacían porque sabían que eso tenía premio. Ni más ni menos que el pan sobrante del fin de semana.

Todas las semanas pasaba lo mismo. La puerta se abría con garbo. El ruido de las bisagras anunciaba su presencia. Un pie largo conquistaba el suelo, que crujía con fuerza, y provocaba que mi mundo se tambalease. Estaba envuelto en un zapato de charol negro. Tan reluciente que, incluso al recordarlo, podía verme reflejada en ese momento años atrás.

María Leonarda era la primera en salir, ella encabezaba la comitiva. A su sombra, como siempre, su hija Catalina, la viva imagen de su progenitora, procesionaba por detrás.

—Buenos días, doña María Leonarda, qué guapa está hoy.

—Que tenga usted un buen día, señora marquesa.

—Buenos días, señorita Catalina, hoy brilla más que las propias estrellas.

—Le sienta especialmente bien ese sombrero, doña marquesa.

Parecíamos gaviotas hambrientas, graznando desacompasados y desesperados por conseguir un pedazo de pan. Era humillante, pero al mismo tiempo merecía la pena porque aquel que lograse elevar su ego a la máxima potencia se aseguraba el mejor trozo. Lo más cotizado era el pan de fiesta. La verdad es que yo tenía que hacer un gran esfuerzo para inventarme virtudes inexistentes y, sobre todo, para buscar falsas palabras que alimentasen su ego.

No lo hice muchas veces, solo un par de domingos antes de que todo estallase. Todavía recuerdo su detestable fragancia, su aroma me envolvía la cabeza con aspereza. Me escocía en el alma porque a mí solo me daba las migajas. Al principio las engullía tan rápido que me atragantaba y llegaba a casa con las manos vacías. Hasta que la cara de decepción de madre me enseñó a no pecar de gula. Aprendí que ella también esperaba un pedazo de pan que llevarse a la boca.

Su presencia me irritaba hasta tal punto que prefería pasar hambre. Pero eso ya formaba parte del pasado, o eso creía. Así que dejé de rememorar estos detalles para regresar al presente.

Luis y yo estábamos llegando a casa de Carmen. Caminábamos acompasados cuando, justo en línea recta, armonizada con el mar, una sombra acabó con mi calma. Con esa forma solo podía pensar en una persona, pero ese lugar no era suelo digno de recibir las suelas de sus zapatos.

Actué por instinto de supervivencia sin tener en cuenta nada más que evitar la figura. Cogí a Luis por el brazo y lo empujé justo en dirección contraria. Al otro lado. Entonces vi cómo pasaban de largo.

Volví a respirar, y continuamos el paseo, antes de que sintiese que Catalina me seguía con la mirada. Sus ojos eran tan azules que hacían desconfiar de su pureza.

—No la soporto, Luis, te juro que no la soporto —dije mientras me aseguraba de que las habíamos dejado atrás. Aunque no me hubiese importado en absoluto que me escucharan.

—No le des tanta importancia, Aurora. Tienes que superarlo.

—¿Pero es que te has olvidado de lo que pasó? —exclamé antes de resoplar con un bufido.

Traté de que la brisa se llevase mis malos humos. Fue un intento vano por camuflar mi ira, que estallaba como la lava de un volcán. Estaba convencida de que se paseaba para ver cómo las bocas más inocentes roían las migajas de su generosidad. Era feliz viendo cómo la gente sufría a su alrededor mientras ella se rodeaba de una falsa riqueza que solo desprendía hedor.

El paseo era corto, pero los últimos metros me desgastaron. Llegué a la meta derrotada. Al fondo de la calle, a la puerta de la casa de Carmen, madre, Maruja y Rosiña, sentadas en unas sillas, debatían sobre la vida mientras cosían las redes de pesca. Siempre aprovechaban cualquier momento para remendarlas. El movimiento de sus agujas se sincronizaba con sus lenguas.

—Ahí vienen los tortolitos. —Así es como Rosiña advirtió de nuestra presencia.

—¡Pero míralos! ¡Ay, Juana! ¿Te acuerdas de cuando nosotras éramos así? No parece que haya pasado tanto tiempo, y míranos ahora —comentó Maruja.

—*Filliña*, pero alegra esa cara, mujer, que parece que acabas de ver a un fantasma —sugirió madre sin levantar la vista de sus redes.

«A uno no, madre, a dos», quise contestar.

Carmen salió por la puerta para unirse a la reunión que se había formado en la entrada de su casa.

—¿Fantasma? ¿Estáis hablando de la marquesa? Menuda procesión, parecían la santa compaña, pero en versión elegante.

De repente, comenzó a estirarse como si tuviese un palo de madera sujetándola por la espalda. Nos miró a todas por encima del hombro, sin girar demasiado la cabeza, y acompañó su gesto con una mueca cargada de odio. A continuación, se puso de puntillas y caminó como si el suelo le quemase los talones.

—¿Quién soy? —preguntó divertida.

No era muy difícil adivinarlo, pero su ingenio hizo que soltara una carcajada. Tenía mucha gracia. La verdad es que se le daba bastante bien imitarla.

—Cada día soy más fanática de los sombreros de María Leonarda. Digo yo que, ya que los usa, podría escoger uno que le tapase bien la cara, así nos ahorrábamos el tener que verla —comentó mientras seguía caminando con una rectitud impoluta.

«¿Dónde estaba Luis?», me pregunté. Lo había perdido de vista desde que Iago e Iria lo asaltaron sin previo aviso. Las risas que resonaban a lo lejos me dieron la respuesta que buscaba. Afiné la vista y comprobé que sus manos, que hacía poco me agarraban con fuerza, ahora perseguían aquellas diminutas e inocentes espaldas, en una lucha de cosquillas.

Le miré ensimismada, con una sonrisa tonta colgada de la comisura de mis labios. Me enternecía verlo así. A Luis le encantaban los niños, casi más que a mí. Por un instante fugaz, viajé al futuro y nos imaginé, un año después, con nuestro pequeño en brazos, reuniéndonos de nuevo alrededor de la mesa. Celebrábamos el nacimiento de nuestro primer hijo y también nuestro primer año de casados.

—Bueno, a ver, ¿qué pasa? Mucha cháchara, mucha risa, ¿pero aquí nadie tiene hambre o qué?

La voz grave de Jesús irrumpió en el ambiente para dar al traste con mis cavilaciones e invitarnos a tomar asiento para retomar la celebración. En orden, pasamos adentro y tomamos asiento. Todo estaba como lo habíamos dejado hacía apenas unas horas. Ahí seguía la mesa, aunque esta vez preparada para menos comensales. Manolo y Mariña no podían cerrar otro día la taberna. Manuela y Sabela seguían presas trabajando para la marquesa. Y los demás estaban ocupados con sus quehaceres y sus planes familiares. La comida fue todavía más íntima. De nuevo, saciamos el apetito, bailamos durante toda la tarde y reímos, reímos sin parar.

3

Vila do Mar, 17 de agosto de 1902

No todo en el pazo de Baleiro había sido malo, por suerte. El pazo me recordaba a Lucilda. ¡Mi querida Lucilda, cuánto la echaba de menos! Nuestra sangre era diferente, pero nos habíamos criado con los valores de la misma mujer, mi madre.

Doña Ramona, la hermana del marqués, falleció poco después del parto. No solo dejó huérfana a una recién nacida, sino también al pequeño Germán, que, aunque estaba bajo los cuidados permanentes de María, se quedó sin una figura materna. Su padre, Gaspar, se evadió de todas las responsabilidades y se centró más en el juego y en la bebida que en atender a sus propios hijos.

Yo solo tenía tres meses cuando madre entró a trabajar como nodriza para amamantar también a ella, exactamente cuatro meses antes de que naciese Catalina, la única hija del marqués. María Leonarda no tuvo un embarazo sencillo. Se rumoreaba que había tenido serios problemas y tardó varios años en concebir, por lo que su embarazo tuvo que discurrir en un absoluto reposo. Incluso se comentaba que Catalina no era hija suya, pero no había más que observarla para darse cuenta de que eran dos gotas de agua.

Conocía muy bien ese pazo porque madre siempre me llevaba con ella. Los años fueron pasando, pero fue tal el vínculo que creó con Lucilda, y yo con ella, que su atención se extendió más allá del tiempo de lactancia. La visitaba todos los días y la cuidaba.

Compartíamos secretos y confidencias. Nos encantaba pasar tiempo juntas. Era dulce, bondadosa y muy divertida. Su risa resonaba entre las paredes como un rayo de luz en medio de la oscuridad que flotaba en el ambiente de ese pazo.

Su tío, el marqués don Guzmán, también se desvivía por ella. La trató como a una hija y se aseguró de que no le faltase de nada. Se ocupó de gestionar sus cuidados y también su educación. Pero su desvelo empezó a molestar a María Leonarda, que sentía que su marido se preocupaba más por las hijas ajenas que por la suya propia. Y poco a poco, su sombra lo fue empañando todo.

La verdad es que su presencia era abrumadora, a mí me aterrorizaba encontrármela. La mera aparición de su sombra lejana por los pasillos creaba un ambiente tenso y desagradable. Su aura de superioridad era como un fantasma opresivo que me atrapaba. Yo no era la única que lo pensaba. Todos en ese pazo, menos su marido, la evitaban, como queriendo protegerse, temiendo sus reprimendas, porque su soberbia la llevaba a menospreciar a aquellos que consideraba inferiores, es decir, a todos los demás.

Su falta de empatía se fue acusando con el paso de los años, hasta convertirla en una persona todavía más despiadada y dominante. Su carácter estaba marcado por el despotismo, la arrogancia y un sentido exagerado de superioridad, y no precisamente por su altura: no medía más de metro y medio.

En su rostro ancho y cuadrado destacaba su mirada de doble filo. Sus ojos eran bonitos, pequeños y azules, y relucían desde lo lejos como dos diamantes en bruto, pero, cuando los observabas de cerca, te atrapaban y penetraban en lo más profundo del alma. Sobre el labio reposaba un pequeño lunar. Una marca siniestra que mostraba su naturaleza maligna. Cada vez que abría la boca, el lunar bailaba dándole a su sonrisa un matiz todavía más diabólico. Su pelo, siempre firme, como ella, lo recogía en un moño, rodeado de pasadores de oro que contrastaban con su cabello negro como el azabache.

María Leonarda necesitaba controlar todo lo que había a su alrededor. Era muy mandona e imponía su voluntad sobre los demás, sin mostrar, jamás, ni un ápice de empatía.

Los primeros años fueron mucho más sencillos. Lucilda y Catalina crecieron a la par. Don Guzmán decidió educarlas sin distinción; al fin y al cabo, eran primas. Pero las cosas se empezaron a complicar cuando las destrezas de Lucilda dejaron al descubierto las carencias de Catalina. Lucilda era una niña prodigio. No había más que verla. Era muy hábil en la lectura y en los números, y también tenía un talento innato para la música que no tardaron en descubrir.

Recuerdo la primera vez que vi cómo sus manos bailaban sobre las teclas del piano, creando una melodía que impactó en mis oídos. Ella era capaz de expresar sus emociones sin hablar a través de las notas. Cada vez que se sentaba frente al piano creaba una atmósfera mágica. Los criados se acercaban para escucharla, impresionados por su talento, y yo sentía que volaba cada vez que la escuchaba. Todos disfrutábamos. Bueno, todos menos María Leonarda, que, cada vez que sonaba una melodía fluida, se quejaba de un agudo dolor de cabeza. Sus labios se oprimían y su rostro se helaba. Era más que evidente que la envidia la corroía cuando se evidenciaba que su hija no era capaz de tocar más de cuatro notas desordenadas y sin ritmo.

Estaba tan cegada que su único deseo era que su hija sobresaliese por encima de Lucilda, siempre necesitaba sentirse superior. Su obsesión era tan extrema que canalizó toda su frustración en Catalina. La amoldó a su imagen y semejanza y, a pesar de que teníamos prácticamente la misma edad, no volvió a permitir que se juntase con nosotras porque éramos una amenaza para su desarrollo. Lucilda, por destacar sobre ella, y yo, por pertenecer a una familia humilde. Catalina debía crecer de acuerdo con los estándares de la alta sociedad a la que pertenecía. Por eso, pese a que las dos vivían en el mismo pazo, decidió apartarlas. Una decisión que forjó su carácter de una manera significativa.

La marquesa impuso reglas estrictas y dispuso una estrecha vigilancia sobre Catalina. Lucilda y ella convivían en el mismo espacio, pero siempre había alguien presente cuando estaban juntas para limitar la interacción más allá de los formalismos sociales. Además, a Lucilda la trasladaron a otra habitación, ubicada en el otro extremo del pazo, para reducir todavía más el contacto entre ellas. Todo se precipitó una tarde de principios de mayo de 1892, cuando estábamos en el jardín. Teníamos nueve años.

El jardín era el único lugar alegre y de sosiego del pazo. Era amplio y de forma cuadriculada. En el centro, desde una pequeña fuente que coronaba una estatua de mármol partían cuatro caminos empedrados que dividían el jardín en espacios geométricos perfectamente estructurados. Frente a la figura, el camino daba acceso a un gran salón. Para acceder a él, había que atravesar la puerta cuadrada que se camuflaba en la cristalera. El camino de la derecha dirigía a un amplio soportal que sujetaba con delicadas columnas la planta superior de las habitaciones, que gozaban de amplios ventanales con vistas al jardín. El camino de la izquierda moría en una hilera de frondosos árboles que tapaban las paredes de piedra y que continuaba en forma de L para marcar los límites de la edificación. Justo en ese rincón había un pequeño columpio de madera suspendido de una robusta rama. Enfrente del columpio, en el otro camino, había un pequeño estanque que brillaba bajo el sol. Unos lirios desplegaban sus pétalos blancos para flotar sobre una superficie tranquila, que solo alteraba las ondas provocadas por el movimiento de los patos que nadaban perezosamente. Lucilda y yo jugábamos ajenas a todo lo que nos rodeaba, como sucedía siempre que estábamos juntas. A veces nos entreteníamos entre las flores, otras en el columpio. También bajo la sombra del roble, donde nos sentábamos para leer historias ficticias, donde cada palabra cobraba vida en mi imaginación y me transportaba a mundos paralelos. En ese roble sellamos nuestra amistad grabando nuestras iniciales en el tronco. Pero ese día jugábamos a la pata coja. Los cuatro caminos que se abrían desde la fuente eran muy estrechos y las piedras se extendían por el suelo como si este fuese un mosaico irregular.

—Venga, Aurora, empieza tú —sugirió con voz desafiante—, no lograrás tocar la fuente antes que el suelo, pero si lo haces, tú ganas.

—Sí, ya, eso es lo que tú crees. Atenta —la desafié convencida—. Te vas a comer tus palabras.

—Eso quiero verlo yo —contestó.

Primero me agaché para quitarme los zapatos, y el frescor de la piedra se adhirió a mis pies. Me incorporé para vislumbrar la meta, que estaba a escasos metros. Flexioné las rodillas ligeramente para tomar impulso y cogí la fuerza necesaria para ir sorteando todos los obstáculos con destreza.

—Uy, qué fácil... Prepárate que vienen curvas —dijo Lucilda mientras empezaba a incordiarme con una rama alargada para hacer el juego más divertido—. Veremos si ahora saltas con la misma facilidad —me retó.

«No me tientes», pensé, pero callé para mantener mi integridad. Lucilda me balanceó suavemente, pero logré esquivar sus obstáculos extendiendo los brazos para no perder el equilibrio. Me concentré y, con un leve impulso, alcancé la meta.

—Muy lista, Aurora, pero tienes que tocar la fuente, no vale —dijo Lucilda con tono pícaro.

—A la fuente no, a la que cogeré es a ti —avisé, mientras recuperaba el equilibrio con las dos piernas, y corrí tras ella.

Nuestras risas llenaban el ambiente. Al levantar la vista, vi cómo Catalina nos observaba desde su habitación. La luz del sol se filtraba suavemente entre las cortinas e iluminaba sus ojos azules, que destacaban todavía más en el marco de la ventana de madera oscura, donde parecía que reposaba la cabeza.

Sentí que su mirada expresaba el anhelo de estar con nosotras. Estaba llena de significado, era triste, mezclada con una dosis de enfado y también de resignación mientras escuchaba nuestras risas.

En ese momento, miré a Lucilda, y le hice una seña ladeando levemente la cabeza hacia la ventana. Ella se fijó en Catalina y, con la mano, le hizo un gesto suave para invitarla a unirse a nosotras. Yo esbocé una sonrisa amable para tratar de convencerla. Al fin y al cabo, Catalina no tenía la culpa de ser presa de la maldad de su madre, solo era una víctima más.

Su rostro triste recuperó el entusiasmo en cuestión de segundos. Primero, se giró para comprobar que nadie la vigilaba y, cuando se cercioró de que no había peligro, asintió con la cabeza. Rápidamente, con pasos cautelosos bajó hasta los soportales y apareció en el jardín.

Mientras, yo me acerqué a la puerta para asegurarme de que María Leonarda seguía ocupada y no se preocuparía por su hija al menos durante una hora. Para no levantar sospechas, me escondí entre las matas de hortensias que estaban justo enfrente del ventanal. Me absorbieron como si fuesen esponjas de color pastel. Envuelta en un aroma floral, agucé la vista. El salón era una estancia elegante y decorada con un gusto exquisito. La luz que entraba por los ventanales aportaba calidez. En el ala este había una mesa de té de madera oscura sobre la que descansaban tazas y platillos de porcelana decorados con diseños florales y ribetes dorados. El vapor que salía de las tazas se elevaba suavemente hacia el techo como si fuese el humo de la chimenea, que estaba justo en el lateral.

Alrededor de la mesa, colocadas en forma de U, como si así quisieran facilitar la conversación entre los allí presentes, había varias sillas tapizadas en terciopelo oscuro. De espaldas a mí se sentaba la marquesa, y enfrente una señora extremadamente elegante que no conocía. El suelo estaba cubierto por una lujosa alfombra adornada con cenefas de diseños geométricos y florales entrelazados con elegancia en tonos ocres y rojos. Sobre la pared colgaban cabezas de animales disecados. Había varios, pero mis ojos se quedaron paralizados en los cuernos de un ciervo que se alzaban imponentes. Era parte de la colección que el marqués exponía como trofeos fruto de su pasión por la caza.

Enfrente de ese muestrario inquietante, unas grandes vitrinas de madera tallada albergaban una extensa colección de figuras de porcelana y jarrones de diferentes dimensiones, que, entendí, serían de gran valor. Delante, el protagonismo era para una mesa de madera robusta y rectangular con unos bordes rematados con detalles florales. La rodeaban ocho sillas de respaldo alto, que permitían, supongo, disfrutar de la vista del jardín a través de los ventanales. La mesa estaba cubierta por un mantel de tono marfil que caía por las esquinas creando pliegues que se extendían por el suelo, rematados con unos bordes de encaje. En el centro, un jarrón de porcelana fina de ribetes dorados hacía juego con las tazas de té, decorado también con unas flores. Del techo colgaba una lámpara de araña de cristal suspendida por una cadena de metal pulido. Los rayos del sol se filtraban a través de las lágrimas, que creaban destellos en las paredes.

La puerta estaba abierta. Cuando comprobé que todo estaba en orden, me giré para reencontrarme con Catalina y Lucilda. Algo en Catalina me hizo sospechar. Siempre me dio la impresión de que escondía algo.

—Aurora, le estaba diciendo a Catalina que, como somos tres, podemos jugar a hacer una representación. ¿Qué te parece?

—¿A las imitaciones? —pregunté.

—Sí —contestó Lucilda.

—Está bien. —Levanté los hombros en señal de aprobación.

—¿Me dejáis repartir los personajes? —preguntó Catalina con su tono de voz caprichoso.

Puse los ojos en blanco, pensé lo pesada que era. Acababa de llegar y ya estaba mandando… igual que su madre. Pero me tragué mis pensamientos y me limité a contestar:

—Lo que queráis —dije con suavidad, mostrando mi indiferencia.

—Está bien, Catalina, tú decides —confirmó Lucilda.

—Imitaremos a mi madre, que últimamente me tiene amargada —confesó en un intento de desahogarse.

—Pues tú dirás quiénes somos nosotras —sugerí.

—Tú serás la criada y, Lucilda, tú serás yo —dijo mientras nos señalaba con el dedo.

Nos miramos estupefactas, pero ¿qué podía salir mal? Lo único que tenía que hacer era mantener la misma cara que ponía cada vez que me encontraba con la sombra de María Leonarda, y Lucilda, obedecer como un perro. Cuando nos estábamos metiendo en el papel, vimos cómo las cortinas de la habitación de Catalina se movían y, detrás, Valvanera nos observaba con cara endemoniada. Catalina se percató y cruzó rápidamente la puerta que daba acceso al salón. Supongo que lo hizo para evitar que Valvanera la delatase y evitar el castigo posterior. Quiso ser ágil, pero tropezó con un pequeño escalón que había delante de la puerta y, para no caerse, se agarró al mantel de la mesa del salón. El mantel se escurrió y el jarrón que había sobre la mesa se rompió en mil pedazos, provocando un gran estruendo que sorprendió a todos los allí presentes, sobre todo a Marcela, la criada, que en ese momento servía más té en la taza de la marquesa. Del susto, se sobresaltó y, sin quererlo, derramó el té hirviendo en su vestido.

Lucilda y yo corrimos a la par para ayudar a Catalina a levantarse. En ese mismo momento, después de un silencio breve pero interminable, María Leonarda giró su cabeza como si fuese el mismísimo demonio y nos encontró de frente. Nosotras juntas y revueltas, ella abrasada por el té y con el jarrón de porcelana hecho añicos. Su cara se transformó cuando vio lo que había sucedido, pero los primeros gritos fueron para Marcela.

—¡Inútil! —gritó mientras la señalaba.

Con manos temblorosas, Marcela intentó disculparse, pero María Leonarda no mostró compasión alguna. Antes de continuar, se volvió hacia la invitada.

—Lo lamento mucho, querida —dijo con un falso tono de condescendencia—. Parece que las novatas no entienden el significado de la excelencia —remató.

—Te entiendo perfectamente, María Leonarda, no sabes cuántos años me costó encontrar una buena criada —contestó aquella mientras se llevaba la mano a la cabeza.

Me fijé de nuevo en Marcela y vi cómo luchaba por contener las lágrimas mientras se apresuraba a limpiar el desastre que había provocado en el traje de la marquesa.

—No te molestes, recoge tus cosas y vete, estás despedida. Margarita, querida, le diré a Valvanera que te acompañe a la puerta. Mañana retomamos la partida y la conversación a la misma hora.

—Está bien —asintió Margarita mientras se despedía de la marquesa con un cursi roce de mejillas.

Me hizo gracia que esa mujer se llamase Margarita. Por su apariencia, supuse que sería la mujer de algún aristócrata. Sin embargo, no había más que observarla para darse cuenta de que estaba más cerca de marchitarse que de florecer.

—Chis, chis, y vosotras tres, quietas ahí.

De repente, sentí cómo la sombra de la marquesa se acercaba hacia mí para atraparme. No supe reaccionar, me quedé paralizada.

—Catalina, a tu habitación, enseguida hablaré contigo. Desaparece de mi vista ya. Y dile a Valvanera que te prepare un baño, no me gusta que te juntes con esta niña —dijo mientras me apuntaba con el dedo.

Catalina desapareció cabizbaja sin articular palabra.

—Tú. —Me miró fijamente, con su cara de demonio—. No quiero que vuelvas a acercarte a mi hija, ¿me entiendes? ¿O lo repito otra vez?

Me limité a contener el aliento y a mantener la cabeza lo más alto que pude mientras aguantaba, como Marcela, las ganas de llorar.

—Lárgate de mi vista, fuera de mi casa —espetó mientras me indicaba el camino hacia la puerta.

—Pero, tía —suplicó Lucilda.

—No me llames tía y no te atrevas a contestarme. Esta es mi casa. Yo soy la marquesa y estas son mis normas. Sal de aquí, no abras la boca, corre a tu habitación y no vuelvas a salir. —Estas últimas indicaciones salieron de su boca como si estuviese poseída.

Lucilda ignoró sus palabras y corrió a mi encuentro para abrazarme.

—No te juntes con ella. Valvanera, Valvanera, ¿dónde estás? Prepara otro baño para Lucilda, que no me gusta que anden con gente sucia.

Con las lágrimas empañando sus mejillas, Lucilda trató de arroparme mientras se despedía.

Yo desaparecí de allí y llegué a casa tan disgustada que me metí en la cama con el estómago cerrado. No podía parar de llorar, las palabras de la marquesa resonaban en mi cabeza con una crueldad abrumadora. No podía soportar que me separasen de Lucilda.

Madre se asomó a la puerta y se acercó con pasos lentos para arroparme con ternura. Se sentó junto a mí y se retiró la toquilla que le cubría la espalda para deslizarla sobre mi cuerpo acurrucado en la cama. Sentí que su abrazo me proporcionaba la seguridad y protección que necesitaba en ese momento de vulnerabilidad.

Sus manos continuaron acariciándome el pelo, y con cariño se acercó para darme un beso suave en la frente. En sus ojos encontré el consuelo silencioso que rápidamente tomó forma de palabra.

—No te preocupes, *filliña*, Lucilda no es como la marquesa. Mañana será otro día. Ya verás.

Sus palabras me anestesiaron, y el peso del cansancio provocado por las lágrimas hizo que mis párpados se rindieran. Mis ojos se cerraron mientras ella se acostaba a mi lado, justo antes de apagar la luz para poder descansar en paz. Pero, cuando estaba a punto de dormirme, un crujido resonó en la casa. Oí cómo la puerta principal se abría con una misteriosa cautela. El sonido de unos pasos ligeros y cuidadosos cada vez sonaba más cerca. Mi cuerpo se inquietó al ritmo de las pisadas.

Lo primero que pensé es que la marquesa venía directamente a torturarme. Madre también se despertó. Cuando la miré, vi cómo sus ojos reflejaban en mitad de la noche el miedo. Los pasos se acercaban cada vez más hasta que se detuvieron detrás de la puerta. Mi respiración se aceleró; mis pensamientos se atropellaban. Contuve el aliento, como si quisiese evitar que quien fuera que estaba al otro lado escuchase síntomas de vida en el cuarto. Pero era demasiado tarde. Mi corazón se detuvo cuando la puerta se comenzó a abrir lentamente, y una figura misteriosa se fue desvelando. Era una silueta siniestra y enigmática que helaba la sangre. Vestía una capa negra que caía en pliegues hasta el suelo, como si arrastrase el peso de su existencia. Sobre la cabeza, un pañuelo atado cuidadosamente ocultaba su rostro, cayéndole sobre la cabeza. Madre me abrazó rodeándome con los brazos, en un gesto innato por defenderme. Desesperada trataba de hallar una señal que me permitiera reconocer quién se escondía en la sombra. Pero por más que lo intentaba, el pañuelo que cubría el rostro de la silueta no dejaba ver ningún rasgo distintivo, creando una inquietante sensación de anonimato.

Estaba tan pegada a mi madre que sentí cómo su respiración también se entrecortaba. Las dos esperábamos ansiosas que acabase la tortura. Necesitábamos una explicación, una palabra que rompiera el silencio y pudiera darnos alguna pista sobre la identidad de esa figura misteriosa.

La sombra parecía que danzaba mientras se acercaba, hasta que, de repente, una voz dulce tranquilizó el ambiente.

—Shhh, shhh, tranquilas, soy yo, Lucilda —dijo mientras se retiraba el pañuelo de la cabeza.

Cuando reconocí su rostro respiré tranquila, pero inmediatamente mi temperamento se aceleró.

—Pero, Lucilda, ¿estás loca? ¿Qué haces aquí? ¿Cómo se te ocurre darnos este susto después de lo que ha pasado? Como se entere la marquesa, te matará, y luego hará lo mismo conmigo.

Madre permanecía en silencio, como dando pie a Lucilda para que explicase el motivo de su visita.

—Siento haberos asustado, pero tenía que asegurarme de que no me reconocería nadie —dijo mientras se quitaba la capa y el pañuelo para sentarse en la esquina de la cama—. Toma, anda. Te traje un poco de pan y una pastilla de chocolate, que sé que te gusta. Lo he cogido a escondidas. Así te quito el trago amargo que te llevaste —dijo al tiempo que sacaba de debajo del brazo un bulto envuelto en un trapo blanco.

A Lucilda le gustaba el riesgo. Pero no voy a negar que no me encantó su sorpresa. No soportaba las plegarias dominicales para conseguir un poco de pan.

—Bueno, ahora iré directa al grano, antes de que se den cuenta de que no estoy en el pazo.

Pensé que, con la manía que le tenía la marquesa, jamás se percataría de que Lucilda no estaba. Y si lo hiciese y desapareciese de su vista, sentiría que la vida misma le estaba haciendo un favor. La marquesa la odiaba casi tanto como a mí. No se preocupaba en absoluto por ella. Pero dejé que se explicase.

—Aurora, ¿me estás escuchando? Cuando te marchaste, la marquesa enloqueció. Antes de irme a dormir, cuando trataba de escaparme a la cocina, escuché que hablaba con mi tío Guzmán: «Guzmán, esto es intolerable, no puedes permitir que esas personas, y digo personas por no llamarles animales, sigan entrando en nuestra casa. Revolucionan el ambiente, lo crispan, son vulgares. Me da igual que sea por su bien, y me da igual que sea tu sobrina, lo de esa niña es inadmisible, no la soporto más. ¿No ves que es una amenaza para Catalina? Por no hablar de su madre, que es todavía peor que las criadas. ¿Qué imagen tendrá ahora Margarita de nosotros?». —Lucilda no dejó de gesticular mientras con un tono de voz agudo y atropellado imitaba a María Leonarda.

En ese momento, vi cómo el rostro de madre se nublaba.

—Pero lo mejor fue la respuesta del marqués. Ya sabía yo que mi tío no tenía la sangre contaminada y podrida como la de la marquesa.

Lucilda retomó su monólogo, ahora con un timbre de voz más grave para emular el del marqués.

—Son cosas de niñas, María Leonarda, simplemente estaban jugando. Yo no tengo problema en que Aurora y su madre la visiten, es bueno para ella y a ti debería darte igual. No hacen mal a nadie, ni siquiera a nosotros. Creo que has sido demasiado dura. Juana se ha preocupado y desvivido por ella desde que nació.

Las palabras del marqués templaron de nuevo el rostro de madre.

—Tendrías que haber visto a María Leonarda. Os juro que enloqueció. Empezó a gritar también a Guzmán, incluso escuché cómo lo amenazaba.

Eso no me gustaba nada, no había nada más peligroso que enfadar a la marquesa. Pero traté de distraer mis pensamientos y centrarme en lo positivo.

—Entonces…, ¿eso quiere decir que podemos seguir jugando en el pazo? —pregunté.

—Eso venía a decirte. Vente mañana por la tarde. Después de escuchar las palabras de Guzmán, estoy segura de que no habrá problema. Dejo esto en la cocina —dijo señalando el pan y la pastilla de chocolate que descansaban sobre su regazo—. Y me voy corriendo antes de que me descubran.

Se levantó con cuidado y se colocó de nuevo el pañuelo oscuro con el que se cubría la cabeza. Se ató la capa al cuello y ocultó bien su rostro para camuflarse entre la penumbra. Su sombra se evaporó como si fuese un fantasma.

No supe si su visita había sido real o si, en verdad, estaba soñando, pero me dormí en paz, sabiendo que me reencontraría de nuevo con ella.

Cuando la luz del amanecer se filtró suavemente por la ventana, aproveché para estirarme y desperezarme por completo mientras los rayos del sol me acariciaban la cara. Una sonrisa comenzó a dibujarse sobre la comisura de mis labios cuando recordé las palabras de Lucilda.

Don Guzmán era completamente diferente a la marquesa. Más bien, diría que polos opuestos. No entiendo cómo pudieron casarse y, sobre todo, no entiendo cómo él podía aguantar a una persona tan venenosa a su lado. Cada vez que la escuchaba hablar, solo veía una víbora mostrando su lengua para atrapar a su presa y matarla con su veneno. La amabilidad del marqués chocaba con la soberbia de su esposa. A pesar de su título, él era bondadoso y trataba a Lucilda con mucho cariño. A mí siempre me hablaba con dulzura pese a las grandes diferencias que nos separaban. Su cara era un reflejo de su personalidad. Su sonrisa se dejaba ver con frecuencia, y cuando lo hacía, sus ojos marrones se recubrían de un tono acogedor. Irradiaba empatía y su presencia tenía un efecto calmante, como si absorbiese la mala energía que desprendía su mujer. Tenía un buen corazón, y así lo mostraba, siempre que nos observaba, con una sonrisa amable y permanente en su boca.

Un aroma embriagador llenó el aire de notas dulces y me envolvió suavemente la nariz despertando mi olfato de forma infalible. Me levanté de la cama cautivada por el aroma y seguí su rastro. Me dejé llevar con pasos ligeros y llenos de emoción hasta la cocina. Allí madre rozaba la pastilla de chocolate, que había derretido previamente en un cazo.

—Toma, *filliña*, un poco de pan con *chocolatiño*, pero no te acostumbres, que esto no puede ser.

El sol que lucía en el exterior se trasladó a mis pupilas y con la mirada devoré aquel escaso manjar. Me senté de un brinco sobre el taburete y madre comenzó a hacerme dos trenzas. Me peinaba así una vez a la semana para ir a la *escueliña*. Los demás días, mojaba las manos y me las pasaba sobre la cabeza para retocarlas.

—Hala, ya estás lista.

Me levanté con otro brinco del taburete y salí de casa. Corrí a la escuela con una energía arrolladora. No sé si por la sobredosis de azúcar que me había dado el chocolate, por la noticia de Lucilda o por las ganas que tenía de ver a doña Sara, la maestra.

Atravesé el camino flanqueado por casas desordenadas cuyas paredes el viento marino había desgastado. Trotaba contenta, tanto que sentí como si el aire me tomara en volandas. Me dejé llevar por el callejón serpenteado, y, a medida que avanzaba, los colores vivos de las fachadas se alineaban con el cielo pintado por el amanecer. Caminaba dando saltos de alegría mientras el olor a mar embriagaba mis pulmones. Hasta que la calma del paisaje marítimo empezó a contrastar con una niebla densa que llenó la atmósfera de un ambiente tenebroso. El cielo, que hacía unos segundos lucía despejado, ahora estaba encapotado por nubes oscuras. Y la suave brisa que me envolvía con el olor del mar me atrapó como si fuesen hilos de un tejido caótico. Poco a poco fue cogiendo fuerza, hasta que se transformó en una corriente fría que me arrastró como si fuese un tornado. Y me dejó, estratégicamente, frente a las puertas del pazo.

El último rayo de luz se filtró a través de las hojas de los árboles, creando un juego de sombras inquietantes en el suelo. Cuando levanté la vista sentí un escalofrío al encontrarme con la marquesa, que me observaba desde la ventana central.

La expresión en su rostro era una combinación de desprecio y superioridad, como si disfrutara al contemplar el sufrimiento de la presa a la que acababa de cazar.

Durante unos segundos nos batimos en un duelo en el que nos observábamos mutuamente en un enfrentamiento silencioso. Ella era una flecha letal. Firme en su posición, despejando los lados y manteniéndose en el centro de la ventana, se erguía altiva, como si me estuviera atrapando en una tela de araña, lista para ser devorada. Sentí que me desmayaba y de forma instintiva hice un gesto con las manos, como si quisiera liberarme de sus garras para poder continuar con mi camino.

La marquesa se retiró a la retaguardia; sin embargo, yo sentí como si una sombra invisible me acompañase durante todo el trayecto a la escuela, incluso mucho después de haber pasado por delante del pazo.

Llegué a la escuela con una sensación de nerviosismo palpable. Estaba ida, ausente, era increíble la capacidad que tenía esa señora para aturdir mis pensamientos y anularme por completo. Con solo una mirada, hizo que mis pasos se tambaleasen.

El bullicio me aturdía; estaba enfrascada en mis pensamientos. Entré deambulando, aturdida, con la sensación de haber visto un fantasma. Las palabras de doña Sara navegaban por mi mente como olas silenciosas mientras yo me ahogaba en mis propias reflexiones.

La maestra se acercó a mi mesa, apoyó con dulzura moderada los codos sobre la esquina del tablero. Me sobresalté cuando la vi tan cerca, y, en ese momento, con una voz más fuerte, volvió a hacerme la pregunta:

—Aurora, te estoy preguntando que cómo sigue el poema. Recítalo —ordenó.

De repente, todos se sumieron en un silencio expectante mientras yo trataba de ordenar mis pensamientos para encontrar la respuesta a su pregunta. Sin embargo, las palabras se negaron a salir de mi boca, titubeantes y desconcertadas.

Aunque traté de tranquilizarme y concentrarme de nuevo en la pregunta, mi mente seguía enredada en esa telaraña, incapaz de escabullirse. Empecé a sudar y me puse tan nerviosa que sentí que los ojos de doña Sara eran los de la marquesa, y tampoco tardaron en desatar su furia.

—¿Te comió la lengua el gato?

Quise responderle que no, pero comencé a tartamudear:

—N… n… —bisbisé.

—Ni no, ni nada. Ya sabes lo que toca, Aurora, treinta copias, y mañana verás cómo estarás más atenta. Y lo hago por tu bien, que conste —remató la maestra haciéndose la digna, como si me estuviese haciendo un favor.

«¿Treinta copias?», me pregunté, con miedo a exteriorizarlo por si la cifra se duplicaba. Treinta veces… Madre me iba a matar. No por tener que copiar, que también, sino porque ya no tenía casi espacio en el cuaderno roído.

Me la estaba imaginando echándose las manos a la cabeza y replicando con su tono de voz mientras resoplaba.

—No tengo dinero para otro cuaderno, a ver si espabilas y dejas de hacer el tonto.

Luego empezaría a rebuscar en la cocina, cualquier parche para solucionar el problema, que, al final, siempre hacía de la misma manera.

—Toma, anda. Esto es un *papeliño*, le dices a la profesora que no tengo nada más.

Entonces me daba un par de envoltorios de papel gastados con los que Amparo hacía cucuruchos para vender harina. Cada vez que me mandaba a por un puñadito, madre estiraba el papel y lo guardaba para que pudiese escribir.

En ese momento, la verdad es que ya me daban igual las copias, solo quería que la clase acabase pronto para volver a casa y jugar con Lucilda por la tarde.

El pazo solo era tenebroso cuando estaba la marquesa, porque cada vez que me reencontraba con Lucilda todo era distinto. La piedra que lo envolvía parecía cobrar vida, su gris cambiaba por una tonalidad más radiante. Los grandes ventanales del piso superior, que solían reflejar el cielo nublado, ahora brillaban con el resplandor de aquella tarde soleada. Cuando llegué, Lucilda ya me esperaba abajo. Yo estaba nerviosa y temerosa. No me fiaba nada de la marquesa. Pero nada podía hacer por evitarlo. Nos reencontramos fundiéndonos en un abrazo y rápidamente nos fuimos corriendo al jardín.

La luz dorada del atardecer lo transformaba todo, hasta tal punto de que las enredaderas que cubrían las paredes tenían un verde más brillante. Las flores revivían y se alzaban pletóricas, como si abandonasen su escondite, como si acabasen de florecer sin complejos, en una gran explosión de colores que iluminó mi sonrisa.

Lucilda me cogió de la mano y caminamos hacia nuestro refugio. El columpio se balanceaba tímidamente con la suave brisa, invitándome a bailar con él. Acepté la invitación y me acomodé en el asiento. Lucilda se sentó en el suelo justo enfrente, rodeada de flores que exaltaban todavía más su belleza.

Empecé a balancearme, y, de repente, con un gesto pícaro, se llevó las manos detrás de la espalda y sacó un libro de tapa dura y granate y con letras doradas en la portada.

—¿Qué es eso? —pregunté, aun sabiendo la respuesta.

—Pues un libro, Aurora, qué va a ser. ¿O nunca has visto uno? —contestó mirándome como si fuese tonta.

—Ya sé que es un libro, lista, pero ¿qué libro es? —pregunté mientras le hacía burla.

—Pues entonces tienes que formular mejor las preguntas. Y no preguntar qué es, sino qué libro es.

El tono de resabidilla que empleó me recordó a la marquesa, pero no quise estropear el momento. Así que opté por callarme.

—Lo cogí de la biblioteca del pazo, creo que te gustará. ¿Te leo un poco?

—Vale —acepté mientras levantaba las piernas para elevarme y balancearme con más fuerza en el columpio.

—Leeré mi canción favorita, hasta ahora, ¿eh?, porque tiene varias muy bonitas.

Abrió el libro, separó las páginas a la altura de un papel que hacía de marcador y empezó a leer entonando como si estuviese cantando una canción:

> *Lugar máis hermoso*
> *non houbo na terra*
> *que aquel que eu miraba,*
> *que aquel que me dera...**

—Aurora, ¿estás ahí? —Lucilda interrumpió su recital.

—Sí, sí, solo que tus palabras han despertado mi imaginación, y ya estaba volando a otro mundo sin levantarme del columpio.

---

* Fragmento perteneciente al poema III de *Cantares gallegos*, de Rosalía de Castro. Publicado por la imprenta de Juan Compañel (Vigo) en 1863.

—Sí, viajar, ya me he dado cuenta yo de que últimamente viajas mucho, porque la cabeza no la tienes en tierra firme —dijo divertida—. Es un libro de Rosalía de Castro. Si quieres, podemos ir a la biblioteca y buscamos otro para ti —sugirió.

—Sí, hombre —contesté rápido—. Ni hablar.

—Venga, mujer, no seas aburrida. Ayer estuve ojeando y hay millones de libros. Además, nadie se dará cuenta. ¿O te crees que lo echarán en falta? Ya te digo yo que no, y mucho menos la marquesa, que no abre un libro ni queriendo.

Reí mientras pensé que tenía razón, a la marquesa le gustaba más jugar a los naipes que leer libros.

—Venga, pues si no dices nada, ya lo digo yo. Vamos —sentenció Lucilda. Cerró el libro y se levantó para estirar el brazo e invitarme a levantarme del columpio.

—Pero… ¿ahora ya? —dije dubitativa.

—Pues claro, ¿cuándo quieres ir? ¿Por la noche? ¿Tienes algo mejor que hacer?

«Velar por mi tranquilidad», quise contestarle, pero enseguida me agarré a su mano para ir en búsqueda del libro.

Bajé del columpio de un salto, que se quedó balanceando.

Lucilda y yo nos agarramos de nuevo de la mano, pero su energía me adelantó por la derecha.

—Vamos, agente Castro, camine sin dejar rastro. —Sonrió divertida con el pareado que le había salido sin proponérselo.

Yo la seguí. Parecíamos espías tratando de cumplir una misión secreta sin levantar sospechas. Primero nos escondimos detrás de la fuente. Luego cruzamos el jardín con pasos sigilosos hasta llegar a los soportales. Ahí, continuamos avanzando mientras nos deslizábamos entre las columnas. La luz del sol se filtraba entre ellas y nuestras faldas ondeaban a cada paso, creando un juego de sombras que parecía la marea de un mar revuelto, con el sonido lejano de nuestras risas resonando en el ambiente.

Justo al fondo del pasillo del soportal, nos topamos con una imponente puerta de madera robusta. Lucilda se giró y me miró con cara pícara. Lugo, con cuidado, sus manos delicadas comenzaron a girar la manilla dorada de la puerta. Al abrirla, la empujó con cuidado. El sonido de las bisagras anunció nuestra presencia, y el suelo empezó a crujir bajo nuestros pies. El olor a madera se mezclaba con el peculiar aroma del papel y la tinta, creando un perfume embriagador que despertó mi curiosidad.

—Espera, no te muevas hasta que encienda la luz. Voy, ¿eh? —Su voz sonó con un eco cada vez más lejano mientras seguía hablando sola—. Ya está.

Y, de repente, un chasquido bañó la sala de una luz suave y dorada. Sentí cómo mis pies se elevaban y mi mente se transportaba al mundo nuevo que se desplegaba ante mí.

Mis ojos recorrieron con cuidado las estanterías de madera oscura que se extendían desde el suelo hasta el techo. Estaban justo frente a mí, colocadas en posición vertical, formando una línea tras otra. Ocupadas por cientos de libros, de distintas formas y tamaños, creando un arcoíris de colores. Algunos descansaban de pie y otros de lado, mostrando sus lomos decorados con elegantes letras.

Lucilda se perdió entre los estantes. Con los dedos rozaba los lomos. Era testaruda y persistente. Sabía que, hasta que no encontrásemos ese libro, no saldríamos de allí.

Le di su tiempo. Mientras se afanaba en la búsqueda, yo me quedé totalmente petrificada por la singular belleza que me rodeaba. Jamás había visto tantos libros juntos. Suspiré y me dejé llevar por la calma y la serenidad que se respiraba en el ambiente. Parecía que el tiempo se detenía allí y la imaginación podía volar libremente.

La biblioteca constaba de dos espacios diferentes, pero sin la separación de columnas de por medio. A la izquierda estaba el laberinto de estanterías. Y al lado derecho, en el lateral de la pared, un sofá de suave terciopelo granate invitaba a sumergirse entre las palabras que se escapaban de un libro abierto sobre un cojín.

Varias sillas, también tapizadas de terciopelo granate, se habían dispuesto en círculo alrededor de una mesa baja de madera tallada. Era como si dentro de la biblioteca hubiese una pequeña sala de lectura.

Encima de la mesa descansaban varios libros más, pero lo que más me llamó la atención fue la forma tan cuidadosa en la que se habían colocado. Abajo del todo, a modo de base, estaban los libros más grandes y pesados. A medida que ascendía la vista, los libros eran más pequeños y también más delicados. Formaban una pirámide. Los espacios entre los libros estaban perfectamente calculados para asegurar la estabilidad de la estructura. Parecía como si alguien se hubiese detenido a montarlos de aquella manera tan perfecta.

Bajo la mesa, el protagonismo era para una alfombra tejida con meticulosa precisión. En el centro, un patrón floral se desplegaba en pétalos elegantes, muy detallados, de un color carmesí intenso. Creaban sensación de movimiento. El rojo se mezclaba con el color verde esmeralda que brotaba del tallo. Era una sinfonía de colores profundos que ensalzaban la elegancia de la sala.

Pero mi atención se centró en la esquina de la alfombra. Algo brillaba débilmente, reflejando la luz dorada y suave de la estancia. Me incliné hacia delante y extendí la mano para ver de qué se trataba. Mis dedos se cerraron alrededor de un pequeño pasador de pelo dorado, adornado con pequeñas piedras brillantes.

En ese momento, un escalofrío me recorrió la espalda. Me pregunté qué hacía un objeto así en el suelo y, sobre todo, y mucho más importante, quién lo habría perdido allí.

—No lo entiendo, pero si estaban justo aquí.

La voz lejana de Lucilda interrumpió mi pensamiento. Guardé el pasador por dentro del remate de la cintura de la falda.

—Te ayudo a buscar. ¿Cómo es? —pregunté mientras me acercaba.

—Es granate, de tapa dura y con letras doradas en la portada, no lo entiendo, parece como si tuviese patas y hubiese echado a andar.

Seguí el eco de su voz y me la encontré de espaldas husmeando entre las estanterías. Su pelo oscuro caía en una suave cascada, rematada con una lazada granate. Sus delicadas manos se deslizaban con cuidado por los libros.

—Estos tampoco son, no lo entiendo, me estoy empezando a enfadar. Ayer estuve aquí y ahora todo está en otro sitio —dijo Lucilda muy seria mientras leía atenta los títulos y las letras en el estante de al lado.

—¡Ajá! Ya te tengo —anunció al tiempo que pasaba la mano sobre un pequeño montón de libros desordenados para quitarles el polvo, que dejó al descubierto su color verdoso.

—Tampoco —se corrigió decepcionada.

—A ver, ¿estás segura? Con la cantidad de libros que hay aquí, es imposible que pudieran desordenarse en tan poco tiempo.

—Pues eso digo yo, Aurora, eso digo yo. Que es imposible, pero no tanto, porque no está el que estoy buscando —dijo con cara de resignación mientras ponía los brazos en jarras.

Era graciosa cuando se enfadaba; parecía como si las pecas que le bailaban sobre la cara aportaran cierta picardía que complementaba su dulzura. Pero, en ese momento, su expresión se nubló con un gesto de enfado. Su búsqueda se volvió más intensa a medida que avanzaba entre las estanterías sin éxito. Sus dedos seguían explorando los libros con una persistencia incansable. Entonces me acordé de los ejemplares que había visto sobre el sofá y la mesa de madera.

—¿Miraste en esa mesa? —Se la señalé con la mano.

Sus ojos se giraron en la dirección correcta y, con un gesto de asombro, se acercó rápidamente a ella. Sus suspiros se mezclaron con el crujir suave de nuestros pasos sobre la madera.

—No me lo puedo creer. Pues este mismo es. Mira dónde estaba, colocado justo encima de la torre. Si es un perro nos muerde —dijo mientras cogía el libro y rozaba la portada con la yema de sus dedos—. Toma. —Alargó la mano para dármelo.

Lo cogí con cuidado, era pequeño y delicado. En la portada leí el nombre de la autora que Lucilda había nombrado, Rosalía de Castro.

—Guárdalo bien y lo lees por la noche. Así, podremos intercambiar historias en el jardín. Yo te cuento lo que yo leo, y tú me cuentas lo que lees tú —sugirió Lucilda.

—No sé si es buena idea… —acerté a decir dubitativa.

—Claro que lo es. ¿Desde cuándo va a ser mala idea leer un libro? Anda. Haz lo que te digo, después de perder el tiempo y la paciencia buscándolo, ni se te ocurra decirme que no.

Acepté sin mucho convencimiento. Sabía que no podía llevarle la contraria. Me apetecía leer, pero tenía miedo de coger aquel libro que no me pertenecía. Mejor dicho, tenía miedo de coger cualquier objeto que fuese propiedad de la marquesa. Pero confié en Lucilda y me dejé llevar por la ilusión que brotaba en mí ante una nueva aventura. Antes de irnos, eché un último vistazo a aquel agradable lugar. Lo alargué todo el tiempo que pude, hasta que Lucilda decidió apagar la luz.

Deshicimos el camino que habíamos hecho para llegar a la biblioteca. De nuevo, atravesamos los soportales, pero esta vez con el tesoro escondido bajo mis brazos. Lo guardaba con cuidado, no quería estropearlo.

—No hace falta que te molestes en esconderlo, Aurora, no pasa nada, solo es un libro.

—Sí, lo que tú quieras, pero *fíate e non corras*.

—Ay, qué desconfiada eres. —Suspiró.

El aire agitaba suavemente las hojas de los árboles del jardín, que creaban un suave murmullo. Los últimos rayos de sol de la tarde proyectaban sombras danzantes en el suelo de piedra del soportal.

—Lucilda, mira el cielo, enseguida se hará de noche. Tengo que irme antes de que empiece a protestar mi madre, y sobre todo la marquesa.

—Tienes razón, culpa mía. Me robó el tiempo buscar ese maldito libro. Te prometo que ayer no estaba ahí.

—Déjalo, no pasa nada, me ha encantado conocer la biblioteca.

—Sí, no entiendo por qué no la descubrimos antes, la verdad.

Cuando llegamos a la entrada, nos despedimos con un abrazo. Justo cuando estábamos a punto de separarnos, una sombra imponente empezó a absorber la luz cálida del recibidor.

Entonces nos separamos rápidamente.

Poco a poco, esa sombra larga y oscura se extendió por el suelo como si fuese un manto negro y, cuando me rozó con los pies, sentí cómo me atrapaba mientras un temblor me sacudía el cuerpo.

La sombra adquiría contornos afilados, y la oscuridad envolvía todo lo que tocaba. Miré a Lucilda, pero ella no se inmutaba por la presencia de la marquesa. Al fin y al cabo, estaba acostumbrada a vivir con ella. Pero a mí, sin embargo, me revolvía su simple existencia.

Vestía de negro y llevaba un sombrero de plumas que acentuaba todavía más su aura inquietante. Las plumas se alzaban sobre su cabeza de forma desordenada, dándole un toque más siniestro si cabe. Parecían las alas de un cuervo abiertas en todo su esplendor, listas para atrapar a su presa.

Claramente su presa era yo. Me sentí acorralada cuando me miró fijamente. Rápido, sus ojos bajaron hasta el libro que yo sostenía bajo el brazo. María Leonarda esbozó una sonrisa maquiavélica que apenas alcanzaba a tocar sus labios. Una mueca que, lejos de tranquilizarme, causó el efecto contrario.

—¿Y tú que haces con ese libro en la mano? —Su voz sonaba desafiante.

—Yo…, yo… —empecé a titubear, temerosa, como si me hubiese tragado una pastilla de nervios que me impedía hablar con claridad. Tragué saliva para ver si así la digería y respondí con voz temblorosa—. Yo solo quería leer el…

—El libro que le recomendé yo, tía. —Lucilda salió en mi ayuda.

—Te he dicho mil veces que no me llames tía. ¿Cuántas veces te lo voy a tener que repetir? Dame ese libro, el conocimiento es peligroso para aquellos que no saben cómo utilizarlo —dijo con soberbia, al tiempo que extendía la mano enguantada hacia el libro.

En ese momento, sentí cómo sus dedos afilados se agarraban como si fuesen garras a la portada del libro para arrancarlo de mis manos. Pero yo no cedí. Instintivamente mis dedos se aferraron con más fuerza y la miré desconcertada, tratando de entender por qué quería arrebatarme el libro de esa manera tan despiadada.

Lucilda intervino, escudada bajo su valentía, utilizando toda su fuerza para evitar que la marquesa se saliera con la suya. Cada vez que lo pienso… no sé cómo se atrevió a desafiarla. Con una gran rapidez se interpuso entre nosotras. Resistía con tenacidad ante la fuerza que mostraba la marquesa. Una fuerza que iba más allá de lo que cabría esperar de alguien de su aparente delicadeza.

Con un movimiento brusco su tía trató de apartar a Lucilda, que perdió el equilibrio. Con el vaivén, el libro se me escurrió de las manos y cayó al suelo. El golpe resonó con un ruido seco y apagado. El libro quedó en el suelo, abierto de par en par, como si se partiese por la mitad, con las palabras suspendidas en el aire.

María Leonarda se agachó veloz, con una brusquedad que contrastaba con sus en apariencia delicadas maneras. Mi sorpresa fue cuando en vez de alcanzar el libro se deslizó unos pasos a la derecha para recoger una especie de colgante.

Pero… ¿qué hacía esa joya ahí?, ¿de dónde había salido?, me pregunté. Lucilda me miró con cara de no entender nada de lo que estaba pasando.

Cuando la marquesa se incorporó, abrió las manos con cuidado y con los dedos índice y pulgar de la otra cogió el colgante desde el extremo superior para sostenerlo frente a nosotras. Ahí pude verlo mejor. Era una piedra esmeralda de un intenso verde. Estaba engastada en un delicado marco que se enganchaba a una cadena.

Sus cejas se arquearon con arrogancia y cada centímetro de su rostro destilaba desprecio. Era una mirada acusadora, como si nos estuviese juzgando por un crimen que, sin embargo, no habíamos cometido. Me sentí atrapada, envuelta en un silencio tenso que parecía no tener fin.

—Así que… ¿esto es lo que queríais? ¿No? Robar la joya.
—La voz de la marquesa resonó fuerte, con un tono frío y acu-

sador—. Por eso la escondíais dentro del libro, ¿no? —continuó preguntando con una ironía venenosa mientras seguía mostrando el colgante como si fuese la prueba del delito. Sus labios se curvaron en un gesto de desprecio mientras esperaba una respuesta.

Lucilda y yo nos miramos incrédulas.

—Tía, solo hemos cogido un libro de la biblioteca, tú misma me dijiste que podíamos hacerlo —confesó Lucilda con voz trémula.

—Espera un momento, ¿cómo que podíamos hacerlo? —pregunté mientras la marquesa seguía mirándonos esperando una explicación.

—No quería decírtelo porque sabía que, si lo hacía, no querrías cogerlo. Pero ayer mismo me dijo que podíamos coger libros siempre que quisiésemos. ¿O miento? —respondió Lucilda.

Ahora lo entendía todo. El pasador del pelo que había encontrado en la alfombra de la biblioteca, los libros que Lucilda aseguraba que se habían movido, la escalera acaracolada con las obras colocadas estratégicamente para que aquel libro llamase nuestra atención … Todo había sido una trampa de la marquesa, y nosotras habíamos sido tan ingenuas que habíamos caído en ella.

—Una cosa es coger libros y otra muy distinta es robar joyas. Y eso te pasa por juntarte con gente pobre y vulgar como ella —soltó mientras me apuntaba con el dedo.

En ese momento quise llorar, pero me llené de la valentía que no tenía para contestarle:

—Aquí la única que nos ha querido robar es usted. Nos ha querido robar la felicidad que usted no tiene porque, por muy rica que sea, es pobre en lo más básico, y eso no lo puede comprar con dinero. Es infeliz, está amargada y todos la desprecian. No soporta que la gente a su alrededor sea feliz con poco y tampoco que destaquen sobre usted. No lo puede soportar, por eso lo tenía todo preparado para culparnos del robo. Ahora entiendo por qué le insistió para que cogiese un libro, lo tenía todo planeado… y, si no, ¿qué hacía este pasador en la alfombra de la biblioteca? —Me metí las manos por debajo de la falda a la altura de la cintura para mostrárselo.

La cara de la marquesa enrojeció; era un reflejo de la furia que ardía en su interior. Cuando abrió la boca parecía que escupía llamas mientras se hacía todavía más la víctima.

—No solo me roban joyas, sino también mis pasadores del pelo. —Elevó la voz, como queriendo llamar la atención.

—¿Qué pasa aquí? ¿Qué son estos gritos? —La voz de don Guzmán irrumpió en el ambiente.

—¡Ay, Guzmán! ¡Ay, querido! Menos mal que has venido —dijo la marquesa mientras hizo el teatro de caer mareada sobre sus brazos—. Quise interesarme por el libro que llevaba en los brazos cuando, de repente, me di cuenta de que me habían robado el colgante esmeralda que me regaló tu madre.

Me quedé de piedra mientras observaba la gran actuación de la marquesa y la facilidad que tenía para meterse en el papel de víctima cuando, en realidad, todo estaba orquestado por ella. Sin embargo, ahora fue Lucilda quien contradijo sus palabras.

—No es verdad, tío. No es verdad. Te prometo que no hemos robado nada. Solamente cogimos un libro de la biblioteca. ¿Cómo iba yo a saber que precisamente dentro de ese libro se escondía esa joya?

La mirada de don Guzmán saltaba de cara en cara con desconcierto. Me trasmitió compasión. Supe, en ese momento, que él sabía que no habíamos hecho nada. Sin embargo, ¿cómo iba a defender a una niña como yo antes que a su despiadada mujer?

—Está bien. Será mejor que pongamos fin a esto. Lucilda, ve a tu habitación. Y tú, Aurora, regresa a casa.

Sentí cómo el peso de sus palabras caía sobre mi cuerpo. Lucilda rompió a llorar. Alargó la mano como para despedirse de mí cuando Valvanera la cogió por los brazos para llevarla a su cuarto.

—Ni se te ocurra volver a poner ni un solo pie en este pazo, ladrona.

La voz de María Leonarda juzgándome mientras me apuntaba con su mirada inquisitiva hizo que mi llanto también brotase desconsoladamente. Salí corriendo de aquel horrible lugar. Necesitaba refugiarme en los brazos de madre.

Lo sucedido causó una gran conmoción en el pueblo. Sobre todo, entre los criados y los trabajadores del pazo, aunque también entre los vecinos. Afortunadamente, el que más o el que menos, todos sabían de qué palo estaba hecha la marquesa. Todos eran conocedores de sus artimañas. Muchos incluso las habían sufrido en sus propias carnes. Sin embargo, también sabíamos que nada podíamos hacer. No podíamos declararle la guerra a una mujer tan poderosa. Solo quedaba aguantar y seguir trabajando.

A madre no le sorprendió escuchar de mi boca lo que había ocurrido.

—Esto pasaría en algún momento, Aurora. Esa mujer solo quería separaros. Y al final, lo ha conseguido. Se salió con la suya y lo hizo provocando el mayor daño posible.

Y no le faltaba razón. Pasaron dos semanas hasta que volví a tener noticias de Lucilda. Yo tenía prohibido el acceso al pazo, pero supe por María, la criada, que Lucilda se había sumido en una depresión. Estaba aislada en el pazo, no se relacionaba con nadie, y su hermano, Germán, empezó a acusarla de haberle arrebatado a sus padres. Me daba mucha pena pensar en la situación tan dura que estaba pasando. Sola, rodeada por una familia que la despreciaba, y con un hermano que la señalaba.

Pero lo peor pasó justo unos días después. Iba a ser un día más. Como siempre, me levanté para ir a la escuela. Estaba a punto de llegar a la cocina cuando, en el pasillo, noté cómo el sol se había colado por la rendija de la puerta. Una pequeña franja de luz dorada se proyectaba en el suelo, como si fuese un sendero luminoso que invitaba a caminar sobre él. Las partículas de polvo flotaban en el aire, iluminadas por el sol matutino, creando un efecto deslumbrante en la atmósfera.

Caminaba descalza por ese pasillo de luz cuando me di cuenta de que el sol no era lo único que se había deslizado por la rendija. Un sobre blanco relucía en el suelo. Me agaché para recogerlo totalmente sorprendida, aunque también un tanto temerosa. El tacto era suave y desprendía un perfume floral. Primero, lo giré para ver si me podía proporcionar alguna pista sobre el remitente, pero no encontré ningún indicio que lo delatase. Por eso opté por ir a la cocina para leer la carta tranquila.

Me senté en el taburete y, con las manos temblorosas, abrí el sobre. El silencio que reinaba en la cocina envolvía el suave crujir del papel. Mis ojos comenzaron a recorrer las líneas elegantes y cuidadosamente escritas a toda velocidad. Fue como si se precipitasen por una colina cuesta abajo y sin frenos. Solo quería llegar al final rápidamente para saber quién era el remitente, sin importarme apenas el mensaje. Cuando vi que Lucilda firmaba la carta, regresé al principio para leerla con detenimiento.

A medida que fui avanzando en la lectura, mi expresión cambió radicalmente. Como si fuese un espejo que reflejaba las emociones que se desataban en mi interior. Sentí sorpresa, asombro, tristeza y decepción. Cada palabra estaba marcada por la intensidad vital con la que vivíamos los momentos en que estábamos juntas. Fue como si un carrusel de imágenes vivas circulase por mi mente y me transportase a un mundo de emociones y pensamientos que me mareaba. Qué difícil es recordar los instantes de felicidad cuando sabes que no se van a volver a repetir.

Aguanté durante un segundo la respiración y sostuve la carta con las manos temblorosas. Mis hombros se encogieron, como si cargasen con el peso de las palabras que quedaron flotando en el aire, sin respuesta. Respiré y me acerqué la carta al pecho, como si quisiese contestar con los latidos que brotaban de mi corazón. Sin embargo, me dejé llevar por el torrente de emociones que me perseguía. Lloré en silencio mientras nadaba entre mis sentimientos. Poco a poco, las lágrimas comenzaron a caer con suavidad sobre el papel, dejando un rastro brillante en mi piel.

Querida Aurora:

No sabes cuánto te echo de menos. Cada vez que leo un libro, recuerdo nuestras aventuras, el calor de tu compañía, la bondad de tu madre y el brillo de tu mirada. Solo abría los ojos para convencerme que esto era real, no una pesadilla. Quería pensar y convencerme de que volverías. Que estarías esperando en la entrada del pazo, un día más, para contagiarme con tu sonrisa. Ojalá nada de esto hubiese ocurrido. Ojalá nunca hubiese cogido aquel libro. Sin embargo, es lo único que ahora sé que nos une. No puedo creer que nos separasen de esa manera tan cruel. Ha sido muy difícil estar lejos de ti. Porque vosotras habéis sido la familia que nunca tuve. Pero lo es, todavía más, escribirte para contarte que me voy. No sabía qué palabras utilizar para decírtelo hasta que leí el poema de Rosalía de Castro, con el que me sentí identificada. Cuando recibas esta carta, yo ya estaré de camino a Francia.

Prometo escribiros siempre que pueda. Mientras tanto, recuerda que yo siempre te querré.

Ojalá la vida nos vuelva a unir en algún momento.

Estaré esperando cada día el reencuentro.

Te quiero.

Os quiero.

Cuando terminé de leer sus palabras supe que se había ido para siempre. Ella estaría en Francia y yo aquí. Separadas por miles de kilómetros. Al menos ella se había librado de la marquesa; yo, por desgracia, la seguía teniendo a escasos metros. Tardé unos días en enterarme que todo era obra de María Leonarda.

Fue Valvanera, una de las criadas, quien nos lo contó a madre y a mí a orillas del mar. Primero la aisló durante unas semanas para ganar tiempo y, cuando lo tenía todo organizado, la engañó asegurándole que iría de intercambio unos meses al extranjero para recibir una buena educación. Lo que no le contó fue que el viaje era solo de ida.

Esa mujer se salió con la suya. Nos separó con crueldad, sin anestesia y sin motivo alguno.

Por su culpa, mi carácter cambió por completo. Y, en consecuencia, también mi forma de entender la vida. Pero qué iba a saber una niña de nueve años, entonces, de lo que era justo y lo que no. En ese momento de ingenuidad prematura todavía desconocía lo que el destino tenía preparado para mí.

Lo cierto es que mi cambio se hizo evidente para todos. Me sentía sola, apagada e incomprendida.

No sé si madre lo hizo para entretenerme y dar un balón de oxígeno a mis pensamientos, o si, en realidad, tenía pensado hacerlo igualmente. Pero esas semanas posteriores a la marcha de Lucilda me enseñaron el primer oficio en el que tuve responsabilidad. Fue mi primera enseñanza como mujer del mar, y fue, ni más ni menos, aprender a ocuparme de la comida, cuidando el pescado seco. Parecía sencillo, pero para mí era un gran paso.

Cada día, organizábamos el quiñón que traía padre del mar. Si no teníamos comida, se cocinaba el pescado fresco, pero si no lo comíamos, lo salábamos para poder conservarlo.

Primero se metía en un cacharro de madera que teníamos con sal. Pero el cacharro era pequeño, y si estaba lleno no podíamos hacerlo. Tampoco podíamos venderlo, porque ya se vendía por todos los sitios. Para no perderlo, madre abría las sardinas por la mitad y las ponía al sol para secarlas en la calle. Las colocaba con cuidado encima de las dornas, las tapaba con una manta vieja y a mí me ponía a cuidarlas para que las gaviotas no se las comiesen.

Pretendía que me quedase horas y horas vigilando el pescado de brazos cruzados. Yo, que era un culo inquieto, no podía soportar ser una estatua frente a la dorna viendo cómo pasaba el tiempo. Así que lo que hacía era irme a jugar con las demás niñas que había en la calle. Ellas también cuidaban el pescado, cada una el suyo. De vez en cuando, echaba un vistazo a la dorna para comprobar que todo estaba en orden y seguía divirtiéndome. Los primeros días mi plan salió bien, pero, como siempre en la vida, solo se aprende a base de palos.

Aquella tarde jugaba con Manuela y Sabela. Nuestros gritos eran tan agudos que estaba totalmente convencida de que espantarían no solo a las gaviotas que volaban como águilas sobre nuestras cabezas, sino también a las de las localidades cercanas.

Jugábamos al escondite. Mi sorpresa fue mayúscula cuando, en lugar de ellas, me encontré de frente con la cara enfurecida de madre. Tenía una cesta en la mano. Sabía que había que recoger el pescado, pero no contaba con que su presencia fuese tan temprana porque siempre lo hacíamos a última hora de la tarde. Inmediatamente, volví la vista a la dorna y, incluso desde lejos, vi un par de huecos vacíos. Tragué saliva, y pensé: «¡Mi madre, la que me espera!».

—Aurora, ven aquí. —Su voz sonó firme.

En ese momento supe que ya se había dado cuenta.

—¿Cuántas sardinas faltan aquí? —preguntó.

—Yo creo que ninguna, madre —contesté con un tono débil de voz mientras bajaba la cabeza.

Se acercó a paso lento, me cogió suavemente por las trenzas y dijo: «Uno, dos, tres». Un pequeño tirón por cada hueco vacío que había sobre la dorna.

—¿Cuántas dices que faltan, Aurora?

—Tres —respondí con la boca pequeña.

—Pues no te preocupes, que estoy segura que no te volverás a distraer nunca más. A partir de ahora estarás más atenta.

Respiré aliviada. No supe entonces que el castigo todavía no había llegado. Tuve que esperar unos días. En concreto, una semana. Siete días con sus mañanas y sus noches hasta que llegó el momento de comer ese pescado.

Madre puso la comida sobre la mesa y, cuando me sirvió, en mi plato solo había una sardina.

—¿Por qué me echa solo una? —pregunté extrañada.

—Vete a donde la gaviota, a que te las dé —fue su respuesta.

En ese momento me pareció fatal. Me dieron ganas de coger el plato y tirárselo a la cabeza; no entendía por qué me castigaba de esa manera. Pero con los años entendí que lo hacía para enseñarme a ser responsable con la comida de los demás, porque, en el mundo del mar, las mujeres siempre somos las responsables de ganar la comida para los hijos. Madre no sabía leer, ni escribir, pero en los números era infalible. Cada vez que me faltaban más de dos sardinas, me las descontaba del plato. Aprendí a asumir responsabilidades, aunque en ese momento me costó entender el porqué de las cosas. Lo comprendí cuando eché la vista hacia atrás.

También aprendí a vivir con lo que había sucedido en el pazo de Baleiro. Eso también me costó mucho trabajo y esfuerzo entenderlo. Creo que nunca lo llegué a aceptar del todo, si bien, con el tiempo, me ayudó a prepararme para lo que estaba por venir.

4

Vila do Mar, 27 de septiembre de 1902

El tiempo pasó rápidamente, como sucede siempre que la mente se centra en disfrutar. Septiembre avanzó con su magia de mes intermedio entre el verano y el otoño. Poco a poco, el calor de agosto cedió en favor de temperaturas más suaves. La naturaleza se preparaba para afrontar un ciclo de transformación. Los árboles mudaban su vestimenta y las hojas viejas caían en una lenta danza para dejar espacio a las nuevas.

Fue un periodo de cambios y renovación, envuelto en un velo de misterio que me inspiró a renovar también mis ilusiones. Me sentía pletórica, con una energía arrolladora, palpable por el hormigueo que producen los nuevos comienzos. Era una sensación de frescura que flotaba en el aire como mariposas inquietas que me impulsaban a seguir hacia delante.

En septiembre empezaba un año de nuevas aspiraciones. Porque… ¿quién determina cuándo empieza lo nuevo y cuándo acaba lo viejo? ¿Por qué el año tiene que empezar el 1 de enero? Mi vida se renovaba cada mes de septiembre. Mi energía se recargaba con el calor del verano para resistir los meses venideros.

Lejos estaban los días en los que el mazo de Eladio el carpintero resonaba en el ambiente anunciando la proximidad de las vendimias mientras preparaba las cubetas y los pipotes. Por la cantidad de racimos que quedaban suspendidos entre las cepas, supe que aquel sería el último día. Llevábamos más de una semana trabajando sin descanso. A pesar de su dureza, la vendimia se convertía en una fiesta.

Todos los años empezábamos por la finca de Jesús, puesto que era la más pequeña. La vendimiábamos en un día, o dos, como mucho. Todo lo contrario que la de Manolo, que siempre era la última porque era mucho más grande.

Madre y Maruja capitaneaban los fogones. Ellas, como siempre, se ocupaban de preparar la comida para llevar a las fincas. Nos organizábamos muy bien. Los hombres cargaban las uvas en los carros para transportarlas al lagar. Algunos también nos ayudaban a las mujeres a cortar los racimos. Es un decir, ya que utilizábamos, más bien, las manos como instrumento. La verdad es que todo el mundo colaboraba, incluso los más pequeños, que recogían las uvas que caían al suelo para llevarlas de vuelta a los cestos.

Esa tarde los rayos del sol se colaron tímidamente entre las vides, pintando el viñedo de un resplandor cálido. Los destellos granates de las uvas me deslumbraron. Me acerqué para apreciar todavía más su belleza. Eran como perlas rojizas que se deshacían en la boca solo con mirarlas. Aproveché que mi estómago rugía para llevarme una a la boca.

—Aurora, ¿por qué no cantas una canción de esas que tanto te gustan? —sugirió Manolo.

—¿Cantar? ¿Yo? —pregunté extrañada.

—Estás parva, te dice que cantes para que tengas la boca ocupada y dejes de comer —aclaró Encarna.

A veces era tan ingenua que me costaba reconocer el doble significado que se escondía en palabras ajenas. Cuando me di cuenta, mi cara se puso del mismo color que la uva, pero no me amilané y le respondí rápido:

—¿Protestas por una uva? Pues… ¿sabes que te digo? Que me voy a comer el racimo entero.

—Y digo yo, Manolo, ¿por qué no cantas tú, oh? Que últimamente andas muy callado. Bueno, venga, si queréis que alguien cante, ya lo hago yo. Ya os dije que yo iba para artista y no para mariscadora, pero… la vida es así de dura, con que espero que sepáis apreciar el talento con el que os voy a deleitar a continuación.

De repente, Encarna comenzó a coger aire, parecía que iba a explotar, pero lo transformó en un chorro de voz enérgico que casi me reventó los tímpanos. Como buena artista, acompañó su interpretación con un balanceo tan exagerado que parecía que se iba a caer.

—Menos mal que no está Silverio para ver el espectáculo —resopló Manolo.

—Silverio ya sabe lo que tiene en casa, y que no se queje, ¿eh?, porque menuda joyita se llevó —se defendió Encarna ensalzando sus propias bondades.

La vitalidad de Encarna nos contagiaba a todos. Era un torbellino que nos amenizaba las largas jornadas de trabajo. Su actuación me hizo reír, y no reparé en que Luis había regresado a la finca para cargar los últimos cestos.

—¿Solo queda este? —preguntó.

—Estoy terminando, espera y ya te lo llevas —contesté.

Aprovechó para ayudarme a cortar los pocos racimos que quedaban en la cepa. Sus manos se unieron a las mías, y juntos agilizamos la tarea. El roce despertó mis sentidos y nuestras miradas se cruzaron.

—Estás guapa hasta con la cara manchada de uva —dijo mientras se acercaba para darme un beso.

Juraría que, en ese momento, mis mejillas se tiñeron del mismo tono morado que salpicaba mi nariz. Nunca sabía qué contestar a sus declaraciones improvisadas, pero me llenaban el alma por dentro y hacían que mi corazón latiese con fuerza.

—Manolo, voy a cargar el carro, ¿queda algún cesto más por ahí? —preguntó.

—Creo que no, tú marcha tranquilo, *e vai con coidado.* —Le animó y levantó la mano para darle vía libre.

Luis se acercó y se despidió con un beso.

—Nos vemos ahora. —Suspiró.

—Anda que… Cómo se nota que lleváis apenas un mes de casados, ¿eh? Tortolitos —dijo Carmen por lo bajito, a lo que me limité a contestar con una mueca curva.

La verdad es que tenía toda la razón. Estaba viviendo una etapa tan dulce que ni siquiera me molestaba en disimularlo.

—Bueno, ¿qué? ¿Hay más racimos por ahí o podemos darlo por terminado? —preguntó Manolo.

—Por mi zona despejado —contesté.

—Por aquí también —replicó Carmen.

Las confirmaciones fueron llegando en forma de coros desordenados. Y cuando Manolo se cercioró de que todos los racimos estaban cortados y dentro de los cestos, dio la vendimia por finalizada.

—Pues hala, ahora… todos al lagar —gritó, con la mano a modo de altavoz.

El jolgorio invadió el ambiente y, como si fuese una estampida desenfrenada, abandonamos las viñas para dirigirnos a la pequeña bodega. La felicidad crecía a medida que nos aproximábamos. Al llegar, las puertas se abrieron de par en par, y el olor a mosto que se concentraba entre las paredes de piedra me envolvió en un abrazo aromático.

Luis y Jesús estaban descargando los últimos cestos con las uvas recién recogidas. Al lado de unas tinas de madera, Carmen remangaba los pantalones de Iago y Encarna hacía lo mismo con Roi.

Manolo apareció con la gaita, y Victoria, con la pandereta. Y no hace falta decir que Encarna estaba calentando la voz para sorprendernos nuevamente con una de sus actuaciones estelares.

Aproveché para sujetarme bien la falda. Luis me miró de reojo porque no solía enseñar las piernas. Cómplice, le guiñé un ojo mientras doblaba los bajos con esmero para sujetarlos con la goma del calzón, como hacía para ir a mariscar.

Me descalcé y me subí a la tina con cuidado, y Carmen, Lúa, Iria y Roi se unieron a mí. Nos agarramos por los hombros y, sincronizados, apoyándonos unos sobre otros, empezamos a pisar las uvas desde el centro hasta los extremos. Poco a poco, un líquido empezó a brotar bajo la presión de nuestros pies, creando una explosión púrpura. Los racimos se fueron convirtiendo en un mar oscuro con aroma afrutado. Nos movíamos con la misma cadencia con la que los dedos de Manolo danzaban sobre el puntero de la gaita. Aunque el compás mejoró cuando Victoria tocó la pandereta con maestría. Su golpe de dedos se coordinaba con el movimiento de su muñeca, y el resultado fue un ritmo vibrante que se completó con la voz de Encarna. Luis y Jesús nos miraban divertidos mientras acompañaban a la improvisada orquesta con palmas.

Después de un buen rato pisando las uvas, Jesús se acercó a la tina. Primero situó el barreño de madera justo debajo para no derramar ni una gota. Manolo le ayudó, colocando la jarra de barro debajo del agujero. Tras comprobar que todo estaba en su sitio, retiró el corcho, y el mosto comenzó a fluir. La jarra se llenó. Ahora solo quedaba catarlo. Se la llevó a la altura de la nariz, bajó los párpados y se concentró en exhalar el aroma profundamente. Con un movimiento ágil, llevó el recipiente a su boca. Poco a poco el mosto le acarició los labios, tiñéndolos de un color morado que los hizo revivir. Dio un buen trago y el sabor a uvas maduras explosionó en su paladar despertando sus papilas gustativas. A medida que el mosto se deslizaba por su garganta, sus ojos se abrieron lentamente.

Todos lo observábamos expectantes porque conocíamos la importancia de ese primer trago. Fue como si también nosotros lo saboreásemos en silencio.

Los labios de Manolo comenzaron a moverse, como si quisiese hacer una valoración, pero optó por estirar el brazo para ofrecerle la jarra a Luis. El silencio reinaba en el ambiente, cargado de una tensión liviana, que solo se interrumpía con el sonido de los pequeños sorbos irregulares.

La cara de satisfacción de Luis comunicó el mensaje que las palabras callaban. Inmediatamente, la jarra llegó a manos de Jesús, que repitió el gesto, pero de una forma mucho más brusca. Dio un trago tan largo que a punto estuvo de vaciarla. Manolo no aguantó más y gritó pletórico anunciando su veredicto:

—Este mosto está cojonudo. Suave, algo dulce pero también ácido. Será una gran cosecha. Venga, oh, vamos a brindar.

Los niños se quedaron chapoteando sobre las uvas, y Carmen y yo nos bajamos con cuidado de la tina para probar el mosto. Luis me acercó primero la mano y, después, la jarra.

—Pruébalo, te encantará.

Antes de hacerlo me perdí en su aroma y, tras el primer trago, un suspiro de asombro se escapó de mis labios.

—Está muy rico.

La música empezó a sonar de nuevo, Luis me agarró por la cintura y nos arrancamos a bailar.

5

Vila do Mar, 6 de octubre de 1902

Las cosas parecían seguir el mismo rumbo que antes de casarnos. Mi vida no experimentó grandes cambios, salvo los más evidentes. Luis se mudó a nuestra casa, y, por primera vez desde que padre marchó a Argentina cuando yo solo tenía once años, madre y yo volvíamos a vivir con un hombre.

Sin quererlo, mi mente invocó el recuerdo que me pellizcó el corazón. Me trasladé de nuevo a aquella noche del 12 de marzo de 1892.

Era noche cerrada, y madre me despertó con dulzura.

—*Filliña*, despierta. Ve a darle un beso a tu padre, que tiene que marchar —me susurró mientras me mecía de un lado a otro de la cama.

Su voz sonó confiada. A mí no me pareció raro porque lo hacía cada vez que salía al mar arropado por la tiniebla de la noche. Siempre me enseñó a despedirlo con un beso y una sonrisa. Pero no una sonrisa cualquiera, una sonrisa sincera, de verdad.

«El trabajo de tu padre es muy duro y hay que tratarlo con respeto. El mar es peligroso y caprichoso. Dios no lo quiera, Aurora, pero, si algún día pasa una desgracia, lo último que verá será esa sonrisa». Retengo sus palabras en la memoria como si fuese la primera vez que las escucho.

Esa despedida, camuflando con sonrisas una realidad angustiosa, se convirtió en nuestra rutina. Yo siempre me despedía de él antes de irme a dormir, pero muchas veces de madrugada los escuchaba y me desvelaba. Me quedaba escondida en el pasillo viendo cómo se decían adiós. Se amaban y se respetaban. Fueron un gran ejemplo para mí, tanto que empecé a hacer lo mismo con Luis. De pronto me vi reflejada en mi madre, anclada cada noche a la puerta, tragando saliva con un nudo fuerte en la garganta y rezando para que mi marido volviese vivo del mar.

Regresé a aquella noche. Aunque me acababa de despertar, corrí con todas mis fuerzas para despedirme de él, me abracé a su pierna y le pedí que me cogiera en brazos. Siempre me decía que no, que ya era mayor, pero ese día lo hizo sin recurrir a ninguna excusa. Me agarré a su cuello. Él me acariciaba suavemente con las manos ásperas y me miró como nunca antes lo había hecho.

—Pórtate bien, Aurora. ¿Me lo prometes?

—Se lo juro y se lo prometo. —Sellé mi promesa rozando su nariz con la mía.

—Te quiero mucho, hija.

—Yo más.

Me abrazó todavía más fuerte y, cuando apoyé la cabeza sobre su hombro, escuché cómo su cuerpo se vaciaba de un solo suspiro que desembocó directamente en mi oído.

Madre apareció en la escena para ponerle fin.

—Venga, Aurora, vuelve a la cama. Tu padre ya se va —anunció con los ojos empañados.

Su rostro desencajado me invitó a regresar a mi cuarto. Pero no lo hice hasta que mi padre salió por la puerta. Vi cómo se despidió también de ella. Trató de mantener el tipo, esbozando una sonrisa abstracta, similar a la que le dedicaba cada día que marchaba a trabajar, aunque esa vez mucho más larga. Se fundieron en un abrazo, también más largo de lo habitual, y sellaron sus labios con un beso al que no parecían querer ponerle fin.

—Cuidaos mucho, Juana, sabrás hacerlo. Os quiero mucho, no lo olvides. No me olvides.

Madre lo acompañó a la calle, y yo crucé el pasillo para observar desde la ventana de la cocina. Entonces pude ver cómo mi padre pasaba por delante del camino de tierra con un saco al hombro. No iba solo, lo acompañaba el señor Pepito, también con otro saco. Madre ya no se esforzaba en controlar sus emociones. Lloraba desconsoladamente, y las vecinas también. Yo no sabía por qué lo hacían, hasta que unos meses después encontré la explicación a sus lágrimas.

Queridas hija y mujer:

Después de un viaje largo en barco ya estoy en Buenos Aires. La ciudad es muy grande. Pronto os empezará a llegar el dinero. Estoy bien.
Cuidaos mucho.
Os quiero.
Bicos.

Así supe que padre había cambiado la *muiñeira* por el tango. Nuestros corazones estaban separados por miles de kilómetros, pero, en ese momento, lo único que alivió mi tristeza fue pensar que seguíamos unidos por el mismo mar. Cuando terminé de leer la primera carta, madre me contagió sus lágrimas. No podía parar de llorar, y yo lloraba al verla a ella. Su desconsuelo quedó plasmado en el papel totalmente emborronado. Entonces no entendí cuánto significado escondía su llanto. Pero ahora sé que lloraba por la tristeza que le producía estar lejos de la persona a la que amaba. Esas lágrimas jamás se me olvidaron, y a ella nunca se le borraron de la cara. A partir de ese momento, me convertí oficialmente en la portavoz de la familia, porque madre no sabía leer ni escribir. Cada vez que llegaba una carta, yo me encargaba de darle voz y réplica a sus palabras.

Querido Ricardo:

Nosotras estamos bien, a Dios gracias.
Esperamos que tú también estés bien. Con el dinero que nos mandaste pudimos comprar un cerdo y unas gallinas.

Cuídate mucho.

Biquiños de tu hija y de tu mujer.

La dureza de tenerlo lejos se suavizaba con la ilusión que sentía al recibir sus cartas. Para mí era muy importante contestarle bien. Me mordía la lengua mientras me esforzaba en lograr la mejor de mis caligrafías. Escribía concentrada, con el corazón en la mano, controlando la emoción en los impulsos que guiaban cada palabra. Cuando terminaba, siempre le daba un beso al papel y, sin quererlo, mi ilusión también viajaba en ese pequeño sobre que contenía todas mis esperanzas. Después, corría al taller de costura de Rosiña para asegurarme de que no había ningún fallo para que llegase a su destino. Le pedía que escribiese bien el remite, con muy buena letra. Después, sin perder ni un segundo, corría a enviarla porque, cuanto antes llegase, antes recibiríamos su respuesta. Esperábamos con ilusión sus palabras. Era emocionante recibir noticias suyas, me imaginaba sus vivencias y sus andanzas en el otro extremo del mundo. Mi mente viajaba a otro lugar sin mover los pies del suelo.

Padre nos contó que había empezado a trabajar como estibador en el puerto de Buenos Aires. Su trabajo consistía en cargar y descargar la mercancía de los barcos que arribaban. Sus jornadas eran duras. Comenzaba a primera hora de la mañana, antes del amanecer. Primero se reunía junto con el resto de los estibadores para recibir las asignaciones del día según la necesidad. Unos días cargaba mercancía y otros descargaba. Cargaba barriles, movía cajas, portaba sacos pesados… La actividad en el puerto no se detenía, por eso tenían turnos interminables. Trabajaba a la intemperie, sufriendo las frías temperaturas en invierno y soportando el sol abrasador del verano. Me emocionaba conocer el tremendo esfuerzo que hacía para mandarnos algo de dinero y hacernos la vida un poco más sencilla. Estaba muy orgullosa de él.

Sus historias en esa tierra próspera eran los mejores cuentos con los que me dormía cada noche. Le pedía una y otra vez a madre que me repitiese alguna anécdota para dar rienda a mi imaginación y soñar con un mundo para mí desconocido.

—Cuénteme otra vez lo del tesoro —suplicaba impaciente.

Entonces ella se esmeraba por recordar la carta que yo misma le había leído una y otra vez. No era una tarea sencilla, pues en algunas se extendía y era imposible recordar la historia completa. En esos casos, madre iba a por la carta y yo la leía en alto. No sé quién plasmaba en el papel las palabras de padre, porque él tampoco sabía escribir. Además, en algunas historias me costaba reconocer que esas palabras saliesen de su boca. Él no utilizaba ese lenguaje, aunque tal vez en Buenos Aires había cambiado. Supuse que se lo encargaba a algún conocido de confianza. Quizá pagase a una persona por escribir. Da igual, lo importante es que podíamos saber de él.

Queridas mujer e hija:

El trabajo es duro, pero cada día es una nueva aventura. Aurora, esta historia te gustará.

Hacía mucho calor y el puerto rugía con la intensidad propia de su actividad del día a día. Yo estaba a punto de comenzar mi trabajo. El olor a pescado fresco me hizo sentir como en casa. Empecé a descargar la mercancía de los barcos. Cogí el primer barril, pero noté algo raro. Lo abrí y, de repente, unos destellos dorados me deslumbraron. Había muchísimos objetos brillantes en el interior. Joyas, monedas de oro… Estaba sorprendido por esa fortuna que tenía ante mí. Jamás vi tanto oro junto. Rápido llamé a mis compañeros, y la noticia se extendió por todo el puerto. No tardaron en llegar las autoridades para investigar su procedencia. A los pocos días nos dijeron que esos objetos los habían robado de un barco asaltado en alta mar. Y agradecieron mi colaboración.

Esa era sin duda mi historia favorita. Me dormía feliz, imaginándome a mi padre como un héroe, una persona honrada que había llevado sus valores a la otra punta del mundo. Siempre fiel y leal a sus principios. Orgullosa, presumía de él en la escuela. Sus historias eran el mejor antídoto para compensar su falta y me ayudaban a vivir con ilusión, aunque no todas eran igual de sorprendentes.

Queridas mujer e hija:

Por aquí todo sigue igual. Todo está tranquilo, ya no hay tesoros que descubrir, aunque esta semana vi la cara más desagradable del mar. Ese que me empujaba con fuerza también en los días de temporal de mi querida Galicia.

El día era caluroso, pero, a medida que avanzaba la tarde, el cielo se oscureció y una tormenta nos sorprendió en el puerto. Las primeras gotas de lluvia cayeron con mucha fuerza, tanto que lo primero que hicimos fue ir a cubrir las mercancías con lonas y luego corrimos a resguardarnos bajo los barcos. De repente, la tormenta cobró más fuerza. Me recordó tanto a Galicia...

Yo ya conocía la fuerza de un temporal así, por eso intenté ser rápido y asegurar la mercancía mientras las olas sacudían los barcos. Se veía muy poco. El pobre Pepito seguía cargando barriles dentro, pero la tormenta lo sacudió sin piedad. Cuando intentó salir del barco, resbaló por la cubierta mojada y cayó al agua. Tuve que saltar para rescatarlo, pero la corriente era tan fuerte que me atrapó a mí también. Necesitamos la ayuda de varios compañeros que se lanzaron al mar para rescatarnos. Pensé que me moría, pero después del susto estamos bien. Gracias a Dios.

Cuando terminé de leer la carta, la angustia invadió mi cuerpo. Por cuántas cosas habría pasado padre que no nos contó para no preocuparnos... Lo echaba mucho de menos. Cada vez más.

El primer año transcurrió marcado por la ilusión. Ya conocía Buenos Aires. A través de sus cartas viajé mentalmente por el barrio de la Boca, me perdí entre sus calles coloridas, llenas de vida, sus casas pintorescas y sus gentes que provenían de todos los rincones del mundo.

Me imaginaba a padre paseando al ritmo del tango por las calles adoquinadas del barrio de San Telmo, con su famoso mercado, su arquitectura colonial y sus bares modestos. Sentí su emoción palpitar en el café de los gallegos, donde la morriña se acomodaba junto a otros compatriotas en la mesa y compartían la nostalgia y el amor por su tierra.

Precisamente, ahí es donde conoció a Manuel López, otro paisano gallego afincado en Buenos Aires que le abrió las puertas de un nuevo trabajo. Dejó atrás el puerto para emplearse como conserje en el Centro Gallego de la ciudad.

Su vida cambió, y con ella lo hizo él. Poco a poco, y contra todo pronóstico, cada vez llegaba menos dinero y escaseaban las cartas.

A veces el silencio se prolongaba durante más de cuatro meses, aunque el más doloroso fue el primero, porque fue inesperado. Me torturé pensando que no le habían gustado mis palabras, o que había puesto mal la dirección, tal vez la carta se había extraviado, o acaso había surgido algún contratiempo por su parte, quise pensar para comprender la extraña situación. Pero lo cierto es que la espera me consumía por dentro. Toda mi vida giraba en torno a sus cartas. Necesitaba noticias suyas. Me dormía soñando con sus palabras, me desvelaba a media noche sumergiéndome en lo más profundo de mis cavilaciones para encontrar una explicación lógica que justificara su silencio. Daba vueltas en la espiral en la que yo misma me había adentrado y me mareaba alimentando el bucle de incertidumbre que había creado. El tiempo pasaba lento y mi esperanza se fue consumiendo, hasta que un día, de repente, todo cambió.

Regresaba con Manuela y Sabela de la escuela, caminaba ausente, presa de mis pensamientos, pero una voz alejada me despertó.

—Aurora, corre, que tu madre tiene algo para ti —dijo Maruja desde el otro lado del camino.

Me paré un segundo para coger aire y entonces corrí. Corrí como nunca lo había hecho para llegar a casa lo antes posible. Su carta me esperaba, no tenía ninguna duda. Era él.

Atravesé la puerta sofocada, sin aire y con el corazón a mil revoluciones. Encontré a madre sentada en el taburete de la cocina, con un sobre en la mano. Ella tampoco podía controlar sus emociones. Lo supe por el temblor de su mano.

—Te estaba esperando, *filliña*, no puedo leerla sin ti.

Me senté de un brinco, observé el papel y lo acerqué a mis mejillas, como si así pudiera sentir la caricia que mi padre tenía guardada para mí en la otra punta del mundo.

Queridas hija y esposa:

Perdonad la tardanza, no han sido meses fáciles.

Cada día es más duro no teneros cerca, os echo mucho de menos.

Me entristece no verte crecer, hija. Haré todo lo posible por regresar pronto.

Os quiero. Os quiero mucho.

Biquiños.

Sus palabras cayeron sobre nosotras como un jarro de agua fría. No sonaron alegres. Sentí que la tristeza con la que él había dictado sus palabras calaba en mi interior. No eran las cartas alegres en las que, a pesar de la dureza del trabajo, nos hacía partícipes de su vida en Buenos Aires, las reuniones en el café de los gallegos y el tango sonando en cada esquina del barrio de la Boca. Desde que había cambiado de empleo, cada vez llegaba menos dinero y sus palabras eran poco alentadoras.

Miré de reojo a madre, totalmente decaída. Ella también estaba sorprendida por la tristeza de las líneas.

—*Filliña*, coge papel, que vamos a contestarle.

Cumplí sus órdenes y afiné toda mi atención para no equivocarme.

Querido Ricardo:

Nosotras también te echamos de menos. Esperamos que regreses pronto a casa. Mientras, vamos tirando como podemos.
La niña está bien, te necesita cerca, y yo también.
Cuídate.
Bicos.

La distancia se apoderó todavía más de nosotros, sentía lejos a padre. No lo reconocía en sus palabras, parecía como si esa ciudad próspera de la que nos hablaba con tanta ilusión hubiese absorbido toda su alegría.

De nuevo el contador se puso a cero. Y otra vez la angustia de esperar respuestas se adueñó de mí. Lo necesitaba a mi lado. Tenerlo tan lejos era muy duro y no podía soportarlo más. Lo extrañaba tanto que cada día iba al mar, fijaba la vista en la inmensidad del horizonte y sentía su calor arropándome desde la otra punta del Atlántico. Deseaba sentir su cariño, que me rodeara con sus abrazos, contarle todo lo que pasaba por mi mente. Pero el tiempo transcurría, y las respuestas no llegaban. Yo no podía aguantarlo más, tenía que desahogarme. Así que, a escondidas, sin que madre se diese cuenta, utilizaba las hojas del cuaderno de la escuela para, en esas escasas líneas, contarle todo lo que no podía. Para madre tampoco era fácil, por eso solo nos limitábamos a contarle lo esencial, y así no empeorar más la situación.

Querido padre:

Hoy quiero decirte lo que hasta ahora nunca me atreví a hacer.
No quiero que estés triste, porque te quiero mucho y para mí es un orgullo tener un padre como tú, trabajador, cariñoso, bondadoso y alegre.
Te quiero con todo mi corazón y te echo mucho de menos.
Cada día que pasa es más complicado que el anterior. Es muy

difícil volver de la escuela y que no me preguntes qué tal. No sé vivir sin tus abrazos, sin tu escudo, sin tu protección. Añoro escucharte cantar y también darte un beso para que marches contento al mar. Sueño con el día en el que regreses de nuevo a casa. Antes de irme a dormir, pienso con fuerza que volverás pronto. Te imagino con el saco al hombro, corriendo mientras abres tus brazos de par en par para arroparme en ellos. Te necesito siempre a mi lado y no a tantos kilómetros. Vuelve, por favor.

Las lágrimas rodaron por el papel y las palabras se emborronaron. Me sorprendí a mí misma, porque no conocía la magnitud de mis sentimientos hasta que los vi reflejados en él.

Sentía cómo su recuerdo se disipaba con el tiempo, sin poder hacer nada para evitarlo, porque cada segundo que pasaba me costaba más recordarlo. Llevaba demasiado tiempo sin escuchar su voz, y, cuando traté de recordarla, mi mente se quedó en blanco. Ya no la reconocía. Nunca me atreví a compartir esos pensamientos con él porque, si solo con escribirlos me hacían daño a mí misma, no podía imaginar el impacto que tendrían para él.

La última carta jamás tuvo respuesta. Al cabo de más de un año de espera, me negaba a pensar que aquellas palabras tan tristes y llenas de melancolía habían sido las últimas que leería.

La incertidumbre nos producía una gran desesperación. Cada una lo sufría a su manera. Supongo que para hacer más sencilla su ausencia, nos aferramos a la promesa que padre nos había hecho. Queríamos pensar que volvería a casa, que juntos seríamos una familia de nuevo y que la distancia no nos separaría nunca más.

Pero el tiempo seguía pasando. Poco a poco el cuerpo de madre se fue achicando. Aunque delante de mí nunca quiso mostrar ningún síntoma de debilidad, lo hacía involuntariamente. La pena la estaba consumiendo por dentro. Ya no era la misma. Su luz se había apagado y la comisura de sus labios se había aplanado. Ella también luchaba con los demonios que le comían la cabeza. Las dos intentábamos apoyarnos en lo positivo, pero, al final, la mente, intentando protegerse, siempre se pone en lo peor.

Madre siempre me contaba historias de padre. Supongo que lo hacía para mantener su recuerdo vivo en mí y, en cierto modo, también en ella. Él era el héroe, el hombre fuerte, el bueno, el más trabajador y el más cariñoso. Yo sabía que ella hacía todo lo posible para que no sintiese que había desaparecido o que nos había abandonado. Pero llegó un momento en el que la situación me dominó.

El cúmulo de sensaciones se agolpaba en mi pecho, creando un nudo opresivo que me ahogaba. Desesperada, me tiré encima de la cama y me concentré para evocar algún recuerdo que me hiciese recuperar a mi padre. Pensé en los momentos que pasamos juntos. Traté de recordar su voz, su risa, el calor de sus abrazos o la luz que desprendía su sonrisa. Pero el paso del tiempo había eliminado de mi corazón todos esos instantes. Ahora latía con grietas, como las de las rocas erosionadas por el impacto de las olas. Ni siquiera podía agarrarme a un débil recuerdo para taparlo con parches y tratar de sanarlo. Todo terminó en un vacío ensordecedor. La frustración floreció en mi interior. Había intentado regar los pocos recuerdos que me quedaban de mi padre, pero ya nada podía hacer para resucitarlos. Estaban marchitos. Brotó de mí un llanto desconsolado que madre no tardó en calmar.

—Pero, *filliña,* ¿qué pasa? ¿Por qué estás así?

—Dígame la verdad, no va a volver, ¿no? Ya no puedo recordarlo —confesé angustiada.

—Te contaré la verdad, pero tienes que estar preparada. ¿De acuerdo?

—Está bien —contesté con voz temblorosa.

—Sé cómo te sientes, pero tienes que confiar en que tu padre va a volver.

—No es cierto, me lo dice para que deje de llorar.

—Sí lo es, Aurora, tienes que creerme —contestó mientras me acariciaba la mano.

—¿Por qué está tan segura?

—Te diré la verdad.

No sabía qué me iba a decir, pero hablaba con una seguridad arrolladora.

—Sé que no es fácil pensar en positivo, porque siempre nos ponemos en lo peor. Es cierto que hay que ser realistas, y no podemos vivir con ilusiones, pero tampoco alimentar al monstruo que tenemos en la cabeza. A mí también me afecta mucho la ausencia de tu padre. No solo tenerlo lejos, sino el no saber de él. Las preguntas se multiplican cada día en mi cabeza, sin una respuesta clara. No me juzgues, estaba desesperada y necesitaba buscar una señal, algo que me ayudase a vivir sin el ruido de los fantasmas que me comen por dentro.

—¿Y qué hizo?

—Fui a ver a la señora Carmela —confesó bajando la cabeza, como si se avergonzara.

—¿A la señora Carmela?

—Sí. —Me miró fijamente.

—¡Ay, mi madre! —exclamé mientras me santigüaba con las manos.

—No hagas eso. La señora Carmela es una buena mujer.

En el pueblo la señora Carmela era conocida por ser una *meiga* buena, aunque a mí me daba un poco de miedo. Se rumoreaba que tenía un don para la buena magia, además de unos extensos conocimientos ancestrales. La gente contaba que era capaz de romper los malos hechizos y poner remedio a cualquier pensamiento negativo. También que predecía el futuro, pero con una peculiaridad: nunca detallaba los acontecimientos. Tampoco anunciaba el mal que podía ver. Simplemente daba recomendaciones a modo de advertencia para remediar los sinsabores del destino.

—Ya sabes que yo siempre me mantengo al margen de los comentarios, y más en el caso de la señora Carmela —dijo tratando de justificarse—. ¡*Habelas, hainas,* Aurora!

—¿Cuándo fue esto, madre? ¿Qué le dijo? ¿Cómo fue? —Las preguntas se acumulaban y salían a trompicones de mi boca. Necesitaba saber todos los detalles de esa visita, pero intuía que no me contaría todo.

—Hace una semana. No creas que fue fácil tomar la decisión, porque me daba mucho reparo.

En ese momento, hizo una pequeña pausa para coger aire antes de continuar con su explicación:

—Decidí acercarme cuando fuera de noche porque pensé que así nadie me vería. Me ajusté bien el pañuelo a la cabeza, me coloqué la toquilla y caminé despacio tratando de no hacer ruido para no delatarme. No te voy a mentir, lo pasé mal porque estaba en alerta constante. Todo me asustaba. El viento susurraba entre los árboles, el mar se agitaba con fuerza y cada sombra parecía que cobraba vida a mi alrededor. A pesar de todo, no me eché atrás. Gracias a Dios, enseguida llegué a su casa. Ahí estaba en un callejón sin salida, tan tenebroso como misterioso. Las paredes estaban cubiertas de hiedras y un viejo candil que proyectaba sombras en el suelo alumbraba la entrada. Por las ventanas vi unas velas amarillas que iluminaban el interior de la casa. Detrás de las cortinas parecía que alguien me observaba fijamente. La puerta se abrió, de repente, y el crujido de las bisagras me invitó a entrar.

—¿Y qué había dentro? —la interrumpí para darle un pequeño respiro. No daba crédito a lo que me estaba contando.

—Era todo muy místico. Olía a incienso. El suelo estaba cubierto por alfombras desiguales, y velas de distintos tamaños delimitaban un pasillo estrecho hasta la estancia donde estaba Carmela. Era pequeña. En una esquina se alzaba una estantería de madera maciza que albergaba frascos llenos de hierbas secas, raíces retorcidas y libros de diferentes colores. En la pared de enfrente había un pequeño altar adornado con flores secas y réplicas diminutas de santos. Reconocí a Nuestra Señora de los Milagros de Amil y también a la Virgen del Corpiño. En el centro había una mesa de madera tallada, cubierta con un mantel granate con ribetes dorados. Encima, un pequeño libro con las páginas desgastadas y varias estampitas religiosas. Estaba sentada a la mesa y, cuando me vio, comenzó a hacerme señas para que me sentase. Al acercarme, la vi mejor. Lo que más me llamó la atención fue su cabello largo y canoso. También la medalla que llevaba colgada con una virgen dorada. Cuando tomé asiento, me miró con tanta intensidad que no hizo falta que le contase mis inquietudes. Me puso la piel de gallina. «No tengas miedo, *meniña*, soy mujer del bien, no del mal. No eres la única que tiene a su hombre lejos y viene a buscar respuestas». Sus palabras desenredaron el nudo que tenía en la garganta y, sin poder evitarlo, rompí a llorar. Se levantó y me arropó con un abrazo. Pude sentir el calor y el aroma de aquel cuerpo bondadoso. Era una mezcla de romero y rosas que me hizo sentir en paz. «*Xa pasou, meniña*, tranquila, tranquila», me decía mientras me daba palmadas en la espalda.

»Su suave voz resonó con compasión y me dio la confianza que necesitaba para recomponerme y tratar de explicarle mis inquietudes lo mejor posible. Entre sollozos, le describí la tristeza que me estaba consumiendo: «Señora Carmela, ya ha pasado mucho tiempo desde la última carta, y no hemos vuelto a tener noticias suyas. La imaginación me hace pensar que quizá Ricardo nos haya olvidado, o tal vez haya empezado una nueva vida al lado de otra mujer». En ese momento, rompí a llorar de nuevo, pero me recompuse para continuar: «Sé que no puedo culparle, ¿quién soy yo para eso, más que una mujer de mar, sin saber, ni tener? Pero pienso en la niña, y Ricardo se desvive por ella. Daría su vida si fuese necesario, como yo. Es la alegría de su vida. La pobre tampoco lo pasa bien, y ella no tiene por qué pagar los caprichos desdichados de una vida tan cruel y de un destino incierto. Créame, señora Carmela, que me siento mal por tener estos pensamientos. Yo no sé por lo que está pasando él, pero esta incertidumbre me está matando».

Madre me miró con las lágrimas a punto de desbordar. Yo ya había comenzado a llorar sin saber siquiera lo que le había contestado esa meiga.

—¿Y qué le dijo? —pregunté mientras me secaba con la manga de la chaqueta.

—Me pidió alguna prenda o alguna imagen suya para que pudiera ver a través de ello.

—¿Y tenía?

—Sí, *filliña*, fui previsora, como para no… Imagina tener que hacer el camino de vuelta sin respuestas y volver otro día.

Respiré aliviada.

—Llevé el retrato a carboncillo que nos hicieron por la boda y una chaqueta de punto.

—¿Y cómo sabía que le pediría esas cosas? —pregunté asombrada.

—Porque ya sabes que a tu madre le gusta mucho escuchar. Y aunque era la primera vez que buscaba su ayuda, sabía por las historias que contaba la gente que la señora Carmela siempre demandaba ese tipo de objetos para poder dar respuestas.

Asentí con una mueca de orgullo.

—Bueno, ¿y qué? ¿Qué más dijo?

—Primero se levantó para coger del pequeño altar la figura del Niño Jesús de Praga, una cruz, un ramo de laurel, romero y una botella de agua bendita. Luego se volvió a sentar y estiró el jersey sobre la mesa junto a los objetos y las especias que había cogido. Tocaba la prenda y miraba el retrato, y al revés. Su vista danzaba de un objeto a otro mientras que con las manos jugaba con el resto. Así estuvo un buen rato. El suficiente para agotar mi paciencia, y todo ello envuelto en un silencio incómodo. De vez en cuando me miraba, y yo también la miraba a ella, pero lo hacía para pedirle explicaciones. No podía dejar de observar sus gestos, sus muecas y los suspiros que lanzaba al aire. Fue eterno… hasta que se decidió a hablar. Cuando vi que abría la boca, casi se me cortó la respiración: «*Miña ruliña*, tu marido está vivo y tú y tu hija ocupáis todos sus pensamientos». Sus palabras me calmaron, pero rápidamente le respondí impulsivamente con más preguntas: «Y ¿por qué no escribe? ¿Por qué no sabemos nada de él? ¿Cómo vive? ¿Cómo está?». Carmela me miró fijamente, y supe que no podía decirme todo lo que sabía. Para bien o para mal, ella es así. Solo me dijo: «*Meniña*, tu marido está vivo y lo más importante es que os ama con locura. Alguna razón tendrá. No te preocupes, volverá».

»Cuando escuché su voz rompí de nuevo a llorar. Pero ese llanto fue de alivio. ¡No te imaginas cuánto necesitaba escuchar esas palabras! Yo también estaba convencida de que tu padre volvería. Carmela se levantó y de nuevo me arropó con sus brazos. «*Chora meniña, chora* todo lo que tengas que *chorar*, que esto te limpia por dentro». Y eso hice, hasta que me quedé seca. Luego continuó: «Ahora que te quedaste a gusto, te voy a dar un remedio. Escúchame bien. Cuando llegues a casa, pon el retrato cerca de una vela y al lado un cuenco con sal. Tienes que ahumar la casa con la quema de laurel durante siete días. Después tiras los restos al mar. Ten cuidado, intenta no cruzarte con nadie y no hablar. Ya sabes, que lo malo siempre se sabe y lo bueno nunca se cuenta».

»Antes de irme me dio un ramo de laurel y me cogió la cara con sus manos: «Hazme caso, *meniña*, esto hará que el mar que llevó a Ricardo lo traiga pronto de vuelta. Confía en mis palabras».

»Agradecida, le pagué por sus servicios, recogí las cosas y regresé de nuevo a casa. Lo hice acompañada por la esperanza. Me prometí no volver a pensar que tu padre incumpliría su promesa. Y así me llené de fuerza. Prometí esperarlo cada día. Y ahora me tienes que prometer que tú harás lo mismo. Confía en tu padre, cuando menos te lo esperes, regresará. Mientras tanto, piensa en todos los momentos que viviste con él e intenta mantener vivo su recuerdo, porque, por muy nublado que aparezca en tu mente, nunca se disipará del todo.

Cuando terminó de hablar, me abracé a ella y las dos comenzamos a llorar.

6

En la suavidad de la noche, un cosquilleo se coló en mi sueño. Con delicadeza, los dedos de Luis peinaban mi cabello ondulado. Poco a poco abrí los ojos, ajustando la vista a la penumbra de la habitación. Sus yemas siguieron firmes en la conquista, decididas a avanzar sigilosamente por mi rostro, trazando una media luna desde las cejas hasta el contorno de los labios. Sentí cada caricia como una promesa. Antes de finalizar la dulce batalla sellando nuestros labios, su boca se acercó a la mía para susurrarme con voz cálida:

—Feliz cumpleaños, *miña rula*.

—Gracias —susurré, todavía adormilada—. No te vayas, quédate un poquito más, solo cinco minutos —supliqué mientras me hacía la remolona.

Luis me rodeó la cara con las manos para besarme suavemente en la frente y aprovechó la cercanía para hablarme al oído:

—Volveré antes de que te des cuenta, te lo prometo.

Sus palabras no me convencieron, por eso hice un esfuerzo en tratar de retenerlo. Pero fue él quien hizo más fuerza y logró levantarme de la cama.

—Ven, tengo algo para ti.

Seguí el camino que marcaban sus pasos, pero, antes de llegar a la cocina, un aroma de notas dulces y afrutadas acarició mis sentidos transportándome directamente a la primavera. Sobre la mesa lucía un ramo de gardenias que brillaban como perlas blancas. Eran mis flores favoritas y con las que Luis me homenajeaba cada año por mi cumpleaños desde que nos conocimos, hacía ya cuatro años. Podía parecer una simple flor, pero para mí tenía un significado mucho más amplio y personal.

—Luis, son preciosas, ¿de dónde las has sacado? —Me hice la sorprendida, en el fondo ya sabía la respuesta.

—¿Pues de dónde las voy a sacar? De la casa del cura, como todos los años.

Me reí imaginándomelo y, sin pensarlo dos veces, salté a sus brazos para agradecerle el regalo.

Antes de que se me olvidase, arranqué con delicadeza un pétalo, acaricié su textura sedosa y fui a guardarlo dentro de un pequeño misal que descansaba al lado de la mesita del cuarto. En la página 16, coincidiendo con el día de nuestra boda, había otros cuatro pétalos secos. Uno por cada año que llevábamos juntos. Añadí el quinto en el centro, como si formase una cruz. Los observé con orgullo y me sentí tremendamente afortunada.

Embriagada por la ilusión, cerré el misal, lo rodeé con mis manos y me lo acerqué al pecho. El corazón me latía con fuerza. Cogí aire y alargué el suspiro como si quisiera seguir en ese mundo irreal antes de aterrizar de nuevo en mi realidad. Pero la felicidad es efímera y caprichosa, y, cuando la mente se evade en un mundo ficticio, los segundos pasan rápidamente. No podía permitirme perder el tiempo, así que sin más dilación, me repasé el cabello con los dedos, me enfundé la falda, abroché la blusa de algodón y me cubrí con la toquilla. Antes de salir de casa, cogí el cesto y el rastrillo.

El aire frío de aquella mañana de noviembre me refrescó la cara mientras caminaba descalza. El susurro del mar retumbó en mis oídos y el olor a sal impregnó mis pulmones. Las gaviotas volaban en círculos sobre las olas, en el cielo despejado.

Crucé hasta la orilla y dejé que el suave movimiento de la marea me acariciase los pies para despertarlos por completo. Frente a mí vislumbré un horizonte todavía despejado. Me gustaba llegar temprano, estar en soledad con el mar, antes de que se llenase de gente. Lo sentía como un bálsamo.

—Buenos días —saludó una voz cercana.

—Buenos días —contesté de forma mecánica.

Éramos tantas mujeres trabajando en el arenal que, a veces, me costaba reconocer de qué boca procedían las palabras.

Sin mirar atrás seguí mi camino y dejé que la experiencia me guiase. Me coloqué a la derecha. Me movía con agilidad sobre la arena, con la seguridad de quien conoce el suelo por donde pisa. Mi vista estaba entrenada para localizar la vida que había bajo la superficie del mar. Primero oteaba la extensión de agua y luego, con decisión, me agachaba durante horas para recoger sus frutos. Las jornadas eran largas, tanto que sentía cómo gritaban mis lumbares.

El sol se elevó en el cielo, bañando la arena de una luz dorada, marcando el inicio de aquella mañana. Ante mí, el mar se extendió como un espejo líquido en el que me vi reflejada. De pronto, sentí cómo mis sueños, mis miedos y mis esperanzas se desplegaban en ese lienzo a veces sereno y a veces bravo, pero siempre puro y sanador. Lo miré fijamente mientras el susurro del viento creaba una melodía hipnótica que me transportó a otro mundo. Me perdí en su grandeza para encontrarme conmigo misma.

Luis había salido muy pronto al mar, calculé que a esa hora ya habría terminado su jornada. Todos los días, antes incluso del primer rayo de sol, descargaba el pescado en el muelle. Jesús, el patrón, lo repartía: una parte se la quedaba él para venderla directamente a los compradores y la otra la repartía entre los marineros. Cada uno recibía su quiñón, así se llamaba lo que les correspondía, y lo administraban en función de sus necesidades. A veces lo guardaban para el consumo propio y otras lo vendían en las aldeas cercanas.

En casa nos organizábamos sobre la marcha, dependiendo de lo que hiciera falta en cada momento. Había días que comíamos el pescado fresco, pero, si teníamos suficiente, lo salábamos para conservarlo. Si sobraba, lo vendíamos. De eso precisamente se encargaba madre. Ella esperaba a Luis con la *patela* preparada para cargarlo y después venderlo por los pueblos. Caminaba durante horas con la cesta en la cabeza para llevar el pescado lo más fresco posible a sus clientes ya habituales. Médicos, curas, intelectuales, familias del interior... La patela se vaciaba de pescado y se llenaba de frutas, verduras, telas... a veces también algo de dinero. Esa era nuestra moneda de cambio. Todos colaborábamos para poder sobrevivir, y yo no podía dejar la comida a la suerte del trabajo de los demás. Por eso también tuve que pelear.

Unas voces lejanas me sacaron de mi ensimismamiento, e inmediatamente activé el mecanismo de defensa. La guardia. Sin más miramientos, puse a salvo el marisco que reposaba en el cesto, me remangué bien la falda y comencé a correr, ágil y veloz, sin perder ni un segundo en girar la cabeza para mirar atrás. Pensé que tendría que escapar, pero el estallido de unas risas que sonaban cada vez más cercanas me frenó en seco.

—Pero, Aurora, oh, ¿desde cuándo nos tienes miedo? —entonó con tono burlón una voz que me resultó familiar.

Me giré para confirmar que la guardia tenía un aspecto mucho más amable en los rostros de Victoria y Encarna. Venían directas hacia mí, con la ropa mojada de agua salada, y haciendo aspavientos con las manos. De repente, Encarna tomó aire para llenar sus pulmones y preparar su enérgico chorro de voz. Acompañó el movimiento de sus labios con palmas. Las demás voces se unieron al unísono. Yo, siguiendo el ritmo con las manos, todavía húmedas y cubiertas de arena, me uní tímidamente al coro. Dejamos que las palabras se mezclaran con el sonido del mar, creando una melodía alegre que quedó flotando en el aire durante unos segundos, hasta que se rompió por el chasquido de los aplausos finales.

—*Moitas felicidades*, Aurora —siguió entonando Encarna al tiempo que me abrazaba.

Un mensaje que se repitió en otras voces con distintas intensidades, como si fuesen las mismísimas gaviotas graznando desacompasadas. Sentí sus palabras como si una oleada de cariño me salpicase. Me llené de gratitud, y la emoción brotó en forma de lágrimas saladas. Era muy sensible. Agradecí su gesto con un abrazo, primero a Encarna y después a Victoria, y, cuando quise acercarme a las demás, me di cuenta de que se habían esfumado, ocupadas de nuevo en sus quehaceres habituales.

Eso era lo que más me gustaba de mi trabajo. Vivir y disfrutar de esos instantes de felicidad que le daban sentido a la vida. Me aferraba a ellos y los anclaba a mi memoria. Esa era mi gran riqueza. La que se encuentra en las pequeñas alegrías que se esconden en el día a día. Son tesoros ocultos que brillan sin luz en el desierto, pero, cuando tienes la habilidad de apreciar su magia, esa chispa se convierte en el faro que te ilumina y te guía incluso en los momentos más oscuros.

Los cánticos enmudecieron y la normalidad volvió al arenal. Yo seguí trabajando hasta que me aseguré de que tenía el cesto lo suficientemente lleno como para poder dar por finalizada la jornada. Si la captura de Luis había sido escasa, al menos tendríamos garantizada la comida para un día. Si sobraba, aprovecharía para venderlo.

Madre no regresaría hasta la noche. Así que Luis me propuso un plan.

—Por la tarde tengo que ir a la taberna de Manolo, tenemos que hablar de los catalanes, pero será breve. Luego tengo una sorpresa.

—¿Los catalanes? —pregunté extrañada.

—Sí, es una historia larga, luego te cuento.

—Está bien, te acompañaré hasta el muelle —musité.

La luz de la tarde marcó nuestro rumbo. Seguimos el camino de tierra, cruzamos la callejuela estrecha, flanqueada por casas humildes de paredes desgastadas y tejas rotas. A medida que avanzábamos, el aroma del mar se volvió más intenso.

En la entrada del muelle, antes de llegar a la taberna, Carmen, Encarna, Celsa y Marina se afanaban entre redes. Sus manos se movían de arriba abajo, parecía que tocaban el violín, pero con agujas en vez de arcos.

Los gritos agudos de los críos espantaban a las gaviotas, que volaban en círculos sobre el mar con las alas abiertas al viento.

—Celsa, pásale una tijera a la cumpleañera, que hoy faltan manos para remendar —sugirió Encarna.

—Dale un respiro a la pobre mujer —contestó Marina mientras me regalaba una mueca de complicidad.

—Dale la tijera, oh. No va a estar aquí mirando cómo nosotras trabajamos, y ella con los brazos cruzados —insistió Encarna.

—Venga, anda, dame una tijera, a ver si te corto la lengua también y me dejas tranquila un rato —amenacé con tono burlón mientras me sentaba a su lado.

—¿Qué? ¿Ya te ha contado tu marido lo de los catalanes? —preguntó Carmen mientras me acercaba las tijeras.

—No, no me ha dicho nada, luego me dirá, supongo —respondí y empecé a desenredar.

—Pues parece ser que quieren imponer sus ideas y capturar más, dicen. No lo digo porque me lo contara Jesús, que este a mí no me cuenta nada del trabajo, por eso te lo preguntaba a ti, que sé que Luis te cuenta más cosas. Pero ayer lo escuché y por eso me enteré.

—Pues que no vengan con tantas ideas, que nadie se las ha pedido. Eso ya sabemos cómo acaba. Cuando viene uno de fuera nunca trae nada bueno, y menos los catalanes —concluyó Marina.

Me limitaba a escuchar la conversación mientras observaba a Luis. Estaba hablando con Jesús dentro de la taberna, su gesto era serio.

Desde fuera la taberna se veía bien, era pequeña pero acogedora. La madera envejecida le daba un aspecto pintoresco y tradicional. En su interior, el olor a madera se mezclaba con el aroma a alcohol que se escapaba de las botellas e inundaba el ambiente. Las paredes estaban pintadas por el paso del tiempo y decoradas con pequeños trozos de redes de pesca que Luis, Jesús y alguno más le regalaron a Manolo para bautizar el local como su templo sagrado. Para ellos era como una especie de guarida, donde se refugiaban de los días difíciles. Por eso donaron las redes en una especie de ofrenda. En la esquina, la gaita de Manolo reposaba, esperando a ser tocada para llenar el ambiente de luz y de alegría, pero últimamente eso no ocurría. Las mesas de madera gastada tenían un acabado irregular en las esquinas. Y las sillas, ásperas y rugosas, con alguna que otra pátina de humedad en sus respaldos, eran el mejor lugar donde aliviar el cansancio después de un día duro en el mar.

Presidiendo la barra estaba Manolo, con su barba espesa y su cara risueña. Detrás, un pequeño estante acogía una variedad limitada de vino de la casa y aguardiente. A veces Mariña le echaba una mano. Silverio, Bieito y Antón ocupaban la mesa que estaba justo al lado izquierdo de la entrada.

—Bueno, ¿qué? ¿Qué tal el cumpleaños? A ver cuándo nos das una alegría, que ya llevas más dos meses de casada, ¿eh? Mira ahí la tropa que tenemos, necesita un refuerzo —dijo Encarna mientras me miraba de reojo.

—Ay, Encarna, tú en tu línea, deja estar a la pobre mujer. Con lo que le gustan a Luis los niños, seguro que pronto nos da la sorpresa. Aunque te digo una cosa, Aurora, como te salga uno como el mío… —remató Carmen persignándose.

—Sí, sí, pronto —dije queriendo finalizar la conversación. Cerré la boca y abrí los oídos para tratar de escuchar de qué hablaban en la taberna.

—Pues a mí me parece bien, ¿qué quieres que te diga, Jesús? Los catalanes dan salario y quiñón, y tú solo das quiñón.

—Calla la boca, Silverio, eres parvo, pero parvo con ganas, o ¿no te das cuenta de que eso nos pone en peligro a nosotros?

Reconocí la voz de Luis.

—Lo que nos pone en peligro es ir a trabajar, y, ya que voy cada mañana arrastrado como un perro, por lo menos que me paguen más —insistió Silverio.

—Estoy de acuerdo con Luis, Silverio, eso es una trampa. Tenemos que pelear y proteger lo nuestro. No sirve de nada tener más pan para hoy, si eso se convierte en hambre para mañana. No seas avaricioso —arguyó Jesús.

—¿Y encima tengo que aguantar que me llames avaricioso? Pues paga más, Jesús. Lo que es hambre para mañana es trabajar sin ver un duro, solo con un quiñón, y yo tengo varias bocas que alimentar —dijo Silverio.

—Pues vete, vete con los catalanes, a ver si te va mejor. Cuando ya no haya nada que pescar, volverás arrepentido —exclamó Jesús con tono más alto elevando también las manos.

—Bueno, bueno, ya. ¿Qué *carallo* pasa aquí? Vamos a relajarnos un poco —pidió Luis tratando de calmar el ambiente.

Se me escapó un «¡Ay!» de la boca cuando noté que la tijera no cortaba la red, sino mi dedo.

—Ay, *dijo eu,* Aurora. ¿Dónde tienes la cabeza, *mujeriña*? —preguntó Encarna.

—¿Qué les pasa? —pregunté con cara de no entender nada.

—Pues ya te lo he dicho, ¿o no me escuchaste? Los catalanes estos, que quieren poner una embarcación nueva para *mejorar* las capturas. Van a acabar a hostias, ya verás —concluyó Encarna.

La conversación de la taberna se trasladó a la calle, y ahí ya no hice ningún esfuerzo por disimular que los escuchaba.

—Bueno, ya hablaremos esto con los demás —concluyó Jesús mientras salían por la puerta—. Aurora, felicidades. Dile a Luis que sea generoso, ¿eh? Hoy hubo buena captura, seguro que saca alguna perra —dijo mientras le daba una palmada en la espalda.

—Gracias —me limité a contestar bajando la voz. No me gustaba el tono que había adquirido aquel debate sobre los catalanes.

—¿Has oído, Celsa? Ni se te ocurra poner la ropa a secar. Te aviso con tiempo, porque mañana va a caer una buena, que ya lo noto yo en los huesos —anunció Mariña mientras salía de la taberna y se llevaba una mano a la zona lumbar.

—Pero, Mariña, ¿qué dices, *mujeriña*? ¿Va a caer una buena de qué? —contestó Antón con tono burlón mientras todos se reían a carcajadas.

—¿Y de qué va a ser? Viene temporal, y de los buenos. Ya lo sé yo, y vosotros ya os acordaréis de lo que os digo.

—Estás tola, pero… ¿Cómo va a caer una buena si no se mueve ni una hoja? —continuó Antón mientras miraba al cielo.

—Bueno, el que avisa no es traidor, y yo sé lo que os digo. ¿Cuándo me he equivocado yo? Mi cuerpo es el que me avisa y nunca falla.

—Pienso yo que te equivocas, ¿eh? —le replicó Celsa mientras la miraba de lado—. Mira para ahí, ¿no ves? Ni aire, ni nubes… Mira qué sol, si hasta me deslumbra en la cara —remató poniendo las manos a la altura de las cejas.

—Bueno, no tengo ganas de discutir. Ya os acordaréis de lo que os digo, a ver si mañana os reís de mí. —La voz de Mariña sonaba indignada.

La verdad es que ninguno nos creímos las predicciones de Mariña. Yo tampoco. Me parecía imposible que el cielo azul que irradiaba impoluto se tornase oscuro en cuestión de horas.

—Bueno, nosotros nos vamos —dijo Luis mientras se acercaba para tenderme la mano y levantarme—. ¿A qué hora mañana?

—A la de siempre —contestó Jesús.

—*Veñalo* —dijo despidiéndose ya de espaldas a la taberna.

Enseguida dejamos atrás el muelle para dirigimos a la zona más alta y densa de Vila do Mar. Antes de adentrarnos en el camino boscoso supe adónde íbamos. Se lo comuniqué a Luis con un apretón doble de manos y él correspondió a mi gesto con un beso en la mejilla. Sin soltarnos, atravesamos un pequeño sendero empinado. Continuamos nuestro paso por un camino de curvas rodeado por una exuberante vegetación y seguimos el curso del río. Los árboles altos y robustos formaban un dosel sobre nuestras cabezas.

—Oye, Luis, ¿qué pasa con los catalanes? —me animé a preguntar.

—Pasa que quieren imponer sus formas. Digamos… que quieren cambiar las dornas por una embarcación diferente, una *traíña*.

—¿Y qué hay de malo en eso?

—La *traíña* es más grande y más ligera que la dorna. Y la técnica...

—¡Ay! —grité. No había visto una hilera de hierbas que me habían arañado el brazo.

—Presta atención por dónde pasas, anda.

—Está bien.

Seguimos caminando en silencio, guiándonos por el suave murmullo del río para llegar a nuestro destino y prestando atención al terreno irregular para no volver a tener contratiempos. Los pasos crujían tímidos sobre un suelo cubierto de hojas secas color canela. A medida que avanzábamos, la vegetación se volvía menos densa. El paisaje se fue suavizando y las hojas oscuras tornaron en un verde más amable. Una luz cálida irrumpía entre los tonos verdosos. Con las manos fui apartando los hierbajos como si fueran una cortina, y entrecerré los párpados para impedir que me deslumbrase. Lo que encontré frente a mí fue un espectáculo para la vista.

—¿Qué te parece? —preguntó Luis llevándose la mano a modo de visera para contemplar con claridad el horizonte.

—Es increíble, todo sigue intacto. Aquí no pasa el tiempo —contesté sorprendida.

Y era verdad. El tiempo allí se había detenido.

La base de un tronco cortado nos invitó a tomar asiento. Pero antes de sentarme junto a Luis lo bordeé, acariciándolo con la yema de los dedos. Nuestro tronco estaba custodiado por un manto natural y colorido en el que las hojas de tonos verdes se fusionaban con colores ocres y dorados. Al caminar sobre ellas, liberaban un aroma terroso. Estaba desgastado, pero seguía manteniendo su aspecto robusto. Su tacto áspero agudizó mis sentidos, iniciando un viaje por ellos. Olía a madera y a humedad, una fragancia que se mezclaba con el sonido del viento creando una melodía que me regalaba los oídos. Continué fijándome en todas las vetas que lo formaban. Se dibujaban en la superficie con líneas que contaban historias como la nuestra. Terminé el recorrido con el sabor dulce e intenso que se había desatado en mi boca cuando los labios de Luis se acercaron a los míos de forma inesperada.

Estaba callado, el paisaje le había robado las palabras. Tomé asiento a su lado, contemplé lo que tenía delante y me dejé llevar. Recuerdo el primer cumpleaños que celebramos juntos. Queríamos refugiarnos de las miradas y los rumores. Él se encargó de buscar el lugar, y yo dejé que me sorprendiera. Tras perdernos entre risas y confidencias, en ese preciso intervalo del día en el que el sol y la luna se saludan, nuestro primer beso ardió a fuego lento.

—No sé cómo Mariña puede decir lo del temporal, mira qué cielo —dijo con firmeza mientras señalaba al infinito.

—Ya, a mí también me parece raro. Con la calma que se respira, parece imposible que se desate una tormenta. Bueno, pero sigue contándome lo de los catalanes.

—Ah, es verdad. Pues lo que te estaba diciendo, que quieren cambiar la embarcación y la técnica de pesca para capturar más.

—Entiendo... —Mi tono le invitaba a explicarse más.

—El problema es que esto va a generar un gran conflicto.

—¿Un conflicto por qué?

—Pues porque si hay más capturas pondrán en peligro nuestro medio de vida, Aurora. Hay que proteger lo nuestro de forma responsable. Además, creará un conflicto entre nosotros. Nos acabarán enfrentando, en verdad ya lo están haciendo. Además del quiñón, los catalanes ofrecen salario, y ya sabes lo que eso significa...

—Sí... —contesté reflexiva—. ¿Y qué vais a hacer?

—Tenemos que reunirnos todos. Yo tengo claro que hay que defender lo nuestro, porque, si no, su riqueza va a suponer más miseria para nosotros.

«Más miseria», pensé.

—Eso no lo podemos permitir —dije mientras mi mirada se perdía en el horizonte.

—No lo permitiremos —sentenció.

El sol comenzaba a descender lentamente, pintando el cielo de tonos cálidos. Las olas acariciaban suavemente la costa, y los reflejos en el agua se fundían con los colores del cielo, creando una sensación de continuidad entre el mar y el horizonte. Aproveché el recorrido visual para descansar la vista en mi punto favorito, al lado del estuario, donde el agua dulce del río se mezcla con la boca salada del mar. Dos caminos que se cruzan y se unen, como el nuestro.

Luis me rodeó los hombros para acercarme más a él. Y yo dejé caer mi cabeza mientras reposaba la mano en su pierna. Los dos nos miramos, con un brillo candente. El atardecer estaba alcanzando su punto álgido y el color naranja se teñía de tonos rosados. En ese momento, Luis sacó del bolsillo un pequeño saco con la mejor de sus sonrisas. Sus dedos se deslizaron sobre los míos y me invitaron a descubrir lo que había en su interior. Una textura áspera se mezcló con un tacto liso y frío, y, de repente, la luz de ese atardecer se reflejó en la superficie de metal de un delicado colgante en forma de ancla.

—Espero que te guste —susurró con voz entrecortada.

Durante unos segundos me quedé sin habla, totalmente sorprendida por su regalo. No supe qué decir, hasta que las palabras salieron de mi boca de forma acelerada.

—Estás parvo, esto te habrá costado mucho dinero —dije entre enfadada y sorprendida.

—No te preocupes por eso, llevo ahorrando desde que nos conocimos para poder regalártelo en algún momento. —Hizo una pausa para coger aire y continuó—: Sé que lo pasas muy mal cuando tengo que salir al mar. Esto simboliza la fortaleza, por eso quiero que la lleves siempre puesta.

—Pero Luis…

—Chis, no digas nada.

De repente, sentí cómo el tacto frío del metal absorbía el calor que desprendía mi cuerpo. Una oleada de felicidad me envolvió. Nos abrazamos fuerte mientras las últimas luces del sol estaban a punto de desaparecer. Poco a poco la noche empezaba a caer lenta, y, antes de que la penumbra nos atrapara, decidimos regresar a casa.

Madre estaba de vuelta. Cuando me vio me dio un fuerte abrazo.

—Muchas felicidades, *filliña*.

—Gracias, madre.

Había olvidado el calor que desprendían sus brazos.

La cena transcurrió entre risas y caricias. Pronto se apagaron las luces, y enseguida nos fuimos a dormir.

7

Vila do mar, 7 de octubre de 1902

Desde ese momento ya no abrigaba dudas de que padre regresaría. No sabía ni cuándo, ni cómo, pero sí tenía el convencimiento firme de que, antes o después, volvería a refugiarme en sus brazos. La única certeza que en esos momentos albergaba era que el dinero cada vez escaseaba más. La situación era tan extrema que madre se vio obligada a llevarme con ella al mar para enseñarme a mariscar.

Me lo dijo sin anestesia alguna, un día cuando regresaba feliz de la escuela. Me dio mucha pena, porque me gustaba aprender. Al principio, doña Sara se ofreció a seguir enseñándome por las tardes, pero esa solución se hizo insostenible. Madre decía que, por lo menos, ya conocía las cuatro reglas básicas para que no me robasen en el trabajo: restar, sumar, (casi) dividir y multiplicar. Por mucho que me doliese, no tuve más remedio que aceptar la realidad. No podía negarme a sus órdenes. Sabía que ella lo hacía con todo el dolor de su corazón porque no tenía más opciones.

Me costó mucho adaptarme a esa vida. Los primeros días fueron los más duros, sobre todo el primero. Jamás olvidaré el 8 de noviembre de 1897. Tenía catorce años. Era noche cerrada y el cielo lloraba con fuerza. Madre entró en la habitación y me despertó con una orden clara.

—*Miña meniña*, tenemos que ir a la seca. —Su voz sonó lo suficientemente firme como para obedecerla.

Traté de hacerme la remolona, como si esa voz viniese de un mundo lejano, pero la verdad es que estaba más cerca de mi nueva realidad que de un mal sueño.

El ruido del agua al tocar el suelo me empujó a acurrucarme más entre las sábanas.

—Vamos, Aurora, no lo hagas más difícil —insistió.

Así que me desperecé y me incorporé. De forma mecánica, sin articular ni una sola palabra, dejándome llevar por la inercia, atravesé el pasillo y fui directa a la cocina. Allí estaba madre, sentada en un pequeño taburete, para acompañarme en silencio.

—Toma, *filliña,* un poco de pan y caldo. Aprovecha bien la taza —sugirió con el rostro alicaído.

Rápidamente engullí.

—No seas tragona, despacio.

Entonces reparé de nuevo en su rostro. Miré la taza y confirmé que estaba casi tan vacía como su mirada.

—No quiero más —dije con decisión.

—Acaba eso, no me hagas enfadar.

—No quiero más —repetí, todavía más convencida.

Hice el amago de regresar al cuarto. Pero a mitad de camino di media vuelta y, con paso sigiloso, me acerqué de nuevo a la cocina. Me quedé escondida detrás de la puerta y vi cómo sus manos temblorosas rebuscaban sobre la mesa las migajas que quedaban. Las atrapaba con el dedo y se las llevaba a la boca. Luego agarró la taza y se la acercó a los labios, que se apresuraron a apurar un sorbo escaso. Con cuidado la inclinó, y las últimas gotas fluyeron por su garganta. Cuando se aseguró de que estaba vacía, la apoyó de nuevo sobre la mesa.

Desde el otro lado de la puerta sentí una mezcla de admiración y tristeza porque siempre se sacrificaba para darme lo que no tenía. Esa imagen se clavó en mi corazón y se convirtió en el impulso que necesitaba para afrontar los días más difíciles.

Sus dedos huesudos y avejentados se apoyaron sobre la mesa para coger impulso y levantarse. Corrí veloz y sigilosa para que no me descubriese. Su sombra casi me atrapó, pero logré no levantar sospechas.

—Toma este gabán de tu padre. Úsalo mientras no ganemos para comprar uno para ti. —Lo dejó encima de la cama.

Me sentí arropada cuando me envolví en él, aunque también un poco desubicada con ese atuendo. El resultado era indescriptible. Llevaba un jersey de lana, una falda oscura y unas zapatillas roídas de caucho que me hacían dudar de cada paso. Mi inseguridad se balanceaba. Qué ironía, porque ese día aprendí a andar de nuevo.

Madre me estaba esperando en la puerta, con su sacho al hombro.

—Toma, a ver si llenas este *cacharriño*.

Estiró la mano para entregarme un cesto de mimbre. Luego me miró de arriba abajo, pero se detuvo al llegar a mis pies.

—Será mejor que te quites las zapatillas.

La miré con cara de no entender su sugerencia, pero reparé en que los suyos también estaban descalzos. Entonces seguí su consejo.

—La playa está cerca, agradecerás ir descalza —trató de convencerme.

La obedecí sin rechistar y agarré su mano. El viento me pellizcó la cara y lo que vi me transportó a un sueño. En la oscuridad de la noche, unos destellos intermitentes irrumpían en el paisaje. A medida que nos acercábamos, confirmé que no eran estrellas, sino unas pequeñas lámparas de parafina que ayudaban a ver con cierta claridad antes de que la luz del amanecer diese paso a un nuevo día. Poco a poco nos adentramos en el arenal. Nunca me había asido de su mano con tanta fuerza. Tenía miedo, sentía que estaba a punto de soltarme frente a unas hienas hambrientas que querían devorarme. Una voz aguda interrumpió nuestro paso.

—Pero bueno, menuda compañía traes hoy, Juana —dijo Herminia mientras me acariciaba la cabeza con las manos mojadas.

—Hoy no, Herminia, a partir de hoy —respondió madre con cierto tono de resignación.

Yo me limité a contestar con una mueca artificial. No soportaba que me tocasen, y menos con las manos mojadas.

—Ven, Aurora, no hay que perder el tiempo, cuanto más hables, menos ganas. Esto funciona así. Hoy la marea está muerta y el viento es débil, así que vas a aprender lo más difícil para que luego te parezca todo más fácil. Te voy a enseñar a coger navajas. Ven aquí y presta atención. —Hizo un gesto para que me acercase y señaló—. ¿Ves esta huella que hay aquí? —preguntó al tiempo que se agachaba para señalar con el dedo un punto concreto sobre la arena.

—No —contesté mientras me esforzaba en ver esa supuesta huella.

—Fíjate bien, esta de aquí. ¿No ves que parece un volcán?

—Sí, ahora sí la veo —contesté concentrada.

—Pues la navaja está ahí debajo. Atiende —ordenó.

Sus manos se sumergieron sigilosamente entre la arena y, en un visto y no visto, sacó una navaja.

—¿Ves? Tienes que ser rápida para que no se entierren más y tirar con mucho cuidado para que salga entera.

Observé incrédula.

—Guíate por las huellas que dejan en la arena. Poco a poco aprenderás a distinguirlas.

Observé de nuevo el arenal infinito. Me esmeré buscando los agujeros y, cuando creía que encontraba alguno, sumergía las manos para tratar de coger la navaja, pero la decepción me acompañaba en cada intento porque las sacaba vacías.

—No sale nada —grité con una resignación palpable.

—No salen porque no te fijas bien —afirmó con una seguridad arrolladora—. Estás buscando mal. ¿No te das cuenta de que estás encima de otras pisadas? Aquí ya estuvieron más mujeres, y si lo sigues haciendo tú perderás tiempo y dinero. Las navajas escapan cuando sienten el peso de nuestro cuerpo por encima de la arena, así que, por mucho que te esfuerces en meter la mano en esos agujeros, ahí ya no hay nada. Abre las piernas, desplázate hacia los lados y sigue buscando por ahí.

Asentí y apliqué su consejo. Me moví un metro sobre la pisada que había tomado como referencia y ahí divisé un pequeño volcán. Me agaché para enterrar las manos, tiré suavemente y salió la navaja.

—Madre, he cogido una —grité victoriosa.

—Pues ahora a ver si llenas el *cacharriño* —me retó.

La verdad es que estaba tan concentrada en buscar esos agujeros que el tiempo se pasó relativamente rápido.

Esos primeros días oscilé entre la ingenuidad de una niña que se adentra en un mundo desconocido y un oficio cuya dureza no tardé en descubrir.

Mis pies chapoteaban en un hilo de mar que me congelaba. Escarbaba con la insistencia que Juana me había enseñado, dejándome los dedos, mientras hurgaba también en mis pensamientos. Poco a poco iba llenando el dichoso *cacharriño,* al que cada vez le tenía más manía. Parecía que sus dimensiones aumentaban por la noche, a mis espaldas, porque cada día me costaba más llenarlo.

El frío no tardó demasiado en calarme por dentro. Mis riñones se encogieron y la espalda se empezó a resentir. Tenía los dedos tan arrugados y doloridos que era incapaz de coger las almejas. Un escalofrío me recorrió el cuerpo y me balanceé queriendo desprenderme de él. Saqué las manos del agua, las sacudí y las observé con detenimiento. Habían tornado en un color morado. Intenté doblar los dedos, pero estaban rígidos. Un hormigueo doloroso me atravesaba el cuerpo. El frío me penetraba por los dedos de la mano y bombardeaba el dolor hasta la punta de los pies.

—Madre, no puedo coger nada más. No siento el cuerpo —dije agotada, casi a punto de llorar.

—Ven aquí y abrázate fuerte.

Dejé el cesto a un lado y me acerqué para refugiarme en sus brazos. Los abrió cuanto pudo y me envolvió con tanta ternura que, a pesar de todo, me sentí arropada por un manto cálido.

—Hala, ahora que ya tienes las manos calientes continúa trabajando para llenar el *cacharriño* —ordenó.

Aproveché el paréntesis para coger aire y llenarme de la fuerza que necesitaba para seguir adelante. Pensé en la estampa de madre comiendo las migajas que sobraron de aquel desayuno y, con una fuerza desconocida, eché las manos al mar. Utilicé los dedos como si fuesen un rastrillo y empecé a recoger almejas.

Pero, de nuevo, un escalofrío me frenó, ahora no eran las manos las que me inmovilizaban, sino los pies. Sentí cómo una mano invisible me agarraba con fuerza por los tobillos desde lo más profundo de la arena. Estaban anclados al suelo y, pese a mis denuedos por moverlos, me encontraba con una resistencia implacable.

—¡Aurora, coge el cacharro y corre! —gritó madre.

De pronto, vi cómo una estampida se dirigía hacia mí. Permanecí inmóvil, no supe reaccionar. Mis pies ardían bajo la arena.

—Aurora, coge el cacharro y corre. ¿No me oyes?

Eso quise hacer. Pero apenas era capaz de estirar las piernas y avanzar. Me tropezaba, me hundía, hasta que con los nervios me caí, y conmigo el cacharriño que tanto esfuerzo me había costado llenar. No sé si lloraba de la rabia o de la escena tan angustiosa que se desarrollaba ante mí.

Me quedé en el suelo mientras cientos de pies descalzos retumbaban sobre la arena, salpicándome a su paso. Me tapé los oídos con las manos y cerré los ojos despavorida.

—¡*Veñen ahí! ¡Deixádenos vivir!* —Coreaban distintas voces a lo lejos.

Quise comprobar a quiénes se referían, así que abandoné mi postura de defensa para girar la cabeza y ver qué estaba pasando. Me pareció ver cómo unos hombres corrían tras las mariscadoras, pero, antes de que pudiese confirmarlo, unas manos me levantaron del suelo en el que ya me había acomodado para llevarme por el aire hasta tierra firme.

El tacto era inconfundible, desde el primer momento supe que esas manos eran las de madre. No había lugar a dudas. Pude escuchar cómo latía su corazón acelerado.

—*Meu Deus*. No contaba yo con esto. Hacía tiempo que no aparecían por aquí —dijo con una voz todavía entrecortada.

No entendía qué estaba pasando. Ella se percató y, antes de comenzar a hablar, se quedó unos segundos en silencio, supongo que para pensar bien sus palabras.

—Los señores del pazo de Albor se creen dueños y señores del arenal que tenías hace unos instantes bajo tus pies. Dicen que es de su propiedad y prohíben que cualquiera lo pise y, mucho menos, que *robe* en su propia casa. De vez en cuando, mandan a la guardia para meter miedo y asustarnos, y no nos queda más remedio que echar a correr. Hace unos años, cuando nos enfrentamos a ellos para defender lo nuestro, se montó una buena. Llevaron preso al marido de Herminia y tardaron meses en soltarlo. Este mar es nuestra forma de vida, no puede ser de su propiedad porque lo necesitamos para poder salir adelante. Esos que venían a por nosotras eran de la guardia. Y si nos pescan, tendremos que pagarlo, sabe Dios cómo. Así que la próxima vez, cuando te diga que corras, estiras las piernas, coges la cesta y corres.

Pero ¿qué pretendían, que nos muriésemos de hambre? Me enfadé tanto y me pareció tan injusto que esa prohibición ocupó mis pensamientos durante el resto del día y también durante gran parte de la noche, hasta que pude apagar la cabeza para descansar durante unas horas.

Me tumbé con los pies cruzados, rozando uno con el otro. Los escondí entre las sábanas para arroparlos e intentar que acumularan durante toda la noche el calor suficiente para soportar las temperaturas gélidas, más frías, todavía, bajo el agua. Los estaba preparando, y me dolían solo de pensar que en unas horas volverían a estar a la intemperie. No soportaba el frío.

Me quedé dormida al fin. Soñé que caminaba en la penumbra de una noche tranquila. El mar estaba plano como un plato y sobre el cielo, que se desplegaba como un lienzo oscuro sobre mí, las estrellas brillaban como gemas centelleantes. En el centro, un punto de luz de color verde esmeralda titilante captó mi atención. Su destello era más irregular que los demás, por eso me eclipsó. Lo miré fijamente y, de pronto, sentí cómo a gran velocidad se dirigía hacia mí. A medida que se aproximaba su figura se definía y, cuando estaba a punto de aterrizar, explotó en el suelo creando una niebla densa que me rodeó.

Esa estrella se transformó en un rostro aterrador. Sus ojos verdes me miraban fijamente. Mi respiración se cortó cuando vi que detrás de las manos escondía un sacho, como el que utilizaba para ir a la seca, pero de grandes dimensiones. Con un gesto rápido, sin previo aviso, lo levantó y me cortó los pies de cuajo. Un grito silencioso quiso salir de mi boca, trataba de pedir auxilio, pero ese ser también se había llevado mi voz, y por más que gritara nadie podría escucharme. El dolor punzante me absorbía lentamente en la profundidad de la arena. Con la misma rapidez con la que apareció, la figura tornó en forma de estrella y desapareció entre la niebla. Yo me quedé inmóvil en ese lugar, sin poder moverme.

Me desperté tan sobresaltada que lo primero que hice fue mirar debajo de las sábanas para confirmar que mis pies seguían enteros. Respiré aliviada mientras los entrelazaba de nuevo. Las horas de sueño habían pasado rápidamente. Mi cuerpo todavía no se había recuperado del susto, pero no podía hacer nada para impedir que el día siguiera su curso.

Salí de casa descalza y caminé con cuidado, temiendo romperme a cada paso. Llegué al arenal y dejé que el agua me bañara los pies. Comenzó acariciando suavemente mis talones y poco a poco fue escalando a diferentes alturas por el vaivén de su caprichosa marea. Eché un vistazo al horizonte y vi cómo madre había marcado su zona. Seguí sus pasos y me quedé lo suficientemente cerca como para salir corriendo si la situación lo necesitaba.

Posé los pies en la arena y subí la falda hasta asegurarme de que estaba a una altura prudente para agarrarla con la goma del calzón y empezar a trabajar. Pero antes alargué los brazos, moví todos los dedos de forma desordenada, como si supiese tocar el piano, y estiré la espalda al tiempo que cogía aire para llenar los pulmones. Así me preparaba para la jornada. Me agaché con decisión y mis manos empezaron a escarbar en la arena. Con más agilidad que los primeros días, iba llenando el *cacharriño*. Lo hacía rápido, casi a la misma velocidad con la que el frío subía por las puntas de mis dedos. Intenté contar hasta tres, controlar la respiración y concentrarme en recoger de la profundidad de la arena los berberechos.

Poco a poco me fui aclimatando, aunque el mar me acorralaba. «El frío está en mi cabeza», me dije para convencerme.

—Aurora, coge el sacho, que para algo lo tienes. No seas parva. ¿No ves que así no tienes tanto tiempo las manos en el mar? —sugirió madre.

La verdad es que tenía razón, con el sacho no tenía que sumergir tanto las manos, pero me gustaba más trabajar así. Esa herramienta era pesada, y además tenía que clavarla en la arena y luego moverla con fuerza. Debía ser cuidadosa porque a veces dañaba el marisco. Las conchas se rompían y el precio se devaluaba. Por eso prefería trabajar con las manos, aunque supusiera un esfuerzo más grande.

La brisa del mar transportó la canción que entonaba Maruja desde la otra punta a mis oídos. Concentrarme en escuchar su voz me ayudó a no pensar tanto en el frío, hasta que hubo un momento en el que se me hizo insoportable.

Me fijé en mis pies, estaban tan oscuros como mis manos. Al menos iban conjuntados, pensé. Empecé a agitarlos, los moví con ímpetu, pero no sentía nada. Pensé en darles con el sacho, tal y como había presagiado en el sueño del que hace unas horas me había despertado.

—Madre, no siento los pies. Me duelen muchísimo, no puedo caminar.

—Dame el *cacharriño*.

—Madre —dije de nuevo con un tono de voz más alto—. Tengo los pies morados, no puedo caminar.

—¿Y cómo crees que hacen las demás, *filliña*? Hay que aguantar.

Se acercó para vaciar mi cesto en el suyo.

—Si tienes frío, orina y, cuando el pis caiga en la arena, pones los pies encima y los calientas.

Asentí levantando los hombros como respuesta. Me sentía violenta orinando allí. Me daba vergüenza, pero tenía tanto frío que al final me dio igual. El líquido amarillo se mezcló con un hilo de agua salada que penetró en la arena. Rápidamente puse los pies encima y poco a poco se calentaron. No mucho, pero sí lo suficiente como para salir corriendo de nuevo.

—Ahora que tienes los pies calientes, ¡corre, Aurora!

Me olvidé del dolor de pies y corrí con una energía impostada que me acabó sofocando. A lo lejos, como si fuese la sombra que me ahogó en el sueño, la guardia se aproximaba de nuevo hacia nosotras. Esta vez fui más rápida y no me caí. Tampoco me alcanzaron, pero la verdad es que no me acostumbraba a esos sobresaltos inesperados cada vez que intentaba sobrevivir trabajando.

Cuando subí el desnivel y llegué al camino terroso, dejé el cesto a un lado y apoyé las manos sobre las rodillas mientras trataba de coger aire. Madre me arropó reposando su mano sobre mi hombro.

—Poco a poco, *filliña*, a esto nunca te vas a acostumbrar. Pero tienes que estar orgullosa, hoy ganamos la comida.

Tenía razón, por muchos años que pasaron nunca me acostumbré a eso. Sin embargo, no tuve otra opción que aprender a ser feliz de esa manera, porque no tenía otra forma para salir adelante en la vida.

8

Vila do Mar, 5 de noviembre de 1902

Cuando ya había logrado conciliar el sueño, el impacto de un rayo me desveló de madrugada. Fue una interrupción inesperada que evitó que me ahogase en mi propio sueño.

Me desperté angustiada, con el cuerpo revuelto y el corazón acelerado. Me levanté sigilosamente para no despertar a Luis. Cogí la vela casi consumida que descansaba sobre la mesilla y me dirigí al fondo de la habitación para alcanzar la toquilla que estaba en la silla. Hice una pequeña pausa en la puerta para encender la vela y atravesé el pasillo con la luz que desprendía y que refulgía como una suerte de escudo en torno a mí.

Cuando llegué a la cocina, observé por la ventana, me senté en el taburete y apoyé los codos sobre la mesa de madera, el mentón sobre los puños cerrados. Me sentí como la protagonista de un cuento de terror. Las predicciones de Mariña se habían cumplido. Un espectáculo de viento, lluvia y truenos irrumpía en un cielo tenebroso como si fuesen fuegos artificiales.

El fuerte estruendo, que llegó con retardo, me agitó el corazón. Las ventanas temblaron y la vela se apagó de golpe. La encendí de nuevo y corrí al cuarto. Otro estruendo hizo crujir la ventana. El viento gritaba y Luis se despertó de repente. Me miró asustado. La vela apuntándome desde abajo, iluminando mi cara desencajada, no había ayudado a que tuviese un buen despertar.

—Aurora, por Dios, qué susto me has dado —exclamó al tiempo que se llevaba la mano al pecho—. ¿Qué hora es?

—Creo que no deberías ir al mar —respondí titubeante, ignorando su pregunta.

—No puedo dejar de trabajar cada vez que hay temporal. Ya lo sabes, Aurora, este tiempo… es normal.

—No, no es normal. —Elevé el tono—. Las ventanas tiemblan y el viento es muy fuerte, podría llevarme por delante si saliese ahora mismo a la calle. El mar está picado… Luis —continué tras una pausa dramática—, por favor —supliqué con voz entrecortada.

—Ven aquí y confía en mí. No pasará nada. —Me rodeó la cabeza con las manos para llevarla junto a su corazón—. Es solo un temporal, uno más. Te prometo que estaré en casa antes de lo que puedas imaginar.

Me abracé a su cuerpo y tragué saliva para digerir sus palabras. Él deslizó sus dedos por mi pelo para calmar mi evidente nerviosismo.

—Está bien, ten cuidado. —Resignada, fingí una calma que no tenía, apoyada todavía en su pecho mientras escuchaba sus latidos.

Un golpe hizo que mi corazón diera un vuelco. Me giré y vi cómo un pájaro se estrellaba contra la ventana y caía por el cristal. Las dudas volvieron a devorar la falsa armonía en la que me había sumergido. Es curioso. No sé muy bien por qué extraño motivo hay cosas que no sabes cómo las sabes, pero las sabes con certeza. Y te aferras a ese palpitar innato que brota de dentro con una fuerza ciega e incontrolable que marca e hipoteca tus decisiones. Algunos lo llaman intuición, pero a mí me gusta más creer que existe una conexión especial que es capaz de escuchar nuestro interior. Muchos lo ignoran, pero yo lo siento con convicción. Creo firmemente en esa fuerza sobrenatural. Mi cuerpo es mi segundo cerebro y, a través de mis sensaciones, he aprendido a interpretar sus mensajes. El estómago revuelto, el nudo en la garganta, el pájaro muerto…, todo eran señales esa noche.

Eso me hizo recordar que dos días atrás habíamos pasado por delante de la casa de Rosalía. Cuando nos vio, la mujer miró a Luis con compasión y luego se santiguó. Parecía que bisbiseaba una oración. Era una mujer solitaria y tenebrosa. Tenía una belleza peculiar con unos rasgos muy marcados. Su melena oscura le caía sobre los hombros encorvados y contrastaba con la palidez de su piel, ajada por el tiempo. Su mirada tenía una intensidad sobrenatural. Era una mujer muy respetada, aunque yo temía encontrarme con ella porque se rumoreaba que era capaz de ver la muerte.

—Luis...

—Aurora, tranquila. —Sonrió.

Intenté tragarme el miedo, pero no pude digerirlo. Era más fuerte que la lógica y sin quererlo se quedó enquistado formando un nudo en mi garganta. Traté de disimularlo para despedirme de él con una sonrisa. Clavé mis ojos en los suyos, oscuros como el mar profundo y picado. Y ahí supe que me estaba equivocando.

—Volveré, te lo prometo, y sabes que siempre cumplo con mis promesas.

Antes de que me diese tiempo a contestarle, se adelantó y me dio un beso. Me concentré durante un par de segundos para retener el recuerdo de su tacto y contemplé su marcha. No quería alargar más la despedida. Eso solo sirve para agudizar el dolor. Me quedé clavada en la puerta mientras la oscuridad lo hizo desaparecer bajo la lluvia. El viento cerró de golpe la puerta y también mis pensamientos. Me apoyé contra la pared y me deslicé hasta tocar el suelo. Me abracé las rodillas y respiré hondo tratando de absorber mis preocupaciones. Con más fuerza que nunca le supliqué compasión a la Virgen del Carmen mientras me persignaba, clamando al cielo.

Eran las tres de la mañana, quedaban más de cinco horas para que la marea se despejase y pudiese empezar a trabajar. Mientras el tiempo no agilizaba su paso, me debatí entre volver a acostarme para descansar la mente, navegando por un sueño en calma, o seguir torturándome, dándole vueltas a la decisión de Luis, que consideraba poco acertada y que ya no podía revertir. Por mi paz mental, me decanté por la primera opción. No habían pasado ni cinco minutos desde su marcha y yo ya deseaba con todas mis fuerzas que regresase.

Volví de puntillas a la cama, que todavía marcaba su silueta. Me acurruqué en ella para seguir sintiendo su calor. Su olor me dio la calma que necesitaba mi cabeza para apagarse durante un rato. Fue el pasaporte directo para adentrarme en un sueño en el que nos reencontramos de nuevo.

Un grito firme y seco secuestró mi sueño dinamitando mi felicidad.

—Pero, Aurora, *filliña,* ¿en qué estás pensando? ¿Tú sabes qué hora es?

El tono de madre despertó también mi mal humor.

—Vas a llegar tarde, yo…, de verdad…, no sé qué tienes en la cabeza, pero estás que no estás —finalizó con tono inquisidor.

Resoplé con rapidez mientras me incorporaba. Si supiera lo que realmente pasaba por mi mente tal vez no me trataría con tanta brusquedad. Pero así era ella. No podía suavizar su carácter, y menos a estas alturas de la vida.

De mala gana comencé a vestirme. Me puse la falda, abroché con agilidad los botones de la camisa y me envolví en la toquilla. No podía perder más tiempo, así que atravesé el pasillo, cogí el cesto y el rastrillo y salí de casa. Ni siquiera me preocupé de cerrar la puerta. El viento, con una fuerza sobrenatural, lo hizo por mí.

La oscuridad de la noche dio paso a un horizonte brumoso que me sumergió en su profundidad. Caminé con la angustia vibrando en mi cuerpo. Un temor que crecía en cada paso. Mi mente semejaba el contador de una bomba. En cada segundo naufragaba la esperanza para convertirse en incertidumbre. Necesitaba que llegase a cero para desactivar mi preocupación.

Por suerte, el trayecto a la playa era corto. Solo tenía que avanzar unos metros, cruzar el camino ancho de tierra y descender con cautela las escaleras para sumergirme en el arenal. La fuerte lluvia se mezcló con la tierra del camino, formando una masa oscura que me llenó de barro los pies. La lluvia caía por fuera y también por dentro.

Cuando pisé la arena y levanté la vista, divisé un paisaje solitario. La niebla gris y profunda absorbía el horizonte, y yo me diluí en él. Me enfrentaba sola a una inmensidad que parecía no tener fin. Antes de iniciar la jornada, me tomé un instante de calma, necesario para pensar con claridad. Me quedé anclada en la arena con los pies desnudos mientras escogía mentalmente el mejor camino. Opté por adentrarme en línea recta y avancé despacio con el rastrillo al hombro y el cesto en la mano, tratando de agudizar la vista para localizar alguna sombra que anunciase compañía, pero estaba sola, no logré identificar ni siquiera a Encarna, y eso sí que me preocupaba.

Seguí caminando, atravesando la niebla, abriéndome paso a brazadas. A lo lejos, una mano se alzó, invitándome a aproximarme. A medida que me fui acercando, pude confirmar que se trataba de Victoria, ella nunca fallaba. Pero la ausencia de las demás hizo que las dudas volvieran con fuerza. No podía desafiar a mi destino, y contra viento y marea tenía que trabajar.

«Luis tenía razón, Luis tenía razón, Luis?». Repetí el discurso en bucle tratando de convencerme. Era muy trabajador. Luchábamos por ahorrar para hacernos una casa. Soñábamos con formar una gran familia. Esa era nuestra mayor ilusión. Y, precisamente, ese anhelo enquistado en mis pensamientos fue lo que me dio fuerzas para remangarme la falda y echar las manos al mar.

Pero la lluvia no remitía y las gotas que caían sobre mí cada vez eran más fuertes. Se clavaban como lanzas que me partían por la mitad. Una me decía que hiciese caso al corazón, y la otra me pedía a gritos que me dejase guiar por la cabeza. Las nubes, cada vez más oscuras y cargadas, nos acorralaron para descargar su ira también sobre nosotras. El viento no cesaba y soplaba con una fuerza a la que era imposible frenar. No podía más, me ladeaba, me agitaba, me impedía mantenerme en pie.

La captura era escasa. Metí la mano en el cesto y comprobé que ni siquiera reunía un puñado de berberechos.

—Aurora, tenemos que marchar, así no podemos estar —dijo Victoria. Su voz denotaba preocupación.

Mi mente se bloqueó. Por un segundo mi corazón dejó de latir. La presencia inmediata de un nombre frenó momentáneamente mi existir. Luis.

Me obligué a poner la mente en blanco para poder pensar. Necesitaba concentrarme para buscar la salida de aquel laberinto de viento y mar que me acorralaba. Cogí el rastrillo y me lo apoyé en el hombro, cargué el cesto en la otra mano y traté de agilizar el paso. El viento me zarandeaba, y un paso en falso provocó que me tropezara con los pequeños socavones ocultos en la arena. Me sentí como un soldado atrapado, tratando de llegar a tierra firme con vida. Una estampa más propia de una escena bélica que de una mariscadora intentando ganarse la vida en el mar. De pronto, el cesto voló sobre mi cabeza, mis manos aterrizaron acompasadas con mis rodillas sobre la arena y lo poco que había recogido regresó de nuevo al mar.

La frustración se aceleró estrepitosamente mientras mis ganas de llorar se desbordaban. La lluvia no cesó, y un torrente de lágrimas se precipitó por mi cara.

Di la espalda a la playa y me aproximé a su boca de entrada, sorteando las rocas. La marea tenía una fuerza magnética sobre mi ropa mojada, que me hacía retroceder en mis avances por conquistar tierra firme. Me enfrenté a la fuerza de la naturaleza y logré subir con cuidado las escaleras cubiertas de verdín. Puse los pies en el suelo y respiré hondo para correr con toda la fuerza que me dejaron mis pulmones. A escasos metros, que se hicieron eternos, vislumbré la puerta de casa y centré la poca energía que me quedaba en apresurar mi llegada. El olor a humedad me arropó.

Resoplé con cierto alivio. Al fin, estaba a salvo. Madre estaba en el cuarto tejiendo, ajena a lo que sucedía al otro lado de la ventana. Cuando escuchó mi llegada, levantó la vista, observó el cesto vacío y su frialdad secó mi ropa de inmediato. Me concentré para sobreponerme a sus palabras hirientes, fruto de mi fracaso. Y, al mismo tiempo que sus agujas ataban cabos, yo tejí excusas. No mentía, jamás había visto un mar tan embravecido, pero mis explicaciones no fueron suficientes. A pesar de estar a cubierto, el temporal no escampó. Las lágrimas resbalaron hasta mi falda formando un charco a mi alrededor de agua dulce y salada.

Madre era cariñosa cuando tenía que serlo, pero no aflojaba cuando se trataba de ser responsable con la comida.

Cabizbaja, dejando un río de agua a mi paso, me dirigí a la cocina. Necesitaba escurrir la ropa. Me sequé con trapos, aproximé las manos al cazo para templar el cuerpo. El agua se comenzó a evaporar formando una cortina de humo similar a la niebla espesa que hacía escasos minutos me había atrapado en el mar.

Luis no estaba en casa. Era tarde. Las manillas mentales que movían mis pensamientos se paralizaron. No podía más; el tiempo se había acabado, el contador estaba a cero y la bomba iba a explotar.

El viento agitaba la puerta y yo aproveché su impulso para salir a buscarlo. De repente, a lo lejos, distinguí una sombra que se movía entre la bruma. El día, oscuro y gris, desdibujaba los contornos de su figura. Apuré el paso y avancé a un ritmo decidido y rápido, esta vez sí, acompasado con mis pulsaciones. Cuando unos escasos metros me separaban de la sombra, frené en seco. Tanto que caí hacia delante y, de pronto, el abismo se abrió ante mí.

Una mano ágil evitó la caída.

Me agarró el brazo con firmeza, pero también con cariño y compasión, trasmitiéndome sin quererlo un mensaje que viajó directo a mi pecho. Clavé la mirada en su rostro, buscando que su boca formulase las palabras de alivio que mis oídos necesitaban escuchar. Sin embargo, me topé con unos ojos caídos e irritados. Anegados, y no del agua de la lluvia.

—¿Qué haces aquí? ¿Dónde está Luis? —le pregunté a Jesús agitada, temiendo la respuesta.

—A… Aurora. Yo… —dijo con voz entrecortada.

Mi corazón se detuvo en ese instante.

—La embarcación salió a faenar sin mí —lo oí decir—. Un dolor fuerte de cabeza me dejó indispuesto toda la noche. Me acabo de enterar. Juan y Luis siguen desaparecidos. Los demás... han fallecido. Lo siento, Aurora...

Mis ojos se oscurecieron como el abismo del océano, mis pupilas se agrandaron a un ritmo vertiginoso hasta que llegaron al punto álgido de la explosión. Entonces mis piernas se tambalearon y me desplomé como si fuese de cartón.

Cuando volví a abrir los ojos, las paredes blancas y agrietadas me susurraron que estaba en casa. Mi madre me acariciaba la mano. La fuerza de su mirada dijo todo lo que callaba el silencio que nos rodeaba. Supe que me había despertado de un mal sueño para vivir una pesadilla.

Estaba aturdida, confusa. ¿Qué hora era? ¿Qué había pasado? Su voz rasgada frenó en seco la batería de preguntas encadenadas que había comenzado en mi cabeza.

—*Filliña*. Jesús te trajo a casa. Según cuentan, Silverio, Bieito y Antón fallecieron al momento. Sus cuerpos los localizó otro barco. Junto a ellos también estaban los dos hijos de Piluca. Solo sobrevivió Fernando. Dicen que, como no sabía nadar, se salvó —explicó con tono sosegado.

Hizo una pausa, supongo que para que pudiese asimilar el significado de sus palabras. Tras darle a mi mente un falso paréntesis de calma, cogió aire y remató el mensaje:

—Juan y Luis siguen desaparecidos.

En ese momento todo estalló. Mi vida se frenó en seco. Pasé frío, calor, miedo, angustia, todas las sensaciones que podía experimentar mi cuerpo me absorbieron en un solo segundo.

—Tengo que ir a ver a Fernando —farfullé decidida.

Y sin más miramientos, retiré su mano, me levanté y salí de casa con una rapidez apabullante. Tenía que hablar con él. Era el único que podía decirme que todo lo que llegaba a mis oídos no era cierto. Pero los contratiempos se precipitaron estrepitosamente.

—¡Aurora! ¡Aurora! —Una voz insistente interrumpió mi paso y me obligó a detenerme.

Me giré y vi cómo Carmen corría acalorada hacia mí.

—Aurora, te estaba buscando. Por Dios, espera —suplicó.

—No tengo tiempo. Tengo que ir a hablar con Fernando.

—No es buena idea, Aurora. Fernando está muy débil y necesita descansar. *Meu* pobre, lo que tuvo que pasar —dijo mientras se persignaba.

—Yo también necesito descansar, y para eso tengo que hablar con él —contesté decidida sin satisfacer sus plegarias.

—Está bien —contestó resignada mientras levantaba sus hombros con preocupación—. Entonces te acompaño. No voy a dejarte sola. Y no acepto un no por respuesta, no seas terca, que nos conocemos. —Su tono no me dio opción a réplica.

—Como quieras.

Vi que Carmen seguía convencida de que no era buena idea ir a visitar a Fernando. Sus ojos azorados parecían estar viviendo mi naufragio de forma anticipada. Pero no dijo nada más, simplemente me agarró con fuerza del brazo y me acompañó en silencio.

Cruzamos juntas el camino, y todo se tiñó de negro. El dolor crecía a cada paso. Sin quererlo, comencé a caminar con más cuidado, como si así amortiguase el sufrimiento. Atravesamos una calle estrecha, y me estremecí al reconocer a Encarna. Lúa y Roi llamaban insistentemente a su padre, con la inocencia de quienes no conocen el peso de la muerte. No me atreví a decirle nada, no tenía palabras. Jamás la había visto así de devastada. Encarna era una mujer fuerte.

Seguimos caminando, dejamos atrás la casa de Encarna. El mar crujía y las gaviotas entonaban un llanto, que se mimetizó con los gritos desoladores de las familias huérfanas que jamás volverían a ser eso, una familia. Qué palabra tan simple para un significado tan amplio.

Nunca había visto tanto dolor concentrado en tan poco espacio. Parecía estar viendo los destrozos de un terremoto en un entorno en el que ya no quería detenerme. Avancé mirando a la nada, concentrada en evadirme en un punto fijo, intentando protegerme, de espaldas a la realidad. Caminamos a ciegas hasta que mi aliento se detuvo.

—Celsa —musité con el corazón en un puño.

La encontré de rodillas sobre un camino de tierra a las puertas de su casa. Tenía la espalda encorvada. Se tapaba la cara con las manos y se balanceaba con los codos clavados en los muslos. Martiño acariciaba su hombro sin entender qué sucedía.

—Celsa —repetí, y corrí hacia ella—. Celsa, lo siento.

Pero no me escuchó, ni siquiera apartó las manos de la cara. Sin saber qué hacer, me limité a abrazarla.

—Antón... Antón... —titubeaba presa de la tribulación.

Carmen se llevó a Martiño al abrigo de la lluvia. Lo acompañó a casa y lo arropó con el calor de sus manos, acariciándolo con dulzura. Después, entre las dos cogimos a Celsa por los brazos, la ayudamos a cambiarse de ropa por algo seco y la dejamos sentada en el borde de la cama mientras seguía meciendo el cuerpo, arropada por Martiño, que no había articulado palabra desde que llegamos.

—Celsa, tengo que ir a hablar con Fernando. Volveré pronto. ¿Me oyes? Volveré enseguida —anuncié antes de sellar mi despedida con un beso en la frente—. No tardaré.

Carmen lloraba en silencio. Con fuerza me cogió de la mano y continuamos la travesía, totalmente envueltas en un silencio dramático. Sus pasos me guiaron hacia un callejón sin salida estrecho y sombrío.

El barullo traspasaba la puerta, que no estaba cerrada del todo. Por una diminuta ventana salía luz. Primero me acerqué y asomé la cabeza, luego entré. La oscuridad del duelo se mezcló con la luz lechosa de la esperanza, creando un ambiente algo más amable. Me centré en buscarlo entre tantos rostros conocidos. Carmen me siguió. Al final del pasillo, en un pequeño habitáculo, lo encontramos agotado sobre la cama, rodeado de familiares. Casi no había espacio, pero me mezclé entre la multitud hasta aproximarme todo lo que pude a él. Necesitaba asegurarme de que escuchaba mis palabras.

—Fernando, Fernando, soy Aurora, la mujer de Luis. ¿Qué pasó? Por favor, dime todo lo que sabes —supliqué nerviosa.

El silencio envolvió la habitación.

—¿Me oyes? —insistí.

—No sé lo que pasó —comenzó a explicar con un débil tono de voz—. Estábamos terminando, habíamos cogido mucha sardina, pero cuando nos aproximábamos a la costa la tormenta arreció. Había mucha lluvia y un viento de mil demonios que hizo que el barco se moviese de un lado a otro. Un golpe fuerte de mar nos envolvió y la embarcación se hundió.

En ese momento tragué saliva.

—No sé cómo lo hice, pero me agarré a un remo. A mi lado estaba Faustino, que intentaba agarrarse a otro mientras sujetaba el cuerpo de su hermano pequeño. Al fondo vimos un barco. Faustino tenía mala cara, así que empecé a gritar, pero pasaron de largo. El pobre no aguantó más y se dejó hundir con el cuerpo de su hermano.

Su testimonio me dejó helada. Sentí que no estaba preparada para seguir escuchándolo, pero era necesario.

—Yo seguía agarrado al remo, aunque me empezaban a doler los dedos. Pronto pasó otro barco y me rescató. Cuando subí, allí tenían los cuerpos de Antón, Bieito y Silverio. Pero ni rastro de Juan y Luis. Los marineros dijeron que no encontraron a nadie más.

—¿Quiénes eran esos marineros? ¿Dónde están?

—No lo sé —contestó como si hubiese gastado la poca energía que le quedaba.

—Ya está bien de preguntas, Fernando necesita descansar —dijo una voz femenina que intuí que correspondía a su madre por la protección con la que hablaba.

—Está bien, Aurora, nos vamos. Gracias, Fernando, recupérate.

Carmen frenó el interrogatorio y me cogió por el brazo sin dejar de pensar en sus palabras. Su explicación me desgarró, pero un resquicio de esperanza seguía en mi corazón. Si no habían encontrado a Luis era porque podría haberse refugiado en alguna roca. Tal vez alguien pudo socorrerlo. Estaba segura de que estaría a salvo. No me iba a abandonar. Me prometió que regresaría a casa, y él siempre cumplía sus promesas.

Me agarré de nuevo con fuerza al brazo de Carmen. Era el bastón que me sostenía en pie. Juntas emprendimos lo que pensé que sería el camino de vuelta.

—Vamos a ver a Celsa —recordé.

—Creo que deberías regresar a casa con tu madre y esperar noticias de Luis allí.

—Sí, pero antes iremos a ver a Celsa. Ella nos necesita, está sola, Carmen, sola con su hijo. ¿Qué será de ella?

—Está bien, no sé para qué me molesto en sugerirte cosas si al final nunca me haces caso.

Rápidamente deshicimos el camino que con tanto dolor habíamos recorrido, sin imaginar que la vuelta sería todavía más devastadora. Fue como si en cuestión de segundos un nuevo terremoto nos arrasase por completo y pisásemos sobre nuestras propias ruinas.

La noticia del naufragio se extendió rápidamente de boca en boca. De repente, las luces cálidas que se veían por las ventanas se apagaron para comenzar el luto. La gente empezó a salir a la calle. Poco a poco se fueron formando corrillos para compartir lamentos y consuelo. Justo delante de mi casa varias personas aguardaban arremolinadas.

«¿Qué hace toda esa gente ahí, si mi casa es la más solitaria en medio del camino terroso?», pensé. Pero a medida que me acercaba los murmullos se suavizaron y las dudas se despejaron.

Poco a poco comenzaron a abrirme paso, como si me estuviesen haciendo una especie de cortafuegos. Yo caminé más despacio, por si me quemaba. Lo que no sabía es que ya ardía envuelta en llamas. Madre estaba delante de la puerta, quise acercarme rápido a ella, pero me quedé totalmente paralizada cuando vi su cara.

Fue ella la que se acercó a mí y, antes de pronunciar una sola palabra, tragó saliva.

—Aurora, apareció Luis.

9

Vila do Mar, 6 de noviembre de 1902

El cielo estaba cubierto por un manto gris. Las nubes colgaban en el aire desdibujando el sol y el viento soplaba suavemente susurrando su lamento. El universo me acompañaba en el luto.

Cuando recibí su cuerpo, me rompí en mil pedazos. Caminé hacia él con pasos rígidos pero descoordinados. A medida que me aproximaba, sentí como si una mano invisible cortara los hilos que me sostenían, dejándome caer sin control. Mis piernas cedieron, y me desvanecí como un títere roto, sin que nadie se preocupase por levantarme.

Quise estirar la mano, no sé si para pedir auxilio o para recorrer su piel, que horas antes latía llena de vida. Pero, de nuevo, un tembleque irracional me dominó. Quise frenarlo, pero fue él quien lo hizo conmigo. Acariciarlo fue como si un iceberg silencioso explotara. Sus miles de esquirlas se clavaron por mi cuerpo y el frío penetró directamente en mis venas, pero me armé de valor y, poco a poco, comencé a arreglarlo. Primero cogí unos trapos húmedos para limpiarle el cuerpo, luego le afeité la barba. A pesar del rigor, sus labios me seguían sonriendo. Por último, le cerré los ojos. Parecía dormido, y yo me sentía como si estuviera soñando. Con cuidado, le peiné el cabello oscuro que caía suavemente sobre su frente y le entrelacé las manos, como si necesitasen sentir la presencia de las mías para asegurarse de que no era un sueño. Un mal sueño. Tal vez eso era todo.

Madre apareció con el traje. Fue muy duro ver a Luis vestido de nuevo con el traje de nuestra boda. Su imagen feliz bailaba por mi mente, y volví a sumirme en un llanto desconsolado. Ni siquiera habían pasado tres meses de ese día. Con un hilo de angustia que me tensaba la garganta, repasé con la mano su tacto. En cada costura y en cada pliegue se escondían los vestigios de nuestra felicidad. Planché con el dedo una arruga, y esos sentimientos se evaporaron.

—Voy a ayudar a Carmen con la casa.

Madre me habló con un débil tono de voz. Me limité a asentir con la cabeza.

Carmen y Jesús nos ofrecieron su casa para celebrar un velatorio conjunto. Así lo decidieron sin darnos opción a réplica. Al fin y al cabo, su casa no solo era más grande, sino que Jesús era el patrón y él también estaba tremendamente abatido. Propuso hacerse cargo de todos los gastos, con lo que eso suponía para nosotras.

La estancia se transformó para el velatorio. Estaba impregnada de un silencio solemne, sumida en una penumbra intensa, apenas iluminada por la luz tenue de unas velas que proyectaban sombras titilantes en las paredes blancas. Todas menos una, que habían ocultado con una tela negra, colocada cuidadosamente detrás de donde yacía el cuerpo de Luis, que había sido el primero en llegar. En la pared de enfrente, un cuadro del nazareno, colgado con cuidado, me observaba, arropándome en silencio.

Al fin me quedé sola. Retrocedí dos pasos hacia atrás para coger perspectiva y la estampa que tenía frente a mí era devastadora. Contemplé el rostro de Luis mientras me arrodillaba en el suelo. El corazón me latía con tanta fuerza que parecía querer salir de mi cuerpo. Me llevé una mano al pecho para intentar frenarlo mientras extendí la otra, temblorosa, para acariciarlo a él. Cuando lo hice experimenté una sensación de vacío tan desgarradora que me helé.

De repente, me envolvió una brisa suave. La ventana estaba cerrada, pero una mariposa blanca apareció de la nada y se posó sobre mi mano. Fue un roce cálido y elegante. La suavidad de sus alas rozando mi piel me recordó las manos de Luis recorriendo cada parte de mi cuerpo. La sensación era tan real que respiré profundamente y me dejé consolar. Las lágrimas empezaron a fluir por mi cara. Siempre supe que hay una última vez para todas las cosas, pero nunca me imaginé que la nuestra llegaría tan pronto.

Con la poca fuerza que me quedaba, regresé a casa. Necesitaba coger algo. El mutismo de la calle se rompía intermitentemente por llantos desgarradores. Quise correr y agilizar el paso, pero mis piernas se bloquearon. Parecían ancladas al suelo, así que me limité a deambular como un alma perdida encadenada a un mal sueño. Al llegar, cogí el misal del cuarto, lo abracé con fuerza y lo guardé bajo mis brazos.

De vuelta en casa de Carmen, lo abrí por la página dieciséis. Levanté con cuidado los pétalos de las gardenias que durante años había guardado como si fuesen un tesoro y uno a uno los coloqué con delicadeza sobre el corazón de Luis. Fueron las lágrimas perfumadas que ambientaron nuestra despedida. Acaricié una última vez su mano. Al soltarla, sentí cómo nos partíamos en dos. Dos mitades que jamás volverían a unirse.

Me enjugué las lágrimas y escuché a madre y a Carmen. Supe que nuestra intimidad se había acabado. Era cuestión de tiempo que empezasen a llegar los demás. Sus pasos sonaban cada vez más cerca hasta que el movimiento de la puerta anunció su llegada.

—Aurora, ven aquí —dijo Carmen con una voz totalmente rota.

Ni siquiera podía caminar, así que fue ella la que se acercó a mí. Dejé que me arropase con los brazos, mis lágrimas desembocaban sobre su hombro. Madre esparció sal por el suelo para alejar los demonios. Cuando terminó, se acercó al cuerpo de Luis y colocó una hoja de laurel sobre sus manos.

—Esto aleja el mal —concluyó sin dar más explicaciones.

«Qué tontería», pensé. Como si Luis necesitase purificar su alma. Pero la verdad es que no tenía ganas de llevar la contraria en nada.

Carmen me buscó la mano para entregarme un rosario.

—Me quedaré aquí contigo —dijo mientras sacó el suyo de madera caoba.

—Ya tengo el mío.

Se lo enseñé con un gesto rápido. Era de cristal blanquecino, como las gardenias. Ella lo colocó sobre su mano y comenzó a enredar sus dedos entre las cuentas de madera. Sus oraciones se perdían en el aire, sin encontrar el eco de mi voz acompañando a la suya. Quise hacerlo, pero el dolor que sentía era tan grande que anulaba mi capacidad para hacer cualquier cosa. Traté de abrir la boca, pero mis labios temblaban, y las palabras se quedaron atrapadas en mi garganta.

Carmen me miró desolada, puso su mano sobre mi pierna. Seguía bisbiseando la oración. Yo permanecía ausente. Lo poco que quedaba de mí se había evaporado. Mi presencia solo era un fantasma más en ese cuarto oscuro.

El mundo a mi alrededor se volvió borroso. Cada vez era más difícil asumir la realidad. Me sentía culpable. La muerte siempre avisa de su llegada, y yo, inconsciente, ignoré todas sus señales. Tendría que haber sido fiel a mi instinto y haber impedido que Luis se echase al mar aquella madrugada. No sé cómo pude ser tan estúpida. Ahora me lamentaba por ello pagándolo muy caro. El tictac de mi vida se apagó con su último latido.

Al poco llegaron los demás. Los cinco ataúdes colocados en fila representaban la magnitud de la tragedia. Al lado de cada cuerpo lloraba su viuda. Cada una con su llanto y su tormento, pero todas con el rostro igual de descompuesto. También estaban Carmen y madre. Conté más de diez mujeres, pero no con demasiada claridad, porque los trajes negros absorbían la luz y sus figuras se difuminaban con la oscuridad de la habitación. Entre ellas estaban las plañideras. Sus gritos resonaban con fuerza, haciendo que las paredes temblasen. Aullaban mientras se golpeaban el pecho y se retorcían la ropa, parecía como si la propia muerte allí tan presente se hubiese reencarnado en sus cuerpos. Era espeluznante, como ver al demonio sonreír.

Quise taparme los oídos, cerrar los ojos e irme con Luis. Sí, eso era justo lo que deseaba con todas mis fuerzas. Irme con él y desaparecer de este mundo cruel.

—¡*Adeus, meu difunto!*

—¡Señor, apiádate de nos!

—¡*Ay que dor máis iñae!*

Sus lamentos parecían esconder la historia de cada vida perdida. El dolor de los amores rotos, el de los sueños desvanecidos y el de las familias huérfanas. También el de los hijos sedientos de amor paterno y el de los que todavía estaban por venir. Ese último grito era tan real que lo sentí como un puñal en el corazón. Cada vez me costaba más respirar.

Las campanas sonaron a muerto. El repique era claro, dos veces la grande, después un toque de la campana pequeña y para concluir un redoble conjunto: los fallecidos eran hombres. Aunque ese día sonaron con más intensidad. Acompasadas por el ritmo, las mujeres fueron abandonando el velatorio. Los hombres, reunidos en la estancia contigua, entraron para recoger los féretros cubiertos con telas negras y los retiraron uno a uno.

Las plañideras ya ocupaban la calle con sus lamentos. Unos gritos que aumentaban a medida que los cuerpos iban llegando al exterior. No las soportaba más, necesitaba que se callasen de una vez.

La comitiva esperaba en la puerta. Don Benito, el cura, la encabezaba, mientras que Brais tocaba la campanilla y Armando, el sacristán, se refugiaba detrás de la cruz de la parroquia que sostenía fuertemente con las manos. A su espalda, los ataúdes se colocaron en fila. Detrás se unieron amigos, familiares y vecinos. Todos lloraban la pérdida.

Enseguida partió la marcha al cementerio. Parecía una danza mortal: daban tres pasos hacia delante y uno para atrás, como si quisieran prolongar su estancia en el mundo de los vivos. Las mujeres dieron la espalda a la realidad y regresaron a casa de Carmen. Yo aproveché ese momento de despiste para incorporarme sigilosamente a los demás. Quería camuflarme y acompañar a Luis hasta el último momento. No he entendido nunca por qué las mujeres teníamos prohibido acudir al entierro. ¿Quién mejor que yo podría acompañar a mi marido en un momento así? Estaba ya harta de tanto convencionalismo absurdo. ¿Qué se creían? ¿Qué por ser mujer no tenía derecho a expresar mis sentimientos? O peor aún, ¿creían que iban a privarme de mi derecho de despedirme de Luis? No me conocían.

Los miré de reojo mientras me colocaba bien la toquilla y me ajusté estratégicamente el pañuelo sobre la cabeza para tratar de camuflarme. Con audacia, me deslicé sigilosa entre las sombras y me uní a ellos a una distancia prudente para evitar llamar la atención, pero lo bastante cerca del féretro de Luis para que sintiese mi calor. No lo perdí de vista ni un solo segundo. Fue un camino duro, porque caminaba sola, pero al mismo tiempo a su lado.

Estaba oculta en una falsa máscara de serenidad. Cuando las lágrimas pugnaban por escaparse, las reprimía juntando los labios y apretando los dientes para contener el grito. Mis manos se aferraban con fuerza a la tela de la falda para poder mantenerme en pie. Contener mis emociones fue complicado, pero me negaba a que se escapase un solo sollozo que me pudiese delatar.

Los últimos metros fueron los más difíciles. Pensé que ese camino no terminaría nunca. Respiré algo más aliviada cuando sobre mi cabeza se alzaron cuatro arcos de piedra. Eran los guardianes silenciosos de las almas que yacían en reposo.

El paisaje era melancólico. El suelo crujía, la pena me quemaba, caminaba sobre brasas ardientes que necesitaba apagar cuanto antes. Mi respiración se entrecortaba con sollozos silenciosos que se enquistaban en mi garganta.

La marea negra que formaba la muchedumbre se frenó en seco frente a un terreno irregular. Sus sombras se disiparon formando un círculo desordenado, dejando el espacio necesario para depositar los cuerpos.

Cogí aire mientras me prometía mantenerme firme, pero estaba rota. Al principio pude contenerme, pero, en cuanto tomó tierra el cuerpo de Luis, exploté. No lo pude soportar más. Salí corriendo de mi escondite y me uní a él como si fuese un imán. Me pegué a su féretro y lo abracé.

Sentí cómo cientos de miradas se clavaban en mí y se desataban los murmullos, pero me daba exactamente igual. Solo quería estar con él. Toda mi fuerza se desvaneció con un llanto desgarrador.

—Luis, no me dejes, por favor.

Unas manos me cogieron con fuerza por la espalda para tratar de apartarme.

—No puedes estar aquí. No lo hagas más difícil.

—Jesús, como lo hagas, no te lo perdonaré en la vida. Llévame con él, es lo único que te pido —supliqué entre sollozos.

—A donde te llevaré es a casa, y me lo agradecerás —dijo mientras trataba de separarme, pero la fuerza que me unía a Luis era tan poderosa que necesitó ayuda.

Me sentí juzgada, vulnerable. Resistí con todas mis fuerzas, no podía permitir que nadie nos separase, no podía irme ahora, antes de que lo enterrasen. Di patadas, gritos; mis dedos se aferraron al borde del féretro como garras afiladas. Mi voz rugía. Todos trataban de apartarme, pero se encontraron con una resistencia imponente. No sé entre cuántos me sacaron de allí. Abandoné el cementerio exhausta. Las mismas manos que habían portado el féretro de Luis me llevaban de vuelta a casa de Carmen. Cuando el olor a mar se evaporó en mis pulmones, supe que había llegado.

Madre me recibió con una cara de enfado.

—¿Cómo se te ocurre? ¿Dónde demonios estabas? Llevamos más de una hora buscándote. ¿Tú te crees que es momento para hacer estas tonterías? —Me miraba fijamente—. Gracias, Jesús, pasad para dentro —continuó—. Hay rosca y aguardiente. Y tú, Aurora, también. Hay que purificar la ropa.

Malditas tradiciones. ¿A quién se le ocurrían ese tipo de absurdeces? ¿Quién podía tener el estómago para fiestas después de ver la muerte de frente? Estaba cansada. Se acabó eso de tener que seguir las pautas. Me quedé fuera, no entré en casa de Carmen, y tampoco purifiqué la ropa. ¿Cómo iba a hacerlo? ¿Acaso Luis era un fantasma maligno?

Me daba igual lo que me dijesen en ese momento porque ya había perdido lo más importante de mi vida. Por eso me perdí por las calles y me desvanecí en mi negra sombra. Necesitaba estar sola. Más sola todavía.

Las primeras gotas de lluvia empezaron a caer de un cielo plomizo. Las olas del mar rompían suavemente en la distancia. El eco del océano también lloraba la pérdida de Luis.

10

Desde entonces nada fue sencillo porque mi vida cambió por completo. Y yo no volví a ser la misma.

Los primeros días pasaron con la lentitud propia de quien espera que el tiempo baile a su favor. Sin embargo, en esa lucha interna el único que extendió el brazo para invitarme a danzar, disfrazado de falso aliado, fue el miedo. Me rendí ante él y nos perdimos en un vals desordenado, con pasos entrelazados. Hasta que me puso la zancadilla y perdí el equilibrio. Desde el suelo vi su verdadera cara y traté de refugiarme de la batalla que se disputaba en mi interior. Su intensidad era insoportable. Sentía punzadas agudas en el pecho, una amalgama de sensaciones que me dejaba sin aliento. Entonces me liberaba llorando. Las lágrimas eran cómplices de otro asalto perdido.

Mi mundo se distorsionaba. Mi cama se me antojaba infinita, me perdía en ella como si fuese un océano y, por más que me hundía, no tocaba fondo. El vacío lo había llenado todo desde que no estaba Luis.

De esa primera ofensiva, aprendí a refugiarme disfrutando mentalmente de mi ficticia realidad. Al principio negaba todo lo acontecido. Borré el naufragio de mi mente como si nunca hubiese ocurrido. Ni siquiera me inmutaba cada vez que recibía palabras de consuelo o miradas empáticas en búsqueda de un alivio inmediato. Respondía incrédula, como quien escucha una historia ajena en lugar de su propia tragedia. Era presa de una pesadilla interminable, a pesar de que estaba más despierta que nunca, porque abrir los ojos no siempre significa ver la realidad, ni querer verla.

Apenas distinguía entre el día y la noche porque vivía atrapada en un eclipse en el que la luz no iluminaba mi interior. Me sumergía en la oscuridad y me abrazaba a ella. Navegábamos juntas por un mar en calma donde la brisa despejaba mis miedos y el vaivén de las olas agitaba mi esperanza. Fue como un salvavidas necesario para poder mantenerme a flote.

Ilusa de mí, seguía preparando comida para dos, esperando que Luis regresase pronto para que me abrazase de nuevo como solo él sabía hacerlo. Necesitaba impregnarme de su olor, escuchar de cerca su respiración y acurrucarme en su pecho para volver a sentir que estaba en casa, mi calma eterna, mi rincón de paz donde el corazón latía sin complejos, palpitando con una potencia atroz.

A veces me quedaba petrificada detrás de la puerta, aguardando su llegada. Ansiaba verlo cruzar la puerta de nuevo, con su amplia sonrisa que llenaba de luz mi mundo más oscuro.

Pero como el primer plan nunca daba sus frutos, tracé otra estrategia un poco más arriesgada. Ese día me decidí a conquistar el exterior, ampliando la zona de combate. Con cuidado crucé la puerta, incluso avancé algunos metros. Tal vez Luis estaba herido o desorientado. Quizá no recordaba dónde estaba su hogar, y por eso me lancé a buscarlo. Cuando salí de la trinchera, escuché su risa en el viento. Su sonrisa se reflejaba en rostros desconocidos. Todo era mentira, pero yo era la única que no se daba cuenta. Los murmullos envenenados sonaron como balas directas que impactaron en mis oídos e hicieron tambalear, de nuevo, mi falsa realidad. Todo se desvaneció, necesitaba huir, aislarme y refugiarme de nuevo en mi mundo, alejada de los peligros del exterior.

No podía soportarlo más. Salí corriendo, regresé a casa y me tiré sobre la cama. Cuando cerré los ojos, frente a mí se desplegó un mar en calma. Era como una lengua turquesa que tenía la misma fuerza que la mirada de Luis. Se tendió ante mí como una alfombra que brillaba en la profundidad de la noche y me invitaba a caminar sobre ella para perderme en la inmensidad del océano. Me acerqué con cautela, totalmente hechizada por su poder hipnótico, y estiré los dedos del pie hasta que rocé el agua y di un primer paso. Me sentí en casa porque tenía la misma temperatura que los brazos de Luis. Era tan real que me quedé petrificada. Alrededor se levantó un viento que me acarició la cara. Parecía que levitaba sin mover los pies del suelo.

La fuerza de una voz lejana comenzó a transformar el ambiente y sobre el mar en calma se empezaron a formar olas suaves que susurraban. Cuando se aproximaron reconocí la voz de Luis hablándome al oído: «Ven, Aurora, baila con nosotros». Su llamada resonaba en mis tímpanos como una melodía seductora. Caminé deprisa, mar adentro, sintiendo los escalofríos de la corriente marina. Quería acercarme a su voz y envolverme en ella. Pero a medida que avanzaba, el mar embravecía. Las olas crecieron, eran montañas líquidas que se alzaban sobre mí. Rápidamente se arremolinaron a mi alrededor como serpientes hambrientas. Sentí como si una mano invisible me agarrase por las piernas, envolviendo mi cuerpo con una fuerza implacable para ahogarme en el abismo.

El agua salada se colaba por mi boca, los pulmones ardían por la falta de aire. El miedo me sometía mientras luchaba por mantenerme a flote. El océano me abrazaba con fuerza, parecía como si quisiera agrandar su profundidad devorando también mi alma. Sus susurros cálidos se transformaron en risas crueles que me arrastraban cada vez más adentro.

Me desperté sudando, con la respiración entrecortada. Ese último rugido del océano se convirtió en un grito de impotencia que brotó de mi garganta y resonó con fuerza entre las cuatro paredes del cuarto. El alma de Luis estaba atrapada en las profundidades del mar, y por más que le rogase el mar no me la devolvería jamás. La ira corrió por mis venas como un río de lava ardiente, y mi cuerpo se contorsionó. Mi expresión dulce se volvió endemoniada. Las manos temblaban de la rabia contenida y los músculos se tensaron como si se estuviesen preparando para liberar todo lo que llevaba dentro. Necesitaba correr, escapar, gritar… en una única dirección. Hacia el mar.

Salí de casa con la fuerza de un ciclón, estirando las piernas a gran velocidad, proporcional a la rabia en plena ebullición que sentía en ese momento. Llené los pulmones de aire para poder gritar con más fuerza mientras me liberaba enfurecida hacia el mar, dispuesta a descargar toda mi frustración contra él.

Cuando llegué a la orilla me frené en seco y miré a aquellas olas que se movían indefensas con el rostro incendiado. La rabia se elevó desde mis entrañas, escaló por mi cuerpo y se cerró entorno a mi garganta. La liberé con un grito, que sonó como el aullido de un lobo solitario. Un lamento agudo que embraveció el mar en calma. Pero no era suficiente. Seguía burlándose, y yo ya no sabía qué hacer. Me agaché y comencé a lanzarle piedras, queriendo destruir su calma, como él había hecho con la mía.

Le grité como si fuese a darme respuestas.

—Tú que tanto me has dado, tú que fuiste mi calma y mi refugio y, ahora, eres el único culpable de mi tormento. ¿Por qué te llevaste a Luis? ¿Por qué me lo estás haciendo pagar tan caro? ¿Por qué me torturas de esta manera? Yo que siempre te he tratado con respeto.

Lo miraba fijamente, pero él seguía en silencio, desafiándome. Mi cuerpo temblaba, me llené de lágrimas mientras luchaba rendida por encontrar una tregua. Exhausta, con el pecho ardiendo, me dejé caer de rodillas sobre la arena, con el puño cerrado golpeaba el suelo.

—¿Por qué? ¿Por qué? —seguía preguntando con una voz cada vez más débil.

De repente, sentí cómo una sombra ganaba terreno en la arena, pero ni me inmuté, no me importaba que me absorbiese, porque ya estaba en lo más profundo del abismo. La sombra se fue acercando, hasta que una mano se posó sobre mi hombro y frenó mi balanceo.

—Vamos a casa, *filliña*.

Su voz hizo que mi llanto brotase a raudales. Cuando levanté la cabeza me encontré de frente con su rostro alicaído. Madre me miraba compungida, como si quisiera absorber mi dolor para liberarme a mí y sufrirlo en sus propias carnes. No hicieron falta palabras, porque su expresión gritaba lo que su corazón callaba. Cada línea de su rostro contaba una lección de supervivencia. Se sentó a mi lado y sus brazos me arroparon. Su calor fue el escudo que calmó mis miedos y me salvó de las aguas turbulentas.

—Estoy aquí, estoy contigo. Ya pasó —dijo mientras me arropaba.

Juntas navegamos por un mar de lágrimas, donde se ahogaba el llanto y naufragaron los recuerdos. Mi cabeza a la deriva, que rugía como un volcán en el punto álgido de su ebullición, se fue calmando, como si el agua del océano pudiese apagarla. Antes de que cayera totalmente rendida, volvimos a casa.

Mis pasos eran débiles. Madre me sostenía con cuidado, y yo deposité toda mi angustia sobre sus hombros para no desmoronarme. Su fuerza siempre fue el pilar de mi vida, la única viga que soportaba mi mundo. Se tumbó a mi lado al llegar a casa. Con una mano me abrazó y con la otra me tocó el pelo, fue una fórmula efectiva que logró espantar a mis fantasmas, al menos por un instante. Me acunaba, me tarareaba, y yo, casi a punto de volverme a dormir, con el único hilo que quedaba en mi memoria, me transporté de nuevo al momento en el que Luis regresaba. Fantaseaba imaginándome qué hubiese pasado si ese día, como había hecho Jesús, él no hubiese salido a faenar. Podría haber salvado la vida, tal vez ahora estaría aquí, a mi lado, agarrando fuerte mi mano, cantándome al oído y llenando de vida estas cuatro paredes antes blancas y luminosas, ahora oscuras, de alquitrán.

Amanecí envuelta en un silencio sosegado, roto únicamente por el murmullo de ese maldito mar chocando contra las rocas. Cualquier sensación relacionada con él hervía bajo mi piel. Sentí de nuevo el latido de la herida y, por más que me repetía que cada día era una nueva oportunidad, siempre regresaba al mismo lugar. La lluvia se deslizaba por la ventana, y las lágrimas se escaparon también por mis ojos, como si se contagiasen. Chillaba en silencio, me estaba volviendo loca. Los párpados me pesaban y la cabeza me bombardeaba. Mis pensamientos estaban atrapados en un banco de niebla y necesitaba disiparlos para poder ver con claridad.

Me debatí entre incorporarme o seguir presa de mi pesadilla. Pero una voz masculina frenó mis cavilaciones. Sonó con tanta fuerza que el muro en el que me refugiaba se empezó a agrietar. Cada vez lo sentía más cerca, estaba nerviosa. Instintivamente me erguí para apoyarme contra la pared. Quería traspasarla y desaparecer. Miré la manilla de la puerta, que se movía. Los sudores cada vez eran más intensos, quise mimetizarme con la pared como si fuese un camaleón. Mi piel se tornó pálida, me escurrí como un gusano entre las sábanas cuando la puerta se abrió.

Sus zapatos perfectamente pulidos se adentraron en la habitación, reflejando una luz tenue en sus punteras. Me fijé con detalle y distinguí unas lengüetas adornadas, donde los cordones se cruzaban entre sí para terminar unidos en una delicada lazada. El alargado cuerpo estaba envuelto en un traje de lana oscuro y discreto, de corte clásico. La chaqueta, de solapas estrechas, era más ajustada en los hombros y algo más amplia en la cintura. Por debajo del chaleco asomaba una camisa blanca. Se movía con elegancia. Sus manos sujetaban un maletín de cuero marrón en el que parecía que guardaba toda su sabiduría. Tenía el pelo castaño, peinado de lado, y un bigote perfectamente recortado. Sus ojos afilados se escondían detrás de unas gafas de montura fina que reposaban en una nariz amplia y puntiaguda. Se parecía mucho a su padre.

La verdad es que cuando nuestros ojos se encontraron me puse muy nerviosa. Su mirada me penetraba más allá de la piel. Despertaba una inquietud inexplicable que se aceleró cuando comenzó a acercarse muy despacio. Primero me tomó el pulso y después hizo una mueca poco convincente. Luego volvió al maletín para coger otro bártulo que me colocó sobre el pecho mientras escuchaba con atención. Finalizó colocando sus manos sobre mi frente. Otra vez me perseguía. Sentí como si pudiera conocer mis pensamientos con solo mirarme. Me sentía expuesta, vulnerable... ¿Podía escuchar el volcán que bullía en mi interior? Quise pensar que no.

—¿Has tenido más fiebre? ¿Vómitos, alucinaciones?

Cuando hablaba, el bigote de don Francisco se movía sincronizándose con las palabras.

—¿Alucinaciones? —pregunté sorprendida, y miré a madre, que permanecía atenta en un rincón. Ella me respondió con un gesto cabizbajo. No la juzgo, supe que había llamado al médico porque estaba preocupada y quería protegerme. Pero no, yo no estaba loca—. No he tenido ninguna alucinación —respondí tajante.

Él se me quedó mirando, analizándome como si estuviese componiendo un rompecabezas.

—Bien, veamos —comenzó diciendo, aunque rápidamente se quedó en silencio durante unos segundos. Tenía una expresión pensativa y seria. Frunció las cejas y también el ceño mientras reposaba el peso de su mentón sobre la mano—. Déjame que le diga, señora, que lo que tiene su hija es un nerviosismo extremo que le hace sufrir alucinaciones.

La incredulidad se reflejó en mi cara. Pestañeé insistentemente un par de veces mientras intentaba asimilar lo que acababa de escuchar. Sus palabras cayeron sobre mí como un jarro de agua fría. Rápidamente la ira recorrió mi cuerpo y se desató de nuevo. Me incorporé sobre la cama y le contesté elevando la voz:

—Usted no tiene ni idea. ¿Quiere decir que mi sufrimiento es fruto de mi imaginación? ¿Está diciendo que Luis no está muerto? ¿Quiere que le diga lo que tengo? Pues lo que tengo es pena. Pena porque no pude despedirme de mi marido, porque se lo llevaron delante de mí y no pude hacer nada para acompañarlo. Pena porque me quitaron lo que más quería. Usted no me conoce de nada. No sabe por lo que estoy pasando y tiene la poca vergüenza de venir a mi casa para decirme que lo que tengo son nervios. ¿Y dice usted que es médico? ¡Anda ya!

La tensión era más que evidente. Madre seguía observando en silencio. El rostro de don Francisco se fue tensando hasta que decidió contestar:

—Está muy equivocada, señorita, soy un gran médico, pero allá usted si no quiere ser consciente del mal que padece —dijo con un tono condescendiente.

Me levanté con fuerza de la cama y lo miré fijamente.

—¡Váyase, no necesito su juicio! —espeté mientras le señalaba con la mano la salida.

Él se limitó a recoger su maletín para después abandonar el cuarto. Madre salió detrás, supongo que para disculparse por mi comportamiento.

Lo único para lo que sirvió su visita fue para verbalizar mi dolor y darme cuenta de que necesitaba ir al cementerio a ver a Luis.

11

Vila do Mar, 10 de diciembre de 1902

La primera visita al cementerio fue demoledora. Lejos de sanar, agudizó todavía más el dolor, porque por primera vez tomé conciencia de él.

El día era gris y el viento me zarandeaba. Caminaba envuelta en un falso silencio mientras los árboles me observaban balanceándose en calma.

Cuando subí el primer peldaño al camposanto, la atmósfera se llenó de una solemnidad sepulcral. La niebla me envolvió en una bruma densa, la tierra hervía bajo el suelo, colmando el ambiente de susurros atrapados en el tiempo. El eco resonaba con voces lejanas que necesitaban recuperar su fuerza para encontrar el consuelo del exterior. Sin mirar atrás, seguí caminando, hasta que llegué a la tumba de Luis.

Las letras frías y talladas materializaron la realidad de una manera que no había experimentado hasta entonces. Sigilosa, intentando no hacer ruido, como si tuviese miedo a despertar las almas que allí descansaban buscando sosiego, di un paso hacia delante.

Sola, ante la inmensidad de aquel santuario, me enfrenté sin armas a mi peor pesadilla. Que no era más que la cruda realidad. Un monstruo difícil de vencer que me hizo sentir todavía más pequeña.

El ramo de flores que sostenía en las manos temblaba inconscientemente, reflejando mi fragilidad. Sin poder hacer nada para frenarlo, por primera vez me dejé llevar por ese vaivén. Bailé con el miedo hasta que sentí cómo mi peso caía sobre mis piernas. Mis rodillas se posaron sobre el suelo y la tierra húmeda apaciguó el golpe. Estiré mi mano para poder acariciarlo, pero mis dedos se encontraron con un muro de piedra. Resignada, cerré los ojos, y entonces reviví el tacto suave del primer beso sobre sus labios, también el calor del atardecer y la brisa suave que nos envolvía cada día. El olor del mar que nos arropaba y las risas que sonaban sin complejos. Me estremecieron nuestros miedos y me enorgullecí de cada obstáculo que juntos habíamos superado. También de las metas alcanzadas y de los recuerdos de nuestra breve vida en común. De los sueños, ahora rotos, y de todas las palabras que quedaron presas en mi boca. Todo fluía rápidamente por mi mente como un torrente imparable que me hizo estallar y romperme en mil pedazos.

Lloré con desconsuelo hasta que me quedé seca y, paradójicamente, sentí que me liberaba de la pesadez que se había acomodado en mi corazón. Cuando volví a abrir los ojos, comprendí que el dolor no era abstracto, sino una presencia tangible que necesitaba exteriorizar y darle voz. Necesitaba volver a abrazarlo, sabía que bajo la tierra sus brazos estaban ansiosos esperando a sentir de nuevo el calor de los míos.

Pero sabía que no era posible. Por eso me limité a coger aire y tratar de recuperar la fuerza que creía que ya no tenía, pero que, en los momentos de debilidad, brota de forma inexplicable.

Separados únicamente por su sepultura, comencé a susurrarle:

—Ahora soy yo la que te trae gardenias a ti, Luis. Cómo cambia la vida en un solo momento. Te pido perdón por dejarte ir. Tenía que haber impedido que salieses por esa puerta, pero ya no puedo hacer nada por cambiarlo. Me dejaste sola. No sé cómo seguir adelante. Necesito sentirte cerca. Sé que no puedo volver a tus brazos, pero no puedo vivir mi vida si no es contigo. ¡Cuántas cosas nos han quedado sin decir! ¡Cuántos besos sin dar…! ¡Cuántas noches vacías… sin amar!

Cuando pensé que no podía más, una suave brisa comenzó a mover las hojas de los árboles circundantes. Frente a mí, la piedra se volvió de un tono más claro y, cuando levanté la vista, sentí cómo la luz del sol me iluminaba. Los bordes oscuros de las nubes empezaron a disiparse, y un rayo tímido de sol me acarició el rostro, como si la mano de Luis me arropase.

Acompañada por esa brisa, regresé a casa. La luz de la tarde filtrándose por las cortinas me envolvió en una calidez tenue que rápidamente se esfumó cuando llegó la noche y aparecieron de nuevo los demonios.

Esa primera visita fue un choque tan fuerte con la realidad que me costó recuperarme. Aunque había liberado parte de mi dolor, luego este volvía a mí provocando un efecto rebote. Las noches eran duras y muy largas. Su sombra me atrapaba y todas las mañanas me despertaba cansada, con un suspiro mínimo. Con un hilo débil de aire que me mantenía con vida, pero me dejaba sin fuerzas para poder levantarme de la cama. Maldecía cada vez que volvía a la realidad. Solo quería seguir durmiendo. Así no sentía, no extrañaba y tampoco pensaba.

Otra vez la misma pregunta bailaba en mi cabeza: ¿qué le habíamos hecho a la vida para que nos castigase de esa manera, justo cuando empezábamos a disfrutarla?

«Soñar», pensé, qué palabra tan simple y a la vez tan peligrosa. Los sueños son un arma letal de doble filo. Los soñadores se frustran en vida cuando no pueden alcanzarlos y los que no sueñan mueren viviendo. Pero… ¿qué iba a decir yo de los sueños si los míos se rompieron de golpe?

Volví a refugiarme en el cuarto que se había convertido en mi santuario. Era el único lugar donde me sentía segura, porque entre esas cuatro paredes todavía podía oler su aroma, oír su voz y sentir sus caricias. Daba igual si era de día o de noche, si hacía frío o calor. El tiempo pasaba ajeno a lo que sucedía en el exterior.

Me estremecía pensar que no me quedaba más remedio que seguir caminando sola. Sin él a mi lado. La vida me empujaba con la inercia propia de quien vive sin hacerlo. Al fin y al cabo, desde que Luis se había ido, la vida tenía otra cara más dura y desafiante. Ya no podía verla de la misma manera, necesitaba aprender a hacerlo desde otra perspectiva. Pero era demasiado duro hacerlo desde ese lado.

Los momentos de lucidez eran fugaces porque seguía sin asumir la realidad. Me sentía débil, vivía con una desconocida. El uniforme de viuda me apagó por completo. Mis ojeras crecían a un ritmo vertiginoso. Estaba perdida, deambulaba como si fuese un espíritu que arrastraba su condena. No era consciente de que yo no era la única que sufría. Madre se rompía en silencio cada vez que me veía presa de mi tormento. Aguantó llevando su penitencia por dentro hasta que un día ella también estalló.

Entró en el cuarto y caminó despacio hacia mí. Me arropó mientras me daba un beso en la frente y abrió la ventana. La brisa del mar me acarició la cara y sentí el frescor en los pómulos. Ella se sentó a mi lado y me cogió la mano con cariño, me miró fijamente y habló con una voz calmada pero firme:

—Entiendo tu dolor. Sé lo mucho que sufres. Pero también sé que eres fuerte y que pronto, algún día, tal vez antes de lo que esperas, volverás a levantarte, volverás a luchar, y tu pena tendrá paz y sosiego. Tienes que entender que un ser amado nunca desaparece. Siempre se quedará contigo. Ahora es pronto para entenderlo. Sé que no lo ves así porque solo quieres llorar. Pero algún día me comprenderás.

Sus palabras resonaron en mi cabeza como ecos desacompasados. Pero lejos de agradecer su consuelo, me enfadé y me dejé llevar por la ira. ¿Me estaba sugiriendo que olvidase a Luis? La miré extrañada, arqueando las cejas e invitándola a que ahondase en su explicación. Pero no lo hizo, y el silencio se adueñó de la estancia.

—Dice que me comprende, pero no comprende nada.

Entonces me miró con dolor. Hizo una pausa antes de responder:

—Poco a poco lo entenderás. Con el tiempo sus recuerdos te evocarán sonrisas en vez de lágrimas. Y es en ese momento cuando te darás cuenta de que Luis siempre estará contigo. Ahí es cuando volverás a vivir, porque sentirás que su recuerdo te acompañará para siempre, su alma vive en ti, es solo tuyo. Y eso es algo que nadie te puede robar. Siempre estará contigo pase lo que pase.

Madre selló su consejo con otro beso sobre mi frente y rápidamente salió. Yo me quedé acompañada por mis pensamientos. El naufragio marcó nuestras vidas y cada una de nosotras gestionó el dolor a su manera. Celsa se volvió muda, Encarna se apagó, Marina ni sentía ni padecía. Algunos decían que yo también había enloquecido. Pero para mí lo más impactante fue lo que le pasó a Amparo.

Sus hijos, Faustino y Marcos, también perecieron en el naufragio. Ellos eran la única familia que le quedaba, porque ya era viuda de un pescador. Con la muerte de sus hijos se quedó completamente sola, sin recursos y sumida en un profundo dolor que le hizo rozar la locura.

Era habitual encontrarla perdida por la calle. Siempre iba al muelle para desahogarse. Ella también plasmaba toda su ira con el mar, pero de forma constante. Le gritaba rogándole que le devolviese a su familia. Podía pasar horas y horas suplicando hasta que caía desfallecida.

Los primeros días, madre salía a su encuentro para llevarla de vuelta a casa. Entre varias mujeres la arropaban en su lecho con trapos roídos y le daban un poco de caldo para calmar su estómago y su angustia. Pero el esfuerzo que hacían por cuidarla era inútil, porque al día siguiente volvía a la orilla. Todos los días repetía la misma rutina, solo salía de su letargo para gritarle al mar. Hasta que un día, supongo que cansada de tanto luchar y de no recibir respuestas, decidió entregar su vida al mar para sumergirse en su profundidad. En ese lugar en el que su dolor creía que era el único sitio donde podía ser feliz, al lado de los suyos.

Amparo se arrojó al agua sin que nada ni nadie pudiese impedirlo. En la orilla del muelle dejó su toquilla negra, señal con la que unos marineros alertaron de su tragedia. Al cabo de unos días, su cuerpo se encontró en el conjunto rocoso de la costa.

Ella no tenía a nadie más. Sin embargo, yo estaba más acompañada que nunca. Todos se volcaron conmigo para tratar de animarme. Carmen me visitaba cada día, madre se desvivía por arrancarme una sonrisa. Incluso Rosiña decidió trasladar su taller de costura a las puertas de casa para hacer que olvidase, al menos por un instante, el luto. Agradecía sus esfuerzos, pero nada podían hacer por ayudarme. Eso solo dependía de mí, y yo lo que necesitaba era escucharme y gestionar el duelo en soledad, en mi guarida, en mi rincón de paz.

Los meses se hacían muy pesados. Necesitaba sosiego, calma y, sobre todo, entender las palabras de madre, porque, por más que resonaban en mi cabeza, no comprendía su significado. Pero todo cambió aquella noche, cuando caí rendida sobre la cama y cerré los ojos. Estaba inmersa en un sueño profundo, donde todo a mi alrededor tenía una luminosidad suave. Parecía envuelta en una luz dorada que me daba paz. Enseguida reconocí las cuatro paredes que me rodeaban. Eran las de mi cuarto. Yo estaba sobre la cama mientras observaba cómo el viento marino movía con delicadeza las cortinas. Me incorporé para cerrar la ventana y, antes de que pudiera hacerlo, una mano me frenó en seco para acariciarme. Su tacto era inconfundible. Cuando traté de aferrarme a ella, experimenté una sensación sobrenatural. Su aspecto parecía sólido y, sin embargo, su presencia era translúcida, como si estuviera compuesta por luces y sombras que se entrelazaban formando una estructura nublosa. Fue una caricia etérea, como si tocase un velo de seda que se movía entre nuestros dos mundos. Su piel se desvanecía como el movimiento de un reloj de arena. Aunque su tacto no era el que me esperaba, su sonrisa y sus ojos llenos de vida me guiaron de nuevo el camino.

Luis se acercó lentamente y yo me quedé inmóvil, intentando retener el momento en la memoria. Su voz me erizó la piel:

—Aunque no me veas, estoy cada día a tu lado. Solo se muere quien es olvidado, y tú me recuerdas cada día. Cada día que sientas la brisa en tu rostro, son mis labios que se acercan para besarte. Cuando sientas cómo los rayos del sol te envuelven, son mis brazos que te rodean para darte abrigo. Búscame entre los destellos de las estrellas, entre los pétalos de las gardenias y las olas del mar. Quiero que me recuerdes con ternura, porque, siempre que te vea feliz yo, también lo estaré. Quiero volver a ver tu luz y que tu sonrisa me ilumine. Quiero que vuelvas a ser tú, la Aurora que yo conocí. Me iré de nuevo, sin hacer ruido, pero recuérdalo. Siempre estaré donde tú quieras verme. Sé que después de esto todo cambiará. Vuelve a ser tú.

—No te vayas, Luis, por favor —dije mientras me acercaba para abrazarlo.

Pero mis brazos chocaron entre ellos. Luis se había evaporado con la misma rapidez con la que había aparecido.

Me desperté exaltada, con la respiración entrecortada, porque todavía sentía su caricia en las manos. Era tan real que asustaba. Cientos de escalofríos congelaron mi cuerpo, el frío era permanente, como si la ventana hubiese estado abierta de par en par durante toda la noche, pero estaba cerrada. No fue un sueño cualquiera, no fue uno más. Me incorporé destemplada. En el suelo, un destello blanco llamó mi atención. Cuando me agaché para ver de qué se trataba, comprobé que era una pluma.

«¿Una pluma? Pero… ¿qué demonios hace una pluma blanca aquí?». La ventana había estado toda la noche cerrada y la puerta también. Frené mis pensamientos para contemplar la pluma de cerca y, cuando la sostuve entre los dedos, sentí su ligereza acariciando cada poro de mi piel. Su textura suave y ligera me devolvió al sueño. Y entonces recordé el mensaje de Luis. Cerré los ojos y sentí cómo sus labios me besaban de nuevo.

Por fin entendía las palabras de madre. Ese día amanecí con otra luz.

Como cada mañana, madre estaba en la cocina. Cuando la vi, fui corriendo a abrazarla.

—Ahora comprendo sus palabras —confesé mientras la abrazaba.

Sentí cómo sus suspiros se vaciaban en mi oído y las lágrimas caían sobre mis hombros.

Así es como aprendí que el dolor llega para quedarse. Nunca se supera, tampoco se va. Llega de repente, como una tormenta de verano que irrumpe en un cielo en calma sin pedir permiso. Así lo hizo conmigo. Revolvió y destrozó todo lo que encontró a su paso. Se instaló en mi vida, fue la sangre que corrió por mis venas, perforando cada célula, absorbiéndome y dominándome. Confiaba que con el tiempo se haría más pequeño, incluso que desaparecería, pero estaba muy equivocada. El dolor se queda dentro y aprendes a vivir con él.

Es cierto que no siempre es igual de oscuro, tiene distintas gamas y tonalidades. Cambia de color, cambia de forma… Se vuelve menos rígido, pero se convierte en una pieza indispensable que forma parte de tu vida. Y yo aprendí a sobrevivir, entendiendo que mi nueva vida crecía alrededor de él. Yo ya no era la misma persona, por eso reviví cuando acepté la realidad.

Me di cuenta de que no solo estamos formados por órganos vitales que facilitan nuestra supervivencia. También estamos llenos de piezas que componen nuestra identidad. Piezas pequeñas, delicadas e irrepetibles. Piezas únicas y personales, con nombres de personas que aparecen y desaparecen, pero que, en definitiva, dejan huella y marcan nuestro camino.

Yo me empeñaba en seguir latiendo con la pieza vital de Luis y me hacía daño porque no la colocaba en el lugar adecuado. Ya no podía hacer nada para cambiar la realidad. Por eso tuve que aprender a continuar aceptándola. Me costó reubicarla porque sentía que mi composición carecía de estructura. Pero no podía aferrarme a un luto permanente que desembocaba en un desconsuelo suicida. Con el tiempo, encontré su lugar. Siempre iba a formar parte de mí, y mi vida no se entendía sin él. Pero, sobre todo, tenía claro que, en la parte izquierda debajo del tórax, estaba Aurora. La pieza más importante que daba ritmo a mis impulsos y la fuerza que necesitaba para seguir adelante, que me liberaba de los miedos. Precisamente esa pieza, la del miedo y el dolor, esa que me frenaba y me ahogaba, olvidé reponerla después de la primera demolición.

SEGUNDA PARTE

12

Vila do Mar, 4 de agosto de 1903

Me vestí rápido para que no se me hiciera tarde y salí corriendo de casa. Me quedé parada tras la puerta, observando el paisaje tranquilo que se extendía frente a mí. Del mismo modo que la tormenta pasa y despeja el cielo para que el sol vuelva a brillar, o las flores crecen de nuevo a pesar de que sus cimientos no sean sólidos, también resurge de nuevo la vida, que encuentra fuerza en la adversidad y brota con la misma resiliencia que observamos en la naturaleza después de cada tempestad. Ahora no solo vivía, sino que también me sentía viva.

—Pero, Aurora, ¿qué haces ahí parada? Ya me parecía raro que no vinieras a casa. Sabía que te quedarías dormida o sabe Dios en qué mundo está tu cabeza ahora mismo. Por lo menos me alivia verte de cuerpo presente, porque, si no, ya no sabría qué pensar.

La voz de Carmen resonó con más fuerza de la habitual, pero yo la escuché como un eco lejano mientras seguía inmersa en mis pensamientos.

—¿Me estás escuchando?

—Que sí. Vamos, pesada, que ya estoy lista —afirmé con un tono divertido.

—Menos mal porque vamos tarde. Ya lo tengo todo preparado, solo falta ir a por las cestas. Verás qué bien te lo vas a pasar.

—Seguro —corroboré con cierta duda.

—Anda que… como me ayudes a vender con el mismo ímpetu con el que hablas, mal vamos…

Nuestro diálogo continuó mientras llegábamos a su casa.

—Me estoy reservando precisamente para ayudarte a dar voces —dije mientras le daba un golpe cariñoso con el codo antes de agacharme para cargar la cesta. Era exactamente la misma que utilizaba madre para transportar el quiñón. Cuando la toqué, un escalofrío recorrió mi cuerpo, pero rápidamente se transformó en la energía que me acompañó durante aquella mañana de verano.

Sin vacilar, la cogí con decisión para ponérmela sobre la cabeza. Carmen me miró de reojo y yo le respondí con una mueca desenfadada. Vi cómo se emocionó cuando se fijó en la sonrisa en mi cara. Era la primera en muchos meses. Es increíble el poder que tiene un simple gesto y lo difícil que es a veces. Juntas emprendimos el camino hacia la plaza donde se celebraba el mercado. La plaza de Albor era la más importante de la zona, y eso se notaba en la cantidad de gente que llegaba en romería desde otros pueblos cercanos. Algunos incluso lo hacían por mar, desde el otro lado de la ría.

Dos mujeres con sus *leiteras* sobre la cabeza nos adelantaron.

—No sé cómo pueden ir tan ágiles con el peso que llevan sobre la cabeza. A saber desde dónde vienen andando.

—Pues a todo te acostumbras cuando no te queda otra, Aurora. Tú también pareces nueva… ¿O cómo crees que hace tu madre?

—Tienes razón. Me duele la cabeza —confesé.

Poco a poco nos diluimos entre el gentío. Todos caminábamos hacia el mismo sitio. A medida que nos acercábamos, el murmullo crecía significativamente. El ruido de las ruedas de los carros y el tintineo de las campanas de los animales se mezclaba con los gritos de emoción.

Fue un poco caótico, porque la plaza bullía por una multitud apabullante. Los burros cargaban con cestas de mimbre en los lomos, y nosotras las cargábamos sobre la cabeza. Por un momento, me costó encontrar la diferencia.

Nunca había visto esa plaza tan llena de vida. No la visitaba desde el día de mi boda. Era diferente, la recordaba más solitaria.

Todo lo contrario a lo que vi esa mañana. Los puestos coloridos se alineaban en un mosaico variado. Cada uno contaba su propia historia a través de los productos que ofrecía. En un extremo, los campesinos vendían sus cosechas, verduras y productos caseros. Un poco más adelante, un señor algo más arreglado vendía telas llamativas, botones y adornos. La lista era infinita, pero la vista no me permitía ver más allá.

Carmen caminaba delante, abriendo paso entre la muchedumbre.

—Aurora, cuando veas un sitio *xeitoso* avisa. Fíjate bien que no tengan lo mismo que nosotras. Porque tener a la competencia cerca me obligará a hacer rebaja, y no están los tiempos para eso.

—Sí, sí, ya estoy buscando —contesté, pero por más que levantaba los talones del suelo no veía nada claro.

Estaba alucinada observando de cerca aquella estampa. La brisa de la mañana transportaba consigo una mezcla de aromas de especias, hierbas y alimentos que me revolvió el estómago. De repente, Carmen se frenó en seco y yo, que caminaba distraída, choqué con su espalda. Del impacto, casi se me cae la cesta de la cabeza.

—¡Pero, Esterita, mujer! Acabas de tener un hijo, ¿y ya estás embarazada otra vez? —Carmen la miraba sorprendida.

—Calla, Carmiña, calla, yo… es que no puedo, no puedo. Él se pone a mi lado y me compra unas habitas… y yo… qué voy a hacer. Por unas pocas perritas…

El sol matutino le iluminó la cara. Además de tener una barriga incipiente, su cuerpo estaba curtido por la miseria. Al lado de sus pies, un pequeño cesto con habas verdes contrastaba con la palidez de su rostro demacrado y erosionado.

—Ay, Esterita, anda con *sentidiño*, que a este paso… Bueno, voy a ver si encuentro sitio, que a estas horas no sé yo. Cuídate —se despidió Carmen de ella. Luego se volvió hacia mí—: Esta pobre mujer… Tiene un hijo con cada cual. Vive ahí al lado, cerca de la Armenteira. Dicen que la mayoría de los hijos que tiene son de Agustín Zárate, el boyero. Ya sabes, tiene bueyes, tiene vacas, las cría y luego las va vendiendo por las tierras, y entre tanto paseo no pierde el tiempo. Pobre Esterita, lo que hace la miseria por sacar unas perritas.

Me estremeció tanto la historia de esa pobre mujer que egoístamente aparté la vista hacia otro lado. No muy lejos, vislumbré un pequeño claro.

—Mira, Carmen, ahí hay un sitio. —Señalé con el dedo para cambiar de tema.

—Así me gusta, que se note que eres más alta y que ves mejor que yo. Date prisa o nos lo quitan.

Sentí como me retaba, así que me fui sorteando a la multitud con determinación. Tomé la delantera y con agilidad atravesé la maraña de personas y puestos, esquivando todos los obstáculos que bloqueaban el camino. Me deslicé entre cajas, cestas e incluso animales.

—¡Aurora, por Dios! No hace falta que corras tanto —exclamó Carmen con la voz entrecortada mientras trataba de seguirme sosteniendo con fuerza la cesta que cargaba sobre la cabeza.

Cuando llegué al lugar, respiré aliviada al ver que seguía libre. Mientras Carmen llegaba, que venía un poco más atrasada, marqué el territorio dejando mi cesta en el suelo. La verdad es que el sitio no era muy grande, pero suficiente para nosotras. Además, la ubicación cerca de la intersección prometía una buena visibilidad. Aunque para visibilidad, la que teníamos nosotras. Justo enfrente del pazo de Albor.

Enseguida llegó Carmen, que comenzó a organizar cuidadosamente los productos en montones ordenados mientras yo me limitaba a sonreír, que no era poco.

—¿Te puedes creer que el otro día casi me quedo sin gallinas?

—¿Y eso?

—Pues Maruja, que últimamente anda más terca y despistada… que qué sé yo. ¡Me pone de los nervios! ¿No va y se lleva las gallinas que solté por el camino jurando y perjurando que eran suyas? Y eso que ya le dije yo, pero, Maruja, *mujeriña*, ¿no ves que esa gallina que llevas en brazos tiene en la pata un trozo de la camisa de Jesús? ¿No te das cuenta de que esas gallinas son mías? «*Eu non vexo nada*», me soltó. «No ves lo que no te interesa», le contesté yo.

Carmen recreaba la conversación con una gracia innata. Lo hacía con tanta precisión que yo me imaginaba perfectamente a Maruja terqueando.

—La verdad es que hace tiempo que no la veo.

—Pues mejor, porque no sé qué le pasa. Y no es la primera vez que me hace algo así. Tengo que andar con cuidado. No sé yo qué se le perdió ahora en las gallinas.

—Bueno, pero al final ¿qué pasó con las gallinas?

—¿Pues qué iba a pasar? Que las recogí una a una y me las llevé para casa. ¡Sí, hombre! Mira qué huevos más preciosos ponen. Estos los vendemos hoy en un plis plas, ya verás. Tú mira y observa.

Observé y lo que vi a mi lado me recordó a cuando madre y yo íbamos por las aldeas con el quiñón. Solo fui un par de veces, pero no pude evitar pensar en ella cuando vi a una mujer acompañada por su hija vendiendo pan.

—Grita, *iña meniña,* grita que no se te escucha.

—Pan de trigo, siete perras ¡gordas!, pan de centeno, tres perras ¡gordas!

Todos vociferaban sus ofertas tratando de llamar la atención de los transeúntes. Esos cánticos desordenados se empezaron a mezclar con el sonido de las transacciones y el tintineo de las monedas, creando una banda sonora que animó la mañana.

Yo observaba con interés la variedad de personas que se acercaban a los puestos, pero la verdad es que prestaba más atención al arte del regateo que se daba en cada venta.

—Chis, Aurora, escucha. Fíjate en la señora que tenemos al lado. ¿La ves?

—Sí —contesté con el mismo tono de voz que Carmen para que no nos escuchara.

—Necesito un poco de harina y algo de leche, dile que se lo cambias por media docena de huevos. Coge el cacharro.

—Pero...

—Hazme caso, que vengo todos los días.

—Está bien.

Me levanté para hablar con la mujer que teníamos a escasos metros. Se cubría el pelo con un pañuelo más grande que su propia cabeza y tenía la cara manchada de harina.

—Dame un poco de harina y un *cacharriño* de leche. A cambio te doy media docena de huevos —dije convencida.

Ella levantó la vista del suelo y me miró de arriba abajo.

—*¿E ti de quen eres?*

—Soy Aurora, viuda de Luis Ferreiro.

—*¿E filla de quen?*

Madre de Dios con la señora, me estaba poniendo nerviosa.

—Hija de Juana Domínguez de Vila do Mar —contesté mientras resoplaba. Estaba agotando mi paciencia.

—*¿E de pai?*

—Bueno, ya está bien, ¿me va a dar la harina y la leche, o voy a tener que ir a otro lado a buscarla?

La mujer me volvió a mirar y se limitó a llenar el *cacharriño* de leche y el cucurucho de harina por la mitad.

—¿Pero esto qué es?

—Lo que hay.

Ya veía por dónde iban los tiros, así que le pagué con la misma moneda, y en vez de los seis huevos prometidos, le di cuatro.

—Pues esto es lo que hay también —contesté mientras me daba la vuelta enfadada.

—Carmen, esa señora quería reírse de mí. No le he dado la media docena, ¿eh?, solo cuatro. A ver qué se cree, se ríe en mi cara y encima me da la mitad de lo que le pido.

Carmen se rio.

—Cuánto mercado te falta.

—A mí no me hace gracia.

De vez en cuando miraba a la señora de reojo y observaba cómo hacía negocio. A todo el mundo que se acercaba le preguntaba de quién era hijo, marido, mujer... qué sé yo. Si conocía a la familia, le llenaba el cartucho, si no los conocía, no hace falta que explique qué es lo que pasaba.

Aquello claramente era un arte, para el que, como en todo, había que valer.

Algunos iban a comprar, otros a vender, otros a parrafear, aunque también los había que disfrutaban con aquel espectáculo. Lo que estaba claro es que todos volvían del mercado ricos en algo. Sobre todo, en información. Ahí es donde volaban de boca en boca las últimas noticias del pueblo.

—Si lo llego a saber, vengo antes. Un momento, ¿esa de ahí no es Manuela? —pregunté.

—La misma, inconfundible con sus andares de pato mareado.

—¿Y qué hace aquí?

—Pues ¿tú qué crees? Comprar lo que le manda la marquesa.

—Ahora vengo.

—¿Pero a dónde vas? Menos mal que te traigo para que me ayudes, ¿eh?

Ya era tarde para contestarle. De nuevo me perdí entre la multitud y traté de acercarme a Manuela. No sé por qué lo hice, supongo que algo en mi interior me empujó a ello.

—Póngame un poco de ese queso, pero primero déjeme probarlo, no vaya a ser que a la marquesa no le guste.

—¿A la marquesa o a ti? —preguntó la vendedora.

La verdad es que esa vendedora caló pronto a Manuela. Le gustaba demasiado comer, no cerraba nunca la boca, o hablaba o comía.

—Está bien, no se moleste si tanto trabajo le cuesta. Me llevaré un cuarto.

—Sí me cuesta trabajo, sí, sobre todo cuando no me pagan. Supongo que hoy me pagarás todo lo que me debes, ¿no? ¿O vendrá tu hermana para hacerme creer que es otra persona? Llevo esperando semanas y con la historia de que es la marquesa… A mí me da igual si es el marqués, la marquesa o la marquesita. Lo que me importa es que me paguen. Así que, o traes las moneditas, o no hay quesito. Que ya está bien de reírse del trabajo de la gente.

—Verá...

—¿Traes el dinero o no? —preguntó la mujer de forma tajante.

La cara de Manuela se puso del mismo color que los tomates que había en el puesto de al lado. Se dio la vuelta y se marchó.

—¿Has oído? Esto no va a quedar así, ¿eh?, me debes dinero y me encargaré de cobrarlo.

La marquesa no paga sus deudas. Qué ser más ruin y mezquino. Iba de rica, le encantaba ostentar, lucirse..., y lo único que evidenciaba era su falta de principios. Era pobre en todo. Hay que ver la cantidad de cosas de las que una se enteraba en el mercado.

Seguí caminando sin rumbo entre los puestos desordenados, me dejé llevar por mis impulsos, pero, a pesar de la novedad, siempre que estaba en esa plaza mi vista se detenía en el pazo de Albor. Era magnético, me atrapaba. Los ventanales alargados tenían unas amplias cortinas de terciopelo que, tímidamente, dejaban al descubierto una gran sala de celebraciones con lámparas que parecían arañas colgadas del cielo. Debajo, en la parte central de la fachada, estaba la puerta de acceso al pazo. Al principio, al ver sus barrotes, pensé que estaba cerrada, pero, cuando me acerqué un poco más, me di cuenta de que estaba equivocada. Estaba entreabierta. Era como una especie de túnel de piedra que desembocaba en un jardín luminoso creando un contraste explosivo.

La entrada generaba una sensación de misterio. Cuando me adentré visualmente en su penumbra, noté un sutil movimiento. Una sombra se deslizaba por el interior del pasillo. Se movía con una gracia inquietante. «Tal vez es un pájaro que revolotea perdido por el jardín», pensé. Pero no podía tener las alas tan grandes... Me quedé inmóvil mientras seguía observando. Poco a poco ese enigma oscuro fue cogiendo forma y, a medida que se acercaba, confirmé que no era más que una niña curiosa y juguetona que emergía de las profundidades del pazo. Pero... ¿qué hacía esa niña sola por esas estancias tan próximas al mundo real? En el fondo la entendía, porque últimamente estaba igual de abrumada que ella. Cuántas veces pensé en salir corriendo sin mirar atrás. Tenía el cabello alborotado. Llevaba una especie de vestido blanco que ondeaba con cada paso. Sus pies descalzos avanzaban con inocencia, siguiendo un camino invisible trazado por los hilos de su propio sueño. Sus ojos vidriosos tenían una expresión ausente, como si estuviese perdida. Parecía sonámbula.

Claro, eso era, que era sonámbula. Inmediatamente, mi instinto me avisó, y salí corriendo deprisa, sin mirar atrás. Esquivé a los transeúntes despistados que se cruzaban en mi camino, salté sobre unas cestas mientras no apartaba la vista de la niña. Ya casi estaba, podía tocarla. Estiré los brazos y alcancé a la pequeña segundos antes de que un carro impactase contra ella a gran velocidad. Me agaché para protegerla del golpe y grité. El carro se frenó en seco, a escasos centímetros de donde nos encontrábamos. El silencio ahogó la plaza, la actividad comercial se detuvo y todos se quedaron paralizados por mi chillido. Rápidamente se formó un gran revuelo. La pequeña estaba aturdida, presa de un sueño en vida, y yo me sentí agobiada por la cantidad de desconocidos que me observaban.

A partir de ahí todo sucedió muy deprisa. Una joven alterada con las manos en la cabeza salió corriendo del pazo, clamando al cielo y al Espíritu Santo. Vino directa hacia mí. Sin mirarme a la cara, me arrebató a la niña de los brazos y las dos desaparecieron como si el pazo se las hubiese tragado de vuelta a su vida real. Me dejé caer de rodillas en el suelo, con las manos vacías y la mente cargada de dudas. Estaba perdida en la multitud, entre el bullicio de la gente y el silencio de mi soledad.

En ese mismo instante, el ruido se desvaneció. Y sin quererlo pensé de nuevo en aquella criatura. Era la imagen más dulce y angelical que jamás había visto sobre la faz de la tierra. A veces solo hace falta un instante fugaz para abrir la puerta a los pensamientos más herméticos. Te invaden sin que te des cuenta y, cuando quieres echarlos de tu cabeza, ya es demasiado tarde. Yo prefería vivir rápido para no pensar, pero era imposible, así que me resigné a darles cobijo. Esos recuerdos me hicieron compañía durante el resto del día y, cuando regresé a casa, les propuse un plan. Juntos regresamos a aquel lugar, donde los atardeceres tenían un color especial. Nos despedimos del sol, y compartimos la luz del ocaso con Luis. En mi mente apareció de nuevo la imagen de aquella hermosa criatura. Ahora, con la calma que necesitaba, alejada del bullicio de la gente, pude sentirme libre, sin miedo a mostrar mis sentimientos. El vértigo me dominó y mis entrañas se estremecieron. Mis manos acariciaron mi vientre, que ardía como el fuego, pero sin sentir la vida que anhelaba. Nunca había experimentado algo así, no entendía qué me estaba pasando. Era una sensación inmensa de vacío. Todo se desmoronaba bajo el peso de la realidad.

—Luis… —dije con voz débil—, no puedo ser madre sin ti.

Parecía algo tan natural y tan alcanzable que ahora se convertía en un sueño roto. Ese deseo ya no era posible para mí. Me sentía vulnerable y fracturada, llena de grietas que cada vez se hacían más grandes.

Y con las rodillas tocando el suelo de aquel campo verde, cerca de las rocas, dejé que me consolase el abrazo del mar, el mismo que me quitó la vida a mí también.

13

Vila do Mar, 15 de agosto de 1903

Me desvelé en mitad de la noche, recordando que al día siguiente habría transcurrido un año desde el día de nuestra boda. Me levanté y decidí ir al cementerio a visitar a Luis, pero no podía ir con las manos vacías, y mucho menos en una fecha tan importante. Por eso, antes necesitaba hacer un recado.

La brisa marina me envolvió en un abrazo invisible con el que me sentí acompañada. El mar reflejaba la luz de la luna, creando un sendero de destellos centelleantes que se extendían hasta el horizonte. La noche era preciosa.

Poco a poco me perdí entre las sombras y continué el camino hasta que la casa de don Benito comenzó a perfilarse en la penumbra. Estaba justo en la otra punta del pueblo, al lado de la iglesia, muy cerca del pazo de Albor.

Las luces de las ventanas estaban apagadas. «Perfecto», pensé. Avancé con una mezcla de urgencia y precaución hasta que me acerqué todo lo que pude y me coloqué justo enfrente de la puerta de madera roída que daba acceso al jardín. Alargué la mano y la empujé. El chirrido agudo al abrirse resonó en el aire y también en mis oídos.

—Maldita sea. —Suspiré.

Al adentrarme en el jardín, las sombras de la noche se entrelazaron con los árboles. Pero eso no impidió que localizase mi objetivo. Estaba al fondo, en la esquina más próxima a la casa. Un majestuoso arbusto en el que florecían gardenias blancas como la luna relucía en la oscuridad. Sus pétalos desprendían ese aroma que embriagaba mis sentidos y evocaba mis mejores recuerdos, que ahora me herían como un arma de doble filo. Pero me llené de valor para mantener la mente fría y completar mi misión lo antes posible. Cuanto antes empezase, antes acabaría.

Tracé mi estrategia cuidando el equilibro y calculando mis movimientos para no hacer ruido. Primero acerqué las manos al tallo y luego lo doblé con fuerza. Repetí el movimiento varias veces hasta que me aseguré de que tenía suficientes. Cada flor era un tesoro clandestino que debía llevarme lo antes posible. Pero las prisas no son buenas consejeras, y cuando quise darme la vuelta para escabullirme tropecé con una caja de madera. El ruido de la caída se mezcló con el grito que salió de mi boca. Consciente de haber perturbado la serenidad de la noche, me quedé quieta mientras unos sudores fríos que comenzaron a recorrer mi cuerpo me alertaban de las inminentes consecuencias.

—¿Quién anda ahí?

Una voz grave sonó tan fuerte como el eco de mi tropiezo.

«Maldita sea», repetí. ¿Cómo había sido tan torpe? La misión se me estaba complicando estrepitosamente.

Me mantuve en silencio mientras pensaba que coger unas flores para llevárselas a un difunto no debería ser un pecado. Pero era mucho mejor esconderse antes que dar explicaciones. Me arrastré por el suelo hasta que me pude camuflar entre unos árboles. Sostenía con cuidado las flores en la mano y contenía la respiración. El silencio volvió a imperar en la noche. No volvieron ni la voz de don Benito ni mis preocupaciones. Me puse de pie, sacudí la tierra y abandoné su casa con el ramo de gardenias en la mano.

Necesitaba una pequeña tregua. Y esa tranquilidad la encontré, momentáneamente, cuando pasé delante del pazo de Albor. Daba igual las veces que pasase por delante, siempre me impactaba su majestuosidad.

Inevitablemente eché la vista atrás y recordé la ilusión que desprendía cuando pasaba por esa plaza agarrada del brazo de Luis, minutos antes de entrar en la iglesia para darnos el sí quiero. Ahora, casi un año después, seguía evocando esos recuerdos. Qué efímera es la felicidad y qué poco la valoramos cuando estamos sumergidos en esa nube que nos eleva y nos sostiene flotando en lo alto del cielo, ajenos a la crueldad del mundo que se esconde bajo nuestros pies. Tan frágil que parece que podría destruirlo con una simple pisada.

También me acordé del mercado y de aquel rostro angelical. Miré a lo alto y las luces estaban apagadas, todas menos la de la gran ventana de la torre superior. Una luz blanca nacarada iluminaba la estancia, revelando lo poco que podía ver de su interior. Una lámpara de araña colgaba del techo, me recordaba al pazo de Baleiro, e inmediatamente un escalofrío recorrió mi cuerpo.

«Está bien, ¿qué diablos hago aquí?», me dije. La noche ya había sido lo suficientemente agitada como para buscar otro sobresalto. Bajé la cabeza y recogí mis pensamientos mientras me arropaba con la toquilla. Me dispuse a emprender el camino de vuelta, pero solo había dado un paso cuando un movimiento me sorprendió tras la puerta de la valla. Un fantasma bailaba en la oscuridad. Pensé que me moría de un infarto. En ese momento tuve la seguridad de que no volvería con vida a casa. Quise escapar con la misma rapidez que del jardín de don Benito, pero ya era demasiado tarde. Esa sombra cada vez se acercaba más a mí hasta el punto de que, en los últimos pasos, definió su forma y se convirtió en una silueta humana.

Mi corazón palpitaba fuerte. Me dio tanto miedo que corrí a esconderme en una esquina de la plaza, pero había abierto la puerta y venía hacia mí. Su tamaño se multiplicaba proyectándose en el suelo a medida que se aproximaba. Empecé a rezar un padrenuestro hasta que pude distinguir su rostro. Nos encontramos cara a cara y, sorprendentemente, me calmé.

—Tran… tranquila —susurró mientras estiraba su brazo como si intentase frenarme.

Me miraba de arriba abajo. Entonces recordé que mi cuerpo estaba cubierto de tierra. Así que opté por sacudirme la falda y bajar las gardenias.

No sé quién estaba más nervioso, si él o yo.

—Usted es Aurora —dijo con claridad. Su seguridad me dejó totalmente sorprendida.

—¿Y usted quién es? —pregunté extrañada mientras arqueaba las cejas.

—Soy Ri... el criado, perdón, soy el criado del pazo. Del servicio, quiero decir. Me llamo Cándido.

Alargó la mano, a lo que respondí desconfiada con un gesto de rechazo. Bastante mala experiencia había tenido ya con los criados del pazo de Baleiro como para fiarme ahora de su palabra sin conocerle de nada. Aunque había algo en él que me decía que él no era como los demás.

—¿Y por qué me conoce? —contesté con otra pregunta, fiel a mis raíces.

—Porque estaba en esta misma puerta hace unos días, cuando la pequeña Sofía, en uno de sus episodios de sonambulismo, cruzó el jardín y salió del pazo. Menos mal que tuvo la fortuna de encontrarse con alguien como usted. Si no, tal vez la hubiesen atropellado.

«Así que la niña se llama Sofía», pensé. En ese momento, recordé su abrazo y, sin quererlo, me destemplé. Me quedé un rato distraída, bailando con mis pensamientos. Cándido se dio cuenta y retomó la conversación

—También estuve en el entierro —confesó con la voz quebrada.

—Eso es, en el entierro —exclamé con un gesto de asombro. Ahora ya sabía por qué me resultaba conocido, porque había estado en el entierro de Luis y, entre todas las miradas que me perseguían, la suya era la única que me transmitía comprensión. Ahora lo recordaba.

—De hecho, es una suerte que esté aquí. Así ya no tengo que ir a buscarla. Verá, Aurora. Sofía tiene un problema. Y aunque tiene una cuidadora excepcional, nunca consigue calmarla. Sin embargo, no sabemos por qué extraño motivo, usted lo consiguió. Yo mismo lo vi. Me sorprendió tanto que se lo conté a doña Isabel.

Dice que le gustaría conocerla. Sofía necesita ayuda, y tal vez usted sea la persona adecuada.

Mi mente se quedó en blanco. No supe qué responder y tampoco supe reaccionar. Deduzco que, por mi cara, lo sospechó y por eso volvió a tomar la palabra.

—No se preocupe, lo entiendo. No hace falta que conteste ahora, piénselo.

Estaba abrumada, sorprendida, asustada. No sabía qué hacer, ni tampoco qué contestar a sus palabras. Por un momento quise salir corriendo, pero en lo más profundo de mi alma sonreí como hacía tiempo que no lo hacía. Aunque rápidamente esa sonrisa se desvaneció y de nuevo los miedos me persiguieron. ¿Me estaba proponiendo trabajar en el pazo? ¿No había tenido suficiente ya con lo ocurrido en el pazo de Baleiro? Me debatía en un limbo existencial, del que solo pude salir por el momento con una excusa.

—Tengo que marcharme, lo siento.

Le di la espalda y tomé el rumbo de vuelta a casa.

—La espero el lunes a primera hora de la mañana en esta misma puerta.

Su mensaje caló como un torrente emocional que revolvió mi interior. Pero no podía distraerme más, tenía que terminar lo que había empezado e ir a visitar a Luis de una vez por todas.

14

Vila do Mar, 31 de agosto de 1903

Habían pasado casi dos semanas desde la fecha que Cándido marcó en el calendario para que le diese una respuesta. Pero aquel día no acudí al encuentro. Y no lo hice no porque no quisiera aceptar su propuesta o no me atrajera. Todo lo contrario, me seducía. El problema es que, en ese momento, todavía no lo tenía claro. Pensé en pedirle consejo a madre, pero me di cuenta de que lo que de verdad quería era que formulase las palabras que mis oídos ansiaban escuchar. Como si fuesen el impulso que necesitaba y no me atrevía a dar, porque estaba muy acostumbrada a vivir en un mundo en el que todos juzgaban desde fuera. Por eso necesitaba la aprobación permanente de los demás. Pero esas personas jamás se habían puesto en mi piel.

Estaba cansada de sentirme como una marioneta. Necesitaba liberarme de esas ataduras invisibles que me mantenían en sus manos y movían sin permiso mis cuerdas. Necesitaba liberarme de sus opiniones. Secarme para llenarme después. Perderme para encontrarme, o destruirme para rehacerme. Necesitaba explorar mi camino. Incluso si eso suponía equivocarme. Prefería vivir siendo fiel a mis principios, en lugar de conformarme con ser la protagonista de una historia donde otros eran los narradores. Yo era la dueña de mi voz y solo yo decidía cómo y cuándo sonaba. Por eso no compartí mi decisión con nadie más. Por primera vez hice lo que de verdad sentía, siendo fiel a mí misma. Decidí el rumbo de mi destino sin saber que ya estaba escrito.

Cuando llegué a la plaza, las mariposas revoloteaban despistadas en mi estómago hasta que abrí la boca y se disolvieron en el aire llenando el ambiente de un aura mágica. Me coloqué justo enfrente, y tomé distancia para tener más campo de visión y así contemplar el pazo con la atención que merecía. Ante mí, se erguía majestuoso, como si también se acabase de despertar. La luz que a esa hora irradiaba tímidamente sobre la piedra hizo que su nombre se justificase de una manera gloriosa. El albor, la primera luz del día, llenaba de esplendor el pazo en ese preciso instante.

Me dirigí a la puerta donde Cándido me había citado, pero, como era de esperar, no había nadie. Parecía cerrada.

Observé cómo la madera oscura absorbía la luz del sol. Los nervios se manifestaron de nuevo, esa vez en forma de sudores fríos. Una catarata de agua salió por los poros de mi piel, provocando que todo lo que tocaba resbalase. Me sequé las manos en la falda y, temblorosa, agarré la anilla. Cogí fuerza para moverla hacia mí, pero, en lugar de hacerla chocar contra la puerta, frené el impulso y opté por dejarla caer suavemente sobre la madera. El movimiento terminó en un sonido imperceptible. Tal vez esa no era la mejor forma de anunciar mi presencia, pensé. Por eso busqué otra entrada, una más discreta.

Retrocedí unos pasos y repasé cada uno de los accesos. Sonreí cuando localicé la valla de madera por la que se había escapado Sofía hacía unos días. Me acerqué, las piernas me seguían temblando. Para mi sorpresa, la valla se movió sin estridencias ni complicaciones. Estaba abierta esperando a alguien. Ahí todavía no sabía que ese alguien era yo.

Di un primer paso y me adentré con cautela en un túnel que me envolvió en un ambiente íntimo. La oscuridad se hizo cómplice de mis pensamientos.

A medida que avanzaba, la luz del exterior quedaba cada vez más lejos, mis pisadas resonaban sobre un suelo empedrado. No tenía muy claro a dónde me llevaban, pero seguí caminando de frente hasta que el pasillo culminó en un patio exterior.

La luz me cegó momentáneamente. Mis ojos tuvieron que ajustarse gradualmente al entorno. A medida que lo hacían, los detalles del paisaje florecían ante ellos. A un lado las enredaderas trepaban sobre una pared de piedra. De frente una casa de planta baja se integraba en el conjunto del patio. Por las ventanas se escapaba la vida que había en su interior.

El perímetro estaba marcado por flores de distintos colores. Me perdí entre su belleza mientras respiraba profundamente absorbiendo el aroma que desprendían. Su olor me activó los sentidos. Las gardenias eran inconfundibles. No pude evitar asomarme. La calidez que tanto buscaba brotaba de aquellas mismas flores. Aquel árbol de gardenias me abrazó con sus ramas y me susurró que estaba siguiendo el camino adecuado. Un impulso irracional provocó una sonrisa ligera. Supe que no me había equivocado escogiendo esa entrada más discreta.

—¿Puedo ayudarte en algo?

Escuché una voz femenina que tenía el mismo tono que la marquesa. Mi piel se heló y me quedé petrificada frente a las gardenias pidiendo su protección.

—Estoy buscando a Cándido —respondí mientras me giraba para descubrir su cara. La joven arqueó la ceja. Me miraba con curiosidad de arriba abajo—. ¿Y tú quién eres?

—Candela Couso, trabajo en el servicio del pazo.

Reparé de nuevo en su cara. Lo hice bajando la vista. Era bajita. Llevaba un traje negro que contrastaba con un mandil blanco que delataba su delgadez. Su pelo oscuro se escondía bajo una cofia clara. Me llamó la atención la dimensión de sus pestañas. Por su rostro calculé que tendría mi edad, o tal vez un año más.

Ella me miraba ansiosa. Esperaba una explicación por mi parte, pero el ambiente se envolvió en un mutismo alargado que comenzó a incomodarme.

—Que yo sepa, Cándido no espera a nadie esta mañana.

Sonó tajante, invitándome a abandonar el pazo. Algo a lo que yo me negaba por completo.

—Se habrá olvidado, habíamos quedado en la puerta lateral, pero, como estaba cerrada y no quería molestar, he entrado por esa, que he visto que estaba abierta —contesté firmemente, obviando que esa invitación había caducado hacía más de catorce días.

—Está bien, iré a buscarlo. Espera aquí.

Cuando se dio la vuelta y echó a andar, sus movimientos me delataron que ella era la encargada de cuidar a Sofía. Sus andares ladeados me llamaron la atención el día del mercado. Eran demasiado peculiares como para haberlos olvidado. Me di la vuelta para volver a contemplar las gardenias.

Cándido no tardó en aparecer. Al verme, su cara se iluminó.

—¡Aurora, qué sorpresa! ¡Cómo me alegra verla por aquí! —dijo con un tono de felicidad palpable—. No la esperaba —confesó algo más sosegado—. Candela, ¿te importa dejarnos a solas? Luego le explicarás bien a Aurora cuáles son los cuidados que necesita Sofía.

Ella asintió con la mirada baja, disculpándose también ante mí por su reciente despiste con Sofía. Cándido interpretó mi presencia como un sí a su propuesta. En verdad me quedé callada porque no sabía bien qué decir y, antes de abrir la boca para decir cualquier estupidez, decidí cerrarla.

—Si le digo la verdad, estaba convencido de que no iba a venir. Aquella mañana la estuve esperando durante horas al lado de la puerta. También lo hice por la tarde por si se había retrasado. Incluso al día siguiente, y así durante un par de días más hasta que entendí que no le interesaba.

Su confesión me estremeció, aunque también me hizo desconfiar. No tenía ningún motivo para ello. Pero… ¿por qué tanto interés en ayudarme? La gente solo se mueve por interés o por miedo. ¿Cuál de las dos era la respuesta correcta? Todavía no lo sabía.

—¡Qué flores más bonitas!

—¿A cuáles se refiere?

—A esas de ahí. —Señalé el primer árbol que vi a la derecha. Lo dije para cambiar de tema, pero, cuando me fijé bien, me di cuenta de que no tenía flores.

—Son camelias. ¿Las conoce? El pazo está lleno de ellas. Son de origen japonés, pero llevan años afincadas en Galicia, sobre todo en esta zona. ¿Sabe lo más curioso?

—¿Qué?

—Que florecen en pleno invierno. Ahora están cerradas, pero ya verá en unos meses. Esto no es nada comparado con lo que hay en el jardín que está al otro lado del puente. Pronto se lo enseñaré, pero antes querrá ver a Matilde. Ella tampoco la esperaba.

Eché un último vistazo a aquel pequeño patio lleno de luz y contemplé de nuevo las camelias, sin saber que mi vida, como ellas, también empezaría a florecer en invierno.

Madre me estaba esperando en la sala. Ni siquiera se molestó en preguntarme de dónde venía, porque ya lo sabía. A veces se me olvidaba que vivía en un pueblo donde los chismorreos corrían más veloces que el viento. Todavía recuerdo sus palabras, que cayeron como un jarro de agua fría, apagando la felicidad que en ese momento ardía en mí.

—¿Por qué no me contaste nada? —dijo mirándome fijamente a los ojos. Su tono denotaba que llevaba tiempo esperando mi regreso para hacerme la pregunta.

—Porque si lo hacía, la decisión no sería mía y estaría condicionada por lo que me fuese a decir, y ahora sé que mi instinto no me fallaba.

—Por algo soy tu madre. Solo quiero lo mejor para ti y, después de lo que pasó, no creo que volver a ese mundo sea una buena decisión por tu parte.

—Claro, y porque una vez saliera mal, entonces, no hay que volver a intentarlo, ¿no? Mejor vivir en un luto permanente aferrada a los miedos por las malas experiencias pasadas. ¡No, madre! Quiero vivir, quiero salir de estas cuatro paredes, quiero volver a empezar de cero, quiero ser feliz.

—Todos queremos ser felices, *filliña*. Sin embargo, no todos tenemos el lujo de serlo. Tienes que aceptar la vida que te tocó vivir, por mucho que quieras cambiarla, no puedes luchar contra ella.

—¡Claro que puedo, madre! No podré elegir la vida que me toca vivir, pero sí la actitud con la que quiero enfrentarme a ella. Y yo quiero vivirla con ganas. No quiero resignarme a ser una viuda encerrada en casa, hundida por un golpe duro del que jamás me pueda volver a levantar. Soy joven y tengo mucha vida por delante. ¿Qué se supone que debo hacer? ¿Conformarme con eso? No, madre, he sufrido mucho y he aprendido del dolor. Ahora solo quiero darme la oportunidad de ser feliz, al menos déjeme intentarlo. Si me equivoco, me quedará el consuelo de haber sido valiente, pero no la duda eterna de qué habría podido ocurrir.

Su silencio tras mi alegato sonó más fuerte que cualquier palabra. Supe que por su mente bailaban múltiples respuestas, pero optó por contestarme con brevedad.

—Tú sabrás, es tu vida. Mi deber es advertirte cuando creo que te equivocas, y ahora lo estás haciendo, pero nada puedo hacer por impedirlo.

—Estaré bien, se lo prometo —le contesté con una sonrisa y un beso en la frente antes de entrar a mi cuarto.

Y así fue, estuve bien. Muy bien.

15

Estaba feliz, porque el pazo de Albor era muy diferente a Balei-ro, no solo por lo más evidente, su belleza, su tamaño y su majestuosidad, sino por las personas que lo habitaban. Eso fue una gran sorpresa.

Aparentemente eran dos mundos diferentes, aunque en el fondo, con el tiempo, me di cuenta de que no eran tantas las diferencias que los separaban.

Aparentemente, los Zulueta de la Vega eran una familia noble y amable. No llevaban mucho tiempo en Vila de Pazos. Don Felipe heredó el título de duque de Albor en 1899 cuando su hermano murió sin descendencia, pero no fue hasta un par años después cuando decidió mudarse a Vila de Pazos con toda la familia desde Madrid. Se notaba que eran de ciudad por la sabiduría, la elegancia, la educación y los modales que desprendían. Aunque, en verdad, no hacía falta vivir en una gran ciudad para ser educado. No podía dejar de comparar la vulgaridad de la marquesa con la elegancia de esa familia.

Felipe, el padre, era un hombre distinguido y honrado. Su presencia imponía respeto y admiración. Su pasado como militar retirado se reflejaba en su postura erguida y en la cicatriz que decoraba su cara, una línea que recorría el lateral derecho y se extendía de forma paralela a su afilada nariz. Debajo resaltaba un bigote imperial perfectamente cuidado y peinado que le confería un aire sofisticado.

Su rostro serio se suavizaba con la calidez que desprendía su mirada canela cuando sonreía. Era campechano y respetuoso. Tras esa apariencia imponente, se escondía una amabilidad innata que demostraba cada día en su trato con los demás.

Recuerdo lo nerviosa que estaba el primer día. Todo mi cuerpo temblaba, aunque me afanase en camuflar esa sensación tras una careta de falsa tranquilidad. Más que nervios diría que lo que tenía era miedo. Miedo a enfrentarme a lo desconocido, a adentrarme de nuevo en un mundo del que no había salido bien parada.

Pero el miedo no se va hasta que se asusta. Y lo único que conseguía recreándome en él era alimentarlo. Y eso no lo podía permitir porque ya de por sí es un monstruo difícil de vencer. Es poderoso porque te frena y te paraliza. Te domina hasta tal punto que hace que dejes de vivir la vida que sueñas para obligarte a seguir la inercia que a él se le antoja.

Temblaba de forma descontrolada, pero por un momento pensé en todo el esfuerzo que me había costado salir adelante. Así que hice un esfuerzo para prestar atención a las palabras de Matilde cuando me recibió en la cocina del pazo:

—Candela, encárgate de ella. Ayúdale a adecentarse y explícale sus funciones.

Matilde era alta y delgada, sus ojos verdes concentraban la vitalidad de las hojas del jardín que bailaban a través de la ventana. Su rostro era alegre, si bien denotaba mucho genio. Demasiado, para mi gusto.

—Ven. Te daré el uniforme y te enseñaré el pazo. —Me cogió de la mano sin darme tiempo a seguir contemplando la cocina—. Lo primero que tienes que saber es que Sofía es demasiado sensible. Hay que tener paciencia para tratarla.

«Perfecto», pensé, en los últimos tiempos había hecho un buen acopio.

—No te preocupes si al principio no te lo pone fácil —continuó—. Yo siempre estoy atenta, y aun así no sirve de nada. Bueno, también quería decirte que no me juzgues por ser tan despistada. Te ayudaré con lo que necesites. Los señores son amables, y nosotros también. Estarás a gusto, ya lo verás.

No sé qué me sorprendió más, si su ataque de sinceridad tan inesperado, que me ofreciese su ayuda o que me confesase que los señores eran amables… Todo me hizo desconfiar.

Entre confesiones y pasos rápidos, cuando me di cuenta ya estaba enfundada en un nuevo vestido negro, aunque el color blanco del mandil me daba un toque de vitalidad que hacía meses que extrañaba.

—¡Mira qué guapa estás! Con esa cara que tienes, todo te sienta bien.

Me miró de arriba abajo con un gesto de aprobación. Sus palabras despertaron el color de mis mejillas. Era graciosa y espontánea. Me recordaba un poco a Carmen, sobre todo cuando se arrancaba de esa manera.

—A ver, ¿sabes dónde estamos? ¿Te ubicas? Este es el jardín donde te encontré el primer día, los internos dormimos en las casas que ves enfrente. Si salimos por la parte derecha, solo hay que seguir recto hasta encontrar la primera puerta, y así atajamos hacia el pasillo de la planta superior. Ahora te parecerá todo un laberinto, pero no te preocupes, rápido aprenderás el camino. ¿Me sigues?

La verdad es que me había perdido hacía un buen rato, pero trataba de disimularlo.

—Te sigo, te sigo —mentí.

—La puerta por la que te he dicho que atajamos da acceso a las escaleras del servicio. Estas son las que tienes que utilizar para llegar a la planta principal. Es importante que lo recuerdes.

Las escaleras eran de piedra y daban frío. Subimos con cuidado y, cuando se volvió a abrir la puerta, me trasladé a otro mundo. Aterrizamos ante un majestuoso pasillo de alfombras infinitas y rojas como un carmín. El fuego ardía en mí, tanto que las piernas me temblaban.

Candela llevaba la delantera, caminaba con la soltura propia de quien lleva años viviendo entre esas paredes. Pero para mí todo era nuevo. Estaba impresionada. No sabía si mirar hacia arriba, hacia abajo, hacia la derecha o hacia la izquierda, todo era sorprendente.

—Aquí está el salón de juegos, más adelante, el gran salón de celebraciones y, al lado, la sala del té y de las reuniones. Y allí…
—Las explicaciones de Candela no se acababan nunca—. Hacia el otro lado están los dormitorios. Ahí duermen los señores y, dos puertas más allá, Sofía —dijo mientras iba señalando las puertas.

—¿Y la del medio?

—Esa es la habitación de don Enrique, el hijo mayor, pero no viene mucho por aquí, solo de forma puntual. Él se quedó en Madrid. Dicen que tiene muchos quehaceres por allí… Yo creo que solo lo he visto una vez, como mucho dos… Bueno, qué más da. Lo que te decía. Que poco a poco te irás acostumbrando y sabrás moverte con agilidad. A mí al principio me costó un poco porque todas las puertas me parecían iguales.

—¿Y Sofía?

—¡Ah, es cierto! Sofía… está con sus clases. Matilde me dijo que, cuando esté con la profesora, tú nos echarás una mano en la cocina. Aquí hay mucho trabajo y nunca sobra gente. Pero cambia esa cara, mujer, ya verás que no es tan difícil como crees. ¿Te has enterado? ¿Repito algo?

—No, no, está bien —mentí de nuevo.

—Está bien, si tienes dudas, pregúntame. Hasta que Sofía acabe sus clases, hay que aprovechar el tiempo. Acompáñame a la cocina, que vamos a prepararle la merienda. Mira, así ya se la subes tú, ¿qué te parece?

—Me parece bien.

La frialdad que desprendía la escalera del servicio nos tragó de nuevo, fuimos directas a la cocina y, cuando quise darme cuenta, sobre la bandeja de plata que llevaba en las manos descansaban también mis nervios. Repetí el mismo camino sola, abrí la puerta y me topé de nuevo con la escalera. Hice equilibrios para coger la bandeja con una sola mano y con la otra me agarré a la barandilla para que mis inseguridades no me hicieran caer. La escalera me parecía distinta, pero la subí. El roce de los dedos contra la piedra fría delató la tensión que desprendía mi cuerpo mientras mi cabeza trataba de hacer un esfuerzo por reproducir el recorrido y las infinitas indicaciones que me había dado Candela. Había sido tan pesada que ahora dudaba a cada paso.

Mis pies se movían inconscientemente en un tembleque irracional. Cuando bajé la vista al suelo, reparé en que el dobladillo del vestido estaba descosido. De pronto, no sé cómo, pero al salvar el último escalón me tropecé.

La bandeja se inclinó hacia delante, el vaso salió volando y, en un suspiro, el agua formó una estela brillante en el aire que aterrizó en un tejido oscuro. La mala suerte es que, en ese preciso instante, la persona que se cruzó en mi camino fue don Felipe.

El agua se derramó sobre su impecable atuendo, en el que se dibujaron pequeñas manchas húmedas. No pude hacer nada por impedir la tragedia. Estaba temerosa porque a mi mente regresó la imagen de Marcela cuando, sin quererlo, derramó sobre el traje de doña Leonarda un poco de té hirviendo. Preocupada por su reacción me apresuré a disculparme y a limpiar el desastre que yo misma había generado. Cuando me agaché para recoger los cristales del suelo me vi reflejada en la puntera de sus zapatos. Me impactó ver mi propia imagen. Definitivamente, estaba frente a una nueva Aurora que brillaba con otra luz gracias a mi estrella. Aproveché el reflejo para dedicarme una sonrisa. Alcé la vista y vi los botones pulidos de su chaqueta. El traje con sus bordados, sus charreteras doradas y sus múltiples condecoraciones le confería un aire de autoridad y distinción que solo un militar retirado de alta alcurnia como él podía exhibir. Todavía se apreciaba la huella de quien había sido un hombre fuerte y robusto, ahora castigado por el paso del tiempo.

Me daba miedo encontrarme frente a frente con él. Sin embargo, de reojo me pareció ver cómo asomaba una sonrisa a sus labios.

—No se preocupe, no es nada que no se solucione con un poco de aire. Esto secará enseguida. Tenga cuidado, no vaya a ser que se corte con los cristales. No recuerdo haberla visto antes.

—Soy… Soy Aurora Castro, señor.

—Aurora.

—Sí, desde hoy estaré al cuidado de Sofía.

—Ah, ya sé, la mujer del mercado. He oído la historia. Gracias por su atención. Me alegra conocerla en persona.

Mi cara en ese momento era un poema. No daba crédito a su reacción, tampoco a su amabilidad. Me quedé pensando qué podía contestar, pero él fue más rápido.

—No se preocupe, no pasa nada.

—Lo siento —volví a disculparme.

Don Felipe se metió en la habitación. Y así fue como nos conocimos. Fue tan bondadoso y amable que ni siquiera se atrevió a decirme que había subido por las escaleras equivocadas.

Desde el principio fue comprensivo y esa fue la tónica que caracterizó nuestra relación durante los meses de invierno. Siempre que nos cruzábamos me miraba con serenidad. Su gesto tranquilo lo complementaba con una atenta sonrisa. Él logró trasmitirme la confianza que necesitaba para integrarme en el pazo.

No me llevó mucho tiempo darme cuenta de que los despistes de Candela tenían nombre y apellidos. El culpable no era más que un joven criado de corazón noble. Me convertí en su cómplice. Cada vez que se las ingeniaban para pasar tiempo juntos, yo también me emocionaba porque me recordaban mucho a Luis y a mí. Ellos tenían toda la vida por delante.

Tampoco tardé demasiado en saber que lo único que aportaba al pazo Isabel Zárate, la duquesa, era su presencia. Tenía porte alto y la cara de porcelana. Su belleza era más que evidente, casi tanto como su inseguridad. Bailaba por el pazo de forma discreta, sin llamar la atención. Su presencia era una brisa suave que llenaba sutilmente el entorno de su elegancia. No tenía carácter, era una mujer muy influenciable. Y… ¿qué decir de Cándido? Era un alma bendita. Mi ángel de la guardia. No solo se preocupaba por mí, también lo hacía por todos los demás. Era el guardián de nuestro bienestar, especialmente del mío. Me arropaba como si fuese de mi propia familia.

Los primeros meses pasaron relativamente rápido. Mi vida había dado un giro muy grande, pero lejos de marearme era feliz. En el pazo me transformaba. Ahí cambiaba mis humildes trapos por un bonito uniforme con delantal adornado con encaje blanco de *camariñas*. Agradecía que no fuese negro, porque así podía olvidar que seguía siendo una joven viuda uniformada. Entre esas paredes me sentía una mujer libre de ataduras. Una mujer renovada, acogida en un nuevo mundo y en un nuevo hogar.

Sentía una inmensa gratitud porque aquella niña me hubiera devuelto la ilusión. Ese trabajo era un regalo caído del cielo, puesto que de alguna forma veía realizado parte de mi sueño de ser madre. Su sonrisa me enseñó que, por muy dura que fuese la caída, la vida emerge cada día con fuerza. Y solo depende de uno mismo aprovechar ese impulso para seguir adelante. Cada mañana corría entusiasmada y agradecida a la vida por la oportunidad de ocuparme de los cuidados íntegros de Sofía, desde que se levantaba hasta que se acostaba. El primero era sin duda mi momento favorito del día: me encantaba llegar a su cuarto y ver cómo todavía dormía enfundada en su rostro angelical. Me daba paz y sosiego. ¿Era casualidad?, me preguntaba. Nada lo era.

Cuando la despertaba se echaba a mis brazos y me rodeaba el cuello con toda su fuerza. Entre nosotras había algo muy especial que nos unía. Nos complementábamos, éramos cómplices. Sofía llenó mi alma con su alegría y su inocencia, y yo la arropaba con dulzura y ternura, dándole el cariño y la atención que necesitaba.

No puedo explicarlo con palabras, pero sabía en cada momento lo que ella necesitaba. No solo eso, sino que comprendía perfectamente cómo se sentía. Yo solo quería que se sintiese segura y feliz a mi lado, y en eso empleé todos mis esfuerzos.

La verdad es que el ambiente era maravilloso. Todos éramos queridos y apreciados. Don Felipe siempre nos trataba a todos por igual. Nos valoraba y nos recordaba que éramos una parte esencial del pazo. Yo sentí una energía acogedora que rápidamente hizo chispas y se convirtió en una conexión humana que nos unió a todos como si fuésemos una gran familia. Hasta que se hundió el pilar que nos sujetaba y todo cambió. Ese momento, por desgracia, llegó demasiado rápido.

Todo ocurrió por la noche, sin previo aviso. Pero yo no me enteré hasta la mañana siguiente, cuando llegué al pazo para comenzar una nueva jornada de trabajo. A diferencia de los demás criados, yo no era interna. Mi situación era otra, porque regresaba todos los días a casa con madre y, a primera hora, volvía para atender a Sofía y cumplir con las obligaciones que me encomendaban. Cuando llegué, la atmósfera estaba cargada de un silencio inusual. En la cocina reinaba un ajetreo distinto. Quise buscar en las palabras de Matilde una explicación, sin embargo, todos parecían poseídos. No se percataron de mi presencia hasta que Candela se acercó.

—Ay, Aurora, menos mal que estás aquí. Sofía te necesitará.

—¿Alguien me va a explicar qué está pasando? —pregunté con tono de enfado.

—¿No te has enterado? Bueno, cómo te vas a enterar, si tú no estás interna. Se trata de don Felipe, falleció anoche. Fue rápido, no hubo tiempo para reaccionar. Don Francisco, el médico, dijo que le falló el corazón.

—¿El corazón? Candela, no estoy entendiendo nada.

—Estaba bien, yo no sé qué es lo que le pudo pasar. De repente, empezó con un dolor muy intenso en el pecho y poco a poco fue perdiendo el conocimiento.

—Pero ¿qué pasó? ¿No vino el médico?

—Claro que vino, ya te dije que don Francisco no tardó en llegar. Pero nada pudo hacer por salvarle la vida. Una desgracia, Aurora. Fue todo muy rápido. Y mejor, así no sufrió demasiado...

«Don Francisco. Maldito médico. Ese era el que me diagnosticó nervios a mí, seguro que fue él quien se encargó de terminar con el pobre Felipe, con a saber qué diagnóstico o qué remedio», pensé.

—No puede ser, Candela. Pero si ayer me crucé con él y estaba tan sonriente y feliz como siempre.

—Sí puede ser, Aurora, no me lo voy a inventar. La muerte no avisa, llega cuando le da la gana. No puedo decirte más. Hay mucho trabajo por delante. Así que espabila.

«Qué me vas a contar a mí de la muerte, Candela, que está presente en mi vida todos y cada uno de los días desde hace varios meses». Quise desahogarme, pero no era el momento, ni el lugar, y probablemente tampoco la persona indicada para hacerlo, de modo que opté por tragarme mis pensamientos.

Antes de ponerme en marcha, me quedé un rato en silencio y volví a reproducir las palabras de Candela, ahora con más detenimiento. Mi corazón se encogió, con una mezcla de incredulidad y dolor. Sentí cómo el aire que había a mi alrededor me ahogaba como si fuese una sombra súbita y devastadora.

Otra vez la maldita muerte se cruzaba en mi camino. Y como siempre que ocurre cuando lo hace, lo revuelve todo, lo agita y ya nada vuelve a ser como antes. Se lleva un trocito de ti, aunque a mí me gusta más pensar que deja en mí un trocito de la persona que se lleva. Un recordatorio en vida, una pieza más. Al fin y al cabo, estamos hechos de pedazos de otras personas, de momentos fugaces que valen toda una vida y de momentos eternos que tratamos de que se esfumen de inmediato de nuestra memoria. Yo sumé una pieza más a mi composición, que hizo que mi propia estructura cambiase por completo.

Esa vez contemplé la muerte desde otra perspectiva e inevitablemente me comparé. No podía entender a doña Isabel. Parecía no inmutarse por el fallecimiento de su marido. No estaba enfermo, no había nada que presagiase tal final. Yo, sin embargo, creí enloquecer con la muerte de Luis, me rompí en mil pedazos, estuve a punto de perder la cordura, o tal vez lo hice. Y, desde entonces, me atrevería a decir que no la volví a recuperar. Supongo que cada uno vive el dolor de una forma diferente y que todas son igual de respetables. Pero su insensibilidad caló en mis sentimientos. ¿Cómo podía actuar con tanta indiferencia? ¿No lo quería? Pero… ¿qué sentido tiene compartir la vida con una persona a la que no amas?

La muerte de don Felipe no solo supuso un antes y un después en el pazo, también lo hizo en mi vida. Es increíble cómo todo pasa por algo y su inercia nos va llevando por un camino que está más que definido. A veces cuesta entender por qué suceden las cosas, pero la incógnita solo se resuelve cuando llega el final. Esa pregunta también aprendí a responderla con el tiempo.

16

Pazo de Albor, 18 de diciembre de 1903

Las gotas de lluvia golpeaban la ventana, marcando el ritmo al que transcurría la tarde. Sofía apoyaba la cabeza en el alféizar. Ahí se refugiaba cuando no podía más. A veces estaba tan cansada que se dejaba vencer por el peso de sus párpados, hinchados de tanto llorar.

Parecía la guardiana del pazo, se quedaba durante horas vigilando la plaza desde la ventana, esperando el momento en el que su padre regresara. Estaba triste y apagada. Era como un espejo para mi alma, en el que no pude evitar sentirme reflejada. Yo mejor que nadie sabía lo que era sentir ese vacío que solo el amor de un padre puede reparar. Pero eso ya no era posible, ni para mí, ni para ella. Por eso me senté a su lado y comencé a acariciarle el pelo, aunque ella ni se inmutaba. Un velo de melancolía cubría su mirada. Verla así hizo que me sumergiera en mis recuerdos y volviese a sentir aquella soledad tan aguda que me seguía pellizcando el corazón. Esa pieza, la que tenía el nombre de padre, no la volví a recuperar. Mi estructura aprendió a mantenerse en pie sin su cariño. Aunque no fue fácil, traté de adaptarme y continuar adelante, a pesar de que cada día luchaba por comprender un mundo que cada vez era más complejo.

—A mí la lluvia también me hace pensar —susurré queriendo compartir mis pensamientos con ella.

Sofía asintió, como si entendiese las palabras que todavía no había pronunciado.

—¿Sabes? A mí me pasó lo mismo cuando era pequeña. Por eso sé cómo te sientes, pero te prometo que jamás estarás sola porque yo estaré contigo para ayudarte —dije mientras le apretaba suavemente la mano.

Ella me miró como si quisiese saber más, pero optó por quedarse callada. La verdad es que escuchar su voz era realmente complicado. Sofía se comunicaba a través de sus silencios.

—Yo también me sentía sola y perdida porque mi padre no pudo estar conmigo todo el tiempo que a mí me gustaría, y eso me hizo estar muy triste. Pero tu padre ahora te mira desde el cielo y no querrá verte así.

Según hablaba, extendí los brazos y ella, con una mezcla de timidez y necesidad, se acercó a mí hasta que rápidamente nos fundimos en un abrazo.

Es fácil dar consejos desde fuera cuando en verdad su sentimiento de pertenencia familiar era inexistente. Yo me desvivía por cuidarla, la quería como a la hija que ya no tendría. Sofía era vulnerable y muy inocente. Sufría en mis propias carnes sus tormentos. Era la única que me preocupaba por ella. Doña Isabel apenas lo hacía. Eso tal vez explicaría su comportamiento.

Supongo que Sofía no se creyó mis palabras, pero tampoco me sorprendió. No podía pretender ser su salvadora cuando la pobre niña llevaba años soportando un vacío emocional inmenso. El único que trataba de cubrir esas carencias era don Felipe, y por eso ahora se sentía tan sola. No lo supo gestionar, y sus rabietas se multiplicaban. Había días en los que me volvía loca porque no sabía qué más hacer para ayudarla.

Un trueno irrumpió en la habitación y el estruendo la agitó, rompiendo la armonía del momento. Sofía salió corriendo y se perdió como una sombra por los pasillos. Tenía un don para escabullirse sin dejar rastro. Con el corazón agitado me incorporé y salí en su busca. Crucé el amplio pasillo, revisé de arriba abajo cada una de las estancias, pero ni rastro de la niña. Era más rápida que el destello del rayo. Seguí avanzando, puerta por puerta, en vano, hasta la última de aquel pasillo. Al acercarme, confirmé que estaba medio abierta por la luz dorada que se escapaba por la rendija. Aceleré el paso y respiré algo más tranquila. No sé por qué confié con tanta seguridad en que ese sería su escondite. Cuando me asomé a la puerta, me frené en seco.

En lugar de Sofía, era don Enrique quien estaba sentado en el despacho, deslizando con cierta inquietud los dedos entre documentos desordenados. Había llegado desde Madrid hacía dos días, tras enterarse de la muerte de su padre, y apenas lo había visto desde entonces.

Estaba todo el día ocupado, paseando de arriba abajo en el pazo, reunido o encerrado. Parecía un hombre reservado. Me quedé quieta contemplándolo hasta que, de repente, se levantó, dejó a un lado los papeles y comenzó a andar a paso lento. Parecía nervioso. Nunca había visto el despacho de don Felipe abierto, y él también se pasaba horas y horas allí metido. El escritorio de madera oscura estaba a mano derecha, delante de unas amplias estanterías llenas de libros con tapas de diferentes colores. En el centro, una chimenea daba calor a la habitación, y al lado un amplio sofá invitaba a descansar.

Don Enrique se detuvo delante de la chimenea, respiró profundamente antes de girarse hacia ella y alzó la vista. En lo alto, un cuadro con la figura de su padre lo apuntaba fijamente. Y en ese preciso instante en el que ambos se miraron el joven bajó rápidamente la cabeza, como si la presión por ser el hombre de la familia lo hubiese tumbado en un solo asalto. Supongo que no era una tarea fácil tomar las riendas, habría sido un golpe muy duro, y él era todavía muy joven para hacerse con la gestión del pazo, las tierras, los arrendamientos, y todo lo que eso suponía: personal, cuentas, préstamos, socios…

Con las prisas de encontrar a Sofía, había salido corriendo, y ahora que estaba parada sentí un escalofrío. Sin quererlo, estornudé, me había destemplado. Don Enrique me escuchó y, cuando quise reaccionar, ya era demasiado tarde porque venía directo hacia la puerta.

—Si… Siento mucho lo de su padre, estoy buscando a Sofía. Y como vi la puerta medio abierta, pensé que estaría aquí…

—Sofía no es una niña fácil. ¿Ha mirado en la habitación de mi padre?

—No, señor, nadie ha vuelto a entrar ahí desde que…, ya sabe…, desde su fallecimiento.

Él hablaba sin levantar la vista de los papeles que tenía sobre la mesa.

—Acompáñeme —dijo, y complementó su mensaje con un movimiento de manos.

Por un momento dudé, pensando si sería buena idea. Pero Sofía se había escapado bajo mi responsabilidad, así que sería mejor que yo misma acudiese en su búsqueda para evitar más problemas. Con todo, no lo hice convencida, más bien actué con cierto recelo. Caminaba justo por detrás de sus pasos. Atravesamos de vuelta el pasillo, me mareaba al dejar atrás con tanta rapidez las puertas, todas iguales. Hasta que don Enrique se detuvo. Todo estaba oscuro, pero, a medida que se abría la puerta, la luz entraba en la habitación de manera gradual. Esa claridad nos ayudó a observar con más detenimiento. Parecía vacía, pero una sombra se empezó a mover junto a la cama. Fue él el primero que se acercó, yo me limité a seguirle. Al lado de la pata trasera de la cama, Sofía se mecía abrazada a un gorro de su padre. La imagen me rompió en mil pedazos, quise acercarme para arroparla, pero su voz me frenó:

—No se preocupe, yo me encargo. Puede retirarse.

—Está bien.

Me despedí y salí de allí.

Cuando dejé a Sofía sola con don Enrique lo hice con una sensación agridulce. Era la primera vez que no la acostaba desde que empecé a trabajar en el pazo. Pero ¿quién era yo para desobedecer las órdenes de los señores y juzgar sus decisiones? No pude más que resignarme. Esa resignación fue la que me acompañó en el camino de vuelta a casa. Ahora que podía ver con más perspectiva, pensé en cómo había cambiado mi vida en tan poco tiempo. Me había alejado de Vila do Mar, también de las mañanas en el mar, de las charlas con Carmen y de los consejos de madre. Tomé esa decisión convencida porque necesitaba seguir adelante, pero era inevitable no sentir melancolía, sobre todo cuando pensaba en todo lo que me había dejado por el camino. Echaba de menos a madre, hacía mucho tiempo que no hablábamos tranquilas, que no compartíamos tiempo juntas, nos habíamos distanciado. Y eso me estremeció porque el tiempo nunca vuelve. Un nudo ahogaba mi garganta, parecía como si hubiese renunciado a mis raíces y a todo aquello que me representaba para vivir una vida que no me tocaba. Tal vez, como decía madre, mi destino estaba escrito, y yo me empeñaba en renunciar a él.

Antes de entrar en casa, me detuve delante de la puerta. Por un momento, dejé que la brisa me envolviera de nuevo con su aroma salado y su densa bruma. De pronto, me vi en mitad de un puente, a medio camino entre una vida y otra. A un lado Vila do Mar y al otro el pazo de Albor. Estaba paralizada sin saber qué camino escoger. El mar rompía contra los muros, recordándome que el tiempo pasa y pesa, y me obligaba a reaccionar. Quise salir corriendo, pero no sabía en qué dirección. Sabía que debía tomar una decisión. Miré de nuevo a cada lado y, aunque me daba vértigo, porque el mar era bravo y sentía que me atrapaba, no me quedó más remedio que hacerlo para salvarme. Fueron meses muy duros. Vila do Mar solo me recordaba a Luis, y yo sentía que tenía que sobrevivir. El mar batió de nuevo con fuerza, y sin mirar atrás cogí impulso y caminé hacia delante. Frente a mí, se imponía el pazo de Albor, y, aunque me daba miedo naufragar, yo, como las olas, también necesitaba impulsos, aunque a veces ahoguen.

Madre estaba sentada en la salita, remendaba una chaqueta oscura y roída. De pronto, levantó la vista y me miró con asombro, y con ese mismo asombro reparé en cuánto se había avejentado. Había envejecido años en cuestión de meses. Estaba apagada, el rostro, alicaído, y el pelo, blanco como la nieve. Necesitaba que cosiese los pedazos que se caían de mi corazón con las mismas agujas con las que zurcía. Me sentía infinitamente culpable, parecía como si la hubiese abandonado. Era egoísta por pensar en mí y no en ella.

Corrí hacia ella, sin dejar que el tiempo nos distanciase más. Ella soltó las agujas y nos fundimos en un abrazo. Su cuerpo seguía siendo mi abrigo, sentí su calor, pero esta vez con menos fuerza.

Antes de separarnos, le di un beso fuerte en la mejilla.

—Ya estoy aquí, madre.

—Sí, *filliña.* ¿A qué se debe que hayas regresado tan temprano?

—Hoy no he tenido que acostar a la niña —contesté mientras seguía mirándola con una mezcla de ternura y preocupación.

—¿Y quién lo ha hecho? —preguntó extrañada—. ¿Hay otra niñera? —Levantó levemente las cejas.

—No, madre. La ha acostado don Enrique, su hermano.

—Ah, sí, el señorito alto y elegante que volvió de la gran ciudad —comentó con un tono de voz débil.

—¿Qué dice, madre? —pregunté extrañada.

—Nada, *filliña,* que me alegro de que hayas venido antes, así puedo estar contigo —dijo agarrándome con dulzura la mano.

Yo la miré con cara de no entender qué estaba pasando. Quise preguntarle más, pero reparé de nuevo en su rostro y, con el corazón todavía encogido, me limité a acariciarle la mano y a cuidarla.

El mar revolvió mis pensamientos durante toda la noche y esa mañana me desperté igual de agitada que él. Vivía inmersa en mi nueva vida, tanto que ni siquiera había advertido cómo estaba madre. Duele enfrentarse al paso del tiempo de ese modo tan atroz. A veces estamos tan centrados en nosotros mismos que ignoramos cómo el tiempo erosiona nuestro alrededor. Prometí organizarme para pasar más tiempo con ella. Antes de salir de casa entré en su habitación y la besé en la frente mientras todavía dormía. Su piel tenía un tacto diferente, cada vez más arrugada. Tragué saliva mientras la acariciaba con las manos.

El día era gris, y aproveché su densidad para camuflarme en él. Crucé el camino terroso, y las calles serpenteantes me escupieron de nuevo al lado del mar. Me enfrenté a él y por primera vez lo miré sin miedos, sino con fuerza, sin retirarme. Sus olas comenzaron suaves, pero a medida que inyectaba en él mi furia, empezaron a elevarse. Eran sus pulsaciones vitales, me recordaban que seguía lleno de vida, furioso, embravecido. Rugía con tanta fuerza que sentí que me volvía a desafiar. Sin quererlo, tuve que retirar la vista. Otra vez ese maldito mar me había ganado el pulso. Ignoré la derrota y seguí caminando. A lo lejos, pequeñas embarcaciones se divisaban en el horizonte. Distinguí el movimiento coordinado de los marineros descargando con destreza sus capturas. Era primera hora de la mañana, volvían de faenar. Hay cosas que nunca cambian, y a pesar de todo el ritmo de la vida no se detiene. Las barcas se mecían suavemente entre las olas; ahora el mar parecía calmado. Tal vez solo embravecía cuando yo lo miraba. O acaso yo ya no podía verlo de otra manera.

En el muelle esperaban las mujeres con las patelas para recoger el quiñón y venderlo por las aldeas. También estaban los compradores. Parecía que la única que había cambiado era yo. Me quedé un rato observando la escena. Como si quisiera recordar aquellos tiempos pasados. Sin embargo, me llamó la atención una figura a lo lejos. Tenía un porte diferente, o al menos eso parecía a aquella distancia. Era raro, así que me acerqué para ver con más claridad. No sé por qué lo hice, porque tampoco tenía tiempo de sobra, todo lo contrario, había salido de casa con el tiempo justo para llegar puntual al pazo. Supongo que fue por inercia. Porque me llamó la atención, y ya está.

Caminé deprisa para tratar de acercarme con rapidez. Y cuando di un par de pasos, lo tuve claro. Esa silueta desentonaba al lado del mar. Afilé la vista y entonces confirmé que era don Enrique. ¿Qué hacía al lado del mar saludando a los marineros? Me froté los ojos, pero no era un sueño, porque cuando los abrí seguía ahí. «Esto tiene que tener alguna explicación», pensé mientras arqueaba las cejas. Tenía que descubrirla. Cambié mis pasos por unos más rápidos y cuidadosos. Me deslicé entre las casas pintorescas y aproveché cada objeto que había a mi alrededor como escudo para mantenerme fuera de su campo de visión. Me coloqué entre dos pequeñas embarcaciones amarradas a la vera del mar, y suspiré al recordar los tirones de trenzas que me daba madre cada vez que me despistaba cuando tenía que cuidar el pescado.

Las gaviotas que bailaban sobre mi cabeza eran los únicos testigos de mi avance. Definitivamente, nada había cambiado. Aproveché el hueco que había entre las dos barcas para observar con cautela. Ahí vi cómo el señor saludaba a los barcos, pero… ¿qué diablos hacía este hombre? Lo peor de todo es que los marineros le devolvían el saludo, y la escena se volvió todavía más difícil de entender para mí. La gente del mar somos de carácter cerrado. Nos cuesta abrirnos con todo aquel que está fuera de nuestro círculo. ¿Conocían a don Enrique? ¿Por qué lo saludaban? ¿Qué hacía ahí? La batería de preguntas que me resonaba en la cabeza crecía a un ritmo desmesurado. No entendía nada. El mundo estaba loco, o yo había perdido el norte. Mientras me perdía entre mis preguntas sin respuesta, él avanzaba por el muelle. Iba directo a la taberna de Manolo.

—¡Aurora!

Su voz me sorprendió antes que la palmada que me dio en la espalda.

—Me estoy colocando bien el zapato —dije antes de que me preguntara qué hacía metida entre esas dos embarcaciones.

—Bendito el que te vea —dijo Manuela con su irritante tono de voz.

Lo bueno de haberme encontrado con ella es que era tan ingenua que jamás habría pensado que, en verdad, no me estaba colocando bien el zapato.

—Sí, ya sabes que desde que estoy en el pazo no tengo tiempo para nada. Tú mejor que nadie sabes la dedicación que requiere —me apresuré a decir para tratar de escabullirme y librarme de ella lo antes posible.

—¡Ay, a mí me lo vas a decir! Pero lo que me tienes que contar bien es quién es ese hombre tan apuesto que llegó al pazo. La marquesa no habla de otra cosa, está encantada y revolucionada con su llegada.

De repente, mi mente colapsó: «¿La marquesa? Esa maldita marquesa. Pero… ¿qué está pasando aquí? ¿Todos conocen al señor? ¿Qué sabe la marquesa? ¿Por qué está encantada con su llegada?».

—Sí, está claro que tenemos que contarnos muchas cosas, Manuela, pero en otro momento porque ahora tengo que irme al pazo.

—Pero qué prisas me llevas, hay que ver lo cambiada que estás, Aurora. Venga, *muller*, marcha, marcha, no vaya a ser que pierdas el tiempo hablando con una amiga.

«Bueno, eso de amiga…», pensé. De amiga, amiga no tenía mucho. Simplemente vivíamos en un espacio reducido, y si a eso se le sumaba que casi éramos de la misma edad, estaba obligada a relacionarme con ella. Es cierto que Manuela y Sabela eran simpáticas, pero para un rato. Eran demasiado chismosas. Y yo no me identificaba demasiado con gente así. Ahora me daba cuenta de tantas cosas…

Le contesté con un silencio. Volví a mirar hacia la taberna de Manolo. Don Enrique seguía allí, pero yo me tenía que ir. No contaba con encontrarme con Manuela, su presencia había entorpecido mi plan, y ahora no me quedaba otra opción más que marchar para no levantar sospechas.

Caminé hacia el pazo enfadada, con la sensación de que todo el mundo conocía al señor menos yo. Madre decía que venía de la gran ciudad, Manuela, que la marquesa estaba encantada y revolucionada con su llegada. Y yo, que estaba en su propio pazo, no sabía nada de él, para mí era un auténtico desconocido. ¿Cómo era posible? Llegué a la cocina agitada, con la cofia ladeada y con el mandil desatado. Traté de unir los dos extremos mientras caminaba sofocada para unirme a las demás. Matilde me miró con rostro serio y los brazos cruzados. Yo bajé la cabeza, queriendo disculparme por haber llegado tarde. Nunca antes lo había hecho, pero es que tampoco me había visto hasta entonces en una situación así.

Me puse al lado de Candela, que me dio la bienvenida con un codazo suave.

—Tranquila, no pasa nada —dijo por lo bajo.

Yo le respondí con una mueca mientras prestaba atención a las palabras de Matilde.

—Vamos a ver, atentos todos, que hoy hay mucho trabajo. Doña Isabel dará una merienda, así que, además de las comidas diarias, habrá que preparar un menú dulce. Beatriz, tú como responsable de cocina te encargarás de ello. Ahora vemos cómo repartimos el trabajo y cómo lo organizamos todo. Candela, tú te ocuparás de airear las habitaciones, te echará una mano Aurora porque Sofía tardará en despertar, estará cansada. Jacinta, tú ayuda a Beatriz. Y Clara, tú…, tú ayuda a Aurora y a Candela.

«¿Sofía está cansada? No creo que tarde demasiado en despertar, si casi siempre lo hace a la misma hora», pensé.

—Ahora hablo contigo, Aurora —me sorprendió Matilde.

—Cándido, doña Isabel dice que hace frío. Hará falta más leña, dile a Gustavo y Ramiro que te ayuden con lo que sea necesario. No quiero otra queja suya. Que enciendan las chimeneas y que caldeen las habitaciones. Revisa que todo está en orden.

En ese momento miré de reojo a Cándido, que me guiñó un ojo. Siempre estaba pendiente de mí. Me sentía muy querida y arropada por él. Con una palmada al aire, Matilde disolvió la reunión, y cada uno se puso manos a la obra. Me acerqué a ella, pero estaba hablando con Cándido. Como era de mala educación interrumpir conversaciones ajenas, y Matilde era una obsesa de los modales, opté por unirme al corrillo que se había formado alrededor de Beatriz.

—¡Clara, sal al gallinero a recoger los huevos! —dijo con un tono de voz alto, al que enseguida le rebajó intensidad—. Lo veo salir cada mañana. Lo hace muy temprano, casi al mismo tiempo al que yo llego a la cocina para poner orden y planificar las comidas. El otro día estaba preparando la masa para el bizcocho y lo vi salir. Ayer vine antes a propósito, y, ¡zas!, volvió a hacer lo mismo. Y hoy… no está. Seguro que volvió a salir. Yo desde luego no sé a dónde va, tampoco es que pueda irse muy lejos, porque el carruaje no se mueve, pero no entiendo tanto misterio. ¿Qué hace en un pueblo tan pequeño?

—Pues tendrá tareas pendientes, Beatriz. Con la muerte de don Felipe, que en paz descanse —dijo Candela mientras miraba al cielo y se santiguaba—, tendrá un lío de narices. Estará haciendo gestiones o solucionando algún problema… Qué sé yo, tampoco hay que desconfiar.

—Yo no desconfío, ¿eh?, no pongas en mi boca palabras que no he dicho. Solo estoy diciendo que me parece raro tanto paseo, porque don Felipe apenas salía del pazo.

—Pues ya está, querrá airearse. ¿Quién no necesita de vez en cuando ver más allá de estas cuatro paredes? Además, si viene de la gran ciudad…, allí no hay mar. Supongo que será una novedad para alguien del interior rodearse de un paisaje así, querrá disfrutarlo…

—A ver, Candela, no me tomes por tonta. ¿O te crees que es la primera vez que don Enrique viene a Vila de Pazos? Esto ya lo conoce. ¿O te olvidas de sus visitas en verano?

—No, no me olvido. A ver, tampoco es que viniese tantas veces. Ya sabes que los señores no llevan mucho tiempo aquí. Y te digo otra cosa, no pretendas querer entender a este tipo de personas. Los señoritos y las señoritas están hechos de otra pasta. ¡Que haga lo que quiera! Mientras nosotros sigamos teniendo trabajo… a mí me da igual lo que haga —resumió Candela levantando los hombros.

—¿Y a qué se dedicaba don Enrique en Madrid? —pregunté.

—¿No lo sabes? —dijo Beatriz.

—Cómo lo va a saber, si lleva aquí poco tiempo —comentó Candela.

—Es verdad. A ver, tampoco es que nosotros sepamos mucho. Solo sabemos que heredó la pasión de su padre por defender la nación. Ya sabes que don Felipe fue un importante militar que se había retirado hace poco. Pues su hijo, Enrique, siguió sus pasos y, por lo que dicen, no le fue mal. Todo lo contrario, le fue mejor que a su propio padre, porque desde muy joven se convirtió en un gentilhombre de cámara de Su Majestad con ejercicio de servidumbre. Poco a poco fue escalando posiciones hasta convertirse hace unos años en el primer montero del rey Alfonso XIII. Su padre siempre nos lo contaba con orgullo. Ya sabes cómo era don Felipe... Por eso casi nunca venía al pazo. Estaba muy ocupado. Supongo que habrá sido un golpe duro para él tener que venir a Galicia y dejar su vida y su trabajo en Madrid.

—Pues sí, menudo cambio —dijo Candela—. No sé yo si esto le gustará mucho. Aunque, bueno, tampoco se le ve el pelo, anda todo el día liado.

Yo no daba crédito a lo que estaba escuchando. No sé qué me sorprendió más, si la vida de don Enrique, o que mi madre se enterase antes que yo de las cosas. No lo entendía.

—Aurora, tengo que hablar contigo. Se trata de Sofía.

Matilde me cogió por el brazo y me llevó al otro extremo de la cocina. Cuando pronunció el nombre de Sofía hizo que, por un momento, olvidara todo lo que había escuchado del señorito.

—¿Qué le pasa? —pregunté preocupada.

—Por la noche tuvo otro episodio de sonambulismo, y ya es el segundo en muy pocos días.

—¿Cómo que el segundo?

—Sí, yo tampoco lo sabía. Pero me lo acaba de contar Cándido. Como de costumbre, estaba revisando que el pazo estuviese bien cerrado. Ya sabes..., lo de siempre. Estaba cerrando las contras de las ventanas, asegurándose de que los cerrojos estuviesen pasados y los candiles apagados. Ya casi había acabado, solo le quedaba cerrar la puerta principal, pero, cuando llegó a la entrada, se encontró a Sofía sentada sobre el suelo de piedra del pórtico. Justo delante de las escaleras. Estaba encogida, descalza y temblando, con la mirada perdida, sumida en un sueño profundo. Cándido se asustó un poco porque no respondía a ningún estímulo y nunca antes la había visto así. Me explicó que se acercó a ella y, después de varios intentos, Sofía se despertó, pero lo hizo de una forma muy violenta. Estaba desorientada, así que la cogió en brazos y la llevó a su habitación. No tuvo más remedio que despertar a don Enrique, que, por lo visto, logró calmarla. Yo tampoco sabía nada, y Cándido no le dio más importancia.

»La cuestión es que ayer por la noche volvió a pasar lo mismo. Bueno, lo mismo no, pero parecido. Me lo ha contado Beatriz. Fue la última en salir de la cocina, porque ayer ya la había avisado de la intención que tenía doña Isabel de celebrar una merienda. Quiso adelantar trabajo y, cuando se metió en la despensa, se encontró a Sofía rebuscando entre los estantes. La pobre se asustó tanto al ver a la niña ahí que empezó a gritar y Sofía se despertó asustada. La diferencia, es que esta vez, Sofía, solo gritaba tu nombre. Estaba asustada y desubicada. No sabía qué hacía en la cocina, pero la criatura tampoco entendía por qué no estabas con ella. No paraba de repetir tu nombre.

—Mi niña —dije llevándome la mano al pecho—. ¿Por qué no me entero de estas cosas en su momento?

—Pues porque no estás aquí por las noches, Aurora. Y como comprenderás, no podemos ir a buscarte.

La preocupación corría por mi cuerpo más veloz que mi propia sangre.

—Don Enrique está preocupado. Ayer por la noche llamó al médico para que venga a explorar a Sofía. Debe de seguir durmiendo todavía, estará rendida. Por favor, estate muy pendiente de ella.

Escuchar la palabra «médico» hizo que la imagen de don Francisco apareciese inmediatamente en mi cabeza. No lo soportaba, era un farsante. Si a mí me había diagnosticado nervios... No podía pensar en qué haría con Sofía. Tal vez le diría que estaba loca, o que sería necesario trasladarla a un país lejano. No quise pensarlo más porque me estaba poniendo mala.

—Subiré ahora mismo a su habitación —contesté rápidamente a Matilde.

—Antes tienes que ayudar a Candela.

—Será mejor que lo organices de otra forma, Matilde. Sofía me necesita. ¿O no lo ves?

Matilde me miró fijamente, pero me dio igual: interpreté su silencio como una aprobación.

El día acababa de empezar, y yo ya tenía mil frentes abiertos. Lo que no me esperaba es que, lejos de calmarse las aguas, todavía se embravecerían más. Aproveché que estaba en la cocina para prepararle un vaso de leche caliente con un poco de miel a Sofía y enseguida subí a su habitación. Abrí la puerta con cuidado, dejé la bandeja sobre la mesa y me senté a su lado. La pobre dormía plácidamente, necesitaba descansar. Esos episodios nocturnos eran agotadores. Me sentía muy mal por no estar a su lado cuando más me necesitaba. Para mí cuidarla era una bendición, un regalo caído del cielo que me había devuelto la ilusión. Sabía que no compartíamos sangre y que tampoco debía encariñarme tanto con ella, no podía contemplarla como alguien de mi familia, y sin embargo, para mí lo era todo. Sentía una admiración especial por ella. Porque llegó al mundo cuando nadie la esperaba. Observarla era como ver el renacer de la alegría en un pazo que, con el paso del tiempo, se habría transformado en silencioso y apagado.

Sofía era una niña dulce, muy hermosa y alegre. Aunque era muy callada, su simple presencia devolvía al pazo una magia inocente. Continuaba dormida, pero empecé a acariciarle el pelo para que sintiese que no estaba sola, que yo estaba con ella. Ya había llegado para calmarla y cuidarla.

—Ya estoy aquí, pequeña —dije con un tono de voz suave.

Sofía empezó a dar vueltas y poco a poco se despertó. Se quedó mirándome fijamente hasta que esbozó una sonrisa. Yo seguía acariciándola.

—No te preocupes, ya no me voy a volver a ir.

Me levanté para abrir un poco las ventanas y dejar que la luz del día terminase de espabilarla. Pero antes de que me diese tiempo a regresar de nuevo a su lado, la puerta de la habitación se abrió de par en par con una brusquedad que alteró mis pensamientos.

—Don Francisco está aquí —advirtió Matilde.

Una cabellera perfectamente peinada de lado asomaba por detrás. Yo no estaba preparada para volver a encontrarme con ese hombre de rostro hipnótico y desafiante. Pero era demasiado tarde para poder evitarlo. Aproveché los últimos instantes antes de que se adentrase en la habitación para arrimarme a Sofía y estar a su lado. Le agarré la mano en un instinto maternal de protección. Aunque rápidamente trataron de sacarme del medio.

Los pasos de don Francisco resonaron en la habitación. Sofía lo miró y me apretó la mano. Supongo que esa era su forma de pedir auxilio.

—No te preocupes, yo me quedaré contigo —le susurré.

—Buenos días, señorita. Su cara me suena… Nos volvemos a encontrar. ¿Qué tal está de lo suyo? Tiene mejor aspecto.

«Maldito matasanos», pensé hacia mis adentros.

—Perfectamente, gracias por preocuparse, doctor —contesté en un ejercicio de contención que me sorprendió a mí misma.

—Tú eres la pequeña Sofía. Tu hermano me ha llamado muy preocupado, por eso he venido todo lo rápido que he podido. Veamos a ver qué te pasa…

«Ojalá no hubiese venido nunca», pensé. Su *modus operandi* seguía siendo el mismo. Primero sumergía sus manos en la maleta oscura, de ahí sacaba sus bártulos y rápidamente empezaba a explorar al paciente. Su mirada también seguía teniendo la misma intensidad. De nuevo sentí que me volvía a analizar, por eso traté de mirar hacia otro lado. Esta vez yo no era la paciente. Sin quererlo recordé la visita de don Francisco a mi casa. Sofía era yo, y esta vez yo era mi madre. Un escalofrío recorrió mi cuerpo.

—Esta niña está sana y fuerte como una roca. Lo único que le ocurre es que es sonámbula, pero eso no tiene mayor importancia. No es grave ni tampoco un trastorno. A medida que vaya creciendo, esos episodios acabarán desapareciendo. Lo que tienen que hacer para mayor seguridad, y, sobre todo, para actuar sin causarle ningún daño ni perturbación a la niña, es llevar a cabo unas rutinas y una vigilancia permanente nocturna, porque es probable que estos episodios se vuelvan a repetir. Y en estos casos, es mejor asegurarse que asumir riesgos. La niña es inconsciente en todo momento y sus actos son imprevisibles. Por eso, les recomiendo que se organicen para poder cuidarla por la noche.

—Gracias por venir, doctor, eso haremos. Le acompañarán hasta la puerta. Gracias.

La voz de don Enrique irrumpió en mis pensamientos. Ni siquiera me había dado cuenta de que él estaba presente. Cuando don Francisco abandonó la habitación, se quedó hablando con él. Matilde se acercó a nosotras.

—Cuídala. Yo bajo, que hay mucho trabajo.

—Marcha tranquila —contesté.

Inmediatamente Sofía y yo nos quedamos solas en la habitación bajo un silencio apaciguador que nos hizo recuperar la calma y la armonía que imperaba siempre que estábamos a solas.

—¿Qué tal estás, pequeñaja?

Sofía no me contestó con palabras, pero yo sabía interpretar perfectamente cada uno de sus gestos, así que le propuse un plan.

—¿Has visto qué día más soleado? Hará un poco de frío, pero, si quieres, podemos ir a jugar al jardín. Se me ocurren un par de juegos que seguro que no conoces —dije haciéndome la interesante.

Su cara se iluminó y, de un segundo a otro, brillaba más que el sol que comenzaba a reflejarse en la ventana.

—Pues ya está, no se hable más. Primero el aseo, luego un buen desayuno y después a jugar. Ya tenemos plan —dije mientras le apretaba la mano. Ver su cara de felicidad era la mejor de las recompensas.

Sofía era una niña tímida, suspicaz y observadora. Su mente inquieta estaba constantemente despierta. Enseguida me di cuenta de que era distinta. Se comunicaba con gestos, más que con palabras, y yo estaba convencida de que bajo sus silencios se escondía una inteligencia especial. Para tratar de entenderla, acudí como había hecho madre hacía años a la señora Carmela. Cuando me reuní con ella, llevé un objeto de la niña: un lazo que siempre ataba alrededor de las trenzas. Carmela llevó a cabo su ritual y su diagnóstico dio en el clavo:

«Esa niña tiene una mente tan inquieta que se revela mientras duerme. Es como una explosión inconsciente que a veces se manifiesta con sueños exaltados o con pequeñas pesadillas que luego muestra en episodios de sonambulismo, pero tiene un gran corazón. Se acerca solo a las buenas personas».

Todavía guardo en la memoria sus palabras, por eso me hizo tan feliz que esa pequeña no se despegara de mí.

Recordé aquella visita mientras peinaba a Sofía. Ya casi estaba lista, solo estaba apretando un poco más el lazo rojo que remataba su trenza dorada, cuando, de repente, volvieron a llamar a la puerta.

—Aurora, don Enrique quiere verte, te espera en su despacho. Ve, yo me quedo aquí con Sofía.

—¿Don Enrique quiere verme? —pregunté extrañada.

—Sí, vamos, espabila. ¿Qué parte es la que no entiendes?

—Voy —dije mientras terminaba de colocar bien el lazo—. Ahora vengo, Sofía, no te preocupes.

Me levanté y crucé un gesto de preocupación con Candela, que me respondió con inquietud.

«Maldita sea. ¿Quién me mandaría espiarlo esta mañana? Seguro que se dio cuenta y ahora vendrá la reprimenda correspondiente. O sabe Dios qué me querrá decir». Mi cabeza daba vueltas mientras caminaba hacia el despacho. Menos mal que no había mucha distancia, porque el camino se me estaba haciendo eterno. Avancé con temor a conocer el porqué de aquella citación. Quería encontrar una explicación antes de que él mismo me la diese, así ya estaría preparada para lo peor. En los últimos metros, rogué con devoción que no me quitaran a Sofía, que, por favor, me dejasen seguir a su lado cuidándola. Antes de cruzar la puerta, tragué saliva, levanté la mano y advertí con un toque de mi presencia.

—Soy Aurora.

—Adelante, la estaba esperando —dijo sin levantar el rostro de los papeles que hojeaba.

«Qué obsesión con los papeles», pensé.

Al aproximarme a él, vi cómo su rostro estaba relajado y respiré tranquila.

—Buenos días, siéntese ahí. —Señaló la silla con la mano—. Me gustaría hablar con usted.

«Qué maleducado, podía por lo menos mirarme a la cara».

—Buenos días —contesté con la voz entrecortada y un movimiento bajo de cabeza.

—Verá, señorita Aurora, quería agradecerle el acompañamiento y el gran cariño que le da a Sofía. Su inmensurable labor ha hecho que la sienta como una persona muy especial e indispensable en su día a día. Es admirable la delicadeza y el cuidado que muestra hacia la pequeña.

A medida que avanzaba su discurso, levanté la cabeza. Sin pretenderlo, nos sincronizamos, y él, por fin, levantó la vista de sus papeles desordenados.

Era la primera vez que nos encontrábamos frente a frente. Fue un momento tan efímero como eterno, porque jamás lo pude olvidar. Involuntariamente sentí un calambre que me obligó a retirar la vista. Me centré en observarme las manos, que se movían nerviosas mientras mis dedos jugaban a entrelazarse. Sin embargo, aunque me retiré algo asustada, sentí cómo me seguía observando. Recorría mi rostro, mis dedos. El silencio se adueñó de la habitación. Subí la cabeza levemente, y ahí vi cómo desprendía una luz diferente. Su mirada era especial, tímida pero atrevida, llena de curiosidad. También tenía cierto toque de vulnerabilidad que no esperaba encontrar en alguien de su posición. Era oscura y penetrante. Tanto que me desnudó el alma sin pedir permiso.

—Verá, quería decirle que… —Don Enrique empezó a tartamudear, sin dejar de mirarme—. Perdóneme. —Bajó la cabeza como si fuese su forma de coger aire—. Lo que quería decirle es que he estado hablando con don Francisco, el médico. Estoy muy preocupado por los episodios de sonambulismo tan continuados de Sofía. Por encima de todo, tengo que preservar y garantizar su bienestar. Creo que nadie mejor que usted puede cuidarla, por eso quería proponerle que se quedara interna en el pazo. No sabía que era la única que hacía noche fuera.

Cuando terminó su discurso, levantó la cabeza. Mi corazón casi dio un vuelco cuando me volví a encontrar de frente con él. No sé por qué extraño motivo no podíamos sostenernos la mirada más de un par de segundos. Pero esos segundos eran mágicos. Yo sentí una atracción diferente, estaba confundida, no entendía lo que estaba pasando. Por su forma de actuar, por su reacción, parecía que también a él le había sucedido algo parecido.

—Eh…, verá… —No sé por qué yo también empecé a tartamudear—. A mí… a mí también me preocupa mucho Sofía, es una niña maravillosa, y haré todo lo que esté en mi mano para cuidarla, pero esta decisión, si me disculpa, no puedo tomarla sola.

—No se preocupe, lo entiendo. Consúltelo y comuníqueme pronto su respuesta. Tendré que buscar opciones pronto si no la acepta.

—De acuerdo.

Don Enrique puso sus manos sobre la mesa, y yo sentí que me acariciaban. Antes de irme, ambos nos quedamos durante unos segundos mirándonos. Estaba atrapada, totalmente hipnotizada. ¿Qué me estaba pasando? Traté de levantarme lo antes posible, necesitaba salir corriendo, pero no sabía a dónde. Intenté mantener la calma. Nos despedimos con una última mirada furtiva, todavía alterada por aquella explosión inesperada.

—Le contestaré lo antes posible —prometí mientras tomaba el camino para volver a la habitación de Sofía.

—Está bien, espero su respuesta.

Durante todo el día sentí que mi corazón palpitaba con fuerza, mi cuerpo temblaba, pero por dentro me abrasaba. Ese impulso que pedía a gritos salir no lo podía dominar.

—Pero... ¿qué te pasa? Estás roja —dijo Candela.

—Nada, ¿qué me va a pasar? ¿Tú no tienes calor?

—Hombre, pues qué quieres que te diga, estamos en pleno invierno, calor, calor..., pues no, no tengo.

—Bueno, ya me quedo yo con Sofía. Gracias, Candela.

—Aurora, ¿estás bien?

—Perfectamente.

—Vale, vale... ¿Qué te ha dicho el señor?

—Nada, simplemente quería preocuparse por los cuidados de Sofía.

—Está bien, bueno, si me necesitas, estaré en la cocina, o bueno, donde Matilde quiera que esté. Ya sabes...

—Sí, gracias. Si te necesito, te busco, descuida.

—Bien. Bueno, pequeña, te quedas con Aurora, yo me voy —se despidió Candela, y le acarició suavemente la cabeza.

Sofía se abrazó a mí, y yo agarré fuerte su diminuto cuerpo.

—¿Sigues teniendo ganas de jugar en el jardín?

—Muchas.

—Pues vamos.

El jardín de ese pazo nada tenía que ver con el del pazo de Baleiro, diminuto en comparación con el del Albor. Era muy extenso y tenía una riqueza botánica difícil de encontrar, ni siquiera juntando todos los pazos aledaños. Contaba con varios accesos. Se podía acceder a través de una huerta llena de viñas desde la parte lateral del pazo, pero mi acceso favorito era a través de una pasarela de piedra. Solo había que cruzarla y luego bajar unas escaleras acaracoladas.

A Sofía le encantaba jugar junto al estanque circular. Al lado había dos bancos, donde nos solíamos sentar a merendar, a charlar o a leer cuentos. Pero ese día lo dedicamos a coger flores. El jardín estaba precioso, con la explosión de las camelias de las que meses atrás me había hablado Cándido. Por no hablar de las gardenias que me hacían suspirar cada vez que las encontraba frente a mí. Eso me hizo recordar que hacía varios días que no iba a visitar a Luis, así que aproveché para prepararle un pequeño ramo.

—Sofía, ¿qué te parece si me ayudas?

—Vale —dijo entusiasmada.

—Mira, vamos a aquel árbol de allí, ¿ves las flores blancas? Pues tienes que ayudarme a coger las que estén un poquito más feas. Así las retiramos para que el árbol quede bonito y al mismo tiempo les damos otro uso. ¿De acuerdo?

Sofía corrió al árbol y comenzó a retirar aquellas que lucían un poco más oscuras. Le encantaban las flores, la verdad es que contagiaban alegría entre tanto color y aroma.

Cándido apareció a lo lejos con unas tijeras de grandes dimensiones.

—¿Qué hacen estas señoritas? —preguntó con un tono amable.

—Aurora y yo estamos recogiendo flores, pero solo las que estén un poquito más feas —dijo Sofía.

Cándido me miró con las cejas levantadas. Rápidamente le contesté dándole la explicación que me pedía.

—Como sé que le encanta recoger flores, pensé en aprovechar para retirar las que estén un poco más marchitas y así utilizarlas para hacerle un pequeño ramo a Luis.

—Puedes coger las flores que quieras, olvídate de las marchitas. Mira, estas de aquí —dijo señalando unas que estaban a lo alto.

Cándido se acercó con las tijeras y cortó el tallo de tres gardenias relucientes y se las dio a Sofía.

—Toma, ponlas en el ramo, que así queda mucho más bonito, ¿no crees?

—La verdad es que sí. Gracias.

—Ni se te ocurra volver a coger las flores marchitas. Coge sin miedo las que te parezcan más bonitas, para eso están —dijo Cándido.

—Gracias —contesté mientras mi cara se pintaba de un tono rojizo más oscuro que el de las camelias.

—No hay de qué.

Sofía salió corriendo con el ramo de gardenias en la mano. Era muy inquieta y pronto se cansaba de los juegos. Bastante tiempo había conseguido tenerla entretenida en el jardín. Sin perderla ni un segundo de vista, fui detrás. Cruzamos de nuevo la pasarela y regresamos al pazo.

El olor dulce me recordó que la merienda de doña Isabel estaba en pleno apogeo. Así que me aseguré de agarrar bien el ramo con una mano y a Sofía con la otra para evitar fugas inesperadas. Antes de entrar en su habitación, pasamos por delante del salón de papel pintado. Realmente no se llamaba así, pero nosotros lo habíamos bautizado con ese nombre para distinguirlo de los demás. Para mí era el más bonito. El protagonista indiscutible era un papel con grabados orientales que cubría las paredes azules del salón, dotándolo de una elegancia distintiva. La primera vez que lo vi me encandiló. Calculé que tendría un gran valor y una antigüedad, por lo menos, de cien años. Además del papel pintado, el salón tenía una amplia lámpara que colgaba del techo y dos sofás tapizados de color salmón, acompañados por una mesa central, varias esculturas en cada una de las esquinas y pequeñas sillas dispuestas alrededor de la mesa.

Primero vi a doña Isabel, estaba de frente. Desde que falleció don Felipe, no dejaba de jugar a los naipes. Al lado, de pie, con una bandeja en la mano y con cara de poca paciencia estaba Candela, que me miró pidiendo auxilio. Me hizo gracia su expresión. Pero lo que más me llamó la atención fue, precisamente, lo que no pude ver con precisión. De espaldas, un sombrero con plumas desordenadas sobresalía del respaldo. Sabía perfectamente dónde había visto ese sombrero, por eso pasé de largo rápidamente, como si quisiera ser invisible. Pero mi corazón empezó a latir de forma descontrolada, no solo por aquel sombrero, sino porque a lo lejos del pasillo se acercaba don Enrique. Quise meterme en la habitación con Sofía, pero la pequeña lo llamó a gritos.

—Enrique, mira qué he hecho con Aurora —dijo señalando el ramo de gardenias que tenía en la otra mano.

De nuevo, nos cruzamos, y una llama se reflejó en sus pupilas. Él ni siquiera se molestó en mirar el ramo. Me miró fijamente a mí, y yo tuve que coger aire para poder seguir respirando.

—Hemos estado cogiendo flores, a Sofía le encanta, ¿verdad? —traté de explicarle.

—Sí, pero estas son para que tú se las lleves a Luis —dijo la niña.

Una batería de emociones me recorrió el cuerpo. La niña, que siempre estaba callada, habló en el momento menos indicado. Bajé la cabeza y se me escapó una risa nerviosa. «Bendita sinceridad la de los niños», pensé.

Él también sonrió, y en ese momento aparentemente incómodo los dos descubrimos nuestras sonrisas. Sus ojos me habían parecido magnéticos, pero aún no sabía que su sonrisa lo era todavía más.

—Está bien, me encanta verte tan feliz con Aurora —dijo con un tono de voz amable—. Son muy bonitas las flores, tiene buen gusto —dijo entonces observándome fijamente.

Yo me quedé sin respuestas. ¿Qué me estaba pasando? O mejor dicho, ¿por qué me estaba pasando aquello?

Sofía y yo seguimos jugando hasta que se quedó dormida. Todo había acabado, las invitadas se habían ido a sus casas, y yo quise aprovechar para salir corriendo del pazo.

Antes de irme, apareció Candela para hacerme el relevo.

—¿Qué haces aquí? —pregunté.

—Órdenes del señor Enrique hasta nuevo aviso.

Supe que ese nuevo aviso llegaría cuando yo comunicase mi respuesta. Mientras tanto, había organizado al personal de servicio para que Sofía no pasase ninguna noche sola. Candela no me dio más explicaciones. Imaginé que lo hizo para no presionarme. El caso es que estaba aturdida. Había sido un día muy complicado desde primera hora de la mañana. No entendía nada de lo que estaba pasando. Tenía muchas incógnitas en la cabeza.

No sabía qué hacía el señor en el muelle, tampoco por qué la marquesa estaba en el pazo jugando a las cartas con doña Isabel. ¿Estaba segura de que era la marquesa? ¿Era realmente consciente de lo que eso significaba? Parecía anestesiada. Me estaban pasando tantas cosas en tan poco tiempo que había perdido la capacidad de sorprenderme. «No podía ser ella, habrán sido los nervios, o… ¿qué pasa?, ¿ese sombrero solo podía pertenecerle a ella? ¿Acaso nadie más podía tener uno igual? Tal vez fuese parecido», pensé. Daba igual, lo más difícil de explicar era esa sensación que recorría mi cuerpo desde que mis ojos se encontraron de frente con los de don Enrique.

Necesitaba olvidarme de todo por un momento, necesitaba hablar con Luis. Por eso, antes de regresar a casa, fui al cementerio. La noche cubrió el pazo en un manto oscuro, y a mí con él. Dentro de mí latía la necesidad imperiosa de encontrar respuestas en el único lugar que me ofrecía consuelo. Salí todo lo rápido que pude, en la mano llevaba el ramo de gardenias. Su fragancia me envolvió en un aroma de momentos felices. Y con la compañía de otros tiempos mejores, caminé hacia el cementerio. Cuando llegué, una mezcla de emociones inundó mi ser. Hay cosas que nunca se asumen del todo, y yo no me acostumbraba a tener que encontrarme con Luis en ese lugar tan desangelado. Me dejé llevar por su solemnidad y caminé despacio hacia su tumba. Quería ser cuidadosa, siempre me daba miedo interrumpir el descanso de los que allí yacían.

Con delicadeza coloqué el ramo sobre su tumba y me arrodillé frente a ella. Sin quererlo, mis pensamientos comenzaron a hablar, con una intensidad que no pude controlar.

—Otra vez estoy aquí, Luis. Como ves, mi vida cambió por completo desde que te fuiste, y, aunque intento asumirlo, me resulta muy difícil. Ya sabes que no me acostumbro a que no estés, tampoco a vivir sin ti. Pero en días como hoy es especialmente complicado no tenerte a mi lado. Siento que no tengo fuerzas para enfrentarme a todo yo sola. Tengo que tomar decisiones y no sé cuáles son las acertadas, si es que existe alguna. En el pazo soy feliz, me siento bien conmigo misma, y eso hace tiempo que no pasaba. Sofía me ha devuelto la ilusión. Jamás podré cumplir mi deseo de ser madre y tener un hijo contigo, pero cuidándola siento que ese anhelo en cierto modo se calma. También siento que renuncio a mis raíces. No sé por qué, pero ya nada es igual cuando estoy en Vila do Mar. Todo es distinto, aunque tal vez la única que ha cambiado soy yo y no me doy cuenta. No soy capaz de volver a mirar el mar, mis fuerzas flaquean, y mi mundo se derrumba cuando pienso que me arrebató lo que más quería. Parece que cada día me alejo un poquito más de todo lo que representa, de Carmen, de Jesús, de los niños…, de madre… Por cierto, ella se apaga poco a poco, y yo no sé qué hacer para evitarlo. Trato de cuidarla, pero hay algo en su interior que ya no es igual que antes. Me siento culpable, Luis. No sé si lo estoy haciendo bien, todo es muy difícil. Necesito sacar todo lo que llevo dentro. Necesito… Luis, necesito contarte que estoy confusa, aturdida, que me suceden cosas que no sé por qué me ocurren.

Hice una pausa para coger aire…

—Luis, perdóname, pero necesito ser sincera. Hoy sentí cómo mi corazón volvía a latir, yo no quería. No sé por qué lo hizo sin pedirme permiso. Sucedió sin ningún tipo de explicación. Llevo todo el día con esa sensación en la cabeza, tratando de buscar una respuesta, pero no lo puedo entender y tampoco lo puedo olvidar. Perdóname, Luis, no sé qué es lo que me está pasando. Te estoy fallando.

Me agobié tanto que rompí a llorar. Otra vez me había destruido en mil pedazos. No entendía qué me estaba pasando. Quise dar media vuelta, pero todavía no estaba preparada para irme. Necesitaba quedarme un rato más. Sin embargo, un ruido cercano frenó mi llanto. Me levanté con la cara desencajada y me acerqué a la puerta con cierto temor, pero, por más que miré hacia todos los lados, no vi nada raro. Me acerqué de nuevo a la tumba para darle un beso y, entonces sí, regresé a casa.

17

Pazo de Albor, 24 de diciembre de 1903

Me levanté temprano. Tenía que ir a hablar con Manolo y averiguar qué diablos estaba pasando con don Enrique, porque seguía sin entender qué hacía en el muelle, y mucho menos en su taberna.

Me vestí rápido, le di un beso a madre y cerré la puerta de casa. Era muy pronto, pero así me aseguraba de tener tiempo suficiente para completar la misión sin volver a llegar tarde al trabajo. Aunque, a esas horas, la gente del mar ya estaba más que despierta. Pasé por delante del arenal, estaban mariscando, pero aquella mañana ni siquiera miré de forma desafiante al mar. Fui directa a mi destino. Tampoco me molesté en ser discreta, me daba igual si me veían.

No era habitual que las mujeres entrásemos en las tabernas. Ese era un lugar para hombres. Nosotras nos quedábamos a la puerta, hablando, cosiendo redes o haciendo cualquier otra cosa.

—¡Manolo! —grité mientras me asomaba a la puerta.

—Aurora —me respondió una voz desde dentro—. ¡Cuánto tiempo! ¿Cómo estás?

Mi decepción fue creciendo cuando vi que era Mariña la que salía de detrás de la barra y se acercaba hacia la puerta frotándose las manos con un trapo.

—Bien, Mariña, estoy bien. ¿Y vosotros?

—Por aquí todo sigue igual. Hace mucho tiempo que no te veía.

—Sí, lo sé. ¿No está Manolo?

—No, salió a un recado, pero no creo que tarde en venir.

—¿Un recado? ¿A estas horas? —Fruncí el ceño.

—Anda liado con unos asuntos suyos…

Aquella patraña no tenía fundamento alguno. ¿Desde cuándo Manolo estaba ocupado con asuntos propios? Si su único asunto era la taberna…

—Ay, ven aquí —dijo Mariña mientras cruzaba las manos por debajo del pecho y miraba de un lado a otro para asegurarse de que nadie la escuchaba—. El otro día naufragó un barco, un buque inglés muy cerca de la ría.

Al escuchar la palabra «naufragó» se distorsionó todo a mi alrededor. Mariña se dio cuenta de que mi cara se había vuelto blanca.

—No, bueno, esta vez no hubo que lamentar ninguna víctima, afortunadamente. Pero el buque perdió toda la carga, y los vecinos la guardaron en sus galpones. Había cosas útiles y ahora… las utilizan como contrabando. Yo ya le dije que no era buena idea, pero tienen unos licores y unas cosas que le interesan, y fue hasta allí con Armando.

La miré con cara extrañada, pero la historia era convincente. Mariña no me mentía, porque ella no tenía tanta imaginación como para inventarse algo así.

—No digas nada o nos buscarás la ruina, a mí sobre todo, no sé yo para qué hablo tanto. Manolo siempre me dice: «¡Estate *caladiña,* que estás más guapa!», y ya me estoy arrepintiendo.

—Tranquila, yo no tengo a nadie a quien contarle estas historias, y sabes que, aunque lo tuviese, tampoco lo haría.

Mariña me hacía mucha gracia. Siempre decía que no contases nada, sin embargo, no tardaba ni medio segundo en cantar. Tenía una facilidad para confesar las cosas… Aproveché que tenía el terreno preparado para pillarla un poco desprevenida y preguntarle por don Enrique.

—Lo sé, Aurora, lo sé. Bueno, ¿y tú cómo estás? ¿Qué tal está tu madre?

—Bien, estamos bien. ¿Cuándo dices que viene Manolo?

—No creo que tarde mucho, a mí nunca me deja sola en la taberna. Esta es la primera vez que lo hace. Me dijo que venía pronto y ya marchó hace un rato. ¿Por qué lo preguntas? ¿Necesitas algo?

—No, solo tenía que darle un recado de parte de don Enrique, el señor del pazo —dije haciéndome la interesante por si picaba el anzuelo.

—Ay, sí, don Enrique, qué buen hombre —dijo frotándose las manos.

La miré con cierto recelo y enseguida cantó:

—Hoy me voy a meter en un lío por hablar contigo.

—No voy a contar nada. ¿Qué es lo que pasa?

—Tú lo sabrás bien si trabajas allí…

La volví a mirar, invitándola a explicarse mejor.

—Es muy buen hombre. A mí me sorprendió mucho, sobre todo para una persona con un rango de señorito. No hace mucho que viene por aquí, al principio solo se quedaba en el muelle saludando a los barcos, pero después de unos días, vio que los marineros al terminar la jornada venían a la taberna, y él se quiso interesar por ellos. La primera vez que lo vi entrar por la puerta casi me da algo, con ese traje y ese porte, pensé que era la guardia, que venía a llevar preso a Manolo. Pero cuando le vi la cara, con ese gesto sincero y amable, me sorprendió tanto que me hizo desconfiar. Digo, este es un espía, o un engaño, una trampa…, qué sé yo. Una persona así en un lugar como este… ya me dirás tú…

No podía creerme nada de lo que me estaba contando Mariña, ahora sí que no entendía nada.

—Pero espera, mujer, que no he acabado, si solo acabo de empezar.

Me agarró del brazo. A este paso, iba a volver a llegar tarde al pazo.

—Se presentó como Enrique y, cuando vio a los marineros sentados ahí en las sillas tomando aguardiente, los volvió a saludar y les preguntó por su trabajo. Imagínate la cara de Jesús, o la mía, que estaba detrás de la barra con la boca abierta.

La verdad es que no, no me lo podía imaginar. Me estaba quedando atónita.

—Claro, al principio nadie le contaba nada, ya sabes que aquí la gente no suelta prenda, pero debieron de darse cuenta de que no tenía malas intenciones, y ahora lo saludan cada día desde el muelle. Ayer vino a hablar con Manolo…

—¿Y para qué?

—Le dijo que admiraba el trabajo de la gente humilde y trabajadora. Y que quería ayudarlos.

—¿Ayudarlos?

—Sí, sí, ayer dejó pagadas las rondas de toda la semana. Le dijo a Manolo que, cuando volviesen los marineros de faenar, les pusiese una ronda, que corría de su cuenta. Eso sí, también le dijo que la única condición era que guardase el secreto de que era él quien pagaba. Yo ya le dije a Manolo, no entiendo tanto secretismo, si está haciendo el bien. Pero Manolo ya me dijo que querría ser discreto.

—Me dejas pasmada.

—Mujer, si trabajas en el pazo, ya sabrás cómo es, no tiene que sorprenderte tanto.

—Sí, sí, es un buen hombre, de eso no hay duda —contesté rápido para atajar la conversación.

—Bueno, ¿qué? ¿Qué era eso que le tenías que decir a Manolo de parte de don Enrique?

—Ah, nada, nada. Será mejor que se lo cuente yo en persona. Ya vendré por aquí en otro momento. No le digas que estuve aquí, tampoco a don Enrique, a mí, como a él, también me gusta ser discreta.

—No sé a qué andáis con tanto secretismo. ¡Si al final aquí todo se sabe, mujer!

Razón no le faltaba…

—¡Gracias, Mariña!, será mejor que me vaya o volveré a llegar tarde a trabajar. ¡Nos vemos pronto! —dije cuando ya estaba de espaldas.

—Estás más rara… Tiene razón Manuela.

Eso último hice como que no lo escuchaba. Seguí el camino hacia el pazo con la única compañía de mis pensamientos. Cuando quería saber qué hacía don Enrique en la taberna de Manolo, jamás me imaginé lo que acababa de escuchar. Me esperaba cualquier tipo de explicación menos esa. Me había dejado confundida a mí también. Es cierto que ese tipo de comportamientos hacían desconfiar. Mariña tenía toda la razón.

«Esto tiene que tener alguna explicación, tiene que haber algo que se me escapa», pensé. No podía ser así de simple. Pero… ¿quién era yo para juzgarlo tan pronto? Apenas lo conocía. Y lo poco que conocía me había dejado totalmente extrañada. Las preguntas se seguían agolpando en mi cabeza. Y entre tanto ruido no había tenido tiempo de pensar la respuesta que le daría. En el fondo, yo sabía que tenía que decirle que sí. Eso lo supe desde el momento en el que me lo propuso. A veces, sabemos de sobra la respuesta, pero la dilatamos porque nos da miedo enfrentarnos a ella. Eso es…, eso era exactamente lo que me pasaba. No me atrevía a enfrentarme a mis decisiones. Sofía me necesitaba, o, mejor dicho, yo la necesitaba a ella. Pero eso tenía un precio muy elevado porque tenía que renunciar a pasar tiempo con madre y me había comprometido a cuidarla. No sabía qué hacer, quiero decir que no sabía cómo hacerlo. Me iba a explotar la cabeza.

Cuando llegué al pazo, traté de evitar al señor, así ganaría un día más para madurar mi decisión. Y todo lo que fuese ganar tiempo jugaba a mi favor.

Beatriz ya estaba en marcha con los fogones y Cándido corría de arriba abajo cargando leña para encender las chimeneas. Candela asomaba por la ventana, apurando la conversación con Ramiro. Cómo le cambiaba la cara cuando estaba con él. Yo sonreía desde lejos, porque sabía perfectamente cómo se sentía en esos momentos. «Ojalá nunca pierda esa inocencia», pensé.

Matilde todavía no estaba en la cocina, aunque fue cuestión de unos segundos.

—Buenos días.

Su voz resonó en la cocina, y todos nos agrupamos a su alrededor.

—Bien, como algunos ya sabéis, es nochebuena y además de la cena, hoy doña Isabel también ha decidido organizar una pequeña comida. Serán unas diez personas, y se servirá en el comedor principal. Beatriz, ya te expliqué el menú, organízalo bien. ¡En marcha!

—¡Madre mía, cómo está doña Isabel! Toda la vida a la sombra de su marido, y ahora decide pasar de un entierro a una celebración así… en cuestión de días. Me está dando el trabajo en la cocina que no me dio don Felipe en un año —dijo Beatriz.

—Algo tramará, si no yo tampoco entiendo a qué viene tanta reunión. Doña Isabel no se caracteriza por ser la persona más simpática, ni con más carisma de la zona —remató Candela.

—El que algo trama es don Enrique, ayer volvió a salir por la noche —dijo Clara.

—¿Otra vez? Pues ayer sí que no lo vi —comentó Beatriz.

—¿No te lo encontraste tú, Aurora?

—¿Y por qué me lo iba a encontrar yo, Clara?

—Pues porque salió del pazo poco después de ti.

—Pues no, como comprenderás pertenecemos a dos mundos diferentes. ¿Cómo me lo voy a encontrar?

—Yo qué sé, habría ido a dar una vuelta, tampoco es tan raro que te lo encuentres. Ni que este pueblo fuese una gran ciudad. No será tan difícil encontrárselo.

—Me fui directa a casa, Clara.

—Vale, vale, si yo no digo nada. ¿Qué tengo que hacer hoy, Beatriz?

—Ahora te digo, pero ve yendo a por los pichones.

—Está bien.

Me di la vuelta y abandoné el corrillo mientras ellas seguían organizando las tareas culinarias. Esa no era mi función, así que me centré en preparar el desayuno para Sofía y colocar todo en la bandeja. Cuando fui a la despensa, vi que en una de las estanterías había una bolsa con chocolatinas. Estaba abierta, y, tras asegurarme de que nadie me veía, me guardé una dentro de la manga. Sonreí cuando pensé en lo feliz que se pondría Sofía con la sorpresa.

Cogí la bandeja y subí por las escaleras del servicio. Estaba enfadada, pero no era por algo concreto, sino porque no entendía qué es lo que pasaba con don Enrique y, cuando no entendía algo, como sucedía en ese momento, que por más que trataba de encontrar una explicación lógica a su comportamiento lo único que encontraba eran más preguntas, pues me enojaba.

Cuando entré en la habitación de Sofía, respiré aliviada por no habérmelo encontrado en el camino. Como todos los días, dejé la bandeja sobre la mesita, abrí un poco las cortinas y me senté a su lado.

—Buenos días, pequeña mía. Ya estoy aquí. Tengo una sorpresa para ti.

Sofía se giró levemente hasta que dejó de darme la espalda.

—Mira qué tengo aquí —dije mientras sacaba la chocolatina de la manga.

Sus ojos se abrieron por completo.

—Toma, esto es por portarte tan bien. ¿Qué tal has dormido?

—Bien.

Se abrazó a mí para darme las gracias por la chocolatina. Sus brazos me rodearon por la cintura, y yo le di un beso en la frente mientras le acariciaba la cara. Rápidamente se incorporó para comerse la chocolatina. Un doble toque en la puerta hizo que yo también me incorporase.

—Buenos días. ¿Interrumpo algo?

Esa voz…

—¡Enrique! —exclamó Sofía y saltó de la cama para abrazarse a él.

—¿Qué tal durmió la princesa de la casa?

Ella reaccionó mejor que yo, que me quedé inmóvil, de espaldas, con temor a girarme.

—¡Muy bien! —contestó con un tono enérgico de voz—. Mira lo que me ha traído Aurora.

—Pero bueno… ¿Chocolate?

—Eh, sí, lo… lo siento, tal vez… yo… igual… eh… no ha sido buena idea… pero… —balbuceé a medida que me fui girando.

«Maldita sea, parezco tonta, ¿no sé hablar o qué?», pensé. Tartamudeaba solo de pensar encontrármelo de frente otra vez, y eso que todavía no había apartado la vista de las manos, que se movían nerviosas.

—No, no, está bien, no se preocupe…, no… no pasa nada.

—Un día es un día —dije queriendo atajar.

Todavía tenía a Sofía en brazos cuando nuestros ojos se encontraron de nuevo. Otro segundo, efímero y eterno. Una bala dulce que provocó un impacto permanente. Las dudas que bailaban en mi cabeza salieron volando como las gaviotas que danzan alegres sobre el mar. Sin lógica alguna me sentí arropada, como si él entendiese el caos que había en mi cabeza, o, mejor dicho, como si pudiese descifrarlo.

—¿Aurora se va a quedar esta noche conmigo? —preguntó Sofía.

—Sofía, ¿qué te expliqué ayer?

Ojalá yo tuviese la misma espontaneidad que ella, pensé, pero la verdad es que esa vez me molestó su pregunta. Sé que no lo hizo con mala intención. Su sinceridad era propia de su edad. Pero me recordó que tenía que tomar una decisión. Comunicarla, más bien.

—No se lo tenga en cuenta, interprételo como que ella también tiene muchas ganas de que se quede.

«Un momento. ¿Ha dicho que ella también? ¿Eso qué significa?». ¿Había escuchado bien? Tenía que procesarlo.

Desde fuera, me pareció ver movimiento dentro de casa. En la ventana de la cocina se movía una sombra, y eso no era nada habitual, por eso apuré los últimos pasos. «Solo falta que me encuentre a don Enrique también en casa», pensé. Lo cierto es que ese pensamiento fue revelador y me sirvió para darme cuenta de que estaba pensando en él. «Que ridícula soy», volví a pensar, aunque tampoco era tan descabellado, si tanto le gustaba pasear por el pueblo, visitar el muelle, la taberna de Manolo... Mi casa tampoco estaba tan lejos. «En fin, será mejor que entre y me deje de tonterías».

Cuando abrí la puerta, Carmen paseaba nerviosa de un lado a otro de la casa. Cruzaba de la sala a la cocina, y de la cocina a la sala.

—Carmen, ¿qué pasa? ¿Qué haces aquí?

—Aurora, menos mal que viniste. Es tu madre.

—¿Mi madre? —pregunté totalmente alarmada.

—No sabía qué hacer, si ir a buscarte al pazo o esperar a que regresaras. No sabía cómo hacerlo. No quería alarmarte.

—Me estás alarmando ahora, Carmen.

—Tiene mucha tos, no para, hay momentos en los que le cuesta respirar y parece que se ahoga.

—¿Desde cuándo? ¿Dónde está?

—Está peor desde esta mañana. Aunque me dijo que llevaba con esa tos infernal unos días. Está en la salita. Quise llevarla a la cama, pero le supone mucho esfuerzo andar, dice que siente mucho dolor en las articulaciones. Y yo no podía hacerlo sola. No tenía más ayuda, Aurora.

—Tendrías que haberme avisado, Carmen.

Madre, madre, perdóneme que no viniera antes. ¿Qué le pasa?

Estaba tapada con una manta, recostada en la silla. Fui corriendo y me arrodillé a su lado. Temblaba de frío, sus manos solo se movieron para encontrarse con las mías. Me acerqué más a ella y agarré fuerte su mano.

—Ya estoy aquí y no la voy a soltar —dije con un tono de voz desencajado. Sentí cómo el peso de la realidad me tumbaba.

Ella se apagaba. Su luz interior se había desvanecido. Sentí el esfuerzo que hacía para apurar los últimos minutos que quedaban de la mecha encendida.

Mi corazón se encogió, y algo se atascó en mi garganta. Sus ojos se cruzaron con los míos trasmitiendo, sin quererlo, un mensaje silencioso de despedida. Seguí agarrando su mano mientras le acariciaba suavemente la cara, como si así pudiese aliviar el sufrimiento que se manifestaba en cada línea de ese rostro, que siempre fue mi refugio.

La miré haciendo un último esfuerzo por no derrumbarme delante de ella. Me acordé de las despedidas de padre antes de ir al mar. Y traté de dedicarle una sonrisa, se lo merecía. Ella se lo merecía todo. Sus labios empezaron a temblar, pero no apartaba la vista de mi cara.

—Eres muy valiente, *filliña*. Estoy muy orgullosa de ti. Te quiero mucho.

En ese último suspiro, sus fuerzas se desvanecieron y mis ojos se cerraron justo después de los suyos.

No quiero decir que aprendí a humanizar la muerte porque eso sería algo demasiado fuerte. Pero sí podría decir que, desde el naufragio de Luis, aprendí a convivir con ella. Inevitablemente forma parte de la vida, y, aunque duele y te desgarra por dentro, al día siguiente todo continúa igual. La única que cambia eres tú. Y yo, malamente, como pude, traté de seguir adelante, colocando ahora la pieza de madre muy cerquita de mi corazón. Ella me daba el impulso que necesitaba para que latiera, la fuerza que a mí a veces me faltaba para enfrentarme a la vida con valentía, y también la templanza para mantenerme firme, siendo el pilar de mi estructura.

Sufría en silencio su pérdida. Pensaba que, como hija, no había estado a la altura, porque no estuve a su lado cuando me necesitaba. Me castigué por no darme cuenta de lo mal que lo estaba pasando. Me sentía egoísta por priorizar mi vida antes que la suya. Me enfadé tanto que rompí de nuevo con todo, y volví a descargar toda mi frustración gritándole al mar.

Pero nada iba a cambiar las cosas. Por eso, un día después de despedirnos, regresé al pazo. Sabía que iba a ser un día complicado. No solo porque tendría que enfrentarme a los mensajes de luto, sino porque tenía que comunicarle a don Enrique mi decisión.

Antes de poner un pie dentro, miré al cielo, cerré los ojos y me llené de fuerza. Todo lo que me había pasado en tan pocos meses me sirvió para saber enfrentarme a las adversidades con más fortaleza. Aunque nadie te prepara para lo más duro, que se llama vivir. Fui directa a la cocina, quise atajar el asunto lo más rápido posible. La primera en acercarse fue Beatriz.

—Lo siento mucho, Aurora.

A partir de ahí, escuché en bucle el mismo mensaje como si viniese de una realidad lejana. O tal vez… no tan lejana.

Candela me dio un abrazo, Matilde por primera vez fue cariñosa con sus palabras y Cándido… Cándido se acercó con la voz desencajada.

—Tu madre era una gran persona, lo siento muchísimo, Aurora —dijo mientras me abrazaba.

—¿Conocías a mi madre?

—Ya sabes que en este pueblo nos conocemos todos, tu madre era una luchadora nata.

—Sí, sí lo era, gracias, Cándido. Gracias a todos por vuestras palabras. Os agradezco el cariño y el respeto hacia mi madre. Matilde, ¿puedo hablar contigo?

—Dime. —Se acercó y puso su mano sobre mi hombro.

—¿Qué tal está Sofía? ¿Quién se ha ocupado de ella?

—Está bien, ayer se extrañó un poco porque no estabas y se angustió pensando que te había pasado algo malo. Bueno, perdona, quiero decir, ella pensó que te había pasado algo a ti, ya me entiendes…

—Sí.

—Durante el día se ocupó Candela y por la noche fue don Enrique quien se quedó con la pequeña.

—¿Don Enrique?

—Sí, ya sabes que se vuelca con su hermana.

—Está bien. Voy a prepararle el desayuno y enseguida subo a despertarla.

—Aurora.

—¿Sí?

—Candela se ocupará de eso. Don Enrique me comunicó que, cuando llegases, fueses a hablar con él. Te espera en el despacho.

—Pero ¿y Sofía?

—Ve a hablar con él.

Ya no podía dilatar más la decisión. En algún momento, esto tendría que pasar. Y cuanto antes la comunicase, antes me lo sacaría de encima.

—Soy Aurora —anuncié cuando estaba delante de la puerta.

—Pase, la estaba esperando.

Sentía que conocía ese despacho perfectamente. En los últimos días, era la tercera vez que lo visitaba, y siempre por el mismo tema, por Sofía.

—Antes de nada, déjeme decirle que lo siento mucho. Me enteré ayer de lo de su madre y quería decirle que la acompaño en el sentimiento.

Se puso de pie para recibirme y, desde que entré por la puerta, me acompañó todo el rato con la mirada. Yo tuve que volver a hacer un esfuerzo para no llorar desconsoladamente. Sentía que mis fuerzas flaqueaban cuando vi de nuevo la profundidad de sus ojos.

—Gracias —me limité a contestar, tratando de desenredar el nudo que tenía en la garganta—. Vengo a darle una respuesta.

—No hace falta que sea ahora —contestó con gesto comprensivo—. Puede tomarse unos días de descanso si es necesario.

Me sentía vulnerable, como si me estuviese desnudando frente a él sin quitarme la ropa. Mis miedos volaban por la habitación y la inseguridad se evaporaba con el último aliento de cada suspiro.

—No, está bien. Puedo quedarme hoy mismo. Solo necesito recoger un par de cosas —contesté tajante.

—Claro, lo que necesite.

—Solo una cosa. Me gustaría tener ciertos momentos libres para poder ir al cementerio. Lo necesito, es muy importante para mí.

—Cuente con ello. Pero pídamelo a mí cuando lo necesite, será más fácil si yo mismo lo organizo.

—Gracias.

—Gracias a usted por cuidar de Sofía y por tomar esta decisión en un momento tan complicado.

—Supongo que nunca hay un momento acertado para tomar decisiones —contesté alicaída mientras me puse de pie para irme.

—Espere.

Cuando lo escuché me quedé inmóvil. Paralizada por esa sensación tan extraña que recorría mi cuerpo cada vez que lo tenía delante.

Se agachó y, cuando se incorporó, un ramo de flores adornaba su mano. Lo miré tratando de entender qué estaba haciendo. Primero miró su mano y luego me miró a mí. Sus labios comenzaron a inclinarse hasta dibujar en su rostro una sonrisa.

—Tenga —dijo mientras se acercaba.

Yo seguía paralizada.

—Fue idea de Sofía, cuando ayer le expliqué que no podía venir, se alarmó. Enseguida me propuso ir al jardín y recoger flores, como hace con usted. Me pareció una idea estupenda. En vez de coger flores blancas, quiso recoger otras más coloridas. Tal vez no sea el mejor momento para dárselo, a ella le daba vergüenza, y le prometí que yo lo haría.

Siguió acercándose y, cuando estábamos a una distancia prudente, alargó el brazo. Yo hice lo mismo para recibir el ramo, aunque mis manos temblaban. No existía una distancia lo suficientemente prudente. Estábamos tan cerca que, sin quererlo, o sin querer evitarlo, sus manos rozaron las mías y yo sentí cómo un gusano trepaba por mi mano y rápidamente se transformaba explotando dentro de mi cuerpo en miles de mariposas que revoloteaban en mi interior.

Ambos nos miramos fijamente hasta que sus ojos bajaron por mi rostro, luego siguieron en caída libre hasta las flores y, al final, nuestras manos.

—Sofía las cogió con mucha ilusión.

—Son preciosas, ahora mismo le daré las gracias.

—Le gustará verle con el ramo. Así comprobará que yo también soy un hombre de palabra —bromeó—. Una última cosa. Puedo decirle a Cándido que la acompañe a recoger lo que necesite.

—Sí, está bien. Gracias.

Salí del despacho con la cara más colorada que las flores que descansaban sobre mis brazos. Y con la sensación de que las mariposas volaban todavía más descontroladas.

Madre ya no estaba, aunque su presencia permanecía en el aire como si todavía estuviera presente.

Cándido ojeaba con curiosidad desde detrás de mí.

—Espera aquí, cogeré un par de cosas y enseguida bajo. No tardaré.

Solo necesitaba tener conmigo el misal y un par de joyas que guardaba en casa. Lo hice rápido y, antes de irme, entré en su habitación y me senté en su cama. Acaricié las sábanas queriendo aferrarme a ella. También me puse su toquilla esperando sentir sus abrazos. Pero lo único que sentí fue un vacío que hizo que jamás pudiese volver a percibir aquellas paredes como mi hogar. Nada quedaba de él. Ni madre, ni padre, ni Luis.

—Ya está, ya lo tengo todo —dije mostrándole el pequeño saco que llevaba en la mano.

—¿Segura?

—Sí, vamos. ¿Has visto qué mar? —Señalé cómo las olas rompían sobre las rocas.

—Está bravo.

—Es el culpable de todo. Se llevó a Luis, caló en las articulaciones de madre y me separó de mi padre. ¿Sabes? Él se fue a Argentina. Cuando era pequeña me reconfortaba saber que este mar era el vínculo que me unía a él. Tardé años en aprender que la distancia no la marcan los kilómetros. Jamás volví a tener noticias suyas. No lo recuerdo, ni siquiera sé si sigue vivo.

—Tal vez esté más cerca de lo que piensas —dijo mientras me ponía la mano sobre el hombro.

—Es mejor asumir la realidad, Cándido. Vivir de ilusiones solo sirve para engañarte. Ya no siento este lugar como algo mío. Antes era mi refugio y ahora solo quiero salir corriendo. Estoy completamente sola, ¿qué me queda?

—Te queda toda la vida por delante, Aurora.

—Vámonos, ya no quiero seguir aquí.

18

—La cena será puntual, a la hora de siempre. Se servirá en el gran salón, tal y como estaba previsto. No quiero despistes. Vendrán invitados de todas partes. Jacinta, encárgate de que se sirva en la vajilla fina, coloca los manteles, ajusta las sillas y revisa que cada cubierto esté perfectamente alineado. Beatriz, a ti te quiero bien atenta en la cocina. Asegúrate de tener actualizado el menú. Candela y Clara, vosotras dos repasad la limpieza de todas las estancias. Abrid las ventanas y airead las habitaciones, todo tiene que estar impoluto. Cándido, ya conoces la obsesión de doña Isabel con el frío, ya sé que no tengo que decirte nada, pero, por favor, revisa si hay la suficiente leña para encender todas las chimeneas. ¡A trabajar todo el mundo!

Matilde nos vigilaba con ojo avizor, asegurándose de que cada uno de nosotros cumplía con sus obligaciones. Ya estábamos acostumbrados al trasiego que requería preparar el pazo para una cena, una merienda o cualquier tipo de celebración. Beatriz tenía razón. En las últimas semanas, doña Isabel se había aficionado a preparar festejos. Pero ese parecía distinto. Estaba mucho más nerviosa y vigilaba minuciosamente hasta el último detalle.

—Aurora, se me olvidaba. Sofía tendrá clase prácticamente todo el día, así estarás liberada para echar una mano en la cocina o donde haga falta. Y por la noche, servirás en la cena.

—¿La cena? ¿Y Sofía?

—Doña Isabel quiere que esté presente, es importante.

No me gustaba cuando no podía pasar el día con Sofía. Sin ella, las horas eran completamente distintas. Las agujas del reloj avanzaban más despacio. Pero ¿qué podía hacer? Nada más que esconder mi disconformidad con discreción.

Me pasé todo el día recorriendo el pazo de arriba abajo. Que si abriendo las contras, que si colocando la vajilla, pero no era la única, todos estábamos acelerados. En vez de una cena de gala, eso casi parecía una boda, pensé.

—Si ya has acabado encárgate de esto. Lo primero que tienes que hacer es repasar las copas y la plata. Coge un trapo y ve con cuidado una a una.

Matilde le estaba diciendo a Candela cómo tenía que hacer el trabajo; esta, sin embargo, en vez de atender a sus explicaciones, estaba más concentrada en mirar a Ramiro, que estaba cargando muebles.

—Es muy apuesto —le confesé poniendo la mano delante de la boca para que nadie más me escuchase.

—Lo sé, pero es mío. Por si no lo sabes —contestó con un tono de burla.

—Cándido, se me olvidó decirte. Hay que cambiar todas las velas.

Matilde parecía un pato mareado. No era capaz de estar quieta. Cuando todavía no había terminado de dar una orden, daba media vuelta y ya estaba lanzando otra. El salón estaba casi listo. Todo estaba colocado. Era una estancia grande: la puerta daba acceso a un pequeño salón que luego desembocaba en un gran comedor. Los techos altos tocaban el cielo. Las paredes estaban revestidas con un papel de cenefa en tonos claros. En el centro, una lámpara de araña coronaba la mesa y difundía una luz brillante que iluminaba todo el espacio. Las sillas tapizadas con un terciopelo oscuro aportaban distinción al comedor. En un rincón, un elegante piano de cola aguardaba para amenizar la velada.

Para mi gusto, le faltaba algo. Aproveché que todos estaban ocupados con sus tareas para escaparme al jardín. La idea era recoger unas flores para darle un toque más dulce a la decoración.

Aunque, la verdad, lo único que escondía mi excursión al jardín era el irracional deseo de encontrarme a don Enrique por el camino. Pero como siempre sucede, cuando deseas algo no ocurre. A la vida le gusta más sorprenderte cuando menos te lo esperas. Por eso, volví del jardín con los brazos llenos y el corazón un poco vacío.

—Gardenias, para adornar el piano —le expliqué a Matilde cuando regresé al salón. «Así, en cierto modo, me sentiré acompañada durante la velada», pensé—. ¿Dónde están los demás?

—¿Dónde crees que pueden estar? ¿Sabes qué hora es? Ve corriendo a por Sofía. Tiene que prepararse. Hazlo lo primero y date prisa, los invitados no tardarán en llegar.

Cuando estaba terminando de vestirla, vi cómo los carruajes empezaban a llegar a la plaza. ¡Qué barbaridad!, me dije, sí que era importante. Jamás había visto cosa igual.

—¿Estás lista?

—Sí. ¿Te vas a quedar conmigo?

—Me quedaré contigo todo el rato, pero durante la cena tendrás que portarte bien tú sola. ¿Me lo prometes? Yo estaré cerca.

Sofía asintió moviendo la cabeza con un gesto seco.

No entendía por qué doña Isabel quería que la niña estuviese presente en esa cena. No era un ambiente cómodo para ella, y tampoco creo que fuese necesario. Pero me limité a cumplir órdenes. No podía pararme a pensar, el tiempo corría y los invitados ya estaban llegando.

Doña Isabel entró para llevarse a Sofía. Llevaba un traje de gala, elegantísimo, de escote cuadrado en tono marfil con ribetes dorados que resaltaban su delicada figura. El traje se ajustaba en la cintura y se abría en un vuelo amplio. Unas esmeraldas le colgaban de las orejas, concentrando en esa pequeña piedra toda la atención de su presencia.

—Está espléndida —confesé.

—Puede irse ya para el salón.

Menuda contestación, ya se le estaban pegando los aires de la marquesa. «Si lo sé, no le digo nada», pensé mientras aceleraba el paso para reunirme con los demás.

Todos estábamos en posición. Candela me dio una bandeja de plata para que la sujetase con mis manos.

—Cuando entren los invitados, invítales con un gesto a que prueben bocado. Cuanto menos hables, mejor te irá, y no te olvides de sonreír —dijo guiñándome un ojo.

Tenía el día cruzado ya con tanta orden y tanta tontería. Me estaba arrepintiendo de haberle dicho a don Enrique que me quedaba interna. Ese mundo no estaba hecho para mí, madre tenía razón. La música empezó a sonar, Cándido abrió las puertas de par en par y los invitados avanzaron por el salón. Primero desfilaban en fila por la alfombra para ser recibidos por doña Isabel y don Enrique, quienes les dedicaban un gesto cariñoso en señal de agradecimiento por su presencia. Luego, finalizado el saludo protocolario, los invitados se saludaban entre ellos con abrazos, besos y apretones de manos. Todos intercambiaban cumplidos, llevados a veces hasta el extremo, porque incluso se los dedicaban a las menos estilosas, por decirlo de una manera fina.

«Qué falso, pero si luce horrible», pensé.

Estaba todo perfectamente organizado. Aquello era un goteo constante de gente adinerada que danzaba alegre y llenaba poco a poco todo el espacio con su presencia. Ellas llamaban la atención por los tejidos suntuosos. Había una amplia gama, era la primera vez que presenciaba un abanico tan amplio. Desde satén hasta finas sedas se derramaban en cascadas de colores que variaban desde tonos pastel hasta el azul noche. Todo unido bajo puntadas sofisticadas, bordados intrincados y encajes delicados para realzar la elegancia de cada atuendo, que remataban con joyas centelleantes que acentuaban todavía más la opulencia de sus vestidos.

Los caballeros también se mostraban impolutos con sus esmóquines a medida y sus pajaritas perfectamente colocadas.

Pero si había alguien que llamaba especialmente la atención aquella noche era don Enrique. Vestía un esmoquin negro con solapa satinada, un chaleco a juego y una camisa blanca anudada en el cuello con una pajarita. Los pantalones caían con elegancia sobre sus zapatos pulidos de charol negro.

—Mira, esa que ves ahí, la que está saludando a doña Isabel, es bastante simpática. Debe de ser de las pocas que me cae bien —dijo Candela, distrayéndome de mi minuciosa observación a don Enrique.

—No sé quién es —dije con un tono seco. «Tampoco me importa», pensé.

—Ha venido alguna vez a tomar el té. Es la mujer de un gran empresario.

—Ah. Pues sí, tiene pinta de ser agradable —asentí al tiempo que mis ojos se cruzaron con los de don Enrique. Le dediqué una sonrisa mientras bajaba suavemente las pestañas, haciéndole así mi reverencia particular. Él sonrió y miró al suelo, todavía conservando el gesto. La tensión que había entre nosotros podía cortarse con un cuchillo. Pensé que saltaría el tendido eléctrico por una sobrecarga. Al menos, así estaba mi interior. Electrocutado.

—Y ese que está justo detrás es un escritor. Vive aquí cerca.

—No, no tengo calor.

—Aurora, ¿qué dices?

—¿No me acabas de preguntar si tengo calor?

—No, te estaba diciendo que ese que está ahí detrás, el que tiene poco pelo, es escritor.

—Pues explícate bien.

—No, escucha tú bien. Bueno, que lo que te decía, que lo sé porque era asiduo a las reuniones con don Felipe. Madre mía, cuando se encuentre con Emilia.

—Candela, no te estoy entendiendo.

No sé qué le pasaba a Candela aquella noche, pero hablaba por los codos y me estaba empezando a irritar.

—Nada, nada. Ya verás, no se llevan nada bien, están todo el día discutiendo.

—Pero ¿quién?

—Pues esos dos que te digo, discusiones entre intelectuales…
Aurora, de verdad, es que no te enteras.

—Chis, Candela, aparta, que Matilde no nos quita la vista de
encima.

—Uy, ¿y esas quiénes son? A esas dos sí que no las he visto
en mi vida.

El corazón se me paró durante un instante. Otra vez esos ojos
transparentes. Eran ellas, Catalina y la maldita marquesa.

—Tengo que irme —dije nerviosa.

—Pero ¿a dónde vas?

Yo tampoco lo sabía, pero tenía que irme.

—A la cocina, voy a por otra bandeja —contesté con la voz
acelerada.

—Si todavía no la tienes ni por la mitad.

—Ahora vengo.

Fui brusca con ella, pero era necesario para que dejase de
hacerme preguntas y poder salir de allí cuanto antes. Emprendí
la marcha de forma discreta, pero no lo suficiente como para
evitar despertar la curiosidad de don Enrique, que me observaba
desde la distancia. Bajé la cabeza para no encontrarme con él.
Y me perdí entre la multitud hasta que logré salir de aquella ratonera en la que ahora me sentía atrapada.

¿Qué estaba haciendo? ¿A dónde podía ir? Ya no tenía un
hogar donde refugiarme. Ahora, el pazo era mi casa. Opté por ir
a la cocina y tratar de coger aire. Era la marquesa, no había duda.
¡Maldita sea! Era ella. Su presencia no podía significar nada bueno, esa mujer contaminaba todo lo que tocaba. No me podía
estar pasando esto a mí.

Caminé nerviosa de un lado a otro de la cocina, como si pre-
tendiese encontrar una solución. Pero era imposible. Traté de
pensar con calma. Si tardaba mucho tiempo en regresar, se darían
cuenta de mi ausencia, tenía que volver y no levantar sospechas.
Con suerte, no me reconocerían. Necesitaba que esa velada acabase lo antes posible. Pero lo peor todavía estaba por llegar.

Volví a subir las escaleras, ataviada con una sonrisa más artificial que mi respiración. Don Enrique me vio llegar, y su rostro se relajó. A él no fui capaz de engañarlo, y mi sonrisa se quedó partida por la mitad. Él levantó las cejas con cara de preocupación. El lenguaje visual decía más que mil palabras.

Me dispuse a pasear la bandeja por el salón. Candela estaba en la otra esquina, justo a la que yo no me podía acercar. Así que por un momento respiré con cierto alivio. Decidí delimitar mi zona y no cruzar hacia ese lado, sobre todo para garantizar mi supervivencia.

Me llegaban fragmentos de conversaciones ajenas.

—Qué sabrás tú de poesía, viejo chocho.

—Chocho viejo tú —replicó el escritor.

Casi se me escapó una carcajada.

El pianista culminó su sonata, indicando así que era el momento de sentarse para comenzar la cena.

¡Maldita sea! Me tocaba servir.

—Queridos amigos, es un gran honor para nosotros darles la bienvenida a nuestro pazo. Quiero agradecer, en primer lugar, su compañía en una noche tan especial para nosotros…

Doña Isabel empezó con su discurso y yo necesitaba salir de ahí.

—Candela, cúbreme, estoy mareada, tengo que ir a la cocina.

—Está bien, no te preocupes, yo lo hago.

—Gracias.

Con la misma discreción con la que había subido, volví a bajar a la cocina. Estuve un tiempo prudente, pero necesario, hasta que me aseguré de que la cena había terminado. Al rato, Candela apareció para ver cómo estaba.

—Aurora, me estás preocupando. ¿Se puede saber qué te pasa?

—Nada, me encuentro un poco mal. Han sido unos días complicados —mentí, aunque mi cara sí encajaba con mis palabras.

—Lo sé, no es fácil. Te he cubierto y nadie se ha dado cuenta. Falta el postre.

—Está bien, subiré contigo.

El plan no había salido tan mal, solo quedaba el postre y podría retirarme a descansar. Hice un último esfuerzo y regresé al salón.

—Ahora, les pido por favor que levanten sus copas y brinden por mi hijo, don Enrique.

Don Enrique se levantó mientras todos le señalaban con la copa.

—Sigan manteniendo sus copas en alto, que ahora brindaremos. Me complace comunicarles que el futuro del pazo y de esta familia está asegurado y que hoy es un día de celebración porque se confirma la unión de dos familias.

La cara de Enrique fue evolucionando hasta manifestar un nerviosismo más que evidente.

—Les anuncio la unión entre la familia Baleiro y la familia Zulueta de la Vega.

Doña Leonarda se levantó a saludar mientras lucía una sonrisa endemoniada, Catalina sonreía nerviosa y miraba en todas direcciones. Doña Isabel mostraba orgullo, don Enrique gritaba pidiendo auxilio. Y yo me caí. Y todavía no había acabado el año…

19

Pazo de Albor, 31 de diciembre de 1903

Mi mente colapsó. No podía entender lo que había escuchado. ¿Enrique y Catalina? ¿De verdad? La sorpresa inicial dio paso a una profunda decepción. Ya no por mí, sino por él. Parecía buena persona. No podía entender que su vida se fuese a retorcer de tal manera. No podía acabar al lado de una persona tan malvada. Su día a día sería un auténtico infierno. Otra marioneta manipulada por las cuerdas del poder.

La noticia sonó más fuerte que el choque que produjo el golpe de realidad. En mi cabeza el mundo era diferente y se me olvidaba que yo no pertenecía al suyo. No había aprendido nada de los errores del pasado. Y eso que madre me lo advirtió. «No vuelvas a ese mundo», me había dicho, y yo sola volví a meterme en la boca del lobo.

Tenía que buscar una alternativa. Después de la boda, Catalina se mudaría al pazo, y con ella seguramente su madre. No tenía dudas de que María Leonarda estaba más feliz y emocionada que ella. Me negaba rotundamente a ser su criada, su presa, su víctima fácil. No podía quedarme. No a la vista de esas circunstancias. Pero tampoco sabía a dónde ir. ¿Qué podía hacer?

Me sentí más vulnerable que nunca. Las mariposas que revoloteaban en mi interior estaban atrapadas en una red, luchando por liberarse ellas también. La primera decisión que tomé fue alejarme de don Enrique y evitarlo. No sabía cuándo se celebraría el enlace, pero sí que no tendría mucho tiempo para buscar un nuevo camino. Tictac, tictac... El sudor empezó a perlar mi frente.

Me vestí y salí del cuarto. Esas cuatro paredes eran mi nuevo refugio. No había mucha diferencia con el de casa. Era igual de modesto, pero menos acogedor. Crucé el patio, el frío me ayudó a caminar con más rapidez y entré en la cocina para prepararle el desayuno a Sofía. Olía a bizcocho recién horneado. Pero ni siquiera el aroma dulce suavizó mis pensamientos. El trajín de sartenes, ollas y cucharas terminó de despertarme por completo. Beatriz removía la cacerola con una cuchara mientras que Clara batía unos huevos.

—¿Y vosotras qué opináis?

Candela, como siempre, que no podía contenerse, inició la conversación. Clara, con la ceja levantada, respondió:

—¿Sobre qué?

—Sobre el tiempo, ¿tú qué crees? Sobre la boda.

—Ah, pues ni bien ni mal, la verdad.

—Pues a mí me parece bien, y eso te lo digo a sabiendas de que vamos a tener que trabajar una barbaridad, pero prefiero una boda y no un funeral —dijo Beatriz.

—¡Yo estoy tan ilusionada! Tengo ganas de ver a don Enrique de gala, y a ella con el vestido de novia. Me encantan las bodas.

—A ti desde que te hace caso Ramiro andas atontada perdida, Candela.

—Déjala, Beatriz, mejor que viva en su mundo, que así no da tanto por saco —rio Jacinta—. ¿Y a ella? ¿La conocéis?

—Yo no, pero tampoco te creas que conozco a muchas señoritas de esas, si no salgo de la cocina.

—Yo tampoco, porque, si la hubiese visto alguna vez, me acordaría de sus ojos. Eso te lo aseguro —contestó Clara.

Jacinta canturreaba, «*Ollos verdes son traidores, azules son mentireiros...*», mientras movía las caderas y ajustaba la llama del fogón.

«Y tan mentirosos que son», suspiré.

—Y tú, Aurora, ¿no dices nada?

—Me parece bien —me limité a contestar a Candela.

—Ay, chica, cómo estás. No se te puede decir nada.

—¿Qué hay de sorprendente en una boda entre dos familias así? Lo raro sería una boda entre uno de ellos y una de nosotras, por ejemplo.

Durante un momento dejé de escuchar el murmullo constante de la cocina. Todas me estaban mirando fijamente.

—Quiero decir que no entiendo tanta sorpresa por vuestra parte. Estas cosas siempre son así. Mucho interés y poco sentimiento.

—Yo creo que hacen buena pareja.

«Sí, como el agua y el aceite», pensé. Pero camuflé mis sensaciones bajo un gesto de indiferencia. Cogí la bandeja y me fui. Me fui porque me molestaba que hablasen del tema, no lo voy a negar.

Cuando estaba a punto de entrar en la habitación de Sofía, don Enrique se acercó desde el otro extremo. Suerte que yo estaba cerca de la puerta y pude esquivarlo cerrando tras de mí.

Pasé el día presa de mis pensamientos. Necesitaba respirar y liberarme. Por eso, en cuanto pude, dejé atrás los pasillos del pazo y me sumergí en sus jardines para coger aire. Crucé la pasarela de piedra, bajé las escaleras con cuidado y rápidamente me perdí en su frescura. Era un oasis de tranquilidad en medio de un mundo tan cruel y turbulento.

Frente a mí, los caminos de piedra se entrelazaban entre parterres de flores y arbustos frondosos. Enseguida vi la fuente de piedra que burbujeaba suavemente, al lado de los bancos donde me solía sentar con Sofía. Pero antes de tomar asiento di una vuelta alrededor. Me llamó la atención una rosa intensa de color carmín que relucía en el rosal. Era perfecta, profunda, y brillaba con más intensidad que las demás. Con cuidado puse mis manos sobre el tallo, la arranqué y la empecé a acariciar. Después me senté en el banco. Tenía que irme del pazo, no podía quedarme de nuevo bajo el mismo techo que la marquesa. Pero sorprendentemente eso no era lo que más me atormentaba.

¿Por qué me afectaba tanto? ¿Por qué me molestaba? ¿Por Catalina? Ella no me había hecho nada. La única que me utilizó cruelmente fue su madre. No lo podía pagar con ella, bastante tenía con ser la hija de un ser tan despiadado. ¿Por don Enrique? Mi cabeza daba vueltas mientras acariciaba con delicadeza la rosa. Nadie merecía tener a una suegra como María Leonarda, pero de ahí a sufrir por alguien que apenas conocía... ¿Por qué? ¿Por qué me molestaba? Si yo suspiraba por Luis.

Luis. Fue en ese momento en el que pronuncié su nombre en voz baja cuando me di cuenta que hacía días que no pensaba en él de la misma manera. Por primera vez en todo este tiempo, no fue lo último en mi mente antes de dormir. Desde hacía unos días pensaba más en pasear por el pazo que en visitar el cementerio. Cerré los ojos y don Enrique irrumpió en mi mente. «¿Cómo he permitido que su recuerdo se desvaneciera?», me pregunté con una sombra de desprecio por mí misma. Mi voz interna me gritaba con dureza. «No puede ser», me reproché. Me estaba traicionando. A medida que escuchaba mis palabras, la encrucijada se volvía más angustiosa. Mi corazón estaba dividido entre un pasado que me ahogaba y un presente que me desconcertaba.

—¡Ay!

Una diminuta espina se me clavó en el pulgar.

La luz del sol apuraba sus últimos instantes. Tenía que regresar al pazo antes de que alguien me echase de menos. Crucé la pasarela, con el dedo, y también el corazón, ensangrentado. Recorrí el pasillo iluminado por lámparas colgantes que arrojaban luz cálida, a esas horas casi siempre sumido en el silencio. Por eso me llamó la atención la conversación que venía del otro lado del salón.

—¿Cómo quiere que me comprometa con alguien a quien apenas conozco?

—Querido, esta unión no trata de ti ni tampoco de tus sentimientos. Trata del futuro de la familia.

—Madre, no la he visto más que el otro día, no sé nada de ella. Apenas recuerdo su nombre.

—¿Y qué es lo que te sorprende? Ya sabes cómo funcionan las cosas. Deberías estar agradecido. Me he esforzado mucho. Este enlace es una gran oportunidad para las dos familias. Sobre todo para ti.

Ya no podía apartar la oreja del otro lado de la puerta.

—¿Y qué gano yo?

—Una familia, y continuar con el legado que todos hemos construido. La señorita Catalina es muy conocida en la zona, pertenece a una familia querida y respetada. Eso te ayudará a darte a conocer en esta villa.

—No necesito que me conozcan por mi apellido, ni tampoco por la mujer que esté a mi lado. He crecido viendo cómo usted y padre se rechazaban, apenas os mirabais. Yo no quiero cometer el mismo error. Y estoy a tiempo de evitarlo.

—No me gusta que me hables así. El amor puede aparecer con el tiempo, o no. Pero no creas que vas a cambiar la historia. Estas uniones siempre han sido la base de la estabilidad, del crecimiento y del futuro durante generaciones. Todos nos hemos sacrificado. Te pido, por favor, que no seas tú la vergüenza de la familia. Estoy convencida de que, con el tiempo, podrás descubrir las cualidades y virtudes de la señorita Catalina. Confía en que será la persona adecuada.

—Me da igual el legado, madre. ¿Se ha preguntado alguna vez si esta es la vida que yo quiero tener?

—Deja de ser tan egoísta y agradece todo lo que tienes. No hace falta que te diga que tu deber como miembro de esta familia es garantizar el futuro y la continuidad del apellido. Y eso solo podrás hacerlo casándote con alguien como ella.

Sabía que no estaba bien escuchar conversaciones ajenas, pero no podía evitarlo. Además, sentí que no era tan ajena, algo en ella me involucraba. Al menos, a mis sentimientos. Al escuchar a don Enrique, me di cuenta de que él también era un alma encadenada a un mundo que no le pertenecía.

—No tendría que haber regresado nunca —concluyó.

Sus pasos comenzaron a sonar cada vez más cerca. Debía buscar refugio. Miré a ambos lados y me pareció que lo más inteligente era ir a la biblioteca. ¿Qué podía salir mal? Todo. O nada.

El olor a tinta me acogió. Las estanterías de madera, llenas de libros cuidadosamente alineados, se alzaban hasta el techo. En los laterales tenían una especie de vitrina más sofisticada. Me quedé ojeando las lecturas que tenía justo enfrente. Traté de disimular mi nerviosismo con movimientos suaves, rozando los lomos de los libros mientras caminaba leyendo sus títulos. Estaban adornados con letras doradas y encuadernados con cuero envejecido.

Los pasos de don Enrique sonaron con fuerza tras de mí, estaba cruzando el pasillo. Suspiré con alivio. Un alivio efímero, porque al instante escuché que retrocedía y su figura apareció reflejada en los cristales de las estanterías.

—Maldita sea. —Suspiré.

Rápidamente cogí un libro al azar y comencé a pasar las páginas con los dedos. Permanecí inmóvil, como si no me importara que su sombra me atrapara.

—Señorita Aurora…

—¡Es para Sofía! —contesté y me giré con agilidad para salir de la biblioteca.

Don Enrique me frenó colocándose justo delante. Cogió el libro y empezó a reírse mientras ojeaba la tapa.

—*Bodas reales,* de Benito Pérez Galdós. No creo que a Sofía le despierte especial interés la boda entre Isabel II y el infante Francisco de Asís. A ella le gustan más otro tipo de historias —dijo con el libro todavía en la mano.

Me puse colorada, no sabía dónde meterme. «¡Qué puntería!», pensé.

—Está bien, me tengo que ir —contesté con voz tajante.

Me miró con cara de sorpresa y sin decir nada más me devolvió el libro. Con la esquina me di en la herida del pulgar y la sangre volvió a brotar.

—Maldita sea, otra vez —balbuceé.

Don Enrique me cogió la mano y me miró con dulzura. Quise apartarme, pero no pude, mi corazón era más rápido que mi cabeza. Metió la otra mano en el bolsillo y sacó un pañuelo, lo puso encima de mi dedo con cuidado y presionó.

—Esto no es nada, pero, hasta que no se corte la gran hemorragia, seguirá sangrando —dijo con un tono burlón.

Su mano me sujetaba, el roce generó una corriente invisible que se escapó creando una tensión delicada. Los ojos de Catalina impactaron como un rayo en mi cabeza, y como si me electrocutara retiré la mano.

—No se preocupe, no es la primera vez que me pasa. —Di un paso al lado y abandoné la biblioteca.

Él se quedó extrañado. No fue fácil, pero tenía que hacerlo así. ¿Qué pasaba? ¿Que cuantas más ganas tenía de evitarlo, más me lo iba a encontrar? ¡Qué difícil, y lo que me quedaba!

20

Vila de Pazos, 1 de enero de 1904

La primera mañana del año fue fría y soleada. Sofía se quedaría con doña Isabel y su hermano, querían pasar el día en familia. Y yo, aprovechando que había salido del pazo para ir al cementerio y dejarle a madre las flores que me había dado don Enrique unos días antes, pensé que sería una buena idea volver a Vila do Mar para evadirme un rato. Al fin y al cabo, tenía el día libre y, después de haberme vaciado, sentí la necesidad de calmarme un rato volviendo a mis orígenes. Tal vez podría reconciliarme con el mar, pensé. Hasta el momento en el que se llevó a Luis para mí tenía un efecto calmante. Su movimiento era hipnótico, sentir la brisa me hacía sentir en casa y su fuerza me llenaba de energía. Caminé decidida, sin mirar atrás. Ese día era el día.

Quise evitar pasar por delante del pazo de Baleiro, pero sabía que era el peaje que tenía que pagar si quería ir a Vila do Mar, así que lo crucé acelerando el paso y sin girar la vista, porque no quería sorpresas. Ni siquiera recordar cómo era su fachada.

El sol daba de frente y el sonido del mar calmaba el paisaje. A lo lejos unos niños jugaban dando brincos. Una niña se quedó paralizada y vino corriendo junto a mí. Me abrazó como si llevase años sin verme.

—¡Pero, Iria! Qué mayor estás. Eres casi una señorita —dije mientras le acariciaba la cabeza. Estaba preciosa, cada vez se parecía más a su madre, había heredado toda la belleza de Carmen.

—Madre está en el taller de Rosa, tienen reunión.

—Está bien, iré a hacerles una visita. ¿Estáis solos?

—Sí, estoy jugando con Iago y Martiño. Padre está en la taberna.

Y sin decir nada más, con la misma energía con la que llegó, se marchó. No me dejó ni siquiera darle un beso de despedida. Era inevitable sentirme reflejada en ella. Cuántas tardes había pasado aquí. Vigilando el pescado, deseando reencontrarme con Lucilda, volviendo del colegio, yendo al mar… De repente, me vi en todos esos lugares donde, a pesar de todo, había sido feliz, y no pude evitar volver a emocionarme. La nostalgia recorrió mi ser como la brisa que me envolvía el alma. Seguí caminando con la compañía del mar. La casa de Rosiña, como a mí me gustaba llamarla, estaba justo a la entrada del camino serpenteado. Desde la calle ya se escuchaba el murmullo. Quise darles una sorpresa, pero ya me habían visto por la ventana. Se me olvidaba que en este pueblo no existían los secretos. «Mejor así», pensé. A veces las sorpresas no son tan agradables como uno piensa.

—No me lo puedo creer. ¿Y este milagro? —Rosa me recibió dejando sus agujas sobre la silla—. ¿Eres tú de verdad? Voy a tener que pellizcarme para creerlo.

Enseguida vinieron las demás a abrazarme. Primero Maruja, luego sus nietas. Carmen fue la última. Estaba emocionada, me sentí muy querida y arropada.

El taller se resistía al paso del tiempo. Seguía siendo igual de modesto. Estaba integrado dentro de su casa, por lo que el espacio que quedaba libre para el corte y la confección era bastante reducido. Aunque la luz que entraba por la ventana le daba un toque más acogedor. En la esquina estaba la mesa de madera desgastada junto con la máquina de coser. A su alrededor, montones de patrones cuidadosamente doblados, tijeras y carretes de hilos. Al lado, un pequeño espejo con marco de madera. Antes no estaba así, pero supuse que lo había movido todo hacia el fondo para tener el espacio suficiente que le permitiese hacer un corrillo con las sillas. Esa era precisamente la esencia que se respiraba en ese taller.

—Coge asiento, que hoy estamos parlanchinas. Cosemos con las manos y también con la lengua, que tenemos tema para rato. Además, nos viene muy bien tener aquí presentes a los ojos que todo lo ven en el otro pazo.

No me lo podía creer. Otra vez el dichoso tema. Aunque no sé qué es lo que me sorprendió más. No haberme dado cuenta antes o seguir siendo tan ingenua. Definitivamente, no había aprendido nada.

—Rosa, qué cotilla eres —dijo Carmen.

—Y tú, si no, ¿qué haces aquí?

Me abrí camino entre trozos de hilos y retales irregulares, y tomé asiento.

—Y tanto que sí, qué bien que ya tenemos a las dos partes —dijo Maruja mientras se cruzaba de brazos.

Ella solo estaba de cuerpo presente para alimentar sus oídos, porque coser…, lo que es coser…, ya no cosía mucho. Al menos, con las manos.

—Eso, cuéntanos, ¿cómo se respira en el pazo? Porque en el nuestro la marquesa está que no caga.

—Manuela, por Dios, no seas bruta.

—Es verdad, Carmen, no te lo imaginas. Por primera vez en años la he visto sonreír. Su sonrisa, ¿tú sabes lo que es eso? Porque yo ya pensé que no tenía dientes, menos mal que se los he visto, ya me estaba preocupando.

—Tú la has visto reír, pero es que yo la he escuchado cantar. Y ahora no me lo puedo quitar de la cabeza —dijo Sabela mientras se tapaba los oídos—. También te digo una cosa. Yo veo a la marquesa más contenta que a Catalina. Parece que la que se va a casar es ella.

—Sí, hombre, ya le gustaría con alguien tan apuesto. Ni siquiera don Guzmán, que en paz descanse, fue tan apuesto ni en sus mejores tiempos —dijo Rosa.

—Don Guzmán no lo sé porque yo apenas lo vi.

—Pues ya te lo digo yo, Carmen.

—Pues normal que esté contenta, le ha tocado la lotería. No se ha visto en una igual en su vida. Ya no solo por encontrarle un marido así a Catalina, cosa que ni en sus mejores sueños. Yo lo digo porque el matrimonio le va a tapar muchos agujeros.

—¿A qué te refieres con eso, Sabela? —interrumpí mi silencio para preguntar.

—A ver…

—Calla, Sabela, tú atenta y no te pinches, ya lo cuento yo. Lo dice porque la marquesa no tiene ni un duro. Esto no lo digo porque lo sepa con seguridad, ¿eh?, lo digo por lo que veo. Cada semana vuelvo del mercado con la cara colorada. Ya nadie me quiere fiar, por mucho que yo diga que es para la marquesa. «Ni la marquesa ni gaitas», me contestan. Cada día que me manda a por algo siempre pasa lo mismo. Da igual que sea leche, sal… Bueno, qué te voy a decir, que me tengo que encargar de todo y encima vuelvo con el tirón de orejas por no pagar, y luego con el otro tirón que me da mi abuela, que me dice que soy parva.

—*Moi lista non eres* —concluyó Maruja.

—Bueno, será algo puntual —quiso interesarse Carmen.

—Si te parece algo puntual que también desaparezcan muebles y joyas…

—¿Estás segura de eso? —pregunté.

—Y tan segura como que hago todos los días las habitaciones y cada vez veo más huecos vacíos —contestó Manuela.

—Los estará cambiando —sugerí.

—Yo creo que es Germán, que anda metido en problemas y le sacó los cuartos —aportó Sabela.

—Ese siempre fue un alma perdida. Desde que se quedó sin madre no ha levantado cabeza —dijo Maruja.

—A la marquesa le vino Dios a ver cuando se enteró de la muerte de don Felipe. Desde entonces, no para de hablar de doña Isabel. ¡Qué señora más elegante! —Manuela suspiró.

—¿La conoces?

—Sí, la marquesa organizó unas meriendas, y vino al pazo un par de veces. Pero ahora, por el interés que le trae, dice que prefiere ir ella al otro pazo. Anda que no es lista ni nada, claro, así se ahorra ella una merienda. Y encima, come de balde —dijo Sabela.

—Sí, pero el otro día estuvo por aquí, ¿eh?, que las escuché yo hablando en el salón. Bueno, y dirás que comen de balde. Que Catalina se está poniendo de buen ver. El vestido de la boda es mejor que se lo hagan unas semanas antes, así se aseguran de que le cabe.

Unas carcajadas sonaron mientras revisaban el trayecto de sus agujas.

No me equivocaba, aquel maldito sombrero era suyo. Lo que antes era un deseo, ahora se convirtió inmediatamente en una necesidad. Tenía que salir de ahí antes de que esa mujer me la volviese a jugar.

—A saber qué cuento le ha contado a doña Isabel para conseguir ese acuerdo —dijo Manuela.

—Le habrá dicho que su hija es lo mejorcito de la zona, y encima, soltera y sin pretendientes a la vista, ahí lo tienes, blanco y en botella. Vamos, una joyita —concluyó Rosa.

—Lo raro sería que tuviese pretendientes. Que parece una peonza.

—Pues imagínatela al lado de un hombre elegante y apuesto. No pegan ni forzándolo.

Las hermanas se retroalimentaban entre sí.

—Bueno, Aurora, ¿qué?, colabora algo. No todos los días vamos a tener aquí a una invitada así.

—¿Qué queréis que os diga? —La verdad es que no sabía ni qué contestar. Tenía muchas cosas que procesar.

—Pues dinos cómo está el ambiente en ese pazo. A ver, yo ya sé que la boda se va a celebrar allí, y seguro que trabajamos juntas porque van a necesitar servicio para todos los invitados. ¡Ay, Rosa! Voy a hablar con la marquesa para decirle que tú puedes diseñar unos uniformes nuevos y así los estrenamos ese día, que tiene que ser algo especial.

«La verdad es que Manuela se podía callar ya un poco», pensé. En vez de coser estaba haciendo un traje a medida, pero con la boca.

—Pues no hay mucho que contar, en el pazo son muy discretos, y yo solo me encargo de la niña pequeña. Eso ya me tiene ocupada durante todo el día.

—¿Y cómo es que no estás allí? —me preguntaron.

—Necesitaba ir al cementerio y aproveché que tenía el día libre. Pero enseguida volveré.

En verdad necesitaba irme cuanto antes, pero la información es poder, y yo también quería saber.

—¿Pero estás interna?

—Sí, desde hace unos días. La pequeña…, bueno, me necesita.

—Ya decía yo que no te veía mucho por aquí, pero como ya no cuentas nada, no sabía qué pensar —dijo Maruja.

—¿Y cuándo creéis que se casarán? ¿Habéis escuchado algo? Porque yo tendré que hacerme algún diseño, aunque sea para ir a la plaza a cotillear. Un acontecimiento así no se vive todos los días —insistió Rosa.

—Creo que hablaban de mayo —contestó Manuela.

—¿Mayo?

—Sí, pero la marquesa no quería esa fecha, ¿eh? Le parecía tarde —comentó Sabela.

—Hombre, querrá atarlo cuanto antes. De aquí a mayo, don Enrique puede darse a la fuga y empezar de cero en otro país. Eso haría yo.

—Ja, ja, ja, eso pienso yo también. Pero en estos casos no hay cambio de opinión posible.

—Pues cinco meses si es en mayo… —dijo Rosa mientras echaba cuentas con los dedos—. Tampoco es tanto tiempo.

«El que tengo para salir corriendo», pensé.

—Me ha encantado veros, pero tengo que regresar pronto y antes quiero pasar por casa para recoger unas cosas. —Me levanté de la silla.

—Tienes que venir más a menudo, que nos tienes que ir contando qué pasa en ese pazo.

—Sí, sí, pronto volveré, lo prometo.

No tenía pensado volver. Aunque pensándolo bien, tal vez necesitase tejer mi propia información.

21

Pazo de Albor, 24 de febrero de 1904

—Toma.

—¿*Las mil y una noches?* —pregunté al tiempo que leía la portada—. ¿Para qué me das esto?

—No es para ti, es para Sofía. Don Enrique me dijo que te lo entregara.

«¿Y por qué no me lo da él?», pensé. Bueno, tal vez recurriera a Candela porque durante los dos últimos meses había desaparecido. De su vista, quiero decir. Al estar interna en el pazo, conocía sus horarios, sus rutinas y sus costumbres. Al menos, lo suficiente como para tejer un entramado de evasiones que me permitiese evitar los encuentros diarios, aunque siempre había alguna sorpresa que dinamitaba el plan. Alguna vez aparecía a lo lejos como una sombra oscura, pero siempre tenía un as bajo la manga para esconderme y pasar desapercibida. O al menos... intentarlo.

En esa huida hacia delante tan cobarde que había adoptado, pensé que, al evitarlo, mis pensamientos también desaparecerían. Pero mantenerme alejada solo hizo que se avivaran a fuego lento. Tanto que ahora me quemaban.

Eran cerca de las ocho de la tarde. Estaba con Sofía en la habitación, me senté al lado de su cama y le enseñé el libro, agitándolo con las manos.

—Mira qué tengo aquí. Me lo ha dado don Enrique para ti.

Sofía me miró con curiosidad y admiración.

—*Las mil y una noches.* —Leí el título mientras repasaba con los dedos las letras de la portada.

Lo abrí con cuidado y, cuando pasé la primera página, un papel cayó en caída libre hasta que aterrizó en el suelo. Me agaché para recogerlo, y entonces descubrí el mensaje:

> Cuando se duerma, la espero en el jardín. Al lado de la fuente circular.

El libro no era para Sofía, era para mí. O, mejor dicho, el mensaje que escondía el libro, que sí era para Sofía, era para mí. «Qué listo», pensé. Había utilizado la misma excusa que yo le di cuando nos encontramos frente a frente en la librería. Rápidamente lo escondí debajo de la manga. Y utilicé *Las mil y una noches* como abanico para apagar la hoguera que empezó a arder en mi cuerpo.

Leía el cuento con el único deseo en la cabeza de que Sofía se quedase dormida lo antes posible. Solo pensaba en cruzar la pasarela y encontrarme con él en el jardín. Sorprendentemente, ese momento llegó antes de lo que pensaba. La niña estaba cansada y no tardó demasiado en conciliar el sueño. Suspiré aliviada y abandoné la habitación.

Allí estaba él, de espaldas. De espaldas a mí y a la realidad. Una realidad que me recordaba a cada momento que nuestros mundos eran completamente diferentes. Pero yo seguía sin querer entenderlo. Era demasiado tarde para hacerlo.

—Ejem, ejem.

Fue mi suave carraspeo, que cortó el silencio que imperaba en mitad de la noche, el que le alertó de mi presencia. Se giró, revelando una sonrisa que empezaba a definirse en la comisura de sus labios. Toda la fuerza de la luna se reflejaba en su mirada.

—Ha venido. —Suspiró.

«No sé muy bien a qué», quise contestarle, pero me dejé aconsejar por el corazón.

—Sí.

—Se preguntará por qué la he citado aquí.

Sí, claro que me lo preguntaba. Por qué aquí, por qué a mí y por qué… Tenía demasiadas preguntas.

—Espero no incomodarla.

Empezó a acercarse. A cada paso suyo, mi corazón latía el doble.

—Sé lo que le pasa, hace un tiempo la vi en el cementerio.

¿Cómo? Mi cara cambió por completo. ¿A qué se refería exactamente? ¿Me habría escuchado? Mi nerviosismo aumentó.

—Déjeme explicarme, por favor, no me malinterprete —dijo moviendo la mano como si se estuviese disculpando por adelantado—. Me gusta descubrir las cosas con mis propios ojos. Todo esto es nuevo para mí. Créame, es muy diferente a Madrid. Es pequeño y acogedor, pero al mismo tiempo hostil e inquietante. Allí aprendí que, a veces, la gente tiene doble cara y que la mejor forma de conocer la verdad es observando. Aunque eso suponga tener que hacerlo a escondidas. Eso es precisamente lo que estoy haciendo aquí, juzgar por mí mismo.

Vamos, que me había estado espiando, pensé. Me sentí violenta, seguirme hasta el cementerio significaba invadir mi intimidad. Porque no creo que me encontrara allí de casualidad. ¿Cómo lo había hecho? Ni siquiera me había dado cuenta. Me quedé totalmente en blanco, no supe qué contestar.

—Vi cómo colocaba las flores. Y luego la seguí observando. No solo en ese momento, sino día a día. Tiene una fuerza admirable. Ojalá yo tuviese la misma valentía.

—¿A qué se refiere? —pregunté levantando las cejas.

—Yo también perdí a alguien a quien amaba. Se llamaba Elisabeth y murió poco después de habernos comprometido. Una neumonía. Fue muy duro.

—Lo siento.

—La vida muestra su cara más dura cuando menos te lo esperas. El trabajo me ayudó a evadirme, pero, cuando estaba disfrutando de nuevo, cuando me hice fuerte y respetado, murió mi padre. Entonces tuve que dejarlo todo para venir aquí.

—Entiendo. Al menos, tiene una hermana que lo quiere y una madre que sigue a su lado.

Él me miraba, invitándome a hablar. Pero en ese momento solo notaba el calor y el rubor en las mejillas. Era una atracción irracional la que me dominaba. Deseaba acercarme a él. Sentirlo cerca y derribar la distancia que nos separaba.

—Valórelo, es duro estar completamente sola.

Cuando expresé en palabras mi soledad, me derrumbé. ¿Qué estaba haciendo? ¿Por qué le estaba contando eso? ¿A qué venía ese arrebato de sinceridad? Me vi vulnerable. Me invadía el miedo a lo desconocido. Él se acercó y me arropó con un gesto de comprensión.

—Por eso le decía que admiro su valentía. Verá…

—No soy tan valiente como piensa porque no le he dicho la verdad. Yo también lo escuché. En concreto, el otro día, cuando hablaba con doña Isabel sobre el enlace. —Escupí de golpe mis pensamientos, que salían atropellados por mi boca. Bueno, no todos. Los más sinceros todavía los guardaba para mí.

—El enlace, ya. Por eso le decía, no soy tan valiente como usted.

—Tal vez no sea cuestión de valentía, sino de deber.

—El deber es relativo —contestó—. ¿Sabe? Usted habla con los ojos. Me di cuenta desde el primer día. Son grandes y sinceros. No sé por qué ahora siento que no dicen toda la verdad.

Bajé la cabeza. Tenía razón, no estaba siendo sincera. Pero ¿qué podía hacer? ¿Saltar al vacío sin red? ¿Volver a estrellarme? Me sentí pesada, las piernas me temblaban. Necesitaba sentarme. Se quedó un instante callado, como si estuviese midiendo sus movimientos, hasta que caminó decidido y tomó asiento a mi lado. Nuestros cuerpos se pegaron como si fuesen dos imanes atraídos por un magnetismo más que evidente. Sentí su calor y también la extrema necesidad de liberarme de todos esos sentimientos que me estaban ahogando.

Por fuera temblaba, aunque por dentro me abrasaba. Quería hablar, pero no encontraba la voz. Me sentí indefensa, frágil, y me dejé llevar por la marea de emociones que estaba a punto de desbordarme. Como no encontré las palabras necesarias, rompí a llorar. En ese momento, en el que las palabras no salían, ambos nos miramos sin querer. Su mano me sorprendió acariciándome la mejilla, tratando de secarme las lágrimas. Entonces sentí por primera vez ese hormigueo nervioso.

—Tranquilícese, no pasa nada.

Pero yo ya no podía parar.

—Lo siento, no debería haber venido.

Me cogió la cara, ahora con las dos manos. Con un suave gesto me levantó la cabeza. Nos miramos fijamente.

—Ahora sí que dice la verdad. Aunque no sea con palabras.

Y entonces me besó.

Todos los sentimientos revivieron en ese preciso instante. Cuando fui consciente de lo que estaba pasando, me puse de pie y me alejé de él. «¿Qué diablos estoy haciendo?», pensé.

—Tengo que irme, lo siento.

Una vez más hui.

22

Pazo de Albor, 25 de febrero de 1904

Me dirigía con Sofía a su habitación cuando, de repente, las vi en el salón. Doña Isabel, María Leonarda y... Catalina. ¡Menudo trío! ¿Qué hacían? Apenas las escuchaba. Hablaban sorprendentemente bajo para lo verduleras que eran las últimas dos. Ralenticé el paso para profundizar en mis especulaciones. Había alguien más en el salón, dos personas. Un hombre elegante acompañado por un joven, que parecía su ayudante.

—Esta es una seda carísima. No es nada fácil encontrarla.

—¿Y qué opina de este color? Le sentará de maravilla porque combina con sus ojos. Los hará todavía más bonitos. Además, tengo en mente un diseño parisino que es la última tendencia y le va a encantar.

En ese momento entendí lo que estaban haciendo. Elegían telas para el vestido de novia. Seguí caminando tratando de ocultar mi fragilidad. Pero, de pronto, me encontré de frente con Enrique.

Otra mirada, otro suspiro, más calor, mis mejillas se ruborizaron de nuevo. La calma se rompió. Y la llama se avivó. El corazón latía con fuerza. Ahora la imaginación me llevaba de nuevo al jardín, y sentí que comenzaba a sudar.

—Sofía, entra en la habitación. Ahora mismo te acompañará Aurora. —Miró hacia los lados y, tras asegurarse de que no había nadie más en el pasillo, prosiguió—: Llevo toda la mañana buscándola.

Para mí todo se concentró en ese efímero instante en el que estaba aguantando la respiración.

—No quiero que piense que me he aprovechado. Jamás utilizaría mi posición para algo así.

—No..., no se preocupe.

De mis dudas, floreció una ligera ilusión.

—Volveré esta noche al jardín —confesó.

Y en ese momento sentí que todavía me quedaban mares por conquistar. Definitivamente, ese choque inesperado había sido el mejor de los accidentes.

«Yo también volveré», quise decirle con palabras. Sin embargo, opté por hacerlo, como él me decía, con los ojos.

Cada persona que llega a tu vida te enseña a querer de forma diferente. Así lo sentía desde aquel encuentro en el jardín. El amor cambia, y yo jamás pensé que se pudiese amar de maneras tan distintas. Luis apareció como una suave brisa que acarició mi alma. Dejó marcas en mi memoria porque me enseñó el significado de las primeras veces. Con él aprendí a amar. También descubrí la pureza de los primeros suspiros, la inocencia de los encuentros fortuitos, la ilusión de los sueños compartidos o el sentido de la palabra «nosotros». Porque, Luis, tú fuiste mi primer «nosotros». La llave que me abrió las puertas de ese mundo tan mágico como doloroso que los dos conocimos a la vez.

Sin embargo, con Enrique fue completamente diferente. Él irrumpió como una tormenta explosiva en el momento menos esperado y me enseñó a volver a creer cuando creía que todo estaba roto. Despertó en mí emociones que creía dormidas y que ahora bailaban en armonía con las cicatrices de mi pasado. Gané la confianza que necesitaba para poder abrazar mi vulnerabilidad. Con él no existía esa inocencia nerviosa, pero sí una profundidad y una complejidad diferentes. La que se siente justo después de experimentar el vacío más absoluto de dejar ir.

Fue un soplo de aire fresco que trajo ilusiones renovadas y un amor más maduro y, sobre todo, más consciente de las fragilidades. Uno no se entiende sin el otro, porque del primero aprendí la pureza y su significado, y gracias a él tuve la suficiente madurez y valentía para enfrentarme al segundo.

Con esto no quiero decir que estuviese enamorada. Solo estaba ilusionada. Mi corazón volvía a latir sin complejos, con la sensibilidad que me enseñó Luis y con la madurez y fortaleza que descubrí que tenía desde entonces.

Por primera vez sentí que todo adquiría sentido. Era como si las piezas poco a poco empezasen a encajar. La vida, de manera caprichosa, me había llevado hasta él. ¿Era esa la recompensa a tanto dolor? ¿Es eso a lo que se refieren cuando dicen que todo pasa por algo? ¿Que todo en la vida tiene un porqué? ¿Era esa la respuesta? Me cuesta pensar que hace falta que pase algo malo para que realmente se valoren las cosas buenas. O, mejor dicho, puede parecer cruel decir que es necesaria una desgracia para volver a abrazar la felicidad. Sin embargo, es totalmente cierto. Hace falta tocar el suelo para volver a tocar el cielo.

Con Enrique me invadió una felicidad permanente y gradual. Como si, de repente, observase la vida desde otra perspectiva. Sentía que llevaba unas lentes invisibles que me hacían ver con más brillo y con más intensidad. A veces se apagaba de forma intermitente, cuando pensaba sin quererlo en la realidad. Pero cuando aparecían esas dudas, siempre había algo que me hacía volver a confiar. Hablo de pequeños gestos. Una sonrisa, una mueca, una mirada cómplice o un cruce de palabras que me devolvían la calma. Y me recordaban la grandeza de la vida.

El amor te atrapa porque te hace sentir diferente. Hace que todo a tu alrededor tenga sentido y que todo merezca la pena. Porque, aunque sientas que está prohibido, es adictivo y acabas totalmente atrapada. Tanto que cuando quieres darte cuenta, es demasiado tarde para poder salir corriendo.

Aquella noche fui a su encuentro por segunda vez, y desde entonces no pudimos parar.

23

Pazo de Albor, 29 de febrero de 1904

Salí del pazo puntual para comprar un poco de leche en casa de Cecilia, en la calle Real. Estaba al lado. Esa semana nos habíamos quedado un poco cortos, e hice como pude el apaño para que Sofía no se quedara sin ella.

Fui rápida, no quería ausentarme más tiempo del necesario. Así que, sin más miramientos, hice el recado y volví. Cuando regresé, lo hice por la puerta principal. Es cierto que debería haber entrado por la lateral, como acostumbrábamos a hacer el personal de servicio. Pero con las prisas me despisté. Y ese despiste lo pagué caro.

Mi sorpresa fue mayúscula cuando me la encontré de frente en el pórtico. Apareció de repente, cuando menos me lo esperaba. Parecía que me estaba esperando. Mi cara se puso del mismo color que la leche que cargaba en la mano. Nadie me había avisado de que esa tarde tendríamos visita. Si eso se podía considerar una visita, claro… O tal vez sí, pero estaba demasiado cómoda en el mundo de color rosa que había creado y lo había ignorado. No lo creo, no en ese caso.

—Justo a tiempo —masculló con un tono maquiavélico y una sonrisa endemoniada.

María Leonarda tiró su capa al suelo, esperando a que yo la recogiera. Candela estaba en la entrada para recibirlas.

—Bienvenidas, doña Isabel las está esperando en el salón del té. Permítanme que las acompañe —dijo mientras me miraba con cara de no entender nada.

Antes de empezar a subir las escaleras, Catalina se volvió hacia mí con desprecio y se rio. La marquesa, sin embargo, siguió de frente. Atrás me quedé yo, con la lechera y con su capa en mis manos.

—Pero no te quedes ahí parada, acompáñanos. —Su mano huesuda y estirada me indicaba el camino directo al infierno.

El sonido de la música también corría por el pasillo. Al llegar, sus artificiales saludos protocolarios me produjeron ganas de vomitar.

—Doña Isabel, querida, ¡cómo me alegra volver a verte!

—¡Qué atenta eres siempre! El gusto es mío. No sabes cuánto me alegra tu compañía.

Catalina fue directa hacia el piano, como si estuviese poseída por la melodía.

«¿Qué hace?», pensé. La sorpresa fue grande cuando descubrí que al instrumento se hallaba Enrique. Lo miré con admiración. Él, sin embargo, no me vio.

—Qué bien suena eso —dijo Catalina.

—Puedes acompañarlo —sugirió doña Isabel.

De repente, me dejó de gustar la melodía.

—¡Uy!, no, no. La música debe de ser el único talento que no posee mi hija —se apresuró a decir María Leonarda.

Mira, en eso tenía razón. Al menos decía una verdad. Catalina era nula para la música, pero también para todo lo demás. Enrique levantó la cabeza y la última nota desentonó. Ahí supe que me había visto. Normal que se extrañase, llevaba la maldita capa de la marquesa en la mano y estaba totalmente desubicada en aquella merienda forzada. No contaba con que la tarde fuese a transcurrir de aquella manera, y él tampoco esperaba verme allí. Ambos estábamos sorprendidos. Traté de disculparme bajando la cabeza.

—Aurora, ¿qué haces ahí quieta? Dame eso, yo me encargo. Tú coge la tetera y sirve el té a las señoras.

¿Qué había hecho tan mal en la vida para merecer ese castigo? No me podía escapar. Encima de tener que ver su cara dura, debía servirlas. Me quería morir. No podía disimular, ni tampoco poner buena cara.

—Por favor, sirva a la marquesa.

Me acerqué tratando de camuflar los nervios, aunque mi único deseo en ese momento era que el té hirviendo volviese a caer sobre su vestido. Con suerte, se quemaría.

—Hay que ver lo despistado que tienes al servicio, doña Isabel, eso tendremos que mejorarlo.

—¿Qué sucede?

—Nada, nada, esa pobre mujer me la encontré en la entrada principal. Deberías enseñarle por qué puerta tienen que entrar los criados. No vaya a ser que se confundan también en otras cosas. Es fundamental que sepan cuál es su lugar.

Mientras hablaba, me miraba de reojo. No me quitaba la vista de encima.

—Bueno, despistes, querida. Está al cuidado de Sofía, y la verdad es que la niña la adora. Y yo estoy encantada, es una preocupación menos para mí. Con lo complicada que me salió la criatura…

No sabía si el humo salía de la tetera o de mi cabeza. Catalina y Enrique se acercaron a la mesa. La cara de él era un poema, pero la mía, una enciclopedia.

—Pero qué gusto me da veros, hacéis una estupenda pareja. ¿No lo crees, Isabel?

—Claro que lo creo —dijo mientras rozaba sus labios carmín con el borde de la taza.

—¡Tengo grandes ideas para nuestra familia! —anunció la marquesa.

No podía más, la situación era insoportable ya.

—Enrique, hijo, ¿por qué no le enseñas los jardines a la señorita Catalina? María Leonarda y yo tenemos mucho de que hablar.

Enrique me buscó pidiendo auxilio. Mientras él no me quitaba la vista de encima, yo miraba a la marquesa, que, a su vez, se fijaba en cómo Enrique me miraba a mí. Traté de calmarlo, al fin y al cabo, no podía hacer nada.

Juntos del brazo, Enrique y ella abandonaron el salón pasando por delante de mí. Catalina era insípida, sosa, simple e insoportable. Y encima me miraba por encima del hombro, aunque para eso tenía que ponerse de puntillas. Toda la felicidad de estos días se desvaneció en un solo instante. Su presencia, totalmente inesperada, hizo que la burbuja explotase y que la magia que nos había envuelto desapareciese con el viento. Es increíble la facilidad que tiene la vida para recordarte tu fragilidad.

—Yo creo que el 21 de mayo es buena fecha. Hará mejor tiempo y podremos aprovechar el jardín.

—Lo veo todavía tan lejano —se quejó María Leonarda.

—Tendríamos que haberlo decidido antes, mayo ya es muy precipitado. Serán muchos los invitados y a algunos todavía no les he dado la buena noticia. Tengo que avisarlos cuanto antes, pero me gustaría hacerlo personalmente. No me perdonaría que no nos acompañasen en un día tan importante.

—¿Hasta el 21 de mayo?

—¡Ay, Leonarda, querida! No seas tan impaciente, ya lo sabes, las cosas de palacio van despacio. El 21 de mayo, no se hable más, decidido.

María Leonarda levantó su taza en señal de aprobación, aunque su cara decía todo lo contrario.

—Iré a por más pastas de té —informé mientras me escabullía, ignorando el mensaje de que no era necesario.

Dejé la bandeja de plata sobre la mesa de madera en la que reposaba también todo mi mal humor.

—Acabo de venir del jardín, tendríais que haber visto cómo paseaba don Enrique con la señorita Catalina.

—No seas chismosa, Clara —ordené.

—Perdona, solo era por hablar de algo.

—Parece que te molesta —intervino Jacinta.

—¿A mí?

—Sí, a ti. Mucho hablas con don Enrique últimamente. ¿O crees que no me he dado cuenta? Deja que te dé un consejo, no creas que lo hace porque le importes. A él solo le importan las de arriba. Señoritos y criadas…, no te confundas.

Era la primera vez que Jacinta me hablaba de esa manera.

—No digas tonterías. Don Enrique solo habla conmigo para interesarse por los cuidados de Sofía. Nada más.

—Y nada menos —concluyó.

No estaba teniendo un buen día, deseaba meterme en la cama y apagar de golpe mis pensamientos. Además, ni siquiera había podido hablar con él. Solo nos habíamos visto durante aquella maldita merienda. Y ojalá no hubiese sido así.

Cuando salí de la habitación de Sofía, vi luz en su despacho. No pude evitar acercarme. Estaba de espaldas, caminando al lado de los retratos de don Felipe, como si tratase de pedirle consejo. Intuí que él tampoco pasaba por buen momento.

—Ejem, ejem —mascullé.

Nada, no se inmutaba. Sí que estaba concentrado…

—Ejem, ejem —mascullé de nuevo más fuerte, y ahí sí que se giró. «Menos mal», suspiré. «Si tengo que gritar un poco más, se despertará todo el mundo».

No dijo nada, solo se quedó mirándome fijamente, como si estuviese esperando que caminase para recortar la distancia que nos separaba. Pero no era el lugar, y tampoco el momento. A decir verdad… ¿cuándo lo era?

Opté por girar levemente la cabeza, en dirección al jardín. No hizo falta que añadiese ninguna palabra para que entendiese mi mensaje. Solo lo completé con un gesto suave de manos, pidiéndole que esperase un poco. Al menos, el tiempo suficiente que me permitiese llegar a mí primero.

Él no tardó mucho más. Estábamos de nuevo rodeados de paz, en nuestro lugar. Lo esperaba sentada, y al acomodarse junto a mí me miró y me besó suavemente en los labios. De repente, se volvió a tejer esa burbuja que hacía unas horas había explotado. Aunque antes de desnudarme con ese beso, ya lo había hecho con la mirada.

—Ha sido un día horroroso —me desahogué.

—El mío no ha sido mucho mejor. ¿Qué hacías en el salón? Al fin me tuteaba... Era más cercano.

La verdad es que ni yo misma sabía lo que hacía en el salón.

—Me encontré con la marquesa y la señorita Catalina en el pórtico de la entrada. La marquesa me dio su capa para que la guardase y sin más explicaciones me dijo que la acompañase al salón. Yo solo cumplo órdenes.

—Ya. Tendría que haberte dicho que venían. Aunque no creas que me enteré mucho antes. Madre me avisó por la mañana.

—No, no te preocupes, no me tienes que dar explicaciones.

—Llevo todo el día pensando en ti. No puedo evitarlo.

En ese baile de miradas en el que ambos estábamos sumergidos le regalé una sonrisa. Los dos nos mirábamos sin querer... evitarlo. Su boca se acercó a la mía con un movimiento suave. Estaba tan cerca que mi corazón palpitaba, su respiración me invitaba a bailar al mismo ritmo. Estaba nerviosa, hasta que nuestros labios se encontraron y las piezas del puzle encajaron.

—Enrique. —Me aparté—. Lo más difícil fue mantenerme en pie cuando escuché la fecha de la boda.

Él me miró atento.

—El 21 de mayo. —Suspiré.

Por su reacción supe que no sabía nada.

—Verás.

Pensé en decirle la verdad. En contarle que yo conocía a Catalina, mi pasado en el pazo de Baleiro y todo lo que ocurrió con la marquesa. Pero entonces recordé lo que me había contado. A él le gustaba observar y sacar sus propias conclusiones, así que, si tan observador era, pronto se daría cuenta por sí mismo. Compartir con él todo lo que pasaba por mi mente solo serviría para retratarme. Y hablar mal de ellas me dejaría en evidencia a mí.

—No soporto verte con ella. Es muy complicado mantenerme al margen. No pensé que fuera tan difícil. Me siento en otro lugar, aunque tal vez no sea el mío —me limité a confesar.

—He estado pensando en eso. Para mí tampoco es fácil actuar y fingir de esta manera.

—Ya...

—Aurora, no dudes de mis sentimientos. ¿Confías en mí?

—Sí.

¿Qué iba a decir?

Entonces me besó de nuevo. Sabía cómo tranquilizarme, pero un ruido nos sorprendió. Se levantó rápido y dio un par de pasos al frente.

—Habrá sido un pájaro...

—Creo que lo que necesitamos es estar solos y tranquilos alejados de este pazo —sugerí pensando en las palabras de Jacinta.

—Es difícil estar lejos de aquí. Bajo estas paredes podemos controlar lo que pasa, fuera de ellas, no.

—Aquí no podemos controlar nada de lo que pasa. Será mejor que me vaya, pensaré cómo hacerlo.

—¿Me lo dirás?

—Sí.

Le di un beso de despedida, que me ayudó a conciliar el sueño y también a reconciliarme con la vida.

24

Vila do Mar, 1 de marzo de 1904

La noche siguiente salí del pazo con ropa oscura, con la toquilla sobre la espalda y un pañuelo en la cabeza. Crucé Vila de Pazos de una punta a otra. Lo hice con la ilusión y también con el nerviosismo de quien sabe qué es lo que le espera a su llegada. La oscuridad bañaba el recorrido, y yo me sumergí en ella, refugiándome bajo el escudo de anonimato que me proporcionaba aquel manto oscuro.

Caminaba mientras pensaba en mis problemas. Cuando llegué al lugar convenido, me apoyé en la pared. Comencé a sentir la rugosidad bajo mis manos mientras mi mente vagaba por los recuerdos que se escondían en cada rincón del que había sido mi hogar. Ahora, la puerta y las ventanas estaban cerradas. Y una pequeña grieta había comenzado a dividir simbólicamente la pared. Partiéndome en dos a mí también. ¿En qué momento me había parecido buena idea citar a Enrique en casa? Supongo que me había dejado llevar por la tranquilidad que da estar bajo un techo propio. Pero no, no podía ser. Tenía que buscar un plan alternativo, Enrique no tardaría en aparecer.

El nerviosismo me agitaba y la humedad del ambiente me estaba congelando. ¿Qué podía hacer? Estaba temblando. Él se aproximaba a lo lejos. Respiré aliviada cuando lo vi y agradecí en silencio que hubiese seguido paso a paso mis indicaciones. Confié en que la suerte nos acompañase, disipando cualquier tipo de imprevisto. Cuando me vio, se acercó y se quedó quieto un segundo, sonriendo a la nada. Yo titubeé, pero enseguida me deshice ante sus facciones. Verlo me cortaba la respiración. En silencio, nos saludamos con un cruce furtivo de miradas que decían todo lo que nuestras bocas callaban. Después del breve intercambio de sonrisas, le pedí que me acompañara.

—Chis, con prudencia —le rogué, y me llevé una mano a la boca—. Todavía no hemos llegado. Espera a que alcance el final del camino. Cuando empiece a caminar, cuenta hasta diez y sígueme. Todo recto, no tiene pérdida.

Él asintió. Caminé al ritmo que marcaban mis latidos, más agitados de lo habitual. Rápidamente nos encontramos en la oscuridad más profunda.

—No te preocupes, conozco el recorrido.

Mentí para sonar convincente. En verdad, improvisaba. Hacía tiempo que no pasaba por allí y no estaba segura de lo que me iba a encontrar.

Las suelas de sus zapatos pisaban el camino embarrado que mis pies intentaban descubrir por delante de los suyos. A ambos lados, la naturaleza nos abrazaba, el viento soplaba suavemente y el mar susurraba con fuerza llenando nuestros pulmones de sal.

Avanzábamos en silencio, sin hacer más ruido que el que provocaban nuestros pasos. Cualquier sonido se triplicaba, y los suspiros sonaban como ecos lejanos.

—Llegamos. Siento traerte hasta aquí. Sé que no es el lugar más sofisticado, pero sí el más discreto que conozco. Aquí podremos estar tranquilos.

—Es perfecto —dijo mientras me miraba a los ojos con toda la verdad que podían contener los suyos.

Sabía que no era verdad, pero agradecí su esfuerzo por hacerme creer que sí. Poco a poco nos adentramos en el campo de trigo, siguiendo el camino que estaba marcado sobre la tierra. Con sus manos fue apartando las espigas hasta que llegamos a un lugar más resguardado. Lo seguí hasta que se paró. Lo adecentó todo alrededor, entonces nos sentamos. Primero nos miramos, sin complejos, sin barreras, frente a frente. Fue un ataque rápido y penetrante. No me acostumbraba a su impacto. Me dejaba totalmente anonadada. Reí nerviosa, tratando de liberarme por completo de la inseguridad que me rodeaba.

—Por fin estamos solos. Tranquilos… —dijo susurrándome al oído mientras continuábamos mirándonos, hasta que la risa dio paso a que nos contáramos lo que de verdad sentíamos.

—¿Sabes? Tengo miedo —confesé. No podía parar de temblar. La humedad me estaba matando.

Él se acercó todavía más a mí. Me rodeó la cintura con la mano, que se posó debajo de mi pecho. Sus dedos fueron el abrigo que calmó la temperatura de mi cuerpo.

—Yo también tengo miedo, pero no puedo dejar que decida por mí. Todo es incierto, el futuro, la vida… Solo tengo una única certeza y es que quiero pasar mi vida contigo. Porque olvido todo lo demás. No puedo dejar de pensar en ti. Necesito tenerte cerca todo el rato.

—A veces pienso que esto no debería estar pasando.

—Entiendo tus dudas. Pero ha pasado. Y te pido que confíes en mí. —Me cogió por los hombros y me giró para mirarme de frente.

Estaba más serio que nunca. Jamás le había escuchado hablar en ese tono. Sonreí tratando de dejar atrás el raciocinio y me dejé llevar por el momento.

Comencé rozando con delicadeza su pelo por detrás de las orejas. Mis dedos siguieron danzando por su nuca, resbalaron por su cara y culminaron el recorrido acariciando su boca. Primero lo hice con las manos y luego con los labios. Nos besamos apasionadamente. Todo fue distinto. La prudencia de otros días desapareció, y un fuego lento y peligroso nos envolvió. Nos mirábamos sin complejos, mezclando la dulzura con el deseo. Mi mano exploradora siguió bajando por su cuello, se quedó un rato parada hasta que fue él quien me indicó el camino. Desabroché el primer botón de su camisa y luego tomé su mano para que él me liberara del vestido. Sus dedos avanzaban por mi espalda desnuda mientras mis besos acariciaban su cuello. Los suspiros sonaban cada vez más deprisa, los impulsos eran imparables. Ya no nos podíamos contener, y el fuego tampoco se podía apagar. No podíamos dejar de besarnos. Como si los dos supiésemos que ya no había freno posible que nos detuviese. Bajo la luz de la luna descubrimos nuestros cuerpos desnudos. Él ya no era un duque y yo tampoco una simple criada. Ahí éramos los dos iguales. Éramos dos personas que se dejaron llevar por la pasión y el placer. Aquella noche, del campo de trigo brotaron espigas doradas.

25

Vila do Mar, 4 de mayo de 1904

Todo cambió desde ese momento. Habían pasado dos meses, con sus días vacíos, sus tardes eternas y sus noches llenas de pasión. Nuestros encuentros eran diarios.

Digamos que creamos un lenguaje secreto que nos ayudaba a comunicarnos sin necesidad de decir nada. Sofía era la encargada de canalizar el mensaje. Dependiendo del color del lazo que cada mañana le ponía en el pelo, el lugar de la cita era diferente. El blanco representaba el jardín, y el rojo, el color del fuego, donde nuestros encuentros eran más pasionales, representaba Vila do Mar.

La elección de un color u otro dependía de cómo estaba el ambiente en el pazo en ese momento. Enrique me comunicaba su agenda, sus compromisos o, por desgracia, las visitas de Catalina, que cada vez eran más frecuentes. Nuestra relación estaba en un punto en el que era imposible frenarnos. A veces solo había gestos simples como el cruce de una mirada, pero tan importantes como el significado que escondían.

Pero, como siempre, llega un momento en el que hay que tomar decisiones. No podíamos alargar mucho más la situación. Yo necesitaba salir del pazo, porque si seguía respirando ese ambiente me acabaría ahogando. Es por eso por lo que también cada vez nos veíamos menos en el jardín. Salvo casos muy puntuales, Vila do Mar se había convertido en nuestro rincón secreto. Enrique me besaba con más fogosidad. Supongo que, según la persona, los besos saben diferentes. Y él lo hacía olvidando ya la distancia de seguridad. Era el escenario perfecto. El mar era testigo de nuestra pasión y la brisa marina apagaba levemente el fuego que ardía en mí.

A pesar de que cada vez nos necesitábamos más, todavía había cosas que no nos habíamos contado. Por ejemplo, yo nunca le llegué a confesar que sabía de sus buenas intenciones con la gente humilde del pueblo. Jamás le desvelé lo que me había contado Mariña. Tampoco lo de la marquesa, aunque eso ojalá lo hubiese hecho antes. Sentí que él se moría por conocer mis secretos, casi tanto como yo los suyos.

Esa noche fue diferente. Aunque al principio… no tanto. Su mano, nerviosa, comenzó escalando por mis caderas. Con un impulso moderado subió por debajo del vestido, trepando por mi pecho, hasta que encontró reposo en mi cuello. Con la otra me rodeó por la espalda para acercarme más a él. Sus labios se encargaron de recortar los pocos centímetros que nos separaban.

Mi cuerpo se fue relajando hasta que la profundidad de la noche llegó también a mis pupilas. Las estrellas brillaban en el cielo, lo que me hizo recordar que faltaban menos de tres semanas para la boda. Habíamos sido demasiado ingenuos, y el futuro me erizaba la piel.

Intentaba olvidar los sentimientos más complejos que me bombardeaban cada día y confiar, como le había prometido que lo haría. Pero, inconscientemente, sin quererlo, tumbada bajo aquel cielo estrellado, mis preocupaciones también empezaron a brillar.

—Ojalá esto durara para siempre. ¿Lo he dicho en alto?

—No concibo mi vida de otra manera.

—Tenemos que hacer algo ya, Enrique. Esto ya lo hemos hablado. El tiempo pasa y todavía no lo tenemos claro. No deberíamos esperar más. O… todo se complicará.

—Llevo varias semanas pensando en cómo hacerlo correctamente. Debería hacer las cosas bien, enfrentarme a la verdad de cara, siendo valiente.

—Sabes que, si haces eso, todo se irá al traste.

Enrique se quedó callado.

—No me digas que te lo estás pensando. Sabes que tu madre jamás aceptará un no. No deberíamos dar pistas. Si lo que queremos es escapar, hay que hacerlo sin avisar.

—En el fondo sé que tienes razón, pero no debería ser así. Debería tener el poder de elegir —contestó—. Pero... eso es otra batalla. Creo que lo mejor es hacerlo en las próximas semanas. Nos llevaremos a Sofía. Volveremos a Madrid.

—¿A Madrid?

—Allí podremos estar tranquilos, pasar desapercibidos. Tengo contactos que nos ayudarán a empezar de cero. Madrid es una gran ciudad, te gustará.

—No tiene mar...

Definitivamente, las olas y yo nos habíamos reconciliado. ¿O no?

—Pero tiene muchas otras cosas que te encantarán. Tendrás que encargarte de preparar las cosas de Sofía. Lo justo para el viaje, como tú dices, no hay que dar pistas. Yo haré lo mismo. Solo necesito encontrar un cómplice que me ayude con el carruaje. Saldremos de madrugada. La próxima semana.

—¿La próxima semana?

—Sí, dejaremos pasar el cumpleaños de mi madre y luego nos iremos. Tienes razón, Aurora, el tiempo corre y cada vez será más complicado. Más de lo que ya es.

Poco más de una semana, pensé. El contador se activó y, con él, un nerviosismo evidente por todo lo que estaba a punto de pasar.

La brisa me acariciaba la nuca, me despeinaba el pelo y desordenaba también mis pensamientos. Me daba miedo el cambio. A decir verdad, tenía tantas ganas como dudas. ¿Me adaptaría a esa vida? ¿Cómo sería vivir en una ciudad? ¿Sería capaz de alejarme del mar? La incertidumbre asaltaba mi cabeza. Pero después de todo lo que había pasado, ¿qué era eso para mí? Todo parecía inminente. El camino hacia el futuro me transportaba inevitablemente por el sendero de la nostalgia. Tal vez fueran las últimas veces que caminaba rodeada de esta esencia atlántica, pensaba. Pero no había tiempo para las distracciones. Nada es eterno y había llegado el momento de vivir. Ahora sí.

Aquella tarde me dirigía a casa. Estaba prácticamente vacía. Quiero decir, seguía como hasta entonces, con lo justo y necesario, pero quería revisar si quedaba algo que, más allá de su valor material, pudiese extrañar. Antes de adentrarme en el camino serpenteado, con la vista puesta en el horizonte, vi unas sombras a lo lejos, al lado del mar. Observé con detenimiento y por sus movimientos supe que era Manuela. Lo que me confirmó que también estarían su hermana, su abuela y toda la comitiva. Siempre iban juntas.

Me tomé unos segundos para pensar y, de repente, fruncí el ceño mientras la sonrisa parecía que se escapaba de mi cara. «¿Por qué no?», pensé. Seguro que estarían hablando de Catalina o de la marquesa, o de la maldita boda. Cada vez que pensaba en esa palabra, dinamitaba mi calma.

Me aproximé a ellas y, cuando estaba cerca, levanté la mano, haciendo aspavientos para advertirles de mi presencia. Pero no se enteraron de nada. Entonces me quedé quieta mientras observaba aquella postal. El sol aún dominaba el cielo despejado, como una bola de fuego que se apresuraba a esparcir sus últimos rayos antes de sumergirse en el mar. Sus siluetas se marcaban en el paisaje. Estaban sentadas, formando un corrillo irregular. Manuela era la única que estaba de frente. Cuando me vio, enseguida se levantó y me vino a buscar.

—Ay, Aurora, ya sabía yo que ibas a volver. ¿Os lo dije o no os lo dije?

Todas me miraban como si hubiese muerto alguien.

—Siéntate, siéntate.

Rosiña me animó a unirme a ellas mientras señalaba la montaña de redes que estaba a su lado. Lo hice rápidamente, intrigada por la expresión de su cara.

—¿Qué pasa?

—No sabes… Se lo estábamos contando ahora a Rosa —empezó Sabela al tiempo que se acercaba para evitar que sus palabras volasen—. Manuela, díselo tú que yo… *eu non podo* —exclamó clamando al cielo.

—Ya sé, bueno, ya sabemos por qué la marquesa tiene tanta prisa en casar a Catalina.

—Pues cuéntalo ya de una vez, Manuela, que llevas dando vueltas media hora. ¿Te puedes creer, Aurora? ¡Media hora, y todavía no ha ido al grano!

—Ay, Rosiña, es que me pongo mala cuando lo pienso. Lo primero, que quede claro que no estaba husmeando, ¿eh? Bueno, a ver, hay cosas que van en el trabajo. Pero esta vez no estaba poniendo la oreja como otras veces.

—Y nada, y sigue dando vueltas… Me estás mareando.

—A ver, Rosa, os estoy poniendo en situación.

—Lo que me estás poniendo es nerviosa. Va a hacerse de noche y seguiremos sin saber qué pasa.

La verdad es que acababa de llegar y me estaba poniendo de los nervios a mí también.

—Mira, ya os lo cuento yo —intervino Sabela.

—Tú no lo sabes contar bien, que no estabas allí.

—Bueno, pero acabo antes. Ya me la historia.

—Está *caladiña*. Ya voy. Tenía que hacer un montón de cosas. Empecé a airear las habitaciones, luego me puse a limpiar el polvo y a dejarlo todo bien *xeitoso*. Cuando acabé, iba a ir al piso de abajo y en las escaleras las escuché a hablar: «Más te vale que todo salga bien».

¿A qué se refería? Todas estábamos expectantes por que Manuela ampliase su relato.

—Me encanta que estéis tan atentas y tan *calladiñas,* y eso que aún no sabéis lo mejor. Os voy a contar, literal, lo que escuché. Catalina le contestó: «Todo esto es por tu culpa. Nada habría ocurrido si hubieses respetado a padre».

—¿Respetado a padre? ¿Estaba insinuando que la marquesa le fue infiel a su marido? —Carmen y yo nos miramos.

—A ver, hombre, que si no me dejáis ahora acabar vosotras, entonces sí que estaremos aquí hasta la noche. La marquesa le contestó: «Cállate la boca, no voy a permitirte que me hables así». Pero Catalina le respondió todavía más alterada: «Es verdad, madre. Si tú lo hubieses respetado, él jamás se habría aficionado al juego, jamás habría apostado y jamás…». En ese momento, el bofetón resonó por todas las escaleras. «No vuelvas a decir eso», la frenó. Entonces Catalina se quedó paralizada. Se llevó la mano a la cara colorada y miró a su madre con un gesto de desprecio: «La realidad duele. Ya no aguanto más. No pretendas que ahora sea yo quien solucione tus errores». «La que no puede cometer ni un solo error eres tú, ¿me oyes?». «Yo no tengo la culpa de nada. No tengo la culpa de que apostara el pazo y tampoco de que ahora vengan a reclamarlo».

En ese momento agarré a Rosa del brazo y del impacto di un brinco que casi me caigo. Me tapé la boca con las manos. Ella también estaba asombrada. Manuela y Sabela se miraron entre ellas, como si estuviesen orgullosas de haber descubierto aquella valiosa información.

—Vamos a ver, que yo me aclare —dijo Rosa—. Entonces ¿me estáis diciendo que la marquesa fue infiel a su marido, que este se enteró y por eso se aficionó al juego, y que en una apuesta apostó el pazo y lo perdió?

—Palabrita.

—Hay cosas que no entiendo. ¿Y lo hablan así en las escaleras? ¿Sin miedo a que nadie las escuche?

Manuela levantó los hombros.

—A ver, tan alto no hablaban, igual yo afiné un poco el oído, lo tengo bien entrenado… Supongo que cuando uno sabe que está en su casa se relaja y habla.

—Yo no estaría precisamente relajada si os tuviese a vosotras dos en casa.

—Bueno qué más da eso, Aurora, aquí lo importante es lo que acaba de contar Manuela —sentenció Rosa—. ¿Y dices que ahora le reclaman el pazo?

—Sí, sí, es que no he acabado. A ver, la conversación entre las dos era acalorada, pero siguieron hablando más bajo y ahí ya no pude escuchar con claridad. Me pareció oír a la marquesa decir que había tratado de reunir más dinero vendiendo muebles y objetos de valor. Cosa que tiene sentido, porque a la vista están los huecos vacíos que hay en el pazo. Pero no será suficiente, eso seguro.

—Me pinchas con una aguja de esas mías de coser y no sangro.

—Ahora ya sabemos por qué tenía tanta prisa en casar a Catalina. Para agarrar una buena fortuna, un buen apellido y continuar viviendo del cuento. Aparentando, como a ella le gusta.

—Para evitar que salga a la luz la verdad y mantener su estatus —añadí.

—Pero ¿hace cuánto tiempo pasó eso? Don Guzmán falleció hace un par de años, ¿no?

—Hace más de dos —dijo Sabela.

—¡Jesús, María y José! —Manuela se santiguó—. Estoy empezando a entender todo. Me va a explotar la cabeza.

—¿Qué pasa ahora?

—¿Cómo no lo pudimos pensar antes, Sabela?

Sabela se quedó quieta.

—Claro, don Guzmán falleció en un accidente de caza, una bala perdida decían. Pero, Sabela, tú estabas conmigo. ¿Te acuerdas de con quién fue ese día a cazar?

—Iba con el duque de Mendoza, ¿no?

—Premio. El mismito, con Alfonso de Mendoza Iturriaga. ¿Y quién es él?

—El amante de la marquesa —contesté.

—¿Veis? Hasta Aurora, que no está en el pazo, lo piensa.

—Eh, no, no. No te confundas, Manuela, a mí no me acuses de nada. Ese duque es un gran conocido de la marquesa desde hace años, si hasta recuerdo verlo cuando jugaba con Lucilda.

—En verdad lo había visto muy pocas veces, pero suficientes como para recordarlo—. Todo esto me parece una locura.

—Pues a mí, viniendo de quien viene, ya nada me sorprende —dijo Rosa.

—Hombre, la estamos acusando de asesinato.

—Pero, a ver, ¿con quién apostó don Guzmán el pazo? Y ¿por qué viene ahora a reclamarlo?

—Ay, Aurora, hija mía. Pues no quieras entender todo. A la vista está que el problema es real.

—Tampoco entiendo por qué a Catalina le parece un problema casarse. No va a encontrar a otro hombre así de apuesto jamás.

—Pues en eso tienes razón —convine.

—Por cierto, no quiero cambiar de tema. Pero antes de que se me olvide. Celsa ya va a poder arreglar la casa.

—¿Qué le pasa? —pregunté.

—Nada, unos problemas con las humedades. Desde que se murió Antón todo se le viene encima.

—¿Y cómo va a arreglar la casa si no trabaja?

—Por lo visto, una persona anónima va a pagar los gastos. Ya habló con Eladio para que le haga el apaño. Todavía queda gente buena.

—Eso quiero verlo yo.

Pues sí, todavía quedaba gente buena. Sonreí cuando imaginé que esa persona no era tan anónima para mí. Aquella conversación no murió con la caída de los últimos rayos de sol. Las preguntas que iban surgiendo en mi cabeza tampoco. Estaba convencida de que algo de verdad había en el descubrimiento de Manuela, porque las piezas encajaban. De confirmarse, ese sería un motivo para la alegría, porque el escándalo no tardaría en salir a la luz y se detendría la boda. Doña Isabel no permitiría que su hijo se casase con una familia noble arruinada, pero tampoco aceptaría que lo hiciera conmigo. Tenía que ir a hablar con Enrique cuanto antes.

26

Pazo de Albor, 5 de mayo de 1904

El día estaba marcado en el calendario del pazo, y también en mi cabeza. Tenía que verme con Enrique cuanto antes y explicarle todo lo que Manuela y Sabela me habían contado. Cuando llegué de Vila do Mar era demasiado tarde, pero no podía dilatarlo más.

Necesitaba hablar con él tranquilamente, contarle también mi pasado en el pazo de Baleiro y la historia con Catalina y la marquesa. Había llegado la hora de sincerarme y compartir toda la verdad. No quedaba tiempo.

Además, los acontecimientos recientes me avalarían. Ya no parecería una persona celosa, cuyo único objetivo fuese el de frenar a toda costa esa unión. Aunque también, pero no de ese modo, porque ahora tenía bajo mi poder una información que podría dinamitar todos los planes de la marquesa. Y pocas cosas me hacían más feliz que poder darle su merecido después de tanto tiempo. Disfrutaba solo con pensarlo. El momento había llegado. Sonreí sintiéndome poderosa. Al fin podría liberarme de todos los pensamientos que agitaban mi cabeza. Por delante ambos teníamos una jornada complicada. Pero lo bueno de los días así era que las noches eran más calmadas. Todos estarían cansados de la celebración. Y ese sería nuestro momento.

—Venga, pequeñaja. Vamos a ponerte bien guapa para ese desayuno.

—Quiero que vengas conmigo —dijo mientras me abrazaba.

—Está bien, te acompañaré al salón. ¿Te parece bien?

Sofía asintió con la cabeza.

—Pues vamos a ponernos en marcha, a doña Isabel no le gustará que llegues tarde el día de su cumpleaños.

Sofía se dejaba querer y cuidar. Poco a poco sentía que conmigo se iban llenando los huecos vacíos de afecto que había en su corazón.

—Estás guapísima con ese vestido. Ven, que te peine.

Me senté sobre su cama, y ella se quedó a mi lado de pie. Primero le cepillé los suaves cabellos, que con la luz del sol que entraba por la ventana parecían más dorados. Me encantaba peinarla. Esos pequeños instantes eran muy especiales para ambas. Ella siempre se quedaba quieta, y yo aprovechaba también para acariciar su cara. Con la misma suavidad, separé dos mechones de pelo y comencé a entrelazar mis dedos con ellos. Antes de terminar, rematé la trenza con un lazo rojo.

—Ya estás lista. Estás hecha toda una señorita ya. ¿Vamos al salón a desayunar?

Sofía me cogió la mano y yo la acompañé por el pasillo.

A lo lejos apareció Enrique. Cuando nos vio, sonrió y, con su porte y a paso calmado, se aproximó. Su presencia era el verdadero motivo que hizo que todo se iluminara, y no la luz que entraba por las ventanas. Fue un encuentro fugaz, apenas nos paramos a hablar. Primero me miró a mí y vi todo el deseo contenido en su mirada furtiva. Después miró el lazo de Sofía, y volvió a mí con una sonrisa pícara. Pero mi gesto fue serio, tal vez no se lo esperaba.

«Es importante», suspiré. Las palabras ya no eran necesarias para comunicarnos, pero esa mañana insistí. Él me contestó asintiendo por la cabeza.

—Sofía, ¿qué te parece si te quedas con don Enrique? Él también va al salón, ¿verdad? Así yo puedo ir haciendo otras tareas, que hoy tengo mucho trabajo.

—Quiero ir contigo —sentenció.

—Yo la entiendo —dijo Enrique.

Su impertinencia me acaloró. Era inevitable sentir el fuego quemándome cuando lo tenía cerca.

—Está bien, pero después tendré que irme un rato para ayudar a Beatriz a hacer esos dulces que tanto te gustan, ¿de acuerdo?

—Sí.

Los tres nos dirigimos juntos al salón, aunque mi función al llegar era bien distinta a la suya. ¿Serían aquellos pasos un espejo del futuro? Caminé, entonces, con más determinación, pisando fuerte.

Doña Isabel aguardaba sobre la mesa. Estaba más arreglada de lo normal. Llevaba un elegante vestido verde que conjuntaba con las dos esmeraldas que colgaban de sus lóbulos en los días especiales. A aquella mesa no le faltaba detalle. Un amplio mantel blanco de encaje cubría toda la superficie de madera pulida. Encima descansaba una elegante vajilla de porcelana. Las tazas llenas de bebida caliente, bandejas con dulces, pan recién horneado y una bandeja de fruta fresca. Miré hacia otro lado, antes de que se me hiciese la boca agua. Enrique se acercó y le besó suavemente la mano, Sofía le dio un abrazo un poco forzado y yo me limité a desearle un feliz cumpleaños.

—Feliz cumpleaños, señora.

—Muchas gracias. Puede retirarse.

—Con su permiso.

—Escuchadme todos. Los invitados irán llegando al jardín. Ahí sacaremos algo para ofrecerles. Algo dulce, Beatriz. Gustavo y Ramiro, sé que ya habló Cándido con vosotros, pero os recuerdo que seréis los encargados de indicarles a los invitados el camino hacia el salón principal y los acompañaréis a todos si es necesario. Recordad que también tendréis que abrir las puertas cuando lleguen.

—Oído —confirmaron a la vez.

—El cumpleaños es una celebración muy importante para doña Isabel, y a nosotros nos servirá de prueba para la boda. Ese día sí que no puede haber ni un mínimo error. Quería comunicaros que también habrá un concierto de música. La señora ha contratado a un cantante para que amenice la tarde. Nosotros estaremos a pleno rendimiento. Cada uno con sus funciones. ¿Está todo claro? En marcha. Clara, Jacinta, poneos manos a la obra con la masa del hojaldre. Quiero todo en su punto. Aurora, tú ayudarás a Candela con los buñuelos y los pasteles de limón.

—Ya podían aprovechar el cumpleaños de doña Isabel para casarse, ¿no creéis? Así nos ahorrábamos trabajo.

—Toda la razón. Hay que ver el ritmo que ha cogido la marquesa. Va de celebración en celebración.

—Hace bien, si yo tuviese este pazo y, por supuesto, su dinero, montaría cada día una fiesta diferente.

—Eso no hay servicio que lo aguante.

—¿Quién será el cantante ese que vendrá?

—¿Para qué preguntas? Si, aunque nos digan el nombre, tampoco lo vamos a conocer.

—Pues por saber… Seré una cocinera, pero hay que tener cultura. Así, siempre podré decir que lo escuché cantar, aunque sea desde la cocina.

—Menos hablar y más trabajar, ni que os sobrase el tiempo. Eso es, precisamente, lo único que nunca sobra.

Los invitados empezaron a llegar al jardín. No al jardín donde Enrique y yo nos veíamos, donde recogía las flores para Luis o donde jugaba con Sofía. Sino en el que estaba en la parte trasera. No hacía falta cruzar la pasarela. Tenía acceso por una puerta lateral y también por la parte de atrás del pazo, a través de una pequeña galería con unas escaleras rectangulares que desembocaban directamente en el jardín.

A lo lejos, el pequeño viñedo deslumbraba con la luz del sol.

Enrique acompañaba a doña Isabel, que envolvía con sus manos a Sofía. Y nosotros también estábamos listos para recibir a los invitados.

Sobre mis manos cargaba una bandeja de dulces, y también toda mi impaciencia. Solo quería que aquel día acabase lo antes posible y que los rayos del sol desapareciesen para dar paso a la noche. Eso es lo que ansiaba, que llegase rápidamente aquel momento para contarle todo a Enrique.

Hablando de Enrique, estaba especialmente atractivo con aquel traje. Resaltaba todavía más la elegancia que lo caracterizaba. La chaqueta le quedaba como un guante. De vez en cuando, aprovechaba para mirarlo disimuladamente, esperando que sus ojos se encontraran fugazmente con los míos. Pero un grito agudo rompió la armonía de mis pensamientos. Cómo no, las primeras en llegar fueron Catalina y la marquesa. «No me extraña», pensé. No podían desaprovechar ni un segundo, el tiempo jugaba en su contra. Lo cierto es que, para mi sorpresa, su presencia dejó de irritarme. Llevaban varios meses acudiendo al pazo de forma intermitente. Y en las últimas semanas, sus visitas eran casi diarias. Por eso llegó un momento en el que ya estaba anestesiada. Ya no sentía ese miedo que me dominaba cada vez que se cruzaban en mi camino, sobre todo María Leonarda. Con un poco de suerte, pronto las perdería de vista.

—¡Querida, muchas felicidades!

—Muchas gracias, María Leonarda.

—¡Felicidades, doña Isabel!

—Gracias, Catalina. Estás espectacular con ese vestido.

Sí, espectacularmente fea. «Aurora, ten paciencia», me supliqué. «Pero ¿a quién se le ocurre ponerse un vestido amarillo? Con suerte atraerá a los mosquitos. Bueno, no le irá tan mal, al menos conquistará a alguien?».Se me escapó una carcajada, que se deshizo en el aire como una nube cuando vi a Enrique recibirla con un beso en la mano. ¡Qué asco! Él me miró disculpándose, y yo le devolví la mirada con, sin poder evitarlo, rostro amargo.

Gracias a Dios, los demás invitados no tardaron en llegar. Estaban perfectamente ataviados. Ellos, con sus chalecos a corte y corbatas finas. Ellas, con sus vestidos vaporosos en tonos pastel. Rosas, lirios, azucenas, mimosas… parecían flores en plena floración que pintaban el jardín con un tono elegante que se fusionaba con la naturaleza que lo rodeaba.

Yo era una simple espectadora en un mundo de modales aparentemente exquisitos. Disfrutaba observando la elegancia que había a mi alrededor. Contemplaba a las damas y observaba con más discreción a los caballeros. Me evadía, imaginándome la realidad que se escondía detrás de cada rostro. ¿Serían todos tan insoportables como la marquesa? No lo creo, eso era imposible.

—Así que esta bonita dama es la culpable de que últimamente esté más sonriente.

—Este es el marqués de Montenegro, un buen amigo de la familia.

Enrique le presentó a Catalina.

No lo podía soportar más. «Será mejor que me aleje», pensé. Empecé a moverme por el jardín mientras paseaba la bandeja de un lado a otro, cuanto más lejos de ellos mejor.

—Será una celebración espectacular. Estamos deseando que llegue el día.

—Gracias, esperemos que sí. Catalina, ven, quiero presentarte a los vizcondes de Verdiales. Estaban deseando conocerte.

—El gusto es mío. Pero si me disculpan, doña Isabel está sola.

Chis, qué pelota. Encima, bienqueda. Cómo se notaba que lo hacía por interés, siguiendo los consejos de su madre.

El que también estaba solo era Enrique. «Un milagro», pensé. Y sin pensarlo demasiado me acerqué, con la bandeja como excusa, para recordarle lo que teníamos pendiente.

—No te olvides, es importante.

—Tranquila, no me olvido. Estoy deseándolo.

Antes de levantar sospechas, me fui a la otra esquina del jardín. María Leonarda no me quitaba el ojo de encima. Pero eso ya no era ninguna novedad.

No soportaba tanta falsedad, lo único que tenían en común todos ellos era su ansia por aparentar.

—¡Damas y caballeros, pueden ir entrando al salón, el concierto está a punto de empezar!

Gustavo y Ramiro indicaban con un gesto suave a todos los invitados que podían abandonar el jardín para tomar asiento en el salón. Mientras, entre los invitados, algunos apuraban sus conversaciones, y otros se despedían poniendo rumbo hacia las escaleras para subir al salón.

Entre tanto movimiento, había perdido a Enrique y a doña Isabel, y tampoco veía a la marquesa. Qué raro...

Una mano me sorprendió por la espalda. Y cuando me giré, la vi.

—No hablaría contigo si no fuese estrictamente necesario.

«Yo también me alegro de verte, Catalina», pensé. Pero actué con cabeza y frené mis impulsos asesinos para limitarme a dedicarle una sonrisa más falsa que ella.

—Hace un buen rato que no veo a Sofía, me pareció que entraba por una de esas puertas —dijo mientras indicaba con la mano.

—Está bien, iré a buscarla.

Sin decir nada más, se marchó.

A decir verdad, yo también hacía un tiempo que no veía a Sofía. «Pobre, ni su propia madre la echa de menos cuando no está», pensé. Miré bien por el jardín, pero ya no quedaba nadie. Todos se habían marchado.

—¿Sofía?

En el jardín no estaba. ¿Pero en esa puerta? Era el acceso a la bodega... ¿qué iba a hacer la niña ahí? Era un poco raro. Pero conociéndola tampoco me extrañó tanto. Tenía que entrar. Y para mi sorpresa la puerta se abrió con un chirrido suave. Ante mí se desplegó al lado izquierdo un pasillo de piedra que parecía no tener fin. Era como un pasadizo donde mis pasos resonaban tímidos y encapsulados entre las paredes de piedra.

—¿Sofía? Tengo un regalo para ti.

No estaba intentando persuadirla. Era verdad. Tenía escondido un libro con las hojas en blanco para que lo utilizase como diario.

Pensaba dárselo más tarde, pero igual, si lo decía en alto, podría escucharme y eso funcionaba como pretexto para encontrarla.

El silencio era abrumador. Seguí caminando, y el olor a humedad se hacía más insoportable por momentos. Mi voz rebotaba contra las paredes. La luz era escasa. Solamente un pequeño candil colgaba un poco más adelante, en el centro del pasillo que apenas iluminaba. Se movía suavemente, dibujando sombras que danzaban a ambos lados de la pared. Pero… ¿eran sombras provocadas por la luz? ¿O sombras que escondían la existencia de movimientos reales?

Me acerqué, aunque el ambiente era tenebroso. Sabía dónde estaba la bodega, pero la verdad es que no había entrado nunca. Para mí, era un lugar totalmente desconocido.

—Sé que estás ahí, ven, o te perderás el concierto.

Más adelante distinguí varias puertas a ambos lados del pasillo. «Estará en una de ellas», pensé. Probé a abrir la primera. Las telarañas me atraparon la mano. Pero dentro no había más que un fuerte olor a alcohol y un par de cubas vacías. Hice lo mismo con la segunda. No estaba vacía, pero sí un poco más ordenada. Varias botellas apiladas en el suelo, más cubas vacías y un par de herramientas casi oxidadas.

—Sofía, venga.

Empecé a buscar por detrás de las cubas.

—Sofía no está.

Cuando escuché su voz di un brinco hacia atrás.

—¿Dónde está? ¿Usted?

—¿Pensabas que no me iba a enterar? Llevo meses viendo cómo os miráis, cómo pasa por las noches delante del pazo para acudir a tu encuentro y… ¿tú te crees que por llevar un pañuelo en la cabeza no te voy a conocer? Sé que os veis, sé que os queréis.

María Leonarda avanzaba hacia mí con gesto despiadado mientras yo me arrinconaba entre las cubas.

—Te sigues riendo de mí en mi cara. No has aprendido nada en estos años. Otra vez metiéndote en medio, maldita rata. Esta vez tampoco voy a permitir que te salgas con la tuya.

No sabía si lo que estaba viviendo era real o una pesadilla. Los sudores invadían mi cuerpo, su mirada endemoniada se clavaba en mis ojos. Pero no iba a dejar que me volviese a amilanar.

—Se humilla usted sola, faltándole el respeto a su propia familia. Sé que está a punto de arruinarse y que lo único que tiene para seguir en su mundo de falsas apariencias es esta boda. Qué triste, ¿verdad? Todo en su mundo está vacío. Todo es falso, como el pazo donde vive, que ni siquiera es suyo. Esta vez seré yo quien impida que se salga con la suya. Lo sé todo. Y los demás no tardarán en enterarse.

Su cara en ese momento se transformó. La ira le salía por las pupilas. Se acercó a mí con agresividad. A cada paso, parecía que su sombra me absorbía y yo me hacía más pequeña. Sentí de nuevo su inquietante proximidad.

—Eso jamás te lo voy a permitir.

De repente, salió y la puerta se cerró de un portazo. Con un movimiento rápido, escuché cómo la cerraba con llave a pocos días de fugarme con Enrique.

TERCERA PARTE

27

Pazo de Albor, 8 de junio de 1928

—Disculpe, señor Lorenzo.

—Pase, Roberto, ¿qué sucede?

—Han encontrado esto en la bodega.

—¿De qué se trata?

—Como comprenderá, no lo he abierto. Parece un libro. Estaba camuflado entre moho y telarañas en una de las salas. Lo he limpiado un poco.

—¿En la bodega?

—Sí, en la tercera sala, la del fondo del todo.

—Está bien, déjelo ahí encima.

—Señor, también ha llegado el correo.

—¿Algo importante?

—Lo esperado.

—Ahora lo revisaré, gracias, Roberto, puede retirarse.

Vila de Pazos era muy diferente a Alemania. Después de varios años formándome allí, terminé por cogerle cariño a los alemanes. Ellos me enseñaron cosas muy valiosas. Diría, incluso, que aprendí a entender su carácter. Pero afortunadamente ya estaba de vuelta, aunque se me hacía raro tras danzar durante tantos años entre colegios e internados. Ahora me sentía feliz porque había terminado los estudios y por fin podía involucrarme en mi proyecto. Me entusiasmaba este mundo. Tenía grandes ideas en la cabeza. La verdad es que los alemanes eran unos visionarios porque con una uva de menor calidad que la nuestra, y con un clima todavía peor, que ya es decir, habían logrado hacer un vino de bastante calidad. Al menos, allí tenía un gran valor. Su fama se empezaba a extender por todo el mundo, cada vez lo exportaban a más países. Era el preferido de los británicos. «Hasta que prueben los míos», pensé. Estaba convencido de que elaboraría unos vinos excelentes y emocionado porque mis primeras impresiones eran buenas. Hasta ahora, todo iba viento en popa. La cosecha fue espectacular. Todavía se me ilumina la cara al recordar cómo las uvas relucían flotando sobre las cepas. Entonces estaban en otra fase del proceso, reposando en una antigua cuba. No quedaría mucho ya para poder embotellar. Solo necesitaba ultimar un par de detalles. Pero lo tenía todo bastante claro.

Necesitaba un respiro porque llevaba prácticamente toda la noche en vela trabajando. Pensé en ir a dar una vuelta por el viñedo, así pasaría por la bodega y aprovecharía para echar un vistazo a ver qué tal iba todo. Cuando me levanté pasé por delante de aquella especie de diario. ¿Qué sería? Parecía antiguo. Tenía las esquinas dobladas y todavía estaba húmedo. Menos mal que Roberto lo había limpiado, pensé. Lo abrí con intriga. Resultaba un tanto extraño que se hubiese encontrado un libro precisamente en esa sala. Llevaba años cerrada. Es más, a decir verdad, no la recordaba de otra manera. Salvo que alguien la hubiese abierto en mi ausencia. Bueno, qué más daba. Cuando pasé un par de páginas, el ambiente se impregnó de un aroma que inevitablemente evocaba el paso del tiempo. El olor a humedad se intensificaba y algunas palabras parecían borradas.

«Aurora», leí en la primera página. La segunda era mucho más extensa:

6 de junio de 1904

Sé qué día es porque fue lo primero que le pregunté a Germán cuando lo vi entrar por la puerta. Tengo que reconocer que por un momento hasta me alegré de ver su cara y no la de la maldita marquesa. A él es mucho más fácil persuadirlo, aunque por ahora no ha funcionado.

Jamás pensé que el diario que le iba a regalar a Sofía se acabase convirtiendo en el mío propio. Pero necesito desahogarme, sacar todo lo que llevo dentro y romper con esta soledad que me está matando cada día un poco más.

Llevo cuatro semanas aquí encerrada. Las suficientes como para aprender a gestionar la ira y la frustración que me dominaron durante los primeros días. Ahora me limito a tratar de sobrevivir y mantener la mente fuerte, pensando en que, en algún momento, alguien me encontrará y todo esto terminará.

¿Me estarán buscando? Que quede claro que fue María Leonarda la que me encerró en estas cuatro paredes. Lo hizo el día del cumpleaños de doña Isabel, y, desde entonces, aquí sigo, abandonada como un perro, sin ver la luz del día. Y, aunque intento permanecer fuerte, cuando lo pienso me vuelvo un poco loca. Esto es una tortura diaria que cada segundo me hace perder la poca cordura que me queda. Mi estado de ánimo cambia a cada instante. No puedo evitarlo, necesito respirar.

Pienso mucho y hay dudas que ya se han disipado con el paso del tiempo. Enrique, sé que te casaste. Ese era el objetivo de María Leonarda cuando decidió encerrarme. Lo sabe todo. Tengo tantas cosas que contarte…, pero necesito hacerlo en persona. No pienses que me fui sin ti, no pienses que desaparecí. Jamás haría algo así. Quería contarte en persona toda la verdad, pero se me acabó el tiempo.

Lo que te quería contar, aunque tal vez a estas alturas ya lo sepas, es que María Leonarda está arruinada, ella engañó a tu madre para que aprobara el matrimonio con Catalina. Todo era una farsa para no perder el poder y seguir viviendo en ese mundo falso de apariencias que tanto necesita. Ojalá hubiese sido valiente cuando todavía podía. Ojalá me hubiese atrevido antes a contarte que las conozco desde hace años. Sí, debería habértelo contado. Es una larga historia. Todo empezó con mi madre. Ella trabajaba en su pazo como nodriza. Yo crecí con Catalina hasta que María Leonarda me acusó de un falso robo y convirtió mi vida en un infierno. Bueno, no quiero lamentarme de lo que no pudo ser, porque confío en poder contártelo pronto en persona. Perdóname. Quería que fueses tú quien lo descubriese por sí mismo, tal y como me habías dicho que te gustaba hacerlo. Observando cuando nadie está atento. Temía que me juzgaras. Que dijera mucho más de mí que todo lo malo que te pudiera contar sobre ellas.

Cuando vi a Germán, supe que ya estaban en el pazo, y no solo de paso, quiero decir. Te compadezco. No me quiero imaginar tu calvario. Supongo que será todavía más difícil que el mío, que ya es complicado.

Por más que lo intento, no puedo imaginarme a Catalina como duquesa. Ni a Sofía bajo los cuidados de otra persona que no sea yo. Tampoco me puedo imaginar un día más así, sin ti. Me estoy viniendo abajo.

Me quedé atónito, no tenía palabras. ¿Mi abuela encerró a una mujer en la bodega? ¿Quién era? ¿Y por qué? ¿Germán? ¿Quién es Germán? «Un momento», pensé… «¡No puede ser!»

Volví a pensarlo otra vez, esta vez con más calma. Me quedé quieto durante un rato mientras maduraba mis pensamientos. Mi mente se debatía entre pensar que todo era absurdo y obviar el tema, o comprobar si me estaba equivocando. Opté por lo segundo, no quería quedarme con la duda. Esas fechas… eran demasiada casualidad.

Rápidamente me levanté del sofá y fui directo al escritorio. Como movido por un impulso irrefrenable, abrí con la llave el cajón que contenía todos los documentos privados de mi padre. Los cogí con cuidado para que no se desordenaran y volví de nuevo al sofá. Sobre la mesa, al lado del diario, coloqué el montón de cartas. Cuando tenía todo en orden, volví a leer la fecha del diario: «6 de junio de 1904». Luego, regresé a los papeles: «16 de mayo de 1904».

¿Estaban relacionadas? Repasé de nuevo la lectura completa.

Querida Aurora:

¿Dónde estás? ¿Dónde te has metido? Parece como si te hubiese tragado la tierra. Te he buscado en todos los lugares posibles e imposibles. En los lugares donde eras tú y donde éramos nosotros. Nosotros... Esa palabra ya no tiene significado si tú no estás.

La marquesa, María Leonarda, asegura que te has ido. Dice que ella misma vio cómo recogías tus cosas en Vila do Mar y cómo salías del pazo al día siguiente, durante el cumpleaños de mi madre. Pero yo sé que tú no te fuiste, no habrías podido. Sin avisar, sin despedirte. Tú no eres así.

Te esperé cada noche en Vila do Mar, visité cada día el cementerio, por si te encontraba cambiando las flores. Te pienso cada día y no lo entiendo. Sé que ha pasado algo y me culpo por no saberlo, por no haberme dado cuenta. Sé que jamás dejarías a Sofía sola. Lo está pasando muy mal, no hay quién la controle, han vuelto sus crisis de sonambulismo. Todos te necesitamos.

¿Qué era eso tan importante que tenías que decirme? No dejo de darle vueltas a la cabeza, tratando de encontrar respuestas, como si eso pudiese acercarme a ti. Tenías razón, no tendríamos que haber esperado tanto para huir de aquí. Ahora pago un precio demasiado alto, tu ausencia. Todo sería diferente si te hubiese hecho caso. Me culpo a diario, me castigo sin descanso, te pienso... a cada rato.

Me despido, con el deseo de encontrarte pronto y el compromiso por mi parte de buscarte incansablemente.

No me lo podía creer... Alterné de nuevo la vista, ahora fijándome solo en el diario, luego, en los papeles. Ahora todo coincidía. Juntando ambas partes, se unía la historia. ¿Quién era Aurora? Esa pregunta volvió a mi cabeza. No hacía mucho tiempo, buscando unos papeles en el despacho, me encontré con esas cartas. La verdad es que las leí por encima, pero no le di demasiada importancia. Estaba apurado buscando una documentación que necesitaba. ¿Cómo pude pasarlo por alto?

A juzgar por el diario y por la cantidad de cartas sabía que estaba solo ante el principio de aquella historia. Leerlo todo me llevaría tiempo. Levanté la vista y miré al reloj. Las once... Me quedaba poco tiempo hasta reunirme con Ignacio. Seguía teniendo mucho trabajo por delante, pero la curiosidad por seguir descubriendo qué había pasado pesaba más. Así que me puse cómodo y deslicé mis dedos entre las páginas del diario. La siguiente fecha era de agosto. Revisé de nuevo los otros papeles y... ¡premio! El 21 de mayo. Esa carta iba antes.

21 de mayo de 1904

Querida Aurora:

Te escribo desde mi despacho mientras miro hacia la puerta, ojalá aparecieses para alegrarme. Ojalá tus ojos de nuevo frente a los míos. Ese oasis de paz y verdad absolutas.

Pero la realidad es distinta. Te escribo estas líneas acompañado únicamente por la tristeza y la soledad más profundas que jamás he sentido. Hoy ha sido la boda. Soñaba hasta el último momento con que aparecías por la puerta, y que serías tú la persona que estaría a mi lado. Pero no ha sido así y tengo que aceptarlo. Aunque me niego a hacerlo. Sigo aferrándome a la esperanza. ¿Dónde estás? Te sigo buscando.

Ha sido el peor día de mi vida. Se supone que debería ser un día feliz, pero ha sido todo lo contrario. Se supone que debería estar alegre y contento, ¿no es eso lo que uno debe sentir cuando se casa? Quizá esté equivocado. Se me olvidaba que eso solo es para los pocos afortunados que pueden ser libres y escoger a la persona a la que aman. Afortunados y valientes, porque yo no tuve el suficiente coraje para enfrentarme a mis verdaderos sentimientos. Y ahora me lamento porque mi corazón sigue congelado, parado en ese último latido, el de la última vez que te vi.

La tristeza me invade cada día, y ya no puedo disimularlo más. No quiero. Ha sido horrible, he estado acompañado de gente que ni siquiera conocía, de caras falsas y fingidas. Me faltaban la verdad y la pureza que se esconden en ti.

Me faltabas tú, te sigo pensando cada día, te sigo buscando, sin descanso. Necesito que aparezcas para que todo esto termine cuanto antes. Mi vida, sin ti, no es vida. El cielo es oscuro y estoy sumergido en un auténtico infierno.

Mi padre nunca quiso casarse con mi madre… Un escalofrío me recorrió el cuerpo, llenando el ambiente de preguntas que se acumulaban en mi cabeza.

Involuntariamente aparté las cartas, pero lo cierto es que ya no podía levantar la vista de ellas. No podía dejar de leer. Volví al diario, pero ya no tenía fechas. ¿Por qué? Justo después repasé de nuevo la lectura, las cartas de padre, quiero decir. Las suyas estaban todas datadas. Esta vez, un poco más rápido. Tenía la historia completa entre mis manos. De eso no tenía duda, pero las preguntas se acumulaban en mi mente: ¿quién era Aurora? ¿Qué hacía ese diario en la bodega? ¿Por qué se escribían? ¿Qué había pasado con ella? Cada vez tenía más preguntas, y menos tiempo.

—Señor, ha llegado Ignacio.

—Está bien, dígale que pase.

—¿A su despacho?

—Sí, aquí lo espero.

Empecé a recoger las cartas. Con brío, las coloqué en orden, también el diario. Guardé todo junto de nuevo en el cajón del escritorio. Lo cerré con llave, con el deseo de volver a abrirlo cuanto antes para seguir descubriendo aquella historia.

—Adelante, Ignacio, toma asiento.

—Espero que me cuentes de una vez por todas qué te traes entre manos.

—Nada que no sepas ya, amigo. Ya sabes que estoy a vueltas con el tema del vino.

—Bueno, pero no lo dirás por lo que cuentas… Porque no cuentas nada.

—Es para que nadie me copie la idea. Era broma, descuida. La prudencia es siempre el mejor de los aliados.

Ignacio arqueó la ceja. La verdad es que no se me daba nada bien hacerme el interesante.

—Estoy elaborando un vino. Algo diferente. Los viñedos están espléndidos. Hay una pequeña parcela donde las uvas son de una calidad excepcional. Están ubicadas justo enfrente del mar y se empapan cada día de su brisa atlántica. Esta tierra es rica, y el clima es excepcional para su cultivo.

—¿Algo diferente? ¿Qué dices?

—Ya lo verás, confío en que será especial. Con uvas albariño. Tienen potencial.

—¿Estás loco? Bien sabes que se pierden pronto.

—Eso pasa si no las sabes cuidar.

—Creo que te equivocas, Lorenzo, luego no digas que no te he advertido. Pero, bueno, cuéntame. ¿Cuántas botellas necesitarás?

—Para lo que tengo en mente muy pocas porque es una cosecha pequeña. Serán pocas unidades, así veré qué tal funciona. Lo tengo todo en una cuba, medio escondida. Ya sabes…, lo bueno no abunda. ¿Qué te parece si bajamos al viñedo y damos un paseo mientras seguimos charlando?

—Claro.

En verdad, mi único deseo era regresar pronto para abrir el cajón y seguir descubriendo la historia, que ya me tenía totalmente atrapado.

Solo habían pasado unas horas, eternas, por cierto, cuando al fin pude volver a abrir el cajón del escritorio para seguir conociendo la historia que me mantenía en vilo.

Encendí la chimenea, me acomodé en el sofá y me sentí en compañía, a pesar de mi más que evidente soledad. Los cuadros en la pared me miraban. En el centro, mi padre, Enrique Zulueta de la Vega, al otro, mi abuelo, Felipe. ¿Quién era realmente mi padre? Esas cartas me habían descolocado, no entendía nada.

«Está bien, basta de preguntas. Seguiré leyendo».

Enrique:

Han pasado muchas semanas desde la última vez que me sentí con fuerzas para plasmar mis pensamientos en este trozo de papel y compartirlos contigo.

No sé si acierto al decir que han sido varias semanas, y no una eternidad. Tal vez sea más, o menos, he perdido ya la noción del tiempo. Los días pasan muy despacio, luchando contra la soledad, entre susurros vacíos y el eco de mis propios sentimientos.

Las horas son eternas, y cada vez echo más de menos tu voz, tus manos, tus abrazos, el consuelo de tus palabras y la calidez de tus labios. Pienso cada noche en tus ojos oscuros, ellos son mi faro. Les pido que me iluminen y me den fuerzas para seguir adelante.

Cada día es una nueva batalla, lucho por mantenerme fuerte y confiar en que todo acabe lo antes posible. Pero caigo, sin poder evitarlo, en la desesperanza. Mi mente se sumerge constantemente en un torbellino de preguntas sin respuesta. Me pregunto todo el rato qué será de ti, cómo estás, cómo estará Sofía. También si sigues pensando en mí. Eso me abruma demasiado.

Cada palabra que escribo es una bala de realidad que va directa a mi corazón y me destroza poco a poco, cada día más. Todo lo que escribo no es solo una cura de consuelo, sino también un intento, cada vez más desesperado, de seguir conectada a ti. Confío en que estas palabras logren traspasar en algún momento la distancia que nos separa. Y que quede constancia, siempre, de cuánto te amo.

Te necesito.

Me estremecí con la fuerza de sus palabras. Pero seguía sin entender quién era Aurora. En el diario no daba ninguna pista sobre su vida. No había nada que me ayudase a responder a la pregunta. Lo que estaba claro era que ambos se querían. Tal vez las respuestas estuviesen más adelante, por eso seguí leyendo.

Hojeé los papeles, tratando de buscar la carta que le daba continuidad, pero la siguiente ya era de una fecha muy posterior. Volví al diario, y ahí seguía hablando Aurora. Pero no ponía fecha. Al menos, el cuaderno estaba ordenado. O eso quise pensar.

Enrique, estoy asustada. Hoy la he visto de nuevo. La tuve frente a frente y fue como ver al mismísimo demonio.

Me encontraba muy mal, estaba débil, y cada vez se me hacían más insoportables esos olores. Me mareaba, me revolvía por dentro y no podía parar de vomitar.

Germán detectó que algo no iba bien y la avisó. ¿Te había contado ya que él me vigilaba? Hacía guardias día y noche delante de la puerta para que nadie me liberara. A veces, le preguntaba por qué lo hacía, pero nunca me contestaba. De vez en cuando, tenía un detalle y me traía más comida. Pero ¿quién tendría apetito?

Bueno…, la verdad… es que confiaba en poder contarte esto en persona. Me encantaría ver tu cara. Me la imaginaba llena de felicidad, pero ahora empezaba a ser consciente de que era complicado, tal vez imposible. Por eso, antes de que mis emociones se esfumen levemente, quiero contarte que… estoy encinta.

¡Estoy encinta, Enrique! Me di cuenta hace unas semanas, con la primera falta. Confiaba en ser yo quien te lo contara. Eso es lo único que ahora me mantiene con fuerzas, porque siento que ahora tengo un motivo más para luchar.

Es algo indescriptible. Una sensación que hace que ahora mi corazón lata con más alegría, aunque también con más temor. Cuando me siento débil, me acaricio el vientre y pienso que esto es lo que nos mantiene unidos.

Bueno, lo que te quería decir es que María Leonarda apareció por la mañana. Vio mi cara, me lanzó esa mirada suya de desprecio y dio un portazo. Al poco rato, se volvió a abrir la puerta. Pero esta vez no venía sola. Vino con don Francisco, el médico. Ese maldito matasanos al que cada vez le tengo más odio. Él me reconoció enseguida, parecía que se alegraba de verme en ese estado tan deplorable.

—Nos volvemos a ver, señorita.

Yo me limité a quedarme callada.

—Mareos, vómitos... ¿Está encinta?

Mi silencio les dio la respuesta.

—Denle mucha agua, tiene que hidratarse bien y alimentarse algo más si lo que quieren es que sobreviva lo que lleva dentro.

—¡Maldito matasanos! —susurré.

—Está bien, don Francisco, váyase y recuerde lo que hablamos. Su silencio y su discreción me cuestan un alto precio. No se olvide.

Don Francisco se fue. Gracias a Dios, ahora solo estaba ella mirándome mientras sonreía sin parar.

—Mira por dónde me vas a dar la solución a lo que yo creía un problema. No te preocupes, a partir de ahora te cuidaremos mejor.

Y antes de irse, me miró de nuevo con ese desprecio que solo tiene un alma podrida y vacía como la suya.

«¡Venga ya! Esta historia no puede ser real. ¿Padre tuvo otro hijo? ¿Tengo un hermano?» Ahora mi mente se debatía entre si eso era una historia real o una patraña. ¿Por qué no había escuchado nunca nada sobre Aurora? Tenía que seguir leyendo. La siguiente carta me llevaba a junio.

24 de junio de 1904

Querida Aurora:

Lo doy por perdido, todo. Sé que no te fuiste, sé que pasó algo. No tengo dudas. En tu cuarto sigue todo, tal y como tú lo habías dejado. Sé que jamás te irías sin tu misal y sin la toquilla de tu madre.

Es difícil para mí poner en palabras lo que tengo que decirte. Pero es necesario que sepas la verdad. Todo ha tomado un rumbo complicado que nunca me imaginé. La realidad me atrapa.

Mi vida está vacía y mi corazón, terco y fiel a sus sentimientos, no puede dejar de latir pensando en ti. El pazo es un lugar diferente. Y, sin quererlo, he caído en la tristeza más absoluta. Te escribo con un nudo en la garganta y con unas lágrimas en los ojos que pensé que no tenía.

El pazo tendrá un heredero. Sé que debería alegrarme por ello. Un hijo es la mejor de las noticias que uno puede recibir. No quiero que me malinterpretes, no es eso, es solo que mi corazón se derrumba al pensar que este hijo no es tuyo. No entiendo cómo es posible formar una familia con alguien a quien no amas. La detesto, Aurora, no puedo soportarlo ni un minuto más. Me ahoga.

Mi mente naufraga en lo que pudo haber sido si todo fuese diferente. Pero no lo puedo cambiar, y ahora el presente y el futuro son una losa que pesa sobre mi conciencia.

Jamás pienses que mi corazón no late por ti. Perdóname. Solo pienso en que regreses pronto para recuperar el tiempo perdido, para ser nosotros, para… para vivir. Porque eso es lo que no hago desde que estoy sin ti.

De acuerdo, ya había logrado despejar una duda. Mi padre tuvo dos hijos. Es decir, yo tenía un hermano. ¿Por qué nadie me contó nunca nada? La confusión me nublaba y las preguntas se amontonaban.

Miré sobre la mesa y me angustié al ver que no había muchos papeles más. Antes de seguir leyendo, necesitaba hacer un pequeño descanso y beber un poco de agua.

—Roberto.

Él enseguida entró por la puerta.

—Dígame, señor.

—Tráigame un poco de agua, por favor.

—¿Está bien? Tiene mala cara.

—Sí, todo bien. Necesito seguir trabajando.

—Me retiro.

Vacié de un trago el vaso, pero no logré aliviar las dudas que se me empezaban a acumular en la garganta. Tenía una sensación rara. Por un lado, la de querer devorar a toda costa las páginas que me quedaban para saber el final de aquella historia. Pero por otro, me daba miedo conocerla, porque podría cambiarlo todo... o no...

No sabía qué hacer. Miraba de reojo los papeles sobre la mesa mientras caminaba alrededor del despacho buscando respuestas. Me detuve ante los cuadros. ¿Quiénes sois realmente? Por primera vez sentí que lo que había detrás de esos rostros firmes no eran más que unos desconocidos.

«Ya está, ¡al demonio! No puedo más. Necesito leerlo hasta el final». Con el impulso que me dio ese arrebato, corrí de nuevo al sofá y me puse cómodo. Seguí leyendo. Ahora, el diario.

Creo que me estoy volviendo loca. A veces me cuesta diferenciar entre mis sueños y la realidad.

Esto sigue siendo una cárcel, una pesadilla oscura que cada día me sumerge un poco más en un abismo de locura y desesperación. La cordura se escapa. Los días se encadenan a las noches, y todo está oscuro. Cuando me despierto siento cómo las paredes se mueven, las sombras bailan y las voces resuenan a mi alrededor con risas burlonas. Solo la veo a ella. Con esa cara maldita y despiadada.

Sé que el tiempo pasa porque cada vez mi tripa es más grande. Al menos, siento que no estoy sola con mis pensamientos. El otro día le hablé de ti y sentí su primera patada. Todavía no te ha conocido y ya te adora. No me extraña.

No sé cuántos meses llevo aquí, he perdido la noción del tiempo. Ya me he acostumbrado a vivir entre estas paredes tan cargadas de humedad. También me he acostumbrado a este olor... a vino...

A lo que no me he acostumbrado es a no tenerte cerca. Gasto la poca energía que tengo en recordar tus ojos. Me pregunto si esto es una pesadilla de la que no puedo despertar, o si mi mente ha creado esta realidad distorsionada para evadirme de todo lo demás. No sé ni lo que digo, me cuesta diferenciar lo que es real y lo que no lo es. Cada vez tengo menos fuerzas y todo pesa más.

Antes de que se me olvide, hoy ha venido de nuevo María Leonarda. Ya no tenía energía para enfrentarme a ella.

—Todo esto es por tu culpa, lo has estropeado todo tú solita acercándote a la persona equivocada. ¿En qué momento se te ocurrió enamorarte de un duque? Maldita criada. Ahora pagas caro tu error. Que conste… que yo solo quería que la boda saliese adelante. Pero tú… tú sola me lo has puesto en bandeja. Me has obligado a seguir encerrándote. ¿Cómo voy a permitir que salga a la luz un hijo bastardo? Pero no temas, soy una buena cristiana y no voy a permitir que le pase nada a esa criatura. No tiene la culpa de tener una madre como tú.

No malgasté mi energía en contestarle, ¿para qué? Era absurdo, no me iba a devolver a ti.

¡Con la criada! Mi padre tuvo un hijo con la criada. Por eso jamás lo quiso contar. ¡Un hijo bastardo! Necesitaba saber más detalles. Esas líneas eran desgarradoras. Me había compungido, estaba angustiado. Nadie merecía pasar por algo tan duro. Otro escalofrío recorrió mi cuerpo. Ahora sí, no podía parar hasta conocer el final.

31 de octubre de 1904

Querida Aurora:

El tiempo pesa más sin ti. Todo es diferente, no solo el pazo. Vila do Mar está triste, nada es igual. He perdido la ilusión y la esperanza. Catalina cada vez tiene más barriga. Está débil, no se levanta de la cama. Yo me siento igual de débil, pero por tu ausencia. Cada día estoy más triste. No he vuelto a sonreír.

Nada me podrá devolver la felicidad hasta que no estés aquí. No tengo fuerzas para seguir.

Pero… ¿se quedaron encinta a la vez? Mi curiosidad crecía al mismo tiempo que mis preguntas.

Volví al diario.

Todo pasó muy deprisa. Ayer por la tarde rompí aguas, antes de la fecha prevista, y, a partir de ahí, todo se precipitó. El dolor era insoportable, los gritos, ensordecedores y mudos, porque rebotaban en las paredes y volvían a mí como ecos lejanos.

Germán dio el aviso, y el matasanos volvió con una rapidez abrumadora. También estaba ella, María Leonarda. Jamás pensé que ella estaría presente en un momento así.

Sudaba como nunca antes lo había hecho mientras me aferraba a la esperanza y le rezaba a la Virgen para que todo saliese bien. Las contracciones eran cada vez más intensas, trataba de pensar que eran olas que, por muy altas que fuesen, no lograrían ahogarme, esta vez no. Todo a mi alrededor era borroso, no recuerdo bien qué pasó o cómo pasó.

Escuché su llanto repentino y fuerte. La criatura llegó al mundo gritando. En un solo segundo, la angustia se mezcló con la ilusión.

El matasanos dijo que era un niño. Y María Leonarda le contestó que perfecto, de eso no me olvido.

Estaba débil, cansada, quería coger a mi niño en brazos, pero se lo llevaron sin decirme nada. Me lo arrebataron rápidamente, sin darme tiempo a reaccionar. Me quedé con el eco de su llanto en mis oídos, el vacío de su ausencia en mis brazos y el dolor, más profundo, ahora sí, en mi corazón.

—Ha nacido prematuro. No puede estar aquí.

Traté de incorporarme, pero mis fuerzas flaqueaban. Quise arrancárselo de sus brazos y acunarlo en los míos. Pero no pude hacer nada más que romperme en mil pedazos.

No podía parar. ¿Cómo podían tratar a alguien así? ¿Todo esto había pasado en la bodega del pazo? ¿Todo esto lo hizo mi abuela? ¿Por qué?

28 de diciembre de 1904

Querida Aurora:

¡Lorenzo ya ha llegado al mundo! Cuando he visto su cara, he vuelto a sonreír. Afortunadamente todo ha salido bien. Fue todo muy rápido y madre e hijo están bien. Que Dios me perdone por lo que te voy a decir, pero he de ser sincero: tengo que confesarte que solo pensaba en ti cuando lo vi. Qué buena madre serías.

Cada vez me cuesta más escribir, porque cuando lo hago siento el vacío que has dejado en mí y aquí.

Ya ha pasado tiempo, pero no puedo olvidarte. Sigo soñando con poder volver a besarte.

Cada carta me sorprendía más que la anterior, pero estaba a punto de acabarlas. No podía ser que el final estuviese en esas hojas. Parecía todo demasiado complejo como para resolverse en tan pocas líneas. ¿Cómo era posible? Tenía un hermano que había nacido prácticamente el mismo día que yo.

No puedo más. Llevo dos días sin saber nada de mi niño y siento que algo no va bien. No sé si esto es un sueño, tal vez todo haya sido fruto de mi imaginación, aunque las grietas que tengo por todo el cuerpo son la prueba de que la guerra fue real.

El silencio envuelve todo lo relacionado con él, evitan contestarme. María Leonarda no ha vuelto a aparecer por aquí. No sé ni cómo es su cara. Ni siquiera he podido decir su nombre.

¿Sabes? Se llama Ricardo, como mi padre, allá donde sea que esté. Madre... Padre...

No puedo más, ahora sí que tengo miedo de verdad. Escucho pasos, pero no oigo lloros...

Cándido...

«¿Cándido? Este es nuevo. ¿Quién es Cándido? ¿Por qué no habla de nada más? ¿Por qué aparece ahora?» Moví las páginas del diario como si fuese un acordeón para ver si había algún relato más que se me escapara, pero esas fueron las últimas palabras escritas por Aurora. ¿Qué había sido de ella? Solo quedaba una carta más de mi padre por leer. ¿Cuál era la respuesta?

5 de noviembre de 1905

Querida Aurora:

Una mezcla de emociones me revuelve y me arrastra en un torbellino de alegría y melancolía. Lorenzo crece muy rápido, está sano y fuerte. Casi va a cumplir un año. Ha cambiado mucho en muy poco tiempo. Lo que quiero compartir contigo es tan real como extraño. Llámame loco, tal vez lo esté. Hoy he visto sus ojos, ahora son más grandes, oscuros y... soñadores. Como los tuyos, Aurora. Cuando me ha mirado, te he visto a ti. Mi corazón ha vuelto a latir, nervioso. ¿Eres tú? Empiezo a inquietarme, a hacerme preguntas. ¿Por qué cuando lo veo solo te veo a ti? Esto es absurdo.

Me estoy volviendo loco. Estoy loco.

¿Por qué la última carta estaba fechada casi un año después? ¿Cómo podía haber un silencio tan prolongado? ¿Y ya estaba? ¿Esto era todo? ¡Qué decepción! Había pensado que, si intercalaba ambas lecturas, podría descubrir la historia completa. Al principio parecía que las piezas encajaban, sin embargo, ahora tenía todavía más interrogantes que cuando encontré las cartas de padre en la mesa del despacho.

Llegados a este punto no podía quedarme de brazos cruzados, como si no pasase nada. ¿Quién era Aurora? ¿Qué pasó con Ricardo? Todo eso ocurrió en este pazo, tenía que descubrir la verdad.

28

Pazo de Albor, 10 de junio de 1928

Ahora veía el pazo de otra manera completamente diferente. ¿Dónde estaba? ¿Qué secretos escondían estas paredes? Me sentía un intruso en mi propia casa. Caminaba por el pasillo mirando en una dirección y en otra como si así fuese a encontrar respuestas a mis preguntas.

Lo había estado pensando durante toda la noche. Tenía que encontrar a Ricardo y saber qué pasó con Aurora, o al menos intentarlo. Pero no había demasiadas alternativas. Las opciones que tenía para poder tirar del hilo eran muy limitadas.

Lo primero que tenía que hacer era tratar de localizar al tal Cándido.

—¡Señor, señor! El correo.

Roberto se aproximaba a lo lejos haciendo aspavientos con las manos.

—¿Algo importante?

—Lo de todos los días.

—Está bien, ya me lo quedo. Roberto…, una pregunta.

—Dígame, señor.

—¿Cuánto tiempo lleva trabajando en esta casa?

—Veintidós años. Todavía lo recuerdo cuando era un crío.

—Ya… —contesté con una mueca descafeinada.

—¿Por qué lo pregunta? ¿Ha sucedido algo?

—No…, no se preocupe. ¿Sabe de alguien del servicio que ya estuviera trabajando en el pazo antes?

—Pues... así de primeras... pienso que no. Que yo sepa, todo el servicio entró nuevo por esa época, más o menos.

—Ya...

—¿Señor?

—Verá —interrumpí—. Le pido discreción. Estoy tratando de localizar a un tal Cándido, que trabajó en este pazo hace... unos veinticuatro años.

—¿Cándido? No me suena. ¿Tiene alguna pista más? ¿Un retrato, alguna información...?

—No, nada. Es curioso, parece como si nadie supiese qué aconteció en este pazo antes de que yo hubiese nacido.

—Me temo que no puedo ayudarle en este tema. Aunque... se me ocurre una cosa.

En ese momento lo miré con curiosidad.

—Teresa, trabaja en cocina.

—¿Qué pasa con Teresa?

—Vino recomendada por Matilde.

Entonces lo miré con cara de no entender lo que me estaba diciendo.

—Matilde era la antigua ama de llaves. Ella sí estaba en el pazo antes.

—Pues dígale a Teresa que suba a mi despacho.

—¿Ahora?

—Sí, cuanto antes.

—Está bien. Ahora mismo se lo comunico.

—¿Quería verme, señor?

Su voz me sorprendió mientras hojeaba de nuevo los papeles sobre la mesa del despacho.

—Sí, pase. Tome asiento.

La joven se acercó con pasos tímidos. Sus ojos claros y chispeantes irradiaban curiosidad, casi tanto como los míos. Me llamó la atención la dulzura de su rostro, que conjuntaba con su aparente fragilidad. Como una muñeca de porcelana a punto de romperse. Alrededor de su cara, un mechón rubio se independizó del moño casi perfecto que se escondía bajo una cofia blanca.

No la había visto jamás. Ni a ella, ni prácticamente a nadie más del servicio, salvo a Roberto, Gabriel y Eugenia. Sentía que era ahora cuando verdaderamente estaba descubriendo el pazo. Ahora... al cabo de veinticinco años.

—Usted dirá...

Reparé de nuevo en su rostro, estaba nerviosa.

—Verá, señorita Teresa, usted vino recomendada por Matilde, ¿no es así?

Me miró dubitativa mientras movía sus manos.

—Esté tranquila, no es por nada malo —dije para calmarla. Pero ella seguía indecisa.

—Matilde... Matilde es mi tía.

Cuando escuché su respuesta, se me iluminó la cara como si su luz me contagiara.

—¿Sabe dónde puedo encontrarla?

Su nerviosismo salió a relucir de nuevo.

—No...

La volví a mirar, tratando de trasmitirle confianza.

—Verá, señor. No quiero tener problemas, quiero seguir trabajando. Pero le diré que mi tía no quiere saber nada del pazo. No puedo ayudarle.

No sé qué pudo ser, pero estaba claro que algo tuvo que ocurrir para que todo el servicio desapareciese y que los que seguían presentes hablasen con tanto miedo.

—No tendrá ningún tipo de problema, señorita. No llevo mucho tiempo en este pazo, y estoy tratando de averiguar cosas del pasado. Por eso necesito hablar con Matilde.

Teresa tragó saliva.

—Mi tía vive en Vila do Mar. Vaya por allí y pregunte por ella a cualquiera que vea por la calle. Sabrán indicarle dónde está. Pero yo no le he dicho nada. No me delate, no quiero problemas. Y si me disculpa, señor, tengo mucho trabajo.

—Sí, está bien. No se preocupe. Agradezco su sinceridad, señorita Teresa.

Me había puesto un atuendo más discreto. La luz de la tarde me dio la bienvenida al mundo real, ese que existía más allá de la puerta del pazo. Sabía de sobra que la mayoría de las veces la gente nos prejuzgaba por el simple hecho de pertenecer a otra clase social. Y eso me repugnaba.

Me eclipsaba Vila de Pazos. Caminé por la calle Real y rápidamente me perdí en su belleza. Mis cinco sentidos despertaron y pude disfrutar y desconectar, durante un instante, del asunto que me había llevado a abandonar el pazo. Todo a mi alrededor era bello. La majestuosidad de los pazos, el olor de las flores, el tacto frío de la piedra, el gusto de lo desconocido y el ruido de la vida que se respira en sus calles de gente alegre y trabajadora. La parte más señorial contrastaba rápidamente con la zona marinera. ¡Qué barbaridad! Era todo tan diferente a las ciudades donde había estado. ¿Por qué no lo había descubierto antes? Frente a mí se desplegaba un mar que me hipnotizó. Su baile, su belleza, su música…, todo era impresionante. Estaba tan maravillado que me quedé parado frente a él, como si mis pies se hubiesen quedado pegados al suelo. Cerré los ojos y dejé que la brisa marina me envolviese, impregnando con su esencia todos los poros de mi piel. Inspiré su aroma y me sentí arropado.

—¿Podemos ayudarle en algo?

—Oiga.

Una mano me sorprendió por la espalda. Estaba tan ensimismado con la fuerza de ese mar que había olvidado todo lo demás. Tanto que, cuando me giré, me sorprendí porque vi doble. Me quedé parado.

—¿Me hablan a mí?

—No le voy a hablar a las gaviotas, ¿no cree?

—Mi hermana es así, no le haga caso. Lo que le preguntaba es si podemos ayudarle en algo. ¿Está perdido?

—Eh, no, no...

Las dos mujeres eran exactamente iguales. Llevaban un pañuelo en la cabeza y un cesto en la mano.

—Estoy... estoy buscando a Matilde, ¿saben dónde la puedo encontrar?

Ambas se miraron arqueando las cejas a la vez. Eran como un reflejo.

—¿Y qué necesita usted de la señora Matilde?

—Eso es un asunto personal.

Las dos se volvieron a mirar. Por su cara supe que tenía que pagarles con más información si lo que quería era encontrar a esa mujer.

—Aquí no hay asuntos personales, son todos de la comunidad.

No me gusta tener que dar tantas explicaciones, pero la señorita Teresa me había dicho que preguntara por Matilde en Vila do Mar, así que me resigné a contarles la verdad.

—Estoy buscando a un hombre llamado Cándido, y me dijeron que ella me puede ayudar a encontrarlo.

—¿Cándido? Uy, Cándido. Pues nosotras también le podemos ayudar. ¿Verdad, Sabela?

—Verdad, verdad.

—Mire, y si no es mucho preguntar, ¿usted quién es? Porque yo por aquí no lo he visto ni una vez. Y si se refiere a Cándido tiene que tener relación con el pazo.

«¿Qué quiere decir con que si me refiero a Cándido como Cándido? ¿A quién me iba a referir si no? ¿Y por qué afirma con tanta rotundidad que debo de estar vinculado al pazo?» Las preguntas me atosigaban. ¿Qué podía perder? ¿O qué podía ganar?

—Soy... Lorenzo —contesté a secas.

—¿Lorenzo qué más?

—Lorenzo a secas, señora.

—Aquí no hay nadie a secas, todos tenemos apellido, no es de aquí, ¿verdad?

—No, no soy de aquí, estoy en el pazo de Albor cuidando los viñedos y quería encontrar a Cándido. Me han dicho que trabajaba en el pazo y estaba al tanto del mantenimiento y de los cuidados hace años —mentí.

—¿En el pazo? Y entonces ¿para qué necesita a Matilde?

—Me dijeron que ella sabe dónde puedo encontrarlo.

—Pero mira que lo hace complicado. Si lo que usted quiere es encontrar a Ri… Cándido, perdón, es tan sencillo como que pregunte directamente por él en la taberna o en el pósito de los pescadores.

«¿Así de fácil?», pensé. De haberlo sabido, habría ido ahí directamente y me habría ahorrado el interrogatorio.

—Busque ahí, así no molesta a Matilde, que la pobre está en las últimas —dijo una de ellas mientras se persignaba.

Ahora era yo el que arqueaba las cejas.

—La señora Matilde trabajó en ese pazo de ama de llaves. Pero como le mencione cualquier cosa relacionada con él, lo mismo infarta.

—No le rompas la cabeza al señorito, Manuela, que lo mismo tiene prisa y estás aquí mareándolo.

—¿Tiene prisa?

—No, ninguna.

—¿Ves? El señorito no tiene prisa, y tú a ver si me dejas hablar tranquila, Sabela, que eres peor que los miércoles, siempre en el medio.

—¿Qué vas a contar?

—¿Y qué quieres que le cuente? Voy a contarle lo que le pasó a Matilde.

—¿Y qué le importará?

«¿Por qué se contestan a todo con otra pregunta?», me preguntaba yo.

—Pues si no le importara, ya se habría ido. No seas aburrida, que a todos nos gusta saber, además, que me apetece a mí contarle. Y ya estoy aburrida de hablar contigo, que te tengo al lado todo el rato.

Esa mujer agotaba mi paciencia, pero, en el fondo, tenía gracia. Además, me había dicho como si nada cómo podía localizar a Cándido. Así que no me podía quejar demasiado.

—A ver…, voy a intentar ser breve, pero ya le digo yo que me va a costar trabajo. Si está al cuidado de los viñedos, algo sabrá. Ese pazo cambió por completo desde que don Enrique, que en paz descanse, se casó con doña Catalina. Aunque le digo una cosa, y no se me ofenda: usted mucha pinta de cuidar viñedos no tiene, ¿eh? Bueno, da igual. Lo que le estaba diciendo es que todo cambió desde que se casaron. Mire, ¿ve ese pazo que hay ahí? —Señaló una gran edificación al lado del mar—. Pues ese era el pazo de la marquesa. Ahí trabajábamos mi hermana y yo.

—¿De la marquesa?

—Sí, de María Leonarda y Catalina.

—¿No sabe quiénes son?

—¿Cómo no va a saberlo, parva? Si Catalina, perdón, la señora duquesa sigue en el pazo. Sabe de sobra quién es.

—Sí, sí, sé quiénes son. —Ahora sí que estaba de piedra, como la fachada de ese pazo—. ¿Ya no es suyo?

—¡Uy, qué va! Desde hace años ya, ¿eh? El marido de María Leonarda se aficionó al juego desde que se enteró que ella le era infiel, y en una de estas se ve que apostó el pazo y lo perdió. Ahora vive un catalán que tiene todo el pazo para él. Tiene que estar contento. A este paso, morirá sin descendencia. Pues eso, lo que le estaba diciendo. Nosotras trabajábamos en ese pazo desde hacía muchos años. María Leonarda siempre fue atravesada, y la hija pues copió lo que vio en casa. Desde que se casó con don Enrique se volvió peor de lo que era. A nosotras nos llevó también para el pazo. Si fuese rica, no hubiera tenido que aguantarlas, pero como soy pobre… tuvimos que ir para allá. Estuvimos en las cocinas, pero aquello se convirtió en una cosa… insoportable. No aguantamos ni dos años. Y mira que somos duras trabajando, ¿eh?

—Un infierno, Manuela, dilo por su nombre —añadió la otra.

—A la señora se le subió el poder a la cabeza. Nos trataba como esclavos. Cocinábamos a todas horas, yo no salía de la cocina, aunque tampoco nos lo tenía permitido. Bueno, solo para venir de vuelta para casa, porque nosotras no estábamos internas.

Impuso sus propias normas, como si fuese ella la duquesa y no su hija. Pero bueno, como Catalina se quedó encinta pronto, andaba indispuesta todos los días metida en la cama.

—¿Qué normas?

—Pues lo que te decía. Éramos sus esclavos. Nos tenía vigilados. No podíamos ni respirar, trabajábamos el triple y cobrábamos la mitad. Eso cuando pagaba, claro. Yo no sé dónde metía el dinero, pero a mi bolsillo no llegaba. Bastante teníamos con sobrevivir. Yo andaba con el miedo metido en el cuerpo todo el rato. Todo fue peor desde que nació el hijo que tuvieron.

Se refería a mí, pero traté de esquivar el tema. Quería saber más sobre los criados por si podía rascar algo más.

—¿Había mucho servicio?

—Sí, es un pazo muy grande. Lo que hicieron fue juntar el servicio que ya tenía doña Isabel con el suyo propio. Nos llevó a nosotras dos, a otra cocinera más y a Germán.

Germán. Ese nombre salía en el diario de Aurora.

—¿Quién es Germán?

—Un alma perdida que se creía dueño y señor de toda mujer que pasase por su lado. Era el sobrino de María Leonarda. Se aprovechaba de Clara, una criada guapísima. Bueno, de Clara… y de cualquiera. Encima la marquesa lo permitía. Algo muy gordo tenía que haber detrás para que estuviese tan callada. El pazo no era un lugar seguro.

No entendía nada. ¿Qué pasó con Matilde? ¿Por qué no quería saber nada de ese pazo? ¿Y Cándido? ¿Qué tenía que ver él en todo esto? Y lo más importante… ¿Aurora? ¿Ricardo? No me estaba enterando de nada.

—Eh, perdonen, ¿cómo hemos llegado a esta conversación? ¿Qué tiene que ver Cándido con todo esto?

—¡Ay! Pues eso es mejor que se lo pregunte a él, porque yo no sé para qué busca a Cándido.

—Pero…

—Busque donde le dije y no moleste a Matilde, que la pobre ya no da para mucho más. *Xa falín moito por hoxe.*

Lo último que dijo no lo entendí, pero lo interpreté como un hasta luego.

—Gracias…

Estaba enfadado, frustrado. Tiene narices que cerrase el pico en ese momento. Me habían quedado muchas preguntas sin hacer. Pero aun así traté de darme por satisfecho, bastante había conseguido. Mucho más de lo que me esperaba.

No fue difícil localizar la taberna. Las distancias eran cortas. Caminé con la única compañía de mis pensamientos, que cada vez pesaban más, pero la fuerza del paisaje hizo que me reconciliara conmigo mismo. Todo me seguía sorprendiendo. Enseguida llegué a la taberna, pero, antes de entrar, me acerqué a la puerta y observé su interior. La conversación se escuchaba desde la calle.

Cuando me vieron arrimado al lado de la puerta los hombres se volvieron hacia mí y se quedaron callados. Me sentí observado mientras entraba despacio.

—Buenas tardes. ¿Está Cándido?

Se miraron unos a otros, todavía en silencio. Parecía como si no se atreviesen a romper el silencio.

—¿Cándido? ¿Y tú quién eres?

¿Por qué todo el mundo me contestaba con otra pregunta?

—Soy… Lorenzo —contesté dubitativo. No entendía el interés generalizado en saber quién era.

—No te preguntamos cómo te llamas, hombre. —Soltaron una carcajada—. Tú no eres de aquí porque aquí… nos conocemos todos.

—Estoy cuidando unos viñedos en el pazo… el pazo de Albor.

Al decir eso, me miraron de arriba a abajo.

—¿En el pazo? Manoliño, ponle un aguardiente a este hombre, que está invitado.

El joven que estaba detrás de la barra sacó la botella y me sirvió un trago.

—Aquí apreciamos mucho a don Enrique. Esto va en su honor.

Los miré extrañado, no entendía nada.

—Un buen hombre, de los que casi no se ven. No creo que lo llegases a conocer. Venía siempre a observar a la gente del mar, hasta que un día se acercó a mi taberna. Me dijo que quería ayudar a la gente. Y vaya que si lo hizo, dejaba pagadas las rondas de los marineros de cada semana, cuando yo llevaba la taberna. Ahora, me ayuda mi hijo, que yo ya voy viejo.

—Un buen hombre, sí. A mi madre le pagó el arreglo de la casa. Que teníamos problemas con las humedades.

—Venga, Martiño, levanta el brazo, que esta va por don Enrique.

Obedecí sus órdenes y brindé en silencio por mi padre. Aquel trago me rascó la garganta y, en cuestión de segundos, sentí cómo el fuego trepaba por mi cuerpo y desembocaba en mi boca.

—Eso te pasa porque no estás acostumbrado. ¿Qué necesitas de Ricardo?

—¿De Ricardo?

—De Cándido, oh —dijo mientras se miraban unos a otros con gesto pícaro.

—Nada, solo preguntarle unos temas del viñedo.

—A estas horas debe de andar en el pósito.

Me quedé callado mientras esperaba a que me diese más información.

—Es una asociación de marineros. Está un poco más adelante. Sigue todo recto, bordeando el mar, y cuando llegues a la acera, a la primera que veas, gira a la izquierda y enseguida lo encontrarás.

—Está bien, gracias. Hasta otra.

—Y otra cosa: mejor, pregunta por Ricardo.

«¿Ricardo? ¿Cándido?» Me fui antes de que se hiciera tarde.

Caminé junto al mar, como si así pudiese despejar las preguntas que pesaban en mi cabeza. Su baile era tranquilo, el sol se reflejaba en sus aguas, moviendo las olas con tonos anaranjados. «Ahora tengo que girar, ah, ya lo veo, tiene que ser eso que veo ahí». PÓSITO DE PESCADORES, pude leer en la fachada de piedra. Tenía doble planta y ventajas alargadas.

—¿Sabe dónde puedo encontrar a Cándido?

—¿Cándido?

—Sí, Cándido.

No sabía quién era Ricardo, y en el diario ponía Cándido. Hice caso a mi intuición, pero el hombre me miraba, como antes, de arriba a abajo. Aunque esta vez no hubo más preguntas. De pronto, se marchó y se mezcló entre una multitud, en la que todos empezaron a hablar entre sí. Me examinaban, algunos con más descaro que otros. Me hice el distraído, aunque sentía sus miradas clavadas en mí. Al poco, casi sin darme tiempo para reaccionar, el hombre apareció con compañía.

—¿Qué se debe?

—¿Es usted Cándido?

El hombre se quedó mirándome fijamente, no pestañeaba, no reaccionaba. Tenía el pelo blanco y la barba le crecía por toda la cara.

—Me gustaría hablar con usted.

Cogió distancia y me acompañó a la puerta.

—Mejor aquí.

—Soy... Soy Lorenzo. Quería hablar con usted porque sé que trabajó en el pazo de Albor.

—No sé nada, no puedo ayudarle.

Su mirada no me decía lo mismo.

—Seré sincero. En la bodega encontré esto. —Saqué el diario que llevaba guardado por dentro de la chaqueta.

Me miraba como si no entendiese qué era lo que tenía en la mano.

—Es un diario de Aurora, ¿le suena?

Por la expresión que puso cuando pronuncié ese nombre supe que la conocía, aunque dijo todo lo contrario.

—No sé de qué me está hablando —dijo menos convencido que antes.

—Pues aquí, en la última página, lo menciona a usted. —Le mostré con el dedo dónde aparecía su nombre.

Su cara cambió por completo, y fue ahí, en ese momento, cuando me di cuenta de que sabía mucho más de lo que yo pensaba. Me seguía mirando, fijamente.

—Solo quiero saber qué pasó. Verá, no le había dado importancia a esta especie de diario hasta que entendí qué era. No hace mucho tiempo encontré en el despacho de mi padre unas cartas dirigidas a una tal Aurora. Y hace unos días me entregaron este diario que apareció en la bodega del pazo. Me di cuenta de que ambas partes forman una historia. Y ahora trato de entenderla para saber quién soy, y cómo, o, mejor dicho, quién era mi padre.

—¿Es el hijo de don Enrique?

—Sí —contesté con la boca pequeña.

No entendía por qué me miraba así. Por un momento me arrepentí de contarle lo del diario y también de revelarle quién era mi padre. ¿Y si no era de fiar? Me había arriesgado demasiado.

—Sígame —sugirió.

«¿A dónde?», pensé. Él, sin decir ni una sola palabra, empezó a andar. A paso lento. De nuevo, junto al mar. Hizo todo el camino en silencio, con la única compañía de la brisa marina y del sol que se empezaba a esconder bajo un cielo calmado. Pasamos por delante del pazo y me quedé mirándolo, no podía creerme lo que esas dos mujeres me habían contado. ¿Cuál era la verdad?

Él, sin embargo, continuó de largo. Caminaba a su ritmo, pero sin detenerse. Seguí sus pasos para no perder el único hilo del que podía tirar para descubrir la verdad. Nos perdimos entre soportales empedrados, casas marineras y caminos serpenteados. A lo lejos, un sendero dividía el paisaje. A un lado, casas desordenadas, al otro, un mar bravo que batía con fuerza sobre las rocas.

—Es aquí —dijo mientras entraba en una casa de planta baja que parecía haber sido reformada.

Yo seguía eclipsado mirando el mar.

—Pase. —Se asomó por la puerta mientras miraba constantemente a todos lados.

En el momento en el que la puerta se cerró de golpe, se encendió la luz. Era una casa muy modesta. A la izquierda había una pequeña cocina y a la derecha, una sala. Al fondo del pasillo, dos puertas más, una a cada lado. Intuí que eran los cuartos.

Cándido entró en la sala y cerró la contra de la ventana. Yo me quedé de pie mientras observaba. Era un espacio simple, pero acogedor. En la pared, enfrente de la puerta, había un mueble de madera con cuatro detalles desordenados y lo que parecía ser un retrato a carboncillo.

—Siéntese —dijo frenando mi curiosidad mientras me mostraba un taburete. Él hizo lo mismo con una silla.

Lo cogí y lo acerqué para sentarme a su lado. Como si quisiera recortar las distancias y ganarme su confianza.

—¿Puede enseñarme ese diario?

Con cuidado, lo volví a sacar de la chaqueta.

Él lo abrió, pasó las páginas, revisaba la letra y sus ojos se movían de izquierda a derecha.

—¿Puede leer lo que pone? Me cuesta un poco…

—¿Todo?

—Sí, todo.

Se haría de noche si tenía que volver a leerlo de nuevo. Aunque lo importante era conocer la verdad, pensé. Además, no eran tantas páginas. Mi mente se batía en una lucha interna entre el sí y el no. Pero el sí sonó con más fuerza.

—Está bien.

Cogí el diario de sus manos, pasé las páginas hacia atrás y comencé por la primera:

Sé qué día es, porque fue lo primero que le pregunté a Germán cuando lo vi entrar por la puerta…

Las horas se fueron encadenando entre lecturas. Pero Cándido parecía no inmutarse. No reaccionaba, ni tampoco se sorprendía. ¿Sabía lo que había pasado? Yo seguía atento, alternando la vista entre el diario y su rostro para ver si sus gestos me revelaban más que sus palabras.

Antes de lo que me esperaba, llegué a la última página:

No puedo más, ahora sí que tengo miedo de verdad. Escucho pasos, pero no oigo lloros…

Cándido…

—Aquí es donde le decía que sale su nombre, por eso he acudido a usted.

Su mirada seguía clavada en mí. Pero no decía nada. Me estaba empezando a poner nervioso.

—Si quiere saber la verdad, empiece por ser sincero. ¿Quién es realmente usted?

—Ya se lo dije. Soy Lorenzo Zulueta de la Vega. Mi padre es don Enrique y mi madre… mi madre es la duquesa… Catalina…

—Involuntariamente pronunciaba su nombre con la boca todavía más pequeña. No lo podía evitar.

—Hábleme de usted…

¿Qué quería que le contase? «¿Por qué me hace preguntas a mí? Debería ser yo quien le preguntara a él. Esta gente siempre contesta con otra pregunta».

—Disculpe, pero no creo que tenga mucho que contar.

—Inténtelo, a ver…

Las dudas me dominaban, y los nervios empezaban a manifestarse con sudores fríos y movimientos injustificados de las manos. Ambos nos seguíamos mirando. Pero no era una mirada incómoda, ni penetrante. Era una mirada permanente pero pura. Eso me dio cierta tranquilidad.

—¿Qué hace aquí en Vila de Pazos?

—Estoy cuidando el viñedo.

—¿Por qué ha vuelto?

«¿Cómo que por qué he vuelto? ¿Me conoce?». Me quedé sorprendido, como si me hubiesen cortado la respiración. Torcí el gesto, tratando de encontrar una explicación a su pregunta.

—He vuelto para darle forma a una idea que lleva un tiempo en mi cabeza.

Supe que no había sido suficiente.

—¿Qué día nació?

—El 27 de diciembre de 1904.

—Tal vez sea más fácil que empiece yo por contarle la verdad. O, mejor dicho, lo que yo sé. La verdad es subjetiva, depende de para quién. Mi voz es la de alguien que, a estas alturas de la vida, ya no tiene nada que perder.

»Fue en 1901 cuando empecé a trabajar en el pazo de Albor. Enseguida me convertí en un hombre de confianza para don Felipe, entonces el duque, y empecé a ejercer como tal.

»Fueron buenos años para la casa y también para el servicio. Todos estábamos en armonía y bajo un clima de trabajo excepcional. Don Felipe se preocupaba mucho por todos nosotros. El bienestar era una de sus prioridades. Cuidar al servicio y cultivar cada día un ambiente favorable. Nos trataban bien.

»Éramos un grupo reducido, para mi gusto, para tanto trabajo, pero eficaz y solvente. Todos estábamos internos. Gustavo y Ramiro eran ayudantes de cámara, Beatriz capitaneaba los fogones, con la ayuda de Jacinta. Candela y Clara eran doncellas, pero también reforzaban la cocina cuando hacía falta. Era una estructura diferente, porque todos nos adaptábamos a las necesidades del día a día, aunque cada uno tuviese una función determinada. No era lo habitual. La última en incorporarse fue Aurora. Ella lo hizo de un modo distinto. Se encargaba de la pequeña Sofía, aunque, como todos, también arrimaba el hombro en otras funciones cuando era necesario. Pero ella no estaba interna, era la única que regresaba cada noche a su casa, hasta que las circunstancias cambiaron y entonces también se quedó interna en el pazo.

—¿Qué circunstancias?

—La niña sufría un trastorno de sonambulismo. Sus crisis crecieron tras la muerte de su padre, necesitaba vigilancia y atención constantes. Solo Aurora parecía saber cómo calmarla. Se me olvidó contarle que, tras la muerte de don Felipe, su hijo, Enrique Zulueta, es decir, su padre, se trasladó desde Madrid para convertirse en el cabeza de familia. Fue él, preocupado por los problemas de su hermana, quien le propuso a Aurora quedarse interna en el pazo.

—¿Y aceptó?

—Porque no tenía otra opción.

—¿A qué se refiere?

—Su marido había fallecido poco tiempo antes. Un naufragio… de los más duros que se recuerdan en la zona. Se lo llevó muy pronto, unos meses después de que se casaran. Ella enloqueció.

—¿Y por eso se quedó interna?

—No, antes de eso era mariscadora, trabajaba en el mar. Pero fue tal su sufrimiento que necesitó alejarse de lo que había sido su hogar toda su vida. Fue casi un año después del naufragio cuando empezó a trabajar en el pazo. Pero eso, si le parece, lo hablaremos después. No quiero desviarme. Aurora se quedó interna en el pazo cuando falleció su madre.

—¿Y su padre?

—Déjeme seguir, por favor.

—Está bien, disculpe.

—¿Qué ha sido lo último que le he contado? Me empieza a fallar un poco la memoria.

—Me estaba explicando que todos estaban felices trabajando en el pazo y que Aurora fue la última en llegar.

—Ah, sí, es verdad.

Aurora era muy querida y apreciada por todos. Aunque tenía su carácter. A veces difícil de amoldar. La niña… Se desvivía por ella. Sabía cuidarla, entenderla y escucharla como nadie lo había hecho durante años. Pero…

Cándido se quedó callado, y yo sentí su silencio como un vacío que me llenó de angustia. Necesitaba saber más… ¿Por qué hablaba de ella en pasado?

—Pero la niña… —continuó— no fue la única persona que se desvivió por ella. Yo no tardé demasiado tiempo en darme cuenta de que la felicidad que desprendía don Enrique tenía nombre propio.

»Se miraban, se entendían y se deseaban. Fui testigo directo en la sombra de un amor prohibido que necesitaban vivir en secreto para poder seguir adelante. Se veían en los jardines y florecían más rápido que las amapolas, se buscaban discretamente en cada lugar. Don Enrique provocaba los encuentros cuando las circunstancias del día a día no ayudaban. No me malinterprete. Buscaban... verse, un cruce de miradas, un gesto fugaz..., cualquier cosa era suficiente para avivar la llama que había entre ellos. Tal vez, a vista de los demás, pasase desapercibido, pero no para alguien tan observador como yo.

—Entonces...

—Déjeme seguir.

—Disculpe.

—Cuando uno está enamorado piensa que, a su alrededor, todos ven con la misma óptica, y es en ese momento cuando bajan la guardia. Y ese fue su error, que pensaron que eran discretos y se equivocaron. Antes de que lo piense, déjeme aclararle que no fui yo quien los delató.

Cándido hizo una pausa para coger aire.

—Todo cambió una noche, cuando doña Isabel anunció en una cena el compromiso de don Enrique con la señorita Catalina. La duquesa, perdone. Creo, me atrevo a decir, que ahí es cuando de verdad los dos se dieron cuenta de que se gustaban demasiado. Me fijé en Aurora y, solo con mirarla, supe que su mundo se venía abajo, otra vez. Aún la observaba y vi que su comportamiento con don Enrique cambió por completo. Se distanció. Pero él, lejos de apartarse, siguió buscándola. Verá. Don Enrique siempre fue un hombre de principios, con las ideas claras. Tanto que trató de evitar ese enlace, aunque, como ya sabe, no le quedó otra opción.

—¿Qué es lo que pasó?

—Que todo se precipitó. Ellos ya no podían alejarse el uno del otro, mientras que los preparativos para la boda avanzaban y la fecha se aproximaba. Yo siempre estaba atento, vigilando desde la distancia. Aunque nunca dije nada.

Volvió a hacer otra pausa para coger aire.

—Aurora, de repente, un día desapareció sin dar ningún tipo de explicación. —Se detuvo, se notaba que era complicado para él revivir todo aquello—. Fue un par de semanas antes de la boda. Eso no era nada habitual en ella. Los que la conocíamos, al menos un poco, sabíamos que ella no se iría sin despedirse. Adoraba a Sofía. Y, aunque nunca lo dijese, adoraba a don Enrique.

—¿Y nadie la echó en falta? Bueno, alguien más, quiero decir.

—No, un mutismo absoluto se cernió tras su marcha. El día que desapareció en el pazo se celebraba el cumpleaños de doña Isabel. Prácticamente nadie, salvo don Enrique y Sofía, se dio cuenta de su ausencia hasta el día siguiente. Fue la propia María Leonarda la que le restó importancia. Aseguró que ella misma había visto cómo había pasado por casa para recoger sus cosas y marcharse. Como le había contado, Aurora, antes de trabajar en el pazo, era mariscadora y vivía aquí, quiero decir, en Vila do Mar. Ya pudo comprobar por usted mismo que el pazo de Baleiro está muy cerca…

—¿Y cree que eso pudo ser una excusa para ocultar algo?

—No tome juicios precipitados. Y deje que termine de contarle la historia. No sea ansioso.

Tenía razón, pero no podía esperar más. Quería saber de una vez por todas qué es lo que había pasado.

—Había algo en María Leonarda que no me encajaba, sus gestos, su trato… Todo en ella era desconcertante, más de lo habitual, quiero decir. Así que seguí observando de cerca cada uno de sus movimientos. A Aurora no se la podía haber tragado la tierra de esa manera. Y es que realmente no tenía a dónde ir. Pero los días pasaban, y no había noticias de ella por ninguna parte.

»Todos sufrimos su ausencia. Cada uno a su manera. Sofía se volvió indomable, y don Enrique estaba apagado. Yo traté de calmar su vacío encontrando respuestas, pero en balde. Tanto que inevitablemente llegó el día de la boda. Déjeme que le diga que jamás había visto a un novio tan infeliz y decepcionado. No podía dejar de mirarlo. Parecía que asistía en vida a su propio funeral. Desde entonces, todo se volvió mucho más complicado de lo que ya de por sí era.

—¿A qué se refiere?

—A que María Leonarda tomó el control del pazo, ante la pasividad de doña Isabel y la ausencia de don Enrique, que solo estaba de cuerpo presente. Estaba ido, angustiado y frustrado. No tenía poder ni mando en su propia casa.

—¿Y Catalina?

—Enseguida se quedó encinta. Un proceso complicado para ella, el médico le recomendó reposo absoluto y apenas salía de la habitación. Estaba todo el día encerrada mientras su madre hacía y deshacía a su gusto. Impuso sus normas, al servicio nos trataba como si fuésemos ganado. No respetaba nada. El ambiente se empezó a crispar poco a poco. Quien me dio la pista fue Germán.

—¿Quién es Germán? —Trataba de confirmar lo que me habían contado las otras dos mujeres.

—Germán era el sobrino de María Leonarda. Un hombre conflictivo e indomable. Aficionado a las mujeres y al alcohol. Por eso, su presencia en el pazo no podía traer nada bueno. Así que, como le decía, yo observaba cada movimiento. No fue fácil, todo lo contrario, fue desesperante. Porque los días pasaban y no ocurría nada. No había noticias de Aurora. Hasta que me di cuenta de que Germán pasaba muchísimo tiempo fuera. Un día decidí seguirlo y vi que entraba en la bodega. Me pareció muy extraño, pero tenía que ser prudente. Además, la bodega era una ratonera.

»Los meses fueron pasando, y el tiempo siguió su curso. María Leonarda cada vez estaba más inquieta. Ella también se ausentaba puntualmente durante poco tiempo, pero el suficiente para que yo me diese cuenta. ¿Cuál fue mi sorpresa? Que ella también se dirigía a la bodega. Mi instinto me advertía de que algo estaba pasando. Eso me dio fuerzas para seguir buscando. Me obsesioné tanto que analizaba sus movimientos a diario mientras pensaba un plan para entretener a Germán y, así, poder entrar en la bodega.

»Era el 26 de diciembre, me acuerdo perfectamente porque fue un día después de Navidad. Yo estaba en el jardín pequeño cuando, de repente, vi cómo don Francisco, el médico, acompañado de María Leonarda, entraba en la bodega. Quise esperar a que saliesen, pero entonces apareció Gustavo para decirme que don Enrique me buscaba. Volví al pazo, porque la duquesa se había puesto de parto. Candela estaba en su habitación cuando, de pronto, llegaron don Francisco y María Leonarda y enloquecieron. Nos echaron fuera a todos y nos advirtieron que sería largo, que necesitaban tranquilidad. Don Enrique me pidió que me quedase con él. Por la mañana, me encontré con Germán en el pórtico y entonces supe que tenía que distraerle. Le mentí, le dije que Clara lo estaba buscando. Tuve que hacerlo. A él se le iluminó la cara y yo aproveché ese momento, en el que además todo el mundo quería conocerte, para tratar de entrar en la bodega.

»Desaparecí, precavido, rápidamente atravesé el jardín pequeño y, sin pensarlo dos veces, abrí la puerta de la bodega asegurándome de que nadie me había visto. Para mi sorpresa, estaba abierta. Cuando entré, me perdí en un pasillo oscuro que parecía no tener fondo. Era como un túnel a ninguna parte. Olía a humedad. Mi respiración resonaba como un eco constante. Traté de ser cuidadoso. Recorrí aquel pasadizo empedrado hasta que, a lo lejos, vi tres puertas. Avanzaba con decisión, pero unas voces me frenaron en seco. Venía alguien, y tuve que esconderme antes de que me descubriesen allí abajo. A la derecha había un hueco en la pared, tapado con una cuba de madera. Me escondí y contuve la respiración para no estropear los planes. Las voces sonaban cada vez más cerca, y, de pronto, lo escuché. Escuché todo: "Ricardo, mi niño, ¿dónde estás?".

»¡Era Aurora! ¡Era Aurora! Esa voz era la de Aurora. Tuve que taparme la boca y hacer un gran esfuerzo para contener las emociones. Quería salir de mi escondite e ir corriendo a por ella.

Pero las voces que venían justo en el sentido contrario sonaban ya muy cerca.

»—Bueno, se lo dices tú. El niño ha fallecido, no ha logrado sobrevivir, es algo bastante común en casos así. Bastante que ha aguantado tanto tiempo dentro.

»—¿Cómo le voy a decir eso? —preguntó Germán.

»—Es lo que le tienes que decir, la verdad.

»No pude soportar esas palabras y me removí por dentro, sin poder evitarlo, e hice algo de ruido. Me habían descubierto. Aurora empezó a gritar de nuevo y un pequeño ratón salió de detrás de la cuba. «Me he salvado», pensé.

»—¡Ya está gritando otra vez! No se cansa nunca, no sé cómo aguanta tanto tiempo ahí. Me va a volver loco con tanto grito.

»—¿Qué vais a hacer con ella?

»—María Leonarda se la sacará de en medio cuanto antes. Hoy no le diré nada, si no gritará todavía más. ¡Vámonos!

—¿La rescató? —pregunté.

—No en ese momento, no era seguro hacerlo. Fue difícil, no crea que no lo pensé. Pero necesitaba tener garantías de que el plan saliese bien. A veces hay que tener sangre fría. ¿Dónde la podía esconder? Su vida estaba en peligro y no podía fallar. Había mucho en juego.

—¿Y qué hizo?

—Lo primero que hice fue salir de allí cuanto antes. No sin antes decirle a Aurora que volvería a por ella. Eso me salió de dentro, aunque no sé si me escuchó. Con el corazón en un puño deshice el camino y regresé al jardín. Todo parecía en orden. Necesitaba trazar un plan. Pero… ¿qué podía hacer? Por un lado, tenía que pensar dónde podía esconderla, o, mejor dicho, a dónde la podía llevar. Y, por otro, cómo sacarla de allí. Lo primero era más complicado. Para lo segundo, volvería a entretener a Germán, aunque ahora con un grado más de dificultad porque debía robarle las llaves que tenía en su poder. Solo había una forma de hacerlo: atacando nuevamente sus debilidades, pero esta vez por partida doble.

»Para eso, necesitaría la ayuda de todos los demás. Lo tenía. Utilizaría a Gustavo y a Ramiro como ganchos. Les diría que todavía no habíamos tenido ocasión de reunirnos todos los miembros del servicio y así celebraríamos también el nacimiento del hijo de don Enrique. Y ahí incluiría a Germán. Necesitaba un poco de aguardiente, o alguna bebida similar, para persuadirlo. Luego, entraría en juego Clara, esa vez de verdad. La convencería para que se acercara a él y le cogiese las llaves. Eso quizá sería un poco más complicado. Pero confiaba en que, si no fuese Clara, tal vez Candela o Jacinta accediesen. Pero… ¿con qué excusa? No podía contarles qué había realmente detrás.

»Disponía de tiempo para perfeccionar esos detalles. Ahora la gran cuestión era dónde esconderla o dónde llevarla. Pero, por más que pensaba, no se me ocurría nada. Vila de Pazos no era un lugar seguro. Habría que llevarla a otro sitio. Además, estaría débil y cansada. Tampoco podía ser un lugar que quedara muy lejos. Ahí fue cuando recordé a doña Amelia, una mujer también muy querida en el pueblo que donó su fortuna para crear una escuela y una casa de enfermos. ¡Pues claro! Hablaría con sor Magdalena. Necesito hacer una pequeña pausa.

—¿Quiere que vaya a por un poco de agua?

—No, me basta con coger aire y parar unos minutos.

—Está bien.

Los minutos más largos de mi vida se concentraron todos en esa misma pausa. Siempre sucede lo mismo cuando se ansía saber.

—Puedo continuar.

—Adelante.

—A la mañana siguiente armé todo el plan. Me ausenté de forma discreta para ir al convento de las Hijas de María y hablar con sor Magdalena. Le pedí auxilio para Aurora, y ella, de buena gana, se ofreció a darle cobijo a cambio también de una pequeña ayuda económica. Pactamos que cuidaría personalmente de ella hasta que estuviese recuperada para trasladarse a otro sitio. Sor Magdalena me comentó que las hermanas de Pontevedra necesitaban ayuda en el convento y que allí sería bien recibida. Eso había tiempo para organizarlo. Quedamos por la noche, ella estaría en la plaza, justo debajo del arco que unía el pazo con el jardín. Allí esperaría a que yo saliese con Aurora para llevársela. Era arriesgado, pero sabía que no había otra opción. Cuando regresé, me ocupé de la otra parte. Hablé con los mozos, les propuse organizar una pequeña velada en la cocina y brindar por el servicio y por tu nacimiento. Sabía que con esas palabras no me dirían que no. No me equivocaba, la idea les entusiasmó, ellos mismos se ofrecieron a avisar a Germán. Todo iba saliendo mejor de lo que jamás hubiese imaginado. Solo faltaba hablar con Clara, cosa que tampoco fue extremadamente complicada. Era muy ingenua y no preguntó demasiado, salvo que para qué quería esas llaves. Como no supe bien qué contestarle, opté por comprar su silencio dándole una pequeña propina para pagarle su favor. Accedió sin rechistar, sabía que estaba ahorrando para irse a América y empezar una vida de cero.

»Todo estaba organizado, ahora solo quedaba esperar a que llegase la noche para poner en marcha el plan. Nada podía fallar.

Otra pausa más. Su cara me anticipó que algo no salió bien.

—Iré directo a lo que sucedió. Ya ve que es una historia larga:

»Cuando llegó la noche me puse muy nervioso. En el pazo todos estaban muy animados. Hasta don Enrique parecía que había recuperado la ilusión. Todos los del servicio nos reunimos en la cocina, tal y como habíamos pactado. Estábamos todos, pero faltaba Germán. Yo me estaba empezando a preocupar. Pero no podía hacer nada más que esperar y confiar.

»—Ponedme uno de esos dobles, que lo voy a necesitar.

»Cuando escuché su voz, respiré aliviado. Clara me miró, yo asentí con la cabeza. Ella se empezó a acercar a Germán, y yo, a los chicos. Ahora sí, había empezado el plan.

»La timidez inicial dio paso a un jolgorio casi inmediato. Todos se divertían, el ambiente era distendido, Germán parecía sentirse en su salsa. Clara estaba haciendo bien su trabajo. Se había pegado a él, y yo atento a que me diese la señal. No me separé ni un momento, estaba justo por detrás, vigilando sus espaldas, cuando Clara metió la mano en el bolsillo. Capté el movimiento, y me acerqué todavía más. Ya la tenía.

»Cerré el puño y traté de abandonar la cocina sin despertar sospechas. Todos seguían entretenidos y relajados. Caminé despacio, con calma, hasta que me aseguré de que nadie me había visto, y me dirigí al jardín. Seguí observando el ambiente, todo tranquilo y despejado. Entonces cogí aire y entré en la bodega. Había llegado el momento.

»El camino fue rápido, ahora sabía dónde encontrarla. Frente a mí estaban las tres puertas. No fue difícil saber en cuál estaba Aurora. Su voz traspasaba la madera y también mi corazón. Palpitaba muy rápido. Era una montaña de emociones. Miré a lo lejos y todo seguía despejado. Entonces, metí la llave y abrí.

»Me quedé paralizado. No parecía ella. Su pelo era largo, estaba consumida, todavía ensangrentada, apagada y debilitada. Su rostro lucía pálido, más que pálido, era blanco, como la nieve. Sus ojos eran todavía grandes y seguían teniendo esa fuerza que tanto los caracterizaba.

»—Aurora, tenemos que salir de aquí.

»—Mi niño, ¿dónde está mi niño?

»No paraba de repetirlo.

»—No hay tiempo, hay que salir de aquí, es peligroso.

»—No puedo irme sin mi niño.

»No reaccionaba, ni siquiera se sorprendió al encontrarme. Solo sollozaba, estaba perdida. Repetía una y otra vez que quería ver a su niño.

»—Aurora, escúchame bien. Es importante lo que te voy a decir. Por favor.

»Mi objetivo era decirle la verdad, contarle la conversación que había escuchado entre Germán y don Francisco, pero supe que si lo hacía estaría perdido. Así jamás conseguiría que saliese de allí. Tragué saliva y cerré los ojos, tenía que mentir:

»—Tu niño está bien. Está fuera, e irás con él.

»—No me dices la verdad. ¿Dónde está?

»—Está fuera, y, si vienes conmigo, pronto lo verás.

»—No puedo irme sin él, mi niño, mi niño...

»Aurora estaba completamente ida.

»—Confía en mí, no hay tiempo, Aurora, ven conmigo, hazlo por él.

»—No puedo, lo único que me queda es mi niño, no me voy a ir sin él.

»—Aurora, ya está bien, no te lo puedo volver a repetir. Dame la mano, hay que salir de aquí.

»Me estaba desesperando, ella estaba completamente ida y el tiempo jugaba en contra. Sabía que era terca, y más en esas circunstancias. No sabía cuánto tiempo iba a aguantar Clara entreteniendo a Germán, pero, si algo fallaba, todos estábamos perdidos. Sobre todo ella y yo.

»Aurora negaba con la cabeza mientras lloraba desconsoladamente.

»—Hazlo por tu padre.

»Ahí es cuando Aurora reaccionó. Y yo me rompí en pedazos.

»—¿Qué tiene que ver mi padre en esto?

»—Pues que lo tienes delante.

»—¿Qué?

»—Te lo explicaré, te lo prometo, pero ahora dame la mano, por favor. Tenemos que salir de aquí.

»Aurora intentó levantarse, pero se caía. Estaba muy débil. Rápidamente, me agaché y la envolví en mis brazos. Ella se agarró a mi cuello como solo ella sabía hacerlo, como cuando era una niña, como cuando nos despedimos hace años, antes de que me fuese a Buenos Aires. Un escalofrío me recorrió el cuerpo mientras le acariciaba la cara, y la miré de nuevo a los ojos. Esos ojos que solo ella tiene.

»—Soy un cobarde —dije mientras seguía acariciándola—, porque no tuve valor para deciros que fracasé en Buenos Aires. Que toda esa fortuna que esperabais de mí nunca llegó. Os había decepcionado, os fallé a las dos. Como padre, porque no supe darte lo que necesitabas, y como marido, porque no estuve cerca de tu madre, no estuve a vuestro lado. También me fallé a mí como persona y sentí la vergüenza más profunda que un ser humano puede sentir hacia sí mismo. No me atrevía a volver con las manos vacías. Caí en una profunda depresión, la del abandono, lejos de mi tierra, de mi familia y de ti, mi niña. Solo pensaba en ti, en tus abrazos, tus cartas me devolvían a la vida y me la quitaban al mismo tiempo al pensar en todos los kilómetros que nos separaban. No tenía dinero para mandaros y tampoco para volver. Tuve que malvivir durante años para poder comprar el pasaje de vuelta. Y, cuando lo hice, me di cuenta de todo el daño que os había causado. Siempre estuve cerca de ti. También en los momentos difíciles, como en el entierro de Luis, para que me sintieras a tu lado. Pero nunca me atreví a decirte la verdad por miedo a que me rechazaras. Eso me aterraba. Por eso empecé a trabajar en este pazo y por eso traté de que vinieras para seguir estando cerca. Por favor, perdóname, Aurora. No volveré a ser tan cobarde.

Las lágrimas empezaron a deslizarse por su rostro, y yo sentí cómo me dolía el corazón. Le di un pañuelo a Cándido mientras trataba de no llorar yo también.

—No se preocupe, Cándido. Tómese un tiempo si lo necesita para responder. Pero necesito saber qué le dijo Aurora.

—Aurora me miró, me agarró con fuerza y me dijo: «Siempre supe que eras mi ángel». Entonces fue cuando empecé a llorar yo también. «Confía en mí y haz todo lo que te diga», le contesté. Ella asentía con la cabeza, estaba muy emocionada, no paraba de mirarme. Supe que no teníamos mucho más tiempo. Me había dilatado demasiado con las explicaciones, pero no podía hacerlo de otra manera. Salimos de la bodega, cruzamos el jardín y confié en que sor Magdalena estuviese en el lugar que habíamos acordado.

»Cuando abrí la puerta lateral que daba acceso al jardín desde el exterior, enseguida la vi. Aurora se puso de pie, yo la sostuve con mis manos y sor Magdalena vino a ayudarnos.

»—Mi niña, sé que tienes muchas preguntas, pero confía en mí, sé lo que estoy haciendo. Mañana iré a verte. Y hablaremos tranquilamente. Ahora, tienes que ir con sor Magdalena. Ella se encargará de ti, te llevará a un lugar seguro. No hables con nadie de nada.

»—¿Y mi niño? —me preguntó. Le pedí que confiara en mí.

»Estaba rota, supe que lo único que quería era estar con su hijo, pero, al menos esa vez, me hizo caso. Ella también sabía que no podía hacer nada más que confiar. Sabía que no podía volver.

»—Te quiero mucho —le dije mientras le daba un beso y la rodeaba con los brazos—. Una cosa más, sor Magdalena, por favor, vayan por detrás. Sé que el camino es más largo y está muy débil, pero pasar por delante de la plaza no es la mejor idea.

»—No se preocupe, quede tranquilo. Venga mañana.

»Poco a poco se fueron alejando, y sus figuras se volvieron más borrosas a medida que se iban disolviendo en la oscuridad. Yo no esperé más y regresé antes de que algo fuese mal. Pero no pude evitar llorar, de rabia y de felicidad, ahora sin poder parar.

Cuando Cándido terminó su relato, se vino abajo. Yo traté de arroparlo. La historia me había sorprendido muchísimo a mí también. No tuvo que ser fácil revivirla después de tanto tiempo.

—Entiendo lo difícil que tiene que ser que me cuente algo así. Créame, tengo muchas preguntas, muchas más que antes. Necesito saber qué pasó después. Qué fue de Aurora, por qué unos le llaman Cándido y otros Ricardo... y Ricardo, el niño. Necesito saber todo lo que pasó con Ricardo. Pero... ¿por qué me cuenta todo esto?

—Me llaman Cándido porque fue ese el nombre con el que me presenté en Vila do Mar cuando regresé de Buenos Aires. Nadie podía saber que era Ricardo, mi nombre real. Y déjeme que le diga que es normal que se haga preguntas. Va por buen camino. Necesita seguir conociendo la verdad. Pero tiene que hacerlo solo. Y tendrá que estar preparado para entenderla y aceptarla. Yo no sé mucho más que lo que ya le he contado. Llevo muchos años en silencio. Y si he compartido todo esto con usted es por un único motivo, que es más que evidente.

Cándido..., Ricardo..., como quiera que se llamara hizo una nueva pausa. Pensé que me haría otra pregunta. La curiosidad me consumía.

—Hable de una vez —supliqué.

Y en ese momento vi cómo sus labios se empezaron a mover.

—Tienes los mismos ojos que Aurora.

29

Pazo de Albor, 11 de junio de 1928

No sabía cómo abordar todos los frentes abiertos que tenía en mi vida. No sabía quién era. Era un desconocido dentro de mi propio cuerpo que invadía y dominaba mi mente. Lo que empezó siendo una simple pregunta, provocada por la curiosidad más inocente, ahora se había convertido en un caso complejo lleno de interrogantes que me taladraban la cabeza. Tenía muchas ganas de saber cómo seguía la historia. Qué había pasado con Aurora, qué misterioso suceso marcó un rumbo diferente en el pazo, por qué Matilde tenía miedo… Y así, enumerando todas las preguntas que tenía en la cabeza, podría pasarme horas. Pero antes de resolver las historias ajenas, necesitaba conocer la mía propia. Y para eso solo había un hilo del que tirar. Por mucho que quisiera evitarlo, tenía que ir a hablar con mi madre.

Nuestra relación fue complicada, desde el principio. Y con el tiempo fue todavía a peor, si es que eso era posible. Ella nunca estuvo a mi lado. Su única preocupación era la de encontrar un internado lo más lejos posible para ahorrarse mis cuidados. Todo lo solucionaba con dinero.

Pasé mi infancia en Francia, luego viví en Suiza y, los últimos años, en Alemania. Solo regresaba de forma puntual durante los veranos. Y, cuando eso pasaba, no salía del pazo. Se preocupaban más por mí el servicio o los invitados que acudían a sus fiestas que ella, mi propia madre. Es duro reconocer que jamás sentí su cariño, su calor, su apoyo. Lo único que recibía de ella era la indiferencia más absoluta. Al principio me sentía solo, confuso y abandonado, pero aprendí a vivir con ello y, a pesar de todo, fui feliz.

No conocí a mi padre, y a mi madre… sentía que tampoco la conocía. Pero uno no escoge la familia. Aprende a quererla con el tiempo. O no.

Estaba inquieto, revuelto, nervioso… Sabía que esa conversación iba a suponer un antes y un después. Todo estaba sucediendo muy deprisa. Y yo ya no me reconocía.

Llamé a la puerta y entré decidido en su habitación. Ahí estaba, sentada frente al tocador. Ni siquiera se giró, se limitó a mirarme a través del espejo. Y ya con eso me di por satisfecho.

—¡Ay! Lorenzo, hijo. ¿Qué sucede? —preguntó con un tono de hartazgo evidente.

—¿Quién es Aurora?

Mi pregunta la congeló. Su rostro se quedó paralizado. Y yo también me vi reflejado en ese espejo.

—Eugenia, disculpe. ¿Podría dejarnos solos un momento?

Cuando la joven doncella se retiró, ella se levantó.

—Sabía que este día llegaría en algún momento, pero jamás pensé que sería tan pronto —reconoció mientras seguía paseando despacio.

—¿Tan pronto? ¿A qué se refiere?

—No te engañes, Lorenzo. Si tienes preguntas, será porque has estado buscando respuestas.

—¿Quién es Aurora? —volví a preguntar.

—¡Ay, la vida es sabia! Te quita todo lo que no te corresponde, ¿sabes? Esa mujer se equivocó de persona, se equivocó de familia y se equivocó de lugar. Y por su culpa todo salió mal. Habría sido más sencillo si hubiese aceptado desde el principio su realidad. Pero no, ella decidió seguir un camino erróneo, que solo trajo dolor y sufrimiento para todos los demás.

Me quedé en silencio mientras la observaba.

—No me mires con esa cara, no creo que te sorprenda nada de lo que te voy a contar. Necesito liberarme de este tormento ya. Aurora… es tu madre. Bueno, entiéndeme, tu madre biológica. Deberías estar agradecido porque gracias a mí has tenido estudios, un techo, comida y una vida cómoda. Nada de eso hubiese sido posible si fueses el hijo bastardo de una pobre criada y un duque plenamente enamorado de ella. De la persona equivocada. Mi madre y yo nos sacrificamos mucho por ti para rescatarte de esa vida de miserias y darte todas las comodidades que merecías.

Sus ojos se volvieron tan claros que daba miedo mirarlos.

—¿Por rescatarme a mí o por salvaros a vosotras mismas de esa miseria? —Me atreví a preguntar.

Ella me seguía mirando fijamente. Ahora, con odio.

—¿Crees que no sé que te casaste con mi padre porque ibais a perder el pazo? O, mejor dicho, porque ibais a vivir en la miseria. El pazo ya lo habíais perdido.

—Veo que sabes más de lo que pensaba. No te consideraba tan inteligente, siendo hijo de una criada.

Me ardía el cuerpo, me empezaba a dominar la rabia, pero tenía que mantener la calma para llegar a la verdad. No fue fácil.

—¿Mi padre lo sabía?

—Tu padre estuvo a punto de saberlo. Era como tú. Le gustaba demasiado meterse donde no le llamaban. Empezó a inquietarse y a hacerse preguntas, sobre todo, cuando se te formaron los ojos. Son iguales a los de esa maldita criada. Por eso no podía ni mirarte a la cara, necesitaba tenerte lejos. No podía soportar que me mirases, solo me recordaban a ella, a la mujer a la que tu padre realmente amaba. La que arruinó mi vida. La que tanto odiaba desde pequeña, perfecta en todo. Hija de otra pobre mariscadora.

—¿Qué le pasó a padre?

—El pobre no pudo ni celebrar tu primer cumpleaños. Murió envenenado.

Ahora sentí cómo mi cuerpo ardía, todavía más que con el trago de aguardiente. Y lo dijo sin pestañear, sin ningún tipo de remordimiento.

—Vamos, no me mires así. Le hice un gran favor. Tu padre estaba amargado desde que esa rata sucia desapareció. Solo le faltaba ponerse a llorar públicamente, porque en privado ya lo hacía. No hubiese soportado seguir viviendo mucho tiempo más con esa depresión. Fue un accidente. No era nada personal. Él era una buena persona. Demasiado para fijarse en alguien como ella.

—Eres un ser despreciable. Ahora siento alivio al saber que no eres mi madre. ¿Cómo pudiste hacerlo? ¿Cómo has logrado engañar a todo el mundo?

Noté cómo el calor salía por mi cuerpo y la ira me empezaba a dominar.

—Pues como se solucionan todos los problemas, con dinero. Le pagamos un alto precio a don Francisco a cambio de su silencio. Fingí el embarazo. Por eso no salía de la habitación y me excusaba en que tenía que guardar reposo. Te diré que eso no estaba en nuestros planes, pero todo salió rodado cuando madre y yo nos enteramos de que Aurora estaba encinta. Eso nos evitó un gran problema. Ni siquiera tuve que molestarme en decirle a tu padre que yo no podía tener hijos. Dios así lo quiso y como buena cristiana tenía que respetar sus decisiones. Yo sospechaba que había alguna anomalía en mi cuerpo, porque llegada la edad, pasaban los años y yo seguía sin tener la menstruación. Madre decidió llevarme a un médico, y una exploración confirmó las sospechas. Síndrome de Rokitansky o, lo que es lo mismo, una alteración genética que hizo que naciese sin útero. Imagínate… ¿cómo explicar que no podía dar un heredero? Hubiese sido nuestro fin. Así que solo tuve que mentir. Fue más fácil de lo que pensaba. Madre y yo nos compinchamos con don Francisco, y nadie sospechó. Todos se creyeron que estaba de buena esperanza. ¿Qué tiene de raro que una mujer recién casada decida tener hijos? Fue perfecto.

—Eres mucho peor de lo que imaginaba. Dime una cosa: ¿no has sentido ningún tipo de remordimiento en todos estos años?

—Te mentiría si dijese que sí. Asumí hace mucho tiempo que jamás podría tener una familia. Y lo que tuve fue mejor de lo que me podía esperar. A veces la soledad me angustiaba, sobre todo al principio, cuando se fue mi querida madre. Pero luego todo fueron ventajas porque no tenía que soportar a nadie más. Y no veas lo feliz que se vive así. Tenía todo lo que quería.

»Ah, y antes de que sigas con tus preguntas absurdas. Ya te lo diré yo. Mi madre murió en un accidente doméstico en el pazo cuando tú tenías un año y medio. No fue fácil soportar su ausencia. Y si te preguntas qué pasó con doña Isabel y la repelente de Sofía, la respuesta es que se fueron. Regresaron a Madrid poco después de que muriese Enrique. Sofía, esa maldita niña, era insoportable. Jamás aceptó la pérdida de su hermano. Gracias a Dios se fueron pronto, y a mí me dejaron el camino despejado.

»Lo más duro, como te decía, fue asumir el vacío dejado por mi madre. Luego hubo un cambio de aires. Todo se renovó, también el servicio, pero ya no sabía qué hacer contigo aquí. Por eso me molesté en buscar los mejores colegios internacionales. Me aseguré personalmente de que recibieses una buena educación desde pequeñito.

Estaba ante el demonio personificado. Sentí miedo por tenerla tan cerca. Su rostro se transformó y su risa, desencajada, empezó a sonar por todos los rincones de la habitación. Seguía de pie, moviéndose de un lado a otro, con pasos lentos e intrigantes. Pero, de pronto, cambió su rumbo para dirigirse a la mesa del tocador. Empezó a rebuscar entre los cajones, con un nerviosismo evidente, y después se giró hacia mí. Ahora caminaba recortando la distancia mientras su risa sonaba cada vez más fuerte. Se estaba transformando, y me angustiaba más a cada paso.

—A todos les llega su momento, Lorenzo… —dijo cada vez más próxima a mí.

Estaba tan cerca que sentía su aliento. Pero ya no tuve miedo.

—También a mí.

De repente, con un movimiento seco y preciso se clavó en el pecho el objeto punzante que escondía en la mano. Inmediatamente se desplomó al suelo y la sangre traspasó su vestimenta, avivando su vestido de un color carmín.

—¡Roberto! Llame a un médico —grité, aunque para mis adentros pensé: «¿Para qué?».

Ni siquiera me molesté en acercarme a ella. No quería volver a ver jamás esos ojos, que ahora me miraban bien abiertos. No sentí pena ni lástima. Solo rabia y dolor. Ojalá yo también pudiese hacerles creer a todos que aquello también había sido un accidente fatal. ¿Y por qué no?

30

Vila do Mar, 15 de junio de 1928

El mar estaba bravo, sus olas batían con fuerza y las gotas que salían disparadas de su explosión fueron los brazos que me arroparon aquella tarde.

Me quedé un rato observándolo. Poco a poco cogía altura hasta que, de repente, rompía para luego volver a la calma. Era un ciclo de renovación incesante. Paradójicamente, mi vida también renacía como el mar. Del mismo modo que cada ola borra con su fuerza las huellas en la arena, yo necesitaba despejarme, liberarme de todas esas cargas del pasado para abrazar el presente.

El mar volvía y regresaba, en un baile sereno y bravo. Me recordaba que la vida también empieza de cero. Seguí sus pasos. El futuro estaba lleno de preguntas, pero también de oportunidades para regenerarme.

Me gustaba estar en Vila do Mar. Me sentía a gusto, tranquilo, en calma. Disfrutaba del paisaje, me envolvía con la brisa y observaba a su gente. Me sentía uno de ellos.

Sabía que Cándido, Ricardo, mi abuelo, estaría en la taberna o en el pósito de los pescadores. Aunque tenía más posibilidades de encontrarlo ahí. Pensé en ir primero a la taberna para saludar. Pero era mejor aprovechar el tiempo, todavía teníamos mucho de que hablar, así que opté por ir al pósito.

La calma que me daba el mar se rompió con aquel murmullo que sentía retumbar en mis oídos. Todos hablaban entre sí, parecía que trataran temas importantes.

—*Morreu o marido de Ramona, ¿lo?*

—*No mar.*

—Ya hace tiempo que no pasaba, hay que poner cirios para el entierro.

Esta vez no hizo falta que preguntase por él, Ricardo me vio a lo lejos y se acercó.

—¿Cómo estás?

—Bien. Necesito seguir hablando contigo.

—¿Vamos a casa?

—Sí, allí estaremos mejor.

Volvimos a recorrer el mismo camino. Pero esta vez él parecía más cercano. Estaba más tranquilo, aunque caminaba en silencio. Y yo no rompí la calma. Al menos, por el momento. El mar bravo y el camino que irrumpía a lo largo dividiendo el paisaje me recordaron que habíamos llegado. Ricardo abrió la puerta, y de nuevo cada uno ocupamos nuestra silla. Seguían exactamente en el mismo sitio. Como si ellas también estuviesen esperando ansiosas para conocer la segunda parte de la historia. Me miraba expectante, esperando que mi boca dijese las palabras que sus oídos necesitaban escuchar.

—Aurora es mi madre. —Me emocioné. Era la primera vez que lo decía en alto.

En ese momento, empezó a llorar y enseguida se levantó para darme un abrazo. Lo que no sabía es que ese abrazo me reconfortó más a mí que a él. No pude evitar llorar yo también. Nunca había llorado en público, pero me sentí a gusto desahogándome con él.

—Lo sabía desde que vi tus ojos, no tenía ninguna duda, pero necesitaba escucharlo con tu voz. Ahora sé que hice lo correcto contándote la verdad.

—Sigo teniendo muchas preguntas, Ricardo.

—Es normal, ha sido todo muy duro y reciente. Déjame que te diga que esas preguntas te acompañarán toda tu vida por mucho que creas que encuentres las respuestas.

—¿Dónde está Aurora?

Él tragó saliva y su rostro cambió. Por un momento me temí lo peor, y mi corazón se aceleró descontroladamente.

—Aurora… No será fácil encontrarla, Lorenzo.

—¿A qué te refieres? ¿Está lejos?

—No se trata de distancia. A veces dos personas que están al lado se sienten a kilómetros. Es todo mucho más complejo de lo que parece.

La decepción me invadió.

—Pero confía, la encontraremos. Aunque, como te decía, no será sencillo. Aurora ha sufrido mucho, y creo que, por muchos años que pasen, jamás podrá recuperarse de todos los golpes que le ha dado la vida.

»Cuando se recuperó del calvario que sufrió durante tantos meses encerrada, se fue a Pontevedra. Allí ayudó en el convento de las hermanas de la congregación. No fue nada fácil convencerla. Ella insistía incansablemente en volver al pazo para buscarte. No se creía que hubieras fallecido, tal y como decía el médico.

»Tengo que reconocer que yo sí creí sus palabras. Me parecía imposible que un recién nacido pudiese sobrevivir después de aguantar tanto tiempo en esas circunstancias. Además, naciste prematuro. Por desgracia, había muchos nacimientos que acababan así, más de los que pudieras imaginar.

»No te imaginas la cantidad de veces que venían al pazo a buscarme para darle bautizo y entierro a los niños que nacían muertos. El cura no siempre estaba disponible, y mucha gente venía buscando ese último consuelo. Si te fijas, en el cementerio hay un rincón llamado la esquina de los *angeliños*.

»Nunca te dejamos de buscar, pero no había ningún hilo del que tirar. Ahora entiendo que fue María Leonarda la que le robó el hijo. Pero no sé cómo Catalina pudo engañar a todo el mundo.

—Síndrome de Rokitanski.

Él me miró extrañado.

—¿El qué?

—Eso me dijo. Catalina nació con una alteración genética. Sin útero, por lo que no podía tener hijos. Y mi abuela vio en Aurora la solución a su problema.

Su cara cambió de sorpresa a enfado.

—¡Maldita bruja despiadada!

—Sigue contando lo de Aurora, por favor, necesito encontrarla.

—Después de estar un tiempo en Pontevedra, Aurora se fue a Santiago. Sé que empezó a trabajar en la casa de un médico. Estaba llena de niñas, y ella era feliz cuidándolas. Lo sé porque me iba mandando cartas que malamente conseguía leer. Todavía necesito ayuda para escribir. Por precaución, nunca me decía exactamente dónde estaba, y a día de hoy sigue haciéndolo porque aún tiene miedo. Ella todavía no sabe lo de Catalina…

—¿No os habéis vuelto a ver?

—Sí, claro que nos hemos visto. Pero no todo lo que a mí me gustaría. Ella no quiere volver aquí. Tiene mucho miedo. El mar le trae malos recuerdos, y el pazo…, pues ya te lo puedes imaginar. No le quedan muchos lugares donde esconderse. Por eso empezó su vida lejos. Sé que sigue en Santiago, pero no sé dónde.

—Tenemos que ir a buscarla.

—Haré todo lo posible por ayudarte.

—Ricardo, ¿qué pasó después?

—¿A qué te refieres?

—A todo. Contigo, con María Leonarda, con Matilde. ¿Por qué no quiere saber nada del pazo? ¿Qué hiciste cuando rescataste a Aurora? ¿Cómo actuó mi abuela cuando se enteró de que ya no estaba en la bodega?

—Intentaré explicártelo lo mejor que pueda. —Hizo una larga pausa antes de proseguir—: Al día siguiente, me fui del pazo porque ya no había nada que me atase a él. Esa noche recogí mis cosas y, a primera hora de la mañana, me fui en silencio, sin decirle nada a nadie. Me reuní con Aurora, y le conté con más calma toda la verdad. Decidimos que yo regresara aquí, a esta casa. A la que siempre fue nuestro hogar. Y volví al mar, aunque a mi cuerpo cada vez le costaba más. No fue hasta que murió María Leonarda cuando me atreví a decirles a todos que era Ricardo y no Cándido. Afortunadamente, no tuve que ocultarlo mucho tiempo. Mi vida empezó de nuevo aquí, donde siempre ha estado, en el mar. Hace más de diez años fundamos el pósito de pescadores y, desde entonces, luchamos para mejorar la vida y las condiciones de los demás marineros.

—¿Y qué pasó con María Leonarda?

—Enloqueció, pero no podía revelar su verdadero motivo, porque se descubriría a sí misma. Por eso lo pagó con el servicio. Se volvió todavía más controladora y autoritaria. Yo no estaba, pero, como te decía, en este pueblo no hay secretos. O casi... En parte, tuve cierta culpa. Germán se obsesionó con Clara. La buscaba en cada esquina y a cada momento. No la dejaba tranquila. Una mañana, mientras aireaba las habitaciones, Germán la abordó, quería abusar de ella, pero inesperadamente Matilde entró en la habitación y la defendió. Germán se puso violento. Los gritos llamaron la atención de María Leonarda, que también entró en escena, y ella se llevó el golpe en la cabeza que Matilde quería propinarle a Germán. Murió al instante, nadie pudo hacer nada. Germán huyó del pazo, y lo ocurrido quedó como un secreto entre un servicio que estaba deseando librarse de ella. Desde entonces, todo el servicio cambió.

—Ahora lo entiendo...

—Por eso Matilde no quiere volver a saber nada del pazo. Porque todavía carga con la culpa.

—¿Cómo era mi madre? Háblame de ella. Quiero saberlo todo.

—Espero que hoy tampoco tengas prisa.

—Para esto dispongo de todo el tiempo del mundo.

—Está bien.

Cuando le vi la cara por primera vez fue el día más feliz de mi vida. Todo merecía la pena gracias a ella. Cuando nació, volví a hacerlo yo también. Su cariño me daba fuerza para seguir adelante, peleando cada día en el mar. Solo pensaba en trabajar duro para poder darle lo que necesitaba. Y me frustraba cuando veía que, a pesar de cuánto hacía, no era suficiente. Pero ella sonreía todo el rato. Aurora era una niña preciosa, con carácter, muy inteligente y curiosa. Todavía recuerdo cómo me estremecí cuando me enteré de que tuvo que dejar la escuela para ayudar a su madre en el mar…

Ricardo seguía contándome la vida de Aurora, sus palabras revelaban lo orgulloso que estaba de ella. Yo también sentí orgullo cuando supe cómo era mi madre.

—¿Sabes? Naciste justo un año después de que muriera su madre. Un 27 de diciembre. Aurora es valiente y luchadora. Peleó hasta el último momento por ti, por ella, por salir adelante. Aurora es una mujer con una fortaleza sobrenatural. Aurora… es como el mar.

EPÍLOGO

Santiago de Compostela, 15 de agosto de 1930

Nunca es fácil empezar de cero. Sobre todo, cuando lo haces sola, en una ciudad desconocida, y con una desconocida, porque yo ya no era la misma. Todo había vuelto a cambiar, colgaba de un hilo, y la fragilidad me ahogaba. Otra vez mis piezas se descolocaron y mi estructura se rompió en mil pedazos. Jamás pensé en irme de esa manera, por la puerta de atrás, sin despedirme, rota…, pero mi vida corría peligro, y no me quedó otra opción si lo que quería era sobrevivir.

Es difícil enfrentarse a los fantasmas que nos dominan en la oscuridad, pero siempre merece la pena pelear. Siempre hay un motivo por el que hacerlo, y yo lo tenía. Mi padre. Siempre supe que, en cierto modo, Cándido era mi ángel. Él me salvó del precipicio cuando Luis falleció, y también cuando era yo la que estaba a punto de hacerlo. Todavía sigo sin entender cómo no pude darme cuenta de que era él. De que Cándido era Ricardo, mi padre. Lo tuve enfrente todo el tiempo sin ser consciente de ello. A mi favor tengo que decir que llevaba muchos años sin verlo, solo era una niña cuando se fue. Apenas recordaba su cara, como para reconocer los estragos que había causado el tiempo. No podía castigarme más.

Santiago de Compostela es una ciudad con una belleza espectacular. Aún recuerdo cómo me recibió por primera vez. Envuelta en una niebla densa y una lluvia constante. Con el tiempo, aprendí que la ciudad no estaba triste por mi llegada, sino que ese atuendo es de uso cotidiano, salvo en días puntuales, en los que decide brillar bajo un sol radiante. También aprendí que aquí el mar no está plano bajo la profundidad del océano, si no que cae desde el cielo. A veces más bravo y otras más calmado, también depende de sus mareas. No lo voy a negar, lo echaba mucho de menos. Ya no lo odiaba, porque ahora había pasado el tiempo suficiente como para volver a extrañarlo. Necesitaba volver a navegar, sentirme liviana sobre sus aguas, viva con su frescura y eterna con su brisa. Pero nunca se puede tener todo lo que se quiere. Qué fácil sería así la vida, ¿verdad? Quien así lo cree pierde el tiempo.

Hubo un momento en el que creí que tenía todo lo que quería. Fue un instante de felicidad plena, tan fugaz como el destello de una estrella que brilla mientras baila en la oscuridad. No miento si digo que volvería a vivir toda una vida solo por volver a sentir ese hormigueo que algunos llaman felicidad. Pero nada es eterno. La vida consiste en encontrar un equilibrio emocional entre la paz y la necesidad. Siempre hay algo a lo que renunciar. Hay que sacrificarse, hay que escoger. Antes era feliz. Amaba a Enrique, adoraba a Sofía, me gustaba mi trabajo, pero no era real y no soportaba ver el mar. Ahora, mi trabajo no me disgusta, pero no tengo mar, tampoco a Enrique ni a Sofía, y, además, estoy lejos de mi padre.

Qué ironía. Dicen que hay que ser feliz con lo que uno tiene, pero a veces no te tienes ni a ti misma. Nada puede frenar el ritmo de la vida, salvo que seas lo suficientemente desagradecido para saltar al vacío y abandonar el viaje.

Las campanas repicaban a lo lejos. Inevitablemente, siempre me ponía a divagar mientras caminaba. Esta ciudad invitaba a ello. A que mis pensamientos viajasen por mi mente al mismo tiempo que mis zapatos se perdían por sus calles. Ahora pisaban el suelo mojado mientras la catedral se reflejaba en el charco. La niebla me rodeaba, como el primer día. Jugaba con mi pelo y me desordenaba también por dentro. Sin quererlo, sonreí y seguí caminando.

Tenía mucho trabajo por delante. Quedaba muy poco tiempo para que inaugurasen el gran hotel. El hotel Compostela. El primer gran hotel de la ciudad. Estaba en la plaza de Galicia, muy cerca de la catedral. Era un hotel de lujo, su belleza arquitectónica era impresionante. Tenía una torre, y un capitel en el porche que me hizo reencontrarme con mi pasado porque estaba hecho por el escultor Francisco Asorey. Hacía pocas semanas ya había inaugurado otra de sus obras, el monumento a san Francisco, enfrente del convento. Algunos críticos lo bautizaron como una de las figuras más importantes del momento.

El hotel contaba con casi cien habitaciones y cien cuartos de baño, todas con agua caliente y fría, calefacción, ascensores… y hasta teléfonos. Todo el servicio era de plata y la bodega contaba con más de ochocientas referencias de vinos. Algo nunca visto hasta entonces.

La gran inauguración estaba prevista para el 23 de agosto, sería un convite para más de ciento cincuenta invitados. El hotel estaría lleno de grandes celebridades y personajes ilustres. Había escuchado que estaba prevista la presencia del primer ministro de España, Dámaso Berenguer. Él había colaborado para construir el inmueble. Y también la del marqués de Riestra, el fundador de la Isla de la Toja. Podría pasarme toda la mañana enumerando a todos los invitados, pero era imposible recordar todos los nombres. Sería una inauguración a lo grande. Sería muy conocido, vendría gente de todas partes del mundo a alojarse. Tendría que dar el mejor servicio.

Solo quedaban los últimos detalles. Estaban siendo días de mucho trabajo, ultimando y cuidando todos los preparativos. El hotel se había convertido en un trajín de gente. Todos corrían de un sitio a otro para dar un servicio impecable. Que si visitas de proveedores, que si las decoraciones… Aquel día creo que escogerían el menú que servirían en el convite.

Entré por la puerta del servicio y me dirigí a la cocina. Contaba con una plantilla de unas quince personas, todos seleccionados con lupa. A mí me habían contratado gracias a la recomendación de don Jaime, el médico en cuya casa trabajé durante más de diez años. Nada tenía que ver con don Francisco, él era un médico bueno. Un «cura sanos» de los de verdad. También quería mucho a sus hijas, Jacoba, Lucía y Mencía.

—Qué bien que hayas llegado ya, Aurora, hoy elegirán el menú para la inauguración. Habrá que servir todos los platos en el gran comedor. Será como un ensayo —dijo Elvira, que estaba a cargo del servicio.

—Está bien. —Enseguida me puse manos a la obra.

Pronto empezó todo el lío. Totalmente ajena al tiempo, mi mañana se convirtió en un desfile de platos, un ir y venir constante de la cocina al comedor.

La propuesta estaba sobre una de las más de veinte mesas que tenía el comedor principal.

—Hoy la mesa no está vestida como debería, así lo he pedido, no se piensen que es una queja —dijo Segundo, el presidente del consejo de administración que desde hacía dos años vivía por y para el hotel—. El día de la inauguración las mesas estarán engalanadas con los manteles que hemos mandado confeccionar. Cubiertas de piezas de porcelana, custodiadas por cubertería de plata y copas de cristal fino.

»Será maravilloso, lo tengo todo en mi cabeza. Me imagino a los invitados empujando la puerta giratoria y maravillándose ante el gran vestíbulo, en el que, por cierto, habrá un pequeño altar para bendecir este magnífico hotel.

»Ya ha confirmado su asistencia el arzobispo Zacarías Martínez Núñez. La banda municipal se encargará de entonar la marcha real cuando entren por la puerta.

»También estarán el marqués de Pons, el capitán general de Galicia, Artiñano, y Fernando Álvarez de Sotomayor, el mismísimo director del Museo del Prado, de Madrid.

«De Madrid», pensé. En ese momento no pude evitar acordarme de Enrique. Sentí que un huracán de recuerdos amenazaba con romper mi calma.

—Todo ellos darán buena cuenta del gran hotel y de este exquisito menú que desfilará por las mesas. —Mostró con la mano los platos que habíamos ido colocando.

—Como jefe de cocina, déjeme que le explique bien cada uno de ellos —ofreció Melchor—. Lo primero que ve son huevos escalfados a la zíngara. Continuaremos con una langosta. Pollo en *cocotte bonne femme,* una especialidad del chef que no puede faltar, y espárragos en salsa tártara. De postre, melocotón con helado Melba y tarta mármol. Además de quesos, fruta y café.

—Y habanos, no se olviden de los habanos.

—Eso, comprenderá, ya no depende de la cocina —dijo tratando de ser simpático.

—¿Y los vinos? ¿Qué pasa con los vinos? Serán la joya de la corona. Me lo puedo imaginar: me levantaré ante todos los invitados, alzaré mi copa y con la ayuda de una cuchara la haré sonar como si de una campana se tratase. Llamaré así la atención de todos los presentes y, cuando cuente con su atención, comenzaré mi discurso agradeciendo la ayuda de Dámaso Berenguer y el apoyo…

«Del marqués de Riestra, el fundador de la isla de la Toja», pensé para mis adentros. Me lo sabía de memoria de tantas veces que lo había repetido. El señor Segundo llevaba meses imaginándose ese momento.

—Ya sabe que tenemos más de ochocientas referencias en bodega. Pero el tinto será este.

—Marqués de…

—Disculpe, Segundo, y sobre el vino blanco…

—¿Qué sucede? ¿Hay algún problema?

—No. En este caso han insistido en venir personalmente desde la bodega para explicarle su significado.

—Maravilloso, me gusta la gente con iniciativa. Dígale que pase —dijo mientras giraba la botella de tinto, terminando de examinar la etiqueta.

Yo estaba de pie al lado de la mesa. Estaba ubicada en la tercera fila, en el centro, junto al gran ventanal. Miraba cómo la vida pasaba tras el cristal, los coches circulaban y el ritmo no se detenía fuera. Dentro, las cosas sucedían de forma diferente.

A lo lejos, por la entrada del comedor, un joven esbelto y de buen porte se aproximaba a la mesa. Sostenía una botella con una etiqueta que tapaba con las manos. Poco a poco lo vi más de cerca. Era elegante, vestía un traje oscuro con camisa fina y pañuelo en la solapa. Nos miró uno a uno, y comenzó con su explicación:

—Muchas gracias por recibirme. Conozco lo importante que es hacer una buena elección para un día tan significativo y para un hotel de esta categoría. Por eso, permítame que le diga que está ante la mejor opción para deleitar y sorprender a sus invitados.

»Este es el mejor vino blanco que usted va a poder probar. No lo digo yo, lo dicen los reconocimientos que ha recibido. Fue premiado recientemente en la Feria Internacional de Barcelona. Está elaborado a partir de uva albariño, previamente seleccionada, de una pequeña parcela ubicada en un lugar privilegiado del viñedo del pazo. El pazo de Albor.

¿Pazo de Albor? ¿Había escuchado bien? En ese momento, mi corazón dio un vuelco: el pasado volvía a mí de la forma más inesperada. El joven me miró a los ojos y siguió hablando:

—Esta botella que ven es de la primera cosecha que hemos comercializado. Hemos sido pioneros en ello.

Fue mostrando la botella a todos los presentes.

—Como les decía, es un vino especial. Si me permite, déjeme que le sirva una copa para que usted mismo lo compruebe.

Elvira me miró de reojo, rápidamente entendí su mensaje y fui a por una copa para él. Se la entregué sin poder dejar de mirarlo. Era recíproco.

Con maña, descorchó la botella y sirvió el vino en la copa. Primero para Segundo y después para él.

—Lo primero que puede comprobar es su color. Dorado, como el oro. No es casualidad, porque es una joya. —Levantó la copa en alto mientras los rayos de sol se filtraban por la ventana potenciando su color—. Pero, además, este brilla con luz propia. Al vino hay que despertarlo para que desprenda sus aromas. —Movió levemente la copa—. Ahora, le invito a que se lleve la copa a la nariz, cierre los ojos y ponga a prueba su olfato.

Segundo siguió sus indicaciones.

—¿Qué huele? —preguntó el joven.

Segundo se quedó callado, como si estuviese pensando bien la respuesta.

—Ya se lo digo yo. Huele a su alma, a su esencia atlántica.

—Es un aroma fresco —afirmó Segundo convencido.

—Exacto. La ubicación del viñedo recibe directamente toda la influencia del Atlántico. Las cepas se elevan y la suave brisa acaricia y alimenta con su esencia más primitiva las uvas. El suelo se enriquece con sus minerales, especialmente graníticos y arenosos, que aportan un toque de salinidad. Propio de un terreno que está a poca distancia del mar. Y su suave clima culmina esta obra maestra. Ahora, lo que quiero que haga es que coloque la copa en la comisura de los labios, y que los empape poco a poco.

Segundo estaba entusiasmado con la explicación. Seguía cada paso con gran expectación.

—¿Nota su cuerpo? ¿Su personalidad? Si piensan que el vino es una simple bebida, se equivocan. El vino es mucho más que eso. El vino se trabaja y se cuida con las manos, pero se mima y se perfecciona con el corazón. Hay un hilo invisible que une a las personas con los vinos. Tiene el poder de comunicarse con ellas a través de sus orígenes, de la tierra de donde uno procede. Lo que ustedes van a beber no es un trago más. En su boca van a tener un mensaje, capaz de conmover sus emociones cuando lo beban. Ahora sí, le invito a que lo pruebe.

Segundo procedió a beber, dio un sorbo y se quedó de nuevo callado.

—Está excelente, tiene un sabor... que atrapa.

—Veo que tiene buen paladar. Es un vino que abraza los sentidos e irrumpe con fuerza, como las olas del mar. Y eso que despierta sus sentidos se llama Mar de Aurora —dijo al tiempo que desvelaba el nombre de la etiqueta—. Aurora es mar, y esto es su mar, Mar de Aurora. Por eso les decía que no es una bebida más. Este vino cuenta su historia. La de una mujer fuerte y valiente que luchó contra viento y marea, que nadó a contracorriente a pesar de todos los obstáculos que le puso la vida. Y siempre, siempre, siguió adelante. Aurora es esa mujer que ve ahí. Ella es mi madre. Es mucho más que eso, si me lo permite, ella ha sido mi origen, mi inspiración, y esta es mi forma de homenajearla.

En ese momento él vino hacia mí. Yo estaba temblando, con el corazón agitado y con una sensación que no podía explicar. No podía parar de llorar. Los dos nos fundimos en un abrazo. Y en ese momento sentí que la pieza que me faltaba encajaba.

—Soy Lorenzo y llevo años buscándote.

Lloré. Lloré sin poder parar de hacerlo. Fueron lágrimas de felicidad porque ahora mi vida tenía sentido. Ahora mi estructura era indestructible.

Agradecimientos

«Agradecimiento». Qué palabra tan simple para todo lo que esconde...

Gracias a Victoria Oubiña, por compartir conmigo su historia de lucha y superación. Para mí ha sido una fuente de inspiración.

Gracias a su hija Melissa y a María Fontán, por trasmitirme con tanta ilusión su pasión y su respeto por el trabajo en el mar.

Gracias a todas las mujeres gallegas, por su lucha y su legado.

Gracias a mi abuela Marina, por mostrarme el pasado a través de su mirada llena de sabiduría. A Elena Otero, por ser la voz que mantiene viva aquellas historias de tiempos pasados. A Manuel Núñez, por sus conocimientos. A Ana Montáns y a Juan Gil de Araújo, por abrirme las puertas del palacio de Fefiñanes. Y a Yanire Vilas, por despejar con tanta profesionalidad las dudas médicas que surgieron durante el proceso de escritura.

Gracias a mi pueblo, a Cambados, del que me siento profundamente orgullosa, por permitirme el privilegio de crecer entre sus pazos y calles empedradas. Entre su riqueza y su belleza. Entre sus viñas y sus mareas.

Gracias también al mar y su baile. De él he aprendido que, por muy fuerte que sea la tormenta, siempre llega la calma.

Gracias a Galicia, por trasmitirme el amor por la tierra y enseñarme el significado de la palabra «morriña», un sentimiento que me invade cada vez que estoy lejos.

Por supuesto, gracias a toda mi familia. A mis padres, por sostenerme y apoyarme de forma incondicional en cada etapa de mi vida. Quiero hacer un reconocimiento especial a mi madre, por su lucha incansable, por ayudarme a despejar caminos llenos de sombras. A mi hermana, mi primera lectora, por escucharme. Y a Edu, por la paciencia, por las ideas y, sobre todo, por animarme a escribir antes de que este proyecto existiera.

No puedo olvidarme de Gonzalo Albert, un gran director literario a quien tengo que agradecerle esta maravillosa oportunidad. Gracias de corazón por creer en mí. Esta propuesta llegó en el momento menos esperado y, sin saberlo, cuando más lo necesitaba. Y gracias a Alberto Marcos, el mejor editor que podría haberme acompañado en este camino. Gracias por tu incuestionable profesionalidad y por tus palabras de aliento. Gracias a los dos por vuestro cariño, por trasmitirme tanta seguridad. También por todos los consejos, por vuestro esfuerzo constante y por apostar tanto por esta historia. Sin vosotros, nada hubiese sido posible.

Gracias a todos los lectores que habéis llegado hasta aquí, por dejarme compartir esta historia con todos vosotros.

Queremos compartir más momentos contigo.

Únete a la comunidad de PenguinLibros
y encuentra tu siguiente lectura.

¡Únete hoy!

Penguin
Random House
Grupo Editorial